※広告ページの表示価格はすべて**税込み**（10%）のものです。

2023年最新刊　詩集・歌集・評論集・エッセイ集

最新刊
生井利幸
『賢者となる言葉 三〇〇篇』

四六判192頁・上製本・
2,200円　解説文／鈴木比佐雄

最新刊
天瀬裕康 詩集
『閃光から明日
―我がヒロシマ年
My Hiroshima

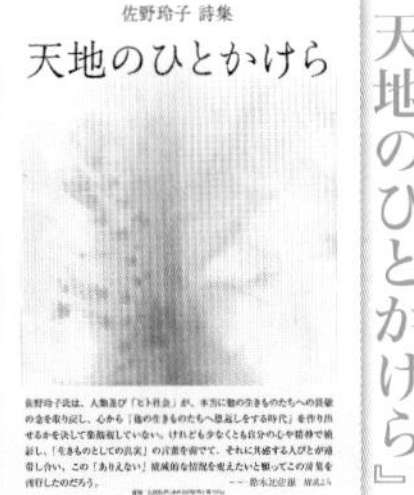

最新刊
佐野玲子 詩集
『天地のひとかけら』

A5判・160頁・上製本・
2,200円　解説文／鈴木比佐雄

鈴木比佐雄 評論集
『沖縄・福島・東北の
先駆的構想力
―詩的反復力VI（2016-2022）』

A5判464頁・
並製本・2,200円

田博 詩集
『億万の聖霊よ』

B5判変型・箱入り192頁・上製本・
2,750円　解説文／鈴木比佐雄

万里小路譲 詩集
『永遠の思いやり
チャーリー・ブラウンと
スヌーピーと仲間たち』

四六判336頁・並製本・
2,200円　解説文／鈴木比佐雄

松本高直 詩集
『クラインの壺』

A5判160頁・上製本・
2,200円　解説文／鈴木比佐雄

玉城洋子 歌集
『櫛笥 ―母―』

四六判・192頁・上製本・
2,200円　解説文／鈴木比佐雄

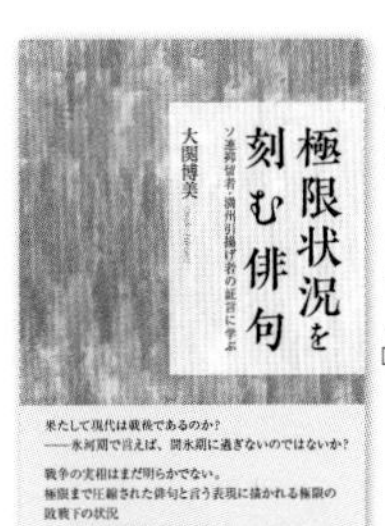

大関博美
『極限状況を刻む俳句
―ソ連抑留者・満州引揚げ者
の証言に学ぶ』

四六判336頁・上製本・
2,200円　解説文／鈴木比佐雄

おくやまなおこ 詩集
『存在の海より
―四つの試みの為の
エチュード』

A5判176頁・
上製本・2,200円

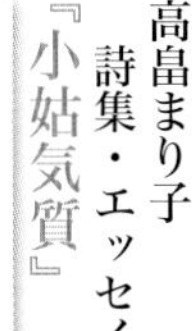

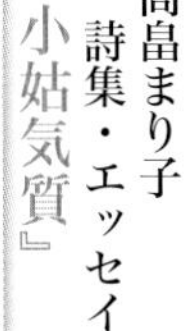

高畠まり子
詩集・エッセイ集
『小姑気質』

四六判・304頁・上製本・
2,200円　解説文／鈴木比佐雄

髙橋宗司 詩集
『芭蕉の背中』

A5判160頁・上製本・
2,200円　解説文／鈴木比佐雄

沖縄文学　小説・評論・詩集

玉城洋子 歌集
『儒艮（ザン）』
沖縄タイムス芸術選賞

四六判184頁・上製本・2,200円
解説文／鈴木比佐雄

おおしろ房 句集
『霊力（セジ）の微粒子』

四六判204頁・並製本・1,650円
解説文／鈴木比佐雄

ローゼル川田
『随筆と水彩画 よみがえる沖縄風景詩』

B5判64頁・並製本・1,980円
序文／又吉栄喜

大城貞俊 評論集
『多様性と再生力―沖縄戦後小説の現在と可能性』

A5判464頁・並製本・2,200円
装画／高島彦志

『抗（あらが）いと創造―沖縄文学の内部風景』

A5判360頁・並製本・1,980円　装画／野津唯市
解説文／鈴木比佐雄

『記憶は罪ではない』

四六判192頁・並製本・1,980円
解説文／鈴木比佐雄

元澤一樹 詩集
『マリンスノーの降り積もる部屋で』

A５判120頁・並製本・1,650円
解説文／大城貞俊

平得壯市 俳句・短歌集
『飛んで行きたや 沖縄愛楽園より』

四六判208頁・並製本・1,650円
装画／野津唯市
解説文／大城貞俊

伊良波盛男 小説
『神歌（カンヌアーグ）が聴こえる』

四六判280頁・並製本・1,870円
解説文／鈴木比佐雄

第41回沖縄タイムス出版文化賞正賞
平敷武蕉 評論集
『修羅と豊饒 沖縄文学の深層を照らす』

四六判384頁・並製本・2,200円
装画／野津唯市
解説文／鈴木比佐雄

第114回芥川賞受賞作家
又吉栄喜 小説
『仏陀の小石』

四六判448頁・並製本・1,980円
装画／我如古真子

かわかみまさと 詩集
『仏桑華（アカバナ）の涙』

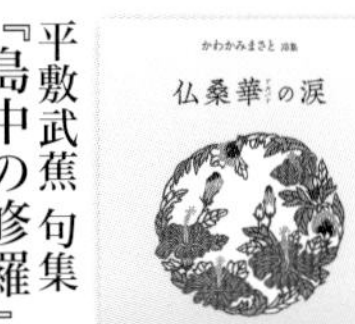

A5判160頁・上製本・1,980円　解説文／鈴木比佐雄

平敷武蕉 句集
『島中の修羅』

四六判184頁・並製本・1,650円　解説文／鈴木光影

第33回福田正夫賞
与那覇恵子 詩集
『沖縄から 見えるもの』

A5判176頁・並製本・1,650円　解説文／鈴木比佐雄

与那覇恵子 評論集
『沖縄の怒り 政治的リテラシーを問う』
重版

四六判160頁・並製本・1,650円　解説文／平敷武蕉

2023年最新刊句集

飯田マユミ 句集
『沈黙の函』

四六判192頁・
上製本・2,200円
序／橋本榮治

藤岡値衣 句集
『冬の光』

四六判192頁・
上製本・2,200円
序／黒田杏子

照井翠 句集文庫新装版
『龍宮』

文庫判264頁・
並製本・1,000円
写真／照井翠
解説文／池澤夏樹・玄侑宗久

照井翠 句集
『泥天使』

四六判232頁・
上製本・1,980円
写真／照井翠

『橋朧　ふくしま記』

A6判272頁・
上製本・1,650円
解説文／鈴木比佐雄

第74回現代俳句協会賞

永瀬十悟 句集
『三日月湖』

文庫判256頁・上製本・1,650円
装画／澁谷瑠璃　解説文／鈴木光影

俳句関係

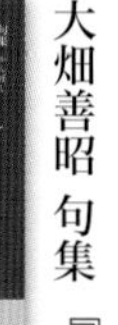

大畑善昭 句集
『寒星』

四六判208頁・
上製本・2,200円
帯文／鈴木光影

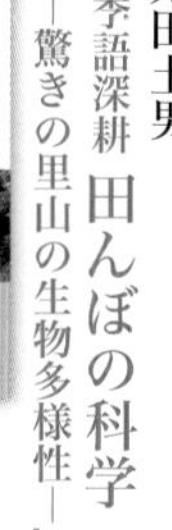

太田土男
『季語深耕 田んぼの科学
―驚きの里山の生物多様性―』

四六判192頁・
並製本・2,200円

渡辺誠一郎 紀行文集
『俳句旅枕　みちの奥へ』

四六判304頁・
上製本・2,200円

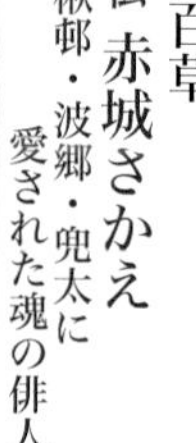

日野百草
『評伝 赤城さかえ
―楸邨・波郷・兜太に
愛された魂の俳人』

四六判264頁・
上製本・2,200円
帯文／齋藤愼爾

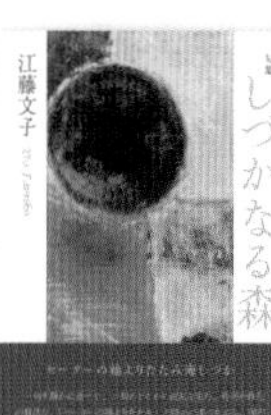

江藤文子 句集
『しづかなる森』

四六判224頁・
上製本・2,200円
序句／森川光郎
跋／永瀬十悟

上田玲子 詩集
『母あかり』

四六判224頁・
上製本・2,200円
序／能村研三
跋／森岡正作

銀河俳句叢書

四六判・並製本・1,650円
現代俳句の個性が競演する、
洗練された装丁の句集シリーズ

1 齊藤保志 句集
『花投ぐ日』
192頁　装画／戸田勝久
解説文／鈴木光影

2 乾佐伎 句集
『未来一滴』
128頁　帯文／鈴木比佐雄
解説文／鈴木光影

3 齊藤實 句集
『百鬼の目玉』
180頁　序／能村研三
跋／森岡正作

4 河野美千代 句集
『国東塔』
192頁　序／能村研三
跋／田邊博充

5 鈴木光影 句集
『青水草』
176頁　装画／藤原佳恵
帯文／齋藤愼爾

短歌関係

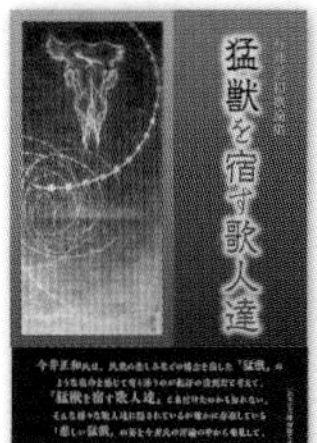

今井正和 歌論集
『猛獣を宿す歌人達』

四六判280頁・上製本・2,200円
解説文／鈴木比佐雄

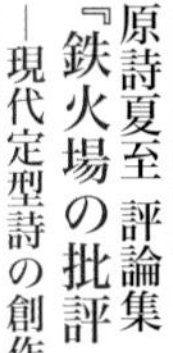

原詩夏至 評論集
『鉄火場の批評
——現代定型詩の創作現場から』

四六判352頁・並製本・1,980円

林 博通
『『万葉集』を歌う
—名歌一三四撰—』

A5判224頁・並製本・1,980円
装画／鈴木靖将
解説文／鈴木比佐雄

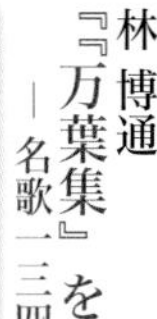

秋野沙夜子『母の小言』

四六判96頁・並製本・1,650円
解説文／鈴木比佐雄

望月孝一 歌集『風祭』

四六判224頁・上製本・2,200円

谷光順晏 歌集
『あぢさゐは海』

四六判176頁・上製本・2,200円

高橋公子 歌集
『萌黄の風』

四六判182頁・上製本・2,200円
解説文／春日いづみ

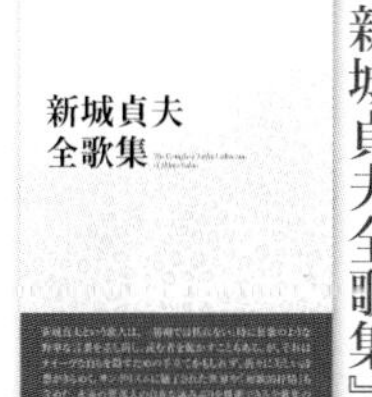

『新城貞夫全歌集』

A5判528頁・上製本・3,500円
解説文／仲程昌徳・松村由利子・鈴木比佐雄

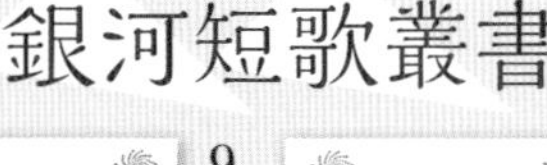

銀河短歌叢書

四六判・並製本・1,650円

9 岡田美幸 歌集
『現代鳥獣戯画』
128頁
装画／もの久保

8 原ひろし 歌集
『紫紺の海』
224頁
解説文／原詩夏至

7 安井高志 歌集
『サトゥルヌス菓子店』
256頁　解説文／依田仁美・原詩夏至・清水らくは

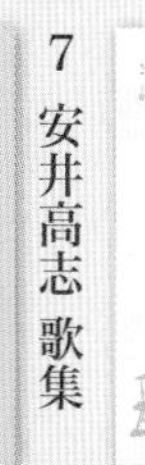

6 糸田ともよ歌集
『しろいゆりいす』
176頁
解説文／鈴木比佐雄

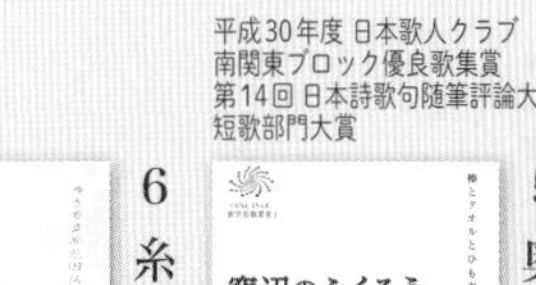

平成30年度 日本歌人クラブ
南関東ブロック優良歌集賞
第14回 日本詩歌句随筆評論大賞
短歌部門大賞

5 奥山恵 歌集
『窓辺のふくろう』
192頁　装画／北見葉胡
解説文／松村由利子

1 原 詩夏至 歌集
『ワルキューレ』
160頁
解説文／鈴木比佐雄

第13回日本詩歌句随筆評論大賞
短歌部門・優秀賞

2 福田淑子 歌集
『ショパンの孤独』 重版
176頁　装画／持田翼
解説文／鈴木比佐雄

3 森水晶 歌集
『羽』
144頁　装画／石川幸雄
解説文／鈴木比佐雄

4 望月孝一 歌集
『チェーホフの背骨』
192頁
解説文／影山美智子

「ありがとう」

末松　努

「ありがとう」を
嫌いな人に言えるようになると
神様に愛されるよ

神社の拝殿で
子供に諭している父親の声に
ぼくの耳が引っ張られた

世界のバランスとは
かくも不可思議なもので成り立っているのか
嫌いな人に渡す「ありがとう」とはなんだろう
しばらく考えていると
神社を囲む木々の掠（かす）れた声が聞こえた

それが　どれだけ　おぬしを　美しくしているか　わかるか

青空からこぼれ落ちる光がぼくを包んでいる
手を合わせると空気が揺れはじめた
嫌いな人がぼくを磨いている
俄（にわか）に信じがたい言葉が浮かび上がる

いつの間にか親子の姿はなかった
ぼくは光を身に纏（まと）ったまま
神社を後にする

きっとこれから「ありがとう」と言うようになるのだろう
再びここにきたとき
ぼくが誰かに光を手渡すために

コールサック（石炭袋）115号 目次

扉詩 末松努 「ありがとう」 1

特集1 関悦史が聞く俳人の証言シリーズ（3）

インタビュー 関悦史が聞く昭和・平成俳人の証言(3) 高野ムツオ―人間を踏まえた風土性の探求 8

特集2 追悼 崔龍源

遺稿 〈病中苦吟〉―妻―（必ず妻に渡して下さい。） 38

追悼文 川久保光起 詩を生み出す泉のような人 42

趙南哲 追悼 崔龍源（チェリョンウォン）を偲んで 種まく人のように生きたいと願った詩人 44

鈴木比佐雄 崔龍源氏追悼 存在の悲しみを世界の悲しみに転換し詠い続けた人 46

詩 崔龍源 詩十篇（詩集『遠い日の夢のかたちは』より） 空のひとみ／路上／遠い日の夢のかたちは／ハンマー／骨灰／わがティアーズ・イン・ヘブン／Kとの時代 ―自画像に代えて―／三・一一狂詩曲（ラプソディー）／真贋の森で ―あるいは真贋の詩―／時空 49

書評 鈴木比佐雄 崔龍源詩集『遠い日の夢のかたちは』 永遠の相の下で根源的な詩を奏でる人 61

崔龍源略歴 64

詩Ⅰ

方良里 アリア／声／焼かれた樹木 66

高細玄一 詩の力～この世界を進もうとするひとりに～／無菌室 68

高柴三聞 いつまでもついてくる 71

勝嶋啓太 妖怪図鑑「青龍くん」 72

熊谷直樹 妖怪図鑑「白虎」 74

風守 選択機 76

石川啓 点と線／生へのチャレンジャー 78

天瀬裕康 下瀬美術館 80

酒井力 忘却の譜 82

羽島貝 ガラスの小壜／摑みの寂寥／その現象を、名付けられない。 84

狭間孝 阿万吹上（あまふきあげ）浜／往復三百円の旅 86

宮川達二 キラコタン岬―釧路湿原にて― 89

成田廣彌 令和五年（レイワいっとせ）の四月（うづき）の歌と六月（みなづき）の歌 90

詩Ⅱ

坂井一則 あなめあなめ 94

坂本梧朗 やすらぎと理性 95

あべ和かこ　ライオンたちの企て／四つ葉のクローバー　96
東梅洋子　うねり　命／うねり　つぶやき　98
植木信子　五月　100
淺山泰美　囁く秋　102
青柳晶子　球根ふたつ　103
近藤八重子　願望／植物　104
原詩夏至　甩手　106
柏原充侍　笑うことを失った少女／初老の紳士／真金拘束（しんきんこうそく）／あなたがくれたひとことが　108
村上久江　明日へと　110

詩 Ⅲ

藤谷恵一郎　核兵器と無限多次元宇宙　112
石川樹林　ひまわりの太陽　113
山﨑夏代　'23 年の夏　114
佐野玲子　百年の静けさ　私たちの足下―関東大震災から　ちょうど百年の日に　116
みうらひろこ　#カードサギ　119
青木善保　母の手のひら　父の一語／病床幻想　120
星清彦　女神（ミューズ）のフェルマータ　122
外村文象　盛岡を旅した日／池に映る影／将棋の街高槻／ひと駅市バスに乗って　124
高田一葉　いっぱい／五月　126
日野笙子　座礁船と老人の夢　128
大城静子　靴の音　―命のひびき　129
座馬寛彦　ナンバー　130

俳句・川柳・短歌・狂歌・作詞

俳句時評　鈴木光影　虚子と藤村と坂のまち　―第15回こもろ日盛俳句祭　132
俳句　岡田美幸　天使魚　136
今宿節也　虫送り　137
松本高直　夏の夢　138
福山重博　かたつむり　139
原詩夏至　風車　140
英語俳句　水崎野里子　Haiku on Summer　141
俳句　鈴木光影　流燈会　142
川柳　堀田京子　うなぎのぼりの電気代―川柳もどき　143
短歌　中原かな　屋根　144
よしのけい　アタシはカカシ／観音　146
岡田美幸　鮫のあかちゃん　148
原詩夏至　田舎道　150
大城静子　言葉のごちそう／物騒な時勢　152
水崎野里子　デンマークの記憶／春の夢　154
村上久江　茶筅供養　157
福山重博　記憶　158

座馬寛彦　炎天　159
短歌時評　座馬寛彦　終わらない戦争の後遺症に向き合う　160
狂歌　高柴三聞　狂歌八首とおまけ（4月から6月頃）　162
作詞　牧野新　帰ってこいよ　愛しき　わが娘／許してね　母はここに　163

詩 Ⅳ

現代詩時評　原詩夏至　誰がために咲きつぐわれぞ　―青木由弥子『伊東静雄―戦時下の抒情』に寄せて―　166
詩誌評　植松晃一　権力に対峙する詩心の連帯　172
詩集評　岡本勝人　連載　詩集評（四）「詩」の日常から原像を読み替える「ことば」の選択と転換　市民的自由を表す「フリー・ヴァース」の複数性へ　176
小詩集　高橋郁男　『風信』三十一　183
永山絹枝　『クロアチアへ（祈念の旅）』　188
井上摩耶　『愛は幻か』三篇　191
千葉孝司　『天体観測の起源』四篇　195
堀田京子　『わが心の旅路』八篇　199
堀田京子　『スズムシ賛歌』六篇　205
久嶋信子　『わたしは　死ななかった』　209
鈴木比佐雄　『「仁愛の家」の母と父と子』七篇　214

エッセイ・評論

エッセイ　淺山泰美　夢のあとに／シャネル　最期の言葉　224
宮川達二　ノースランド・カフェの片隅で　文学&紀行エッセイ　第三十七回　デジデラタ―或る断片、山尾三省を巡って―　226
水崎野里子　「素劇　楢山節考」を見て　228
熊谷直樹　若き表現者を探し求めて（7）「若き表現者とは何か？」について考える　230
原詩夏至　詩の臍―伊東静雄の小詩にこと寄せて―　232
日野笙子　追憶の彼方から呼び覚ますもの（10）　ギターレッスン・市井の片隅で　233
評論　中津攸子　万葉集を楽しむ十七　万葉仮名の真意　238
永山絹枝　国分一太郎「益雄への弔辞」から（4）　―土の綴り方教育の中で生まれた童謡―　242
黄輝光一　「自己愛」と「利他愛」　宮沢賢治のこころとは／なぜ今、宮沢賢治なのか？（愛と奉仕）／宮沢賢治のその驚くべき「死生観」　251
星清彦　終戦直後に登場した出版界の風雲児　青山虎之助と「新生」（一）　256

小説

小説時評　宮川達二　『坂の上の雲』司馬遼太郎　262
小説　前田新　草莽伝　老年期3　266
富永加代子　楽園の扉（1）　274

小島まち子　ひと夏の家族（5）　282
坂本梧朗　見果てぬ夢―小説　堺利彦伝　289
高柴三聞　銀の月と常夜灯　300

書評

若松丈太郎英日詩集『かなしみの土地　Land of Sorrow』
植松晃一　不条理と対峙する正視眼の詩人　320
藤田博詩集『億万の聖霊よ』
池下和彦　言霊をつかさどる詩人　322
おくやまなおこ詩集『存在の海より―四つの試みのためのエチュード』
万里小路譲　時空を超える祈願と愛　324
日野笙子　詩人の実存と魂、このやみ難き思想は紛れもなく希望の書　326
秋野沙夜子エッセイ集『母の小言』
成田豊人　思いやりの心を思いやる　328
大関博美『極限状況を刻む俳句　ソ連抑留者・満州引揚げ者の証言に学ぶ』
仲寒蟬　不屈の精神　330
高田正子エッセイ集『日々季語日和』
新田由紀子　俳句を楽しむことの伝道　332
安達潔　普段着の、達意の散文　334
高田正子編著『黒田杏子俳句コレクション1　螢』
岩田由美　螢というタイムマシン　336
藤原尚子　「遅れてきた読者」にも扉は開かれて　338
藤岡値衣句集『冬の光』
加根兼光　いる、ある、存在する　わたし　340
飯田マユミ句集『沈黙の函』
石嶌岳　「家になる函」という温もり　342
大城静子小説『黒い記憶―戦場の摩文仁に在りし九歳の』
ローゼル川田　ある少女の沖縄戦　344
かわかみまさと　内臓の声なき声は大脳皮質を突き抜けてはるか遠くの宇宙の始原へ旅立つ　346
万里小路譲詩集『永遠の思いやり　チャーリー・ブラウンとスヌーピーと仲間たち』
高細玄一　チャーリーブラウンと共に『永遠の思いやり』の魅力を語る　349
いとう柚子　他者に向ける心こそ自己実現をかなえる　351
玉城洋子歌集『櫛笥―母―』
南輝子　たましひは破調に宿る　354
鈴木比佐雄　縦横無碍（じゅうおうむげ）に多次元構造を行き来する沖縄の精神世界　356
高畠まり子詩集・エッセイ集『小姑気質（こじゅうとかたぎ）』
成田豊人　異議あり、の精神　359
橋爪さち子　あらゆる予感たぐりよせ枝ぶり豊かな常緑樹に　361
編集後記　鈴木比佐雄　364

鈴木光影 366
座馬寛彦 366
羽島貝 367

特集1　関悦史が聞く俳人の証言シリーズ（3）

関悦史が聞く 昭和・平成俳人の証言(3)
高野ムツオ——人間を踏まえた風土性の探求

日 時 二〇二三年四月十六日（日）十三時〜十六時
場 所 東京・秋葉原

（記録）鈴木光影

生まれ育った地としてのみちのくと父祖

俳句を作り出した頃のことから話し出すときりがなくなるけどね、でも何も知らず俳句を作ってた若い頃に感じていたこと、漠然と表現したいと思っていたことと、この年になってから、表現したいと思うことは新しく変化しているようで結構繋がるんだよね。一体化している。一貫性あるんだよ。長い年月の間に、いろんな人から影響を受けたけど、どこかで一八〇度回転したわけではない。影響を受けながら、深まったり、変化したところはあるけど、基本は一緒だね。だから、そういう意味では、生い立ちから話すということは、やっぱり私自身の俳句のベースが見えてくるからいいのかな。また、自分の生きてきた一本線が改めて見えてきていいのかね。

私が生まれたところはね、宮城県の一番の北側。県北。宮城県栗原市。私が子供のころは岩ヶ崎町と呼んだ。宮城県に違いないけど文化圏で言えば、平泉文化圏ですね、近所の人たち、私の妹の嫁ぎ先なんかもそうだけど、正月の買い物とか、盆の買い物っていうと、みんな岩手県の一関に行くんだ。仙台の方に出ない。北の一関に行く。また近いんだよね。私の同級生でも地元の高校の他では、一関の高校に行ってるのがけっこういた。仙台の高校に行ったのもいるけども、一関の方が身近なんだよね。そういう土地柄なんだ。義経ゆかりの栗原寺（りつげんじ）が近くにあるけど、平泉藤原のかつての息がかかった土地というのが、多分ずっと続いているところなんだよね。

中学生ぐらいの時に地元の俳人にこの岩ヶ崎は芭蕉が通ったところだと教えてもらった。確かに芭蕉が平泉から一関を通って、岩出山に抜ける途中の道筋にあたるんだな。ただ、どこを通ってきたかわかんないんだよね。この辺じゃないか、あの辺じゃないかなんて、その頃いろいろ想像したね。おくのほそ道の本文には出てこないけど、曾良の随行日記には、岩ヶ崎の地名が出てくる。芭蕉衣掛けの松なんてのも近くにある。後世の作りものだろうけど、そういうところがあって、この辺を通ったんだろうということはわかる。義経が山形を通って平泉へ逃げてきた時に泊まったのが、繰り返すけど栗原寺だね。今は小さな寺だけど、平泉の南の拠点みたいなもんで当時は僧兵が千人もいたらしい。そこに義経は到着して、そこで藤原秀衡の迎えを待った。そういう歴史的なところでもあるんですよね。そうそう、義経の墓も妹の嫁ぎ先のすぐ目の前にある。中学生の頃はもちろん、そんなことは知らなかったけど、あちこちに八幡神社や古戦場があって、八幡太郎義家のいわれはずいぶんあった。東北には多いんだけれど岩ヶ崎も馬市が盛んで子供のころはそれを楽しみにしてたね。夜店もあった。

それからもう一つは、我が家のルーツに関係するんだけれども、すぐ近くに細倉鉱山があった。元々は銀山だったらしいけど、私が子供の頃は亜鉛鉱山で産出量が日本で二番目だった。そのおこぼれみたいなのもあっていろんな商売が栄えた、まあほんのちっこい町だよね。もともとは伊達藩の城下町ではあるんだけれども、そういう土地柄なわけです。

我が家も元々は仙台藩の御用商人らしい。多分下っ端だと思うんだけど（笑）。父親が仙台の栽松院っていうお寺まで出向いて、そこから先祖のお骨を持ってきて、今の檀那寺の黄金寺（おうごんじ）という寺に埋葬し直した。これも私が小学生の頃かな。

ところが下っ端なので廃藩置県の際に商売あがったりになり、仕方なく一家で一関に流れた。そこで、どうも近くの岩ヶ崎が馬市で栄えていて、さらに細倉鉱山で景気が良くなったらしい、そこに行けば、なんかうまいことあるんじゃないかということで、おこぼれのおこぼれに預かろうとやって来たらしい。流れ者の見本みたいな家系ですな。いろいろな商売をやったようですが、基本的には、魚屋、いや料理人って言ったらいいのかな。田舎の葬式だとか、結婚式とか、当時は自分の家でやるわけですよね。その際に料理人を雇う。材料の魚の仕入れもやったようだけど、その雇われ者の料理人が祖父の代までの生業だったようだね。沼の氷を切り出して氷室作って、それを夏になると売ったりもした。子供が熱を出した時、氷を近所に分けてあげて喜ばれたと話していた。冷蔵庫が普及していない時代だからね。確か父にサーカスの興行許可証を見せて貰ったこともある。

これも父の話だけれど、人力車が一台あって、田舎町で何に使うかというと料亭に芸妓を送ったりするのに使ったらしい。商売が順調だった時期もあったようだけど私の祖父さんが借金を残して病気で死んでしまった。ほんの少しだけの家屋敷も全部借金の方に取られ、借家暮らしになった。祖父は父が生まれる時に離婚して、その後再婚している。父は一人っ子だから、遺されたのは義理の母と父の二人だけだったわけです。そんな貧乏一家に農家から嫁が来て最初に生まれたのが私なわけです。貧乏ではあるけれども、やっと少しは希望の灯は見え、三人で猫可愛いがりに可愛がったからもうどうしようもない、こういう人間になったという流れなわけです（笑）。長男の家系だけど貧乏で、その貧乏性は今も抜けませんね。義理の縁になる祖母は農家の出で、大正の頃の飢饉の際に小樽に売られて行って病気で帰ってきた

高野ムツオ

人。その後、祖父の元に嫁いだ。まあ一人っ子だった父の子守代わりみたいなもんです。子を産んでないせいもあって孫の私をそれこそ可愛がった。キセル片手にタバコ吸う姿がよく似合っていたどこか粋な婆さんだった。「貧乏でいいから、商売はしてはだめだ」とよく私に教えていた。どうしてこんなに我が家は貧乏なんだろうと幼いながら悲しくなったことが何度もあったね。父が俳句を始めたのは戦後すぐ。どうやら叔父に当たる人が俳句に親しんでいたらしい。それと私の名付け親となった、舘山寺（かんざんじ）という町内の寺の住職が句会を始めた。それがきっかけみたいだ。私は親父っ子なもんだからね。親父にどこに行くにもついて行った。しかもその、舘山寺は俳句以外でもよく遊びに行っていた寺。小学一年の時からそこで習字もした。もう俳句を作る入り口はすぐそこにあったわけです。

小学生のとき寺の句会で阿部みどり女選に入った

　小学校四年生の時ですね。句会に行ったたっちゅうんじゃないんだな。父に着いて寺にただ遊びに行ったわけ。本堂で遊んでいたそばで句会をやっていた。多分、その句会の中の一人が「ムツオ、俳句作ってみろ」ってでも言ったんでない？　記憶にはないんだけど、それで俳句を作って出したんでしょう。披講するわけじゃない。誰々選といって。その日、たまたま阿部みどり女が来ていたのね。仙台から年に一遍か、二年に一遍ぐらい来てたみたいなんだけど。その時も何かの記念で来ていたらしくて、私の俳句が選に入った。だけど、誰も名乗る人いないわけ、誰の俳句なのか分からない。本堂の隣の広い部屋で句会をやっていて、私は本堂で遊んでいた。それは覚えてる。その時に誰かが「これムツオの俳句が？」って聞いたわけよ。私は、少し恥ずかしそうに「んだ」って答えた。すると句会場が「へー」って、空気になる。句会場に近づいて行ったら、みどり女先生が、「今日の雰囲気よく出てますよ」って褒めてくれた。どんな俳句かというと、〈夏の雨うるさく響く夜の寺〉。そのまんま。当日夜だったし、雨降っていて、本堂だからザアザアって音がする。スレートだったかトタンみたいな屋根だからね。みんな音が聞こえてくるわけだ。その時の燈明の灯の具合や、みどり女先生の顔まで覚えてるなあ。ニコニコ笑いながら、「いい句だよ。今日の感じがよく出てますよ」ってそういう意味のこと言ったこと、はっきりと覚えてる。言われて、私が照れくさくなって、そこに立っていたという記憶はあります。

　それがきっかけで、なんとなく俳句というものに関心が深まってきて、実際に自分で意識して作るようになったのは、中学生ぐらいかね。中学生ぐらいの時は、句会に出てます。一年生だか二年生だか覚えてないんだけど、少なくとも三年生には間違いなくよく出てる。月一回ぐらいかな、そのお寺の句会で。大した人数集まんないんだよね、十人前後。忘年句会とかそういう時には十五人ぐらい集まったのかな。ほとんどが町内や近隣の町の人たち。

　句会には、寺の住職さんも、大黒さんのおばさんも入るし、この二人には私とってもお世話になったわけだけど、それにうちの親父のような公務員、まあ役場の職員だね。それから、後で詳しく話すけども、よく俳句を教えてくれた松本丁雨（ちょうう）さんはペンキ屋さん兼農家、それから時計屋さんもいた、花屋さんもいた、農業専門詰まりお百姓さんもいた、石屋さん、ああ大きな燃料店の主人もいた。それからリーダー格っていうかな、先生って呼ばれる人は大体お医者さん。俳句の先生なのかお医者さんのせいかの変わらないけど先生と呼ばれていたね。大体そんな人たちで句会をやる。だから、私は句会というもの、俳句というものは、そういうどこにでもいる庶民的なおじさん、おばさんの楽しみだと思っていた。あの当時でも中心は三十代か四十代ぐらいだね、私は十歳ぐらいで、親父が四十ぐらいだから、老人でも六十代ぐらいかね。そういう普通の庶民が自分の楽しみとして、コツコツやるもんだと、その当時から思った。なんか上品な上流階級の人がやるとか、文学者や芸術家がやるとか、そういうのではなく、名もない、ごく普通の人が楽しむのが俳句だという意識は、その頃から知らず育っていた。金子兜太の子供の時みたいに、酒飲んで喧嘩してるような場面は見たことないけども、でも、点数が入んなかったって、ぼやいていた人やがっかりしていた人はいたね。私の俳句を、たまたま句会に出てこなくて、後で見て、なんでこんないい句にみんな点数入れねんだべなあと私を慰めてくれた人もいた。その人が松本丁雨なんだけどね。あ、その丁雨さんは「麦」の同人だったね。私を可愛がって家へ連れて行って、当時の中島斌雄の「麦」やさまざまな俳句の本も見せてくれた。「三十代作家論」っていったのかな。新書版の本を貸してくれたり、いろんな雑誌を貸してくれた。その辺から社会性とか、それから新しい俳句に興味を少しずつ持つようになった。

皆川白陀の「末黒野」にもいた。その縁で私も高校三年のあたりに「末黒野」に投句したことがある。〈氷菓かじる明日の暑孕む森の前〉など評を書いて貰った。岩ヶ崎町に白陀が来た時、句会をした記憶がある。丁雨の友人の古内一吐も古川市から駆けつけていた。雪の降る夜だね。ついでだから話しておくと私の〈灯をつなぐ町は雪国雪しんしん〉を〈灯をつなぐ雪国の町雪しんしん〉と直してくれた。

寺で『図説大歳時記』を読み耽る

舘山寺では、角川の「俳句」を毎月取っていた、もちろん阿部みどり女の「駒草」もあった。日曜などに寺に行くと、それを片っ端から開くわけでしょ。古い雑誌もね。そうすると、当代のいろんな俳人の、飯田龍太とか金子兜太とかまだ新人だよね。それにその前の世代の人たちの俳句を知るわけよ。加藤楸邨とか、西東三鬼とかその辺の人たちの句も読むでもなく読む。パラパラ開いて、面白そうな俳句や評を読む。そうして、いろんな俳句に少しずつ知識を深めていった。それから、「駒草」には、高校一年生から投句した。中学校から投句したかったんだけども、お寺のおばさんが、「まだ早いから待ってなさい」って言ってくれて、高校生になったらそのおばさんが私専用の「駒草」を買ってくれて、それで投句した。我が家は貧乏だったから、とても高校生で俳誌なんて購読はできないわけね。投句して今回は二句、三句とそのたび、がっかりしたり喜んだりと高校三年間を過ごした。それと同時に、これはとてもタイミングが良かったんだけど、ちょうど私が高校三年生の時に、角川の『図説大歳時記』が出た。一冊三千円くらいしたんだ。今で言えば三万円ぐらい。私の親父なんか四人子供がいるわけで、もう貧乏な町役場の職員だから買えないわけですよ。でも、そのお寺さんは揃えてくれたわけです。もともと寺の句会は町の青年たちの教養講座みたいなもんだから、そこに来る人のために一冊セットを揃えましょうということで、発刊ごとに買ってくれたわけです。それを最初に開くのは私（笑）。だから、お寺さんに届いたと聞いては行って見て、え、どんなん載ってんだろうっていつも楽しみにしていた。写真がよかったよね、写真を見ながら例句を眺めるぐらいだったなあ。だからあの当時もっと解説とかさ、考証をちゃんと読んでれば、俺もっと俳句上手くなったんだと思うよね。気に入った季語の解説ぐらいは読んだのかなあ。考証なんか全く読まなかったね。でも、俳句だけは、写真と見比べながら。ああ、こういう情景あるんだ、とか、こういう面白い句があるんだって、うなずきながらは読んでいた。

　あと、すごい印象に残っているのは、その大歳時記にソノシートがついてたのね。レコードのペラペラしてるやつ。何が録音されてるかっていうと、鳥の声ね。多分、春と夏と冬の部は鳥の声じゃなかったかな。秋は間違いなく虫の声。で虫の声を一生懸命聞いたの。覚えようとしたんだ。だって、いつも辺りでいっぱい鳴くわけじゃない。でも、どの虫の声だかわかんないでしょ。それを判断しようと思ってさ、判断できればいいなと思って、ソノシートをポータブル式の当時のプラスチックでできた安い電気蓄音機で聞くわけですよ。聞いて、よし「これは蟋蟀（こおろぎ）だな。そうか閻魔蟋蟀はこうで、つづれさせはこう鳴くのか」「これは鈴虫」「鉦叩」と解説に教えられて聞くんだ。そして、よしわかったと思って勇んで外に出て耳を澄ませるんだけど、全然分かんない（笑）。何回やっても、聞き分けられなかった、それが残念だったことだけは覚えてます。でもそうやって虫の声とか鳥の声とか、いろんな音に関心を深めていった。これも俳句の栄養になったのかな。『図説大歳時記』からは多分いろんなことを知らずに得ていたのだと思います。これもこの寺に親しんでいたお陰であるわけです。

阿部みどり女に物を見ることを教えられつつ無季俳句も論じた工業高校生時代

　みどり女の俳句はもちろん「駒草」には石原八束のところで勉強した俳人もいて、例えば真島楓葉子という魅力的な作家がいて、学ぶものはたくさんあったねえ。でも話が戻るけど、当時の社会性俳句や高柳重信とか、富澤赤黄男の無季俳句など知ってくると、やっぱり、そっちにだんだん惹かれていくんだよね。佐藤鬼房の句も、松本丁雨に教わった。同じ労働者の俳句ということもあるのかな、鬼房がいちばん良いと言っていたのを覚えているね。その中で私がとくに関心を含めていたのが、無季俳句、季語でない世界でなんとか読めないのかなっていうようなことを単純ながら生意気に考えたのが、高校三年生の時。

〔そう言いながら高校の文芸誌「雲」に掲載した「現代俳句小論」を取り出す。筆名は高野睦夫〕こんな大それた題をつけてるけどさ、でも書いてるのは無季俳句のことで、ろくに知りもしないで高柳重信や林田紀音夫の句なども引用している。まあ、中身はお粗末ですが、それでも無季の俳句を作るためには、一つの言葉にだけ大きなウェイトをかけないで、五七五の中で言葉をうまく構成して、そこで個々の言葉の力を別に発揮しましょうということを主張している。今も無季俳句の可能性を考えているけれど、その原点ですね。でも、同時に阿部みどり女のところに投句していたわけなのだものね。自分の関心ごととやはりギャップがあったわけです。

だからね、しばらくは、私の中ではね、阿部みどり女の花鳥諷詠の写生を主にした世界への関心と社会性俳句とか無季俳句への関心が一緒に存在していましたね。つまり、今思えば、どっちも魅力的だったですよね。

高校生の頃、みどり女先生から直接、教わる機会があってね、今の「駒草」の主宰の西山睦さんに得意になって吹聴するんだけど、「駒草」の発行所が米ケ袋(こめがふくろ)っていうところにあって、そこに高校生の高体連っていうスポーツの祭典あるじゃない。それに出かけた機会などに、ちょっと寄ったりしたんだな。ちゃんと連絡して行ったのかねえ。携帯電話などないし、公衆電話などもあまりなかったはずだからね。それからほんの数回だけど高校生の時期に句会にも参加しましたね。で、ある日行った時にみどり女先生と二人っきりになって一時間ぐらいかなマンツーマンで教えて貰ったことがある。「俳句というのはね、ちゃんとモノをしっかりじっと見て。例えばここにあるこの花だったら、これをじっくりと見て、虚心になって心を真っ白にして向かい合ってると、そのうちに、俳句が湧き上がってくるの。モノが語りかけてくれるまで、それまで我慢して見てるんだよ」ということを教わったのを覚えている。緊張していてうろ覚えなんだけどね。「俳句は二十代がいちばん良い句ができます。」とはっきり言われたことも覚えている。励ましてくれたんだね。終わりに「今日の個人指導はこれでお終い」とにっこりされた。それから、これは句会で教わったんだけど、「とにかく、自分の感覚、感じたものを大事にすることが大切」ということも心に残っている。後でまた話をするけれど、金子兜太にも師事するわけでしょ。その時には、まあ阿部みどり女の俳句とは違った世界に飛びこもうと思ったわけですよ。ところが、金子兜太は、「俳句というのはモノだよ。モノをちゃんと見ることだよ」と何べんもくり返す。最初に聞いた時は、なんだ二人とも同じこと言ってんじゃないか、と思ったね。

そんなことが高校生時代の思い出かな。ああ、それから高校の文芸部顧問の菊池謙先生にもいろいろ励まして貰った。短歌をやっていた人だったね。まあ俳句をこれからも続けようなど決意していたわけではないけど、けっこう熱が入り始めた時期かな。詩も書いてみたけど幼い作品しかできなかったね。なにしろ高校は私、工業高校なもんだからね。

夜間大学で文学友達ができ始めた

なぜ工業高校だったかっていうのは、家が貧しいせいも自分の頭が悪かったせいもあるんだけども、本当は仙台一高とか、二高のような進学校に入りたかったわけ。ところが、担任の先生にあんたの成績では、受験するのはいい。つまり受かる可能性はある。だけど、私立高校も受けなきゃダメだ、滑り止めがないとダメだって言われて。そのことを親に言ったわけ。そしたら、母親は、私立高校なんかとんでもない、とっても許してくれない。父親は黙って聞いたけど。だって俺、高校終わったら大学に行きたいんだ、と言った。母親は、「とても大学なんか行かせられない」って言う。母親は農家の出でさ、小学校しか出てないからね。もう子供は高校行かせれば十分だと思ってるわけ。父親は黙って聞いてた。父親は自分が当時の農学校、今でいう高等学校に入っていたんだけど、その親父、私にとっては祖父に当たる人が病気で亡くなって、それで家の仕事をしなきゃいけないと高校を辞めちゃってんの。これ後から知ったんです。だから、黙って聞いてた。

そんなこともあって、しかも当時オリンピック景気だから、工業高校をみんな勧めるわけだ。確かに就職引く手あまただったし、いい学校だっていうんで、入ったんだよね。今の大崎市の古川工業高校、入って一日目だな。入学式の時。今でも覚えてるけど。校長の話聞いて、俺ここに来るんでなかったと思った。「質実剛健」ということをモットーにしながら、とにかくこの世の経済を良くするために勉強するんだって言うのよ。戦後の高度成長期でもあったしね。でもそんな考えがいやだったし、そうなると学校のことが全部嫌になる。すると成績はだんだんガタガタ落ちてくる。そして、高校三年生になった辺りには、やっぱり俺は文学をやりたいんだって気づいたわけだ。何事ものんびりして遅いんだよね。判断が。文芸部同士の繋がりって当時あって、市内の高校生同士の交流がいろいろできている。学校の枠を超えて、文芸の冊子も作っていた。その中で知り合った、女子高の生徒からノート借りて国語の文法であるとか、社会の歴史であるとかの工業高校ではない科目の勉強をずいぶん一生懸命やったね。工業の専門教科の授業中に、堂々とそんなノートや参考書を開くわけよ。でも家が貧乏だから、昼間の大学に行けるわけない。そこで就職して夜間大学に行こうと思ったわけです。これも時代だよね、あの当時、工業高生は金の卵、引く手あまただったから、様々な特典を、就職先が準備して勧誘するわけ。その中で神奈川県が夜間大学に行かせてあげますという特典を付けていた。退勤時間など配慮してくれるわけです。それで神奈川県を受けたわけです。そしたら、たまたま受かった。公務員になる同級生が多かったけれど、地元についで千葉や神奈川、それと東京の公務員試験はそれでもけっこう競争率は高かったからね。よく受かったと今でも思うよ。最初の勤務先は平塚、そこの土木事務所で働きながら、そっから渋谷の國學院まで通う。公務員になって二年目に合格して國學院に夜、通ったわけです。

四時に仕事終えさせてもらえるわけ。そして一時間半ぐらいかかって渋谷に通う。九時ごろまで授業を受けて、平塚の寮に着くのは、十一時ごろかな。あと、飯食って寝て、仕事をしてというのを毎日繰り返したけど。でも楽しかったよね。何が楽しかったかって、やっぱりその國學院大学に入ったら、工業高校もそれなりに楽しいことはあったし、仲の良い友達はいたけれどでも基本的に文学の話はなかなかできない。だけど大学で学びながら同じ文学で話が通じるって、やっぱり、こんな楽しさはなかったよね。まあ、大した話をするわけじゃないけどね。誰もが関心がある太宰治や三島由紀夫や大江健三郎の初歩的な話だけども、やっぱり楽しいわけですよね。それぞれ、詩や小説などさまざまなグループとかサークル作ったりして、いろんな活動をする。ただ、それだけだけど楽しかったね。

現代詩、シュルレアリスムへの傾倒を経て金子兜太に師事

その中で知り合った一人が今、私の「小熊座」で、この頃一生懸命、俳句は下手くそだけど、文章を書いてる武良竜彦。石牟礼道子のことを書いて現代俳句協会の評論賞取ったよね。いちばん仲のよかった同級生でね、わがままな私の女房みたいだったね。大体武良竜彦なんか俳句全然関心なかったんだ。私の影響で俳句に興味を持った。彼が関心あったのは中原中也とか宮沢賢治、それから石牟礼道子。私も当時の大学の頃から石牟礼道子のことを武良から教えてもらった。でも、大して読まなかった、もっとちゃんと読んでみりゃよかったけど。武良竜彦は熊本の水俣出身だから、石牟礼と同じところで育ってるわけ。自分の家族にも水銀の公害で苦しんだ人がいる。だから切実な思いで石牟礼道子のこと読んでて、石牟礼道子のことをしょっちゅう言ってたな。五十年以上前だからね。「石牟礼の小説も詩もいい」と。もう少し、真面目に石牟礼道子の作品とむき合えばよかったね。

当時、その武良竜彦から紹介されたので覚えてんのは、谷川雁。彼も熊本の同郷だから。「東京へゆくな」か。あの詩はインパクトあった。元々萩原朔太郎が好きで、朔太郎の詩集、なけなしの金で買ったりしたんだけども、谷川雁の批評のインパクトはまた別の世界だったね。その夜間の大学に現代詩研究会というサークルがあって、そこでも、いろんな詩人や作品を教わっては読んだりしたわけですよ。当時、「現代詩手帖」が華々しかった時代だから。林静一や池田満寿夫らが表紙を描いていた。そこで知ったのは、まあいっぱいいるわな…、吉岡実。それから私たちの一つ上の世代で当時華々しかったのが天沢退二郎。それに高橋睦郎。入沢康夫。入沢康夫の古事記の世界を表現した長編の詩あったよね「わが出雲・わが鎮魂」か。吉増剛造や鈴木志郎康などきりがない。俳句のとは別世界のエネルギーがあったね。あと心に残っているのは中江俊夫の『語彙集』これは俳人も一度は読むべきですね。中でいちばん惹かれたのは吉岡実かな、『静かな家』、「孤独なオートバイ」もこの詩集だよね、あのイメージの軽やかな疾走感は魅力的だったよ。天沢退二郎のイメージを立ち上げてはこわして、立ち上げてこわす。ああいうスピードのある詩が当時とても惹かれたね。高橋睦郎さんの叙情にも惹かれたね。そんな中で研究会の友人たちと、やっぱりシュルレアリスムをみんなで勉強しようってことになって。で、翻訳物を、わけ分かんなくても読んだんだよね。アンドレ・ブルトンとかアンリ・ミショーとかさ、エリュ

アールも。エリュアールは読みやすかったからね。ルイ・アラゴンも詩情豊かなんだけど。ブルトンが難しかったよね。『シュルレアリスム宣言』。そんなことで、もちろん俳句もやってたんだけど、詩の世界にも少しずつ関心を深めていったわけね。すると、やっぱり言葉っていうものの機能とかにも関心が及ぶわけです。アマタイが『宮沢賢治の彼方へ』で書いてた言葉のあり方。それに吉本隆明の『言語にとって美とはなにか』も刊行されたばかり。熱心に読んだね。難しいけれど若さに任せて読んだんだな。ロラン・バルトなんかみんなが読んでたから、負けずに私も読みましたけどね。読んだけど、全然わかんねかった（笑）。モーリス・ブランショとかさ。でもこういう言葉の働きについて考える世界があるのだということを知っただけでもよかったね。でも、やっぱり俳句が私にとっては一大関心事だったわけね。俳句をこの際、自分なりに、自分が、関心を持てる世界として作っていこうと思ったわけです。

その時に頭にあったのは一人が高柳重信、一人が飯田龍太、一人が金子兜太。この三人も、さっき言ったように、高校生から読んでんだよね。それで、新たにどこに師事をしようか、どうしようかって迷っていた時に、決定打になったのは、『今日の俳句』だよね、金子兜太。あれを書店で見つけて、読んで、よし、これだと。《古池の「わび」よりダムの「感動」へ》か。あのキャッチフレーズもインパクトあったしね。出てくる俳句が、特に表紙に書いてある原子公平の〈戦後の空へ青蔦死木の丈に充つ〉、佐藤鬼房の〈青年へ愛なき冬木日曇る〉、ああいうのが並んでるわけですよ。で中身では、まず俳句の鑑賞、金子兜太自身が〈どれも口美し晩夏のジャズ一団〉について、それと、島津亮の〈怒らぬから青野でしめる友の首〉。あれなんかは兜太の名鑑賞で名句になったようなもんだよね。それを読んで「ようし、この世界だ」と思ったわけですよ。それで「海程」に入ることにした。高柳重信も良かったけどね。俺好きだったからね。我が道を行くという詩精神がね。ただ、やっぱりね、耽美的なんだよね。やっぱり美の世界を求めようって意識が強いっていうふうに、あの当時感じたんだよ。後で、じっくり読むとけっしてそれだけではないとわかるんだけどね。

それから飯田龍太は、あの叙情が魅力的であったけれども、同じ叙情の世界なら阿部みどり女もそうなんだよね。質的な違いはもちろんあるんだけれども。やっぱり、一つの伝統的な美意識に則った叙情性を元にした俳句だよね。だから、私としては大きな変転にはならない。でさっきも触れたように高校生の頃から、私は無季俳句もなんとか自分でも作ってみたいと思っていたので実際、大学時代の私の俳句はほとんど無季。そんな流れで金子兜太のところに師事したっていうことにもなるわけ。

金子兜太の「海程」に入って、今でも覚えているのは、新宿の家庭クラブ会館、あそこで句会やって、そしていろんな人の話を聞くのは楽しかったですよね。これも、前の田舎の句会は選をして何点入ったかどうか選ぶぐらいで、大体あんまり合評しないで終わるわけですよ。まあ、一人か二人が感想言ったのかな、その程度で終わる。それから阿部みどり女の句会は、先生が一人でみんな喋って、そして、皆さんそれを静かにして聞いてるという上品な句会だったのです（笑）。

ところが金子兜太の「海程」にいくと全然違うんだものね。みんな勝手に言いたい放題やる。一緒になって金子兜太も。でも最後は金子兜太が、弁説爽やかに、すごい説得力でみんな納得するような話をして、「なるほど、そうか」で終わるんだけれども、それでもみんな好き放題の言い合いで、私も、最初の時は小さくなってたけど、そのうちに数重ねるうちに大きな顔になって、また二十歳そこそこの若者だから生意気なんだよね。あの当時、酒井弘司も三十代、森田緑郎も三十代、塩野谷仁も三十代、それぐらいの時だからね。阿部完市が四十代か五十代ぐらいか、金子兜太もそうだよね。みんなで自分の批評や感想を言う。あとは稲葉直かな。『未完現実』の、あれがね、名古屋あたりからやって来ていたんだよね。すごく大きな声で熱心なんだよね。それを金子兜太がまたしっかり、受け止めてまとめる。何を言っても説得力があったけれども、金子兜太がまとめる言葉で「やっぱりモノだよ。物象感だよ」というのは今でも頭に残っているね。

『語りたい兜太　伝えたい兜太』（聞き手・編者　董振華）で語ったこととダブるけど、阿部完市の句の〈あまのはら白い傘さして三月〉という俳句と〈三月の紙につくった裏あける〉この二句が、俎上に乗って。どちらに目指す俳句の姿があるか、語りあったことがあるんだ。みんなの意見を聞いていた金子兜太は、〈あまのはら白い傘さして三月〉の方が良いっていうわけ。「三月の」の俳句は「言葉で作った世界だ」って金子兜太は言うわけ。でも、当時の私などはその言葉で作られた世界であることが面白くて、そちらの方が感覚的だって主張したわけだけども、金子兜太は、「あまのはらの方が物象感がある。あまのはらは古典的な想像世界だけど、そこで、ポツンと傘をさしている人間がいるというところに、一人の存在感がしっかり感じられる」と言うんだね。この時も物象感、モノの質感がぴったり合ってるってこと。モノだっていうことを強調していたのは、私の言葉への意識をしっかり方向づけてくれた機会だったね。「モノを見る」って、みどり女も言っていたけど、つまりは言葉によってものの存在のあり方を発見するっていうことなんだとあとで思った。その後金子兜太はしょっちゅう機会あるたびに物を見よとか、俳句は映像だって、死ぬまで言ってるよね。言葉と物、俳句の秘密ってのは、この辺にあるんじゃないかな、と思いますね。

学生時代は「海程」で、俳句と一緒に詩も作っていたんだけど、数は作んないんだけどね。詩は一つの内容を一つの形式で作んなきゃいけないでしょ。すごいエネルギー使うわけ。だんだん作ってるうちにね、大学の四年生ぐらいなってくるとね、詩が短くなるの。リズムも五七調に近くなる。それで俺、もしかしたらやっぱり俳句なんだな、と思って。大学終わる頃には、これからは俳句一本にしようと決心したんです。

学生時代、刺激を与えてもらった俳句の若い連中には「海程」の大石雄介らの他に、國學院大学に國學院俳句研究会というサークルがあって、そこに宮入聖とか島谷征良とかいて刺激になったね。それから、今はどうしているかわからないけど、私にとっては夜間部ですごい力になってくれた大塚青爾、彼らと酒を飲んでは俳句の話をし、そして俳句を作っては酒を飲んだりしたってことを繰り返して、俳句を楽しみましたね。これも今の私の土台となっているかな。

一度だけ高柳重信の家に行った

高柳重信のお宅に一回だけ、会いに行ったことがあります。四年生の時。突然行くためには、ちゃんと理由がなきゃいけないでしょ。何を理由にしたかというと、まあ理由にしたっていうよりも、それは大きな目的だったんだけれども。『定本富澤赤黄男句集』が数年前に出てた。ところがどこにも売ってないのよ。古本屋にもない。もしあったとしても結構高いだろう。重信のとこにだったら、重信が発行人だから、譲ってもらえるのではないかと思って出かけて行ったんです。まあそれをネタに重信に会いたい気持ちもあった。代々木上原でしたか。あそこの線路のそばに家があったんだ。玄関に入ったら、重信が出てきて、最初に用件を言ったんです。「富澤赤黄男句集無いですか」と。「いやあもう無いなあ、欲しいのか?」と言う「はい、ぜひ買いたいと思ってます」と応えると次の返事が今でも耳に残っている。「そうか、なら自分で出版したらいい」。その時はびっくりした。あ、そうか、本は買うものでなくて、自分で作るものだと初めて知ったわけです。これ、発想の逆転だよね。確かに、重信の生き方ってそうだよね。俳壇で自分が認められなかったら、自分で俳壇を作ればいい。自分で総合誌を作ればいい。自分の価値観の俳句の世界ってものを創造すればいいって考え方なんだよね。一人で隅っこの方でいじいじいじけてないで、ぼやいてないで自分が中心になれる世界を作れと言うことだよね。すごいよね、その時はただびっくりしていた。本、自分で作んのかいやと（笑）。若い男が一人で行ったわけだから、重信も少しは関心を持ってくれたんじゃない。「どこで俳句やってんだ」と聞く。「海程でやってます」と応えると「誰関心あるんだ」とまた聞く。「阿部完市」と言うと「あいつはなかなか面白い」と笑う。「他には」とまた聞くので「永田耕衣好きです」と返事すると「ほう、それは若いのにめずらしいな」と（笑）。ちょうど、『闌位』が出たばかりで耕衣から直接購入していた。実際、永田耕衣の俳句は面白かったからね。金子兜太なんかはほとんど話題にしてなかったけど。やっぱり、ああいう反近代というのかな、いわゆる諧謔で、世の中の価値観をひっくり返してみせるってのはねえ、すごいことだ。あの当時は多分ニヒリズムに魅力を感じていたんだね、永田耕衣にね。『闌位』買った時に返礼のハガキももらってんだよな。どこ行ったか行方不明になったけれどね、話が逸れて来たけど、最後に重信から「俳句評論」を数冊もらって帰ってきた。一回だけです、重信に会ったのは。一回で短時間だけど、「欲しい本は自分で作る」これ聞いただけでよかった。

大学を出て仙台で教員に 俳句に本腰を入れさせた金子兜太や同僚の言葉

そうやって、俳句に関心を深めながら、卒業したらどこで暮らそうかって思った時にやっぱり田舎へ帰ろうと思った。予定を立てていろんな会社の試験を受けたり、学校の試験を受けたりしてるわけじゃないけれどもね、とりあえず仙台の叔母の家を頼って帰りました。東京はずっと住むとこじゃないと思ったわけね。学生運動なんかにも少しは関心があって新宿闘争とか、それから羽田闘争とか、ああいうところにも野次馬で出かけていってはそばで見てるのでね。目の前で火炎瓶とか割れた場面など何遍もあるんだけども。そういう大学紛争ももうそろそろ終わりが見えてきた時分でもあった。東京っていうものはずっと過ごすところじゃないよなと感じ出してたので、田舎に帰ることにしたわけね。ただ、自分の家に戻るのはやっぱりいやなんだよね。そういう田舎の風習とか近所付き合いとか、血縁とか家族関係とか、そういうがまつわるのが嫌いだった。まあ考えがあまちゃんで中途半端でずるいんだよね。仙台は一応都会でもある、このあたりがいいだろうと。そして仙台に戻って。で、運良く次の年に中学校の講師になれて、そして、三年後には教諭になることができた。まあ、そんな中でも「海程」にはずっと出して俳句は続けてはいたんだけど、だんだん教員の仕事が忙しくなってくると、バスケットボール部の顧問なんてやってたから、俳句が疎かになるんだよね。

　話がまた戻るけど、そのさっき話した大塚青爾だけど、夜間の大学の仲間で「零」という薄っぺらい俳句雑誌を何回か出した。その3号で私の卒業特集をやってもらった。その時、私に内緒で金子兜太に文章を書いてもらったんだね。私が二十四歳、あの時は金子兜太は五十代、忙しい盛りだね。そんな時期にどうなるかわからない若者が文章を書いてもらったのなんて私一人しかいないんだって。密かに自慢してるんだけどね。ただ、頼んだのは大塚青爾で、私に内緒だったので最初は「なんでこんなことしたの」って怒ったんだけどさ。怒ったっていうのは、あれだけ忙しい人になんだか図々しいなと思ったわけですよ。照れくさかったのでもあるけどね。(笑)。中でうれしかったですのは、「願わくは、日本短詩形に身を投じて、珠玉をとどめるの根性を据えてほしい」とエールを送ってくれていたことです。出だしもうれしかったですな。「励ますコトバを書け、という大塚青爾からの依頼である。高野は励まさなければならないほど脆弱とは思えない。その点では、むしろ逆である。」と始まる。まあ、まだ何も知らない若者だけども、田舎に一人帰るというので少しでも慰めてやろうと思ったんでないの。でも、こういうふうに励ましてもらったんだったら、普通だったら感動して、必死になって俳句やるでしょ。ところがそれでもさっぱり乗らないわけ。しかも数年後に「海程」の新人賞なんかもらってってからね。だから、少し図々しいっていうか、うぬぼれが強いんだよね、大して努力しなくとも、何とかなる。そのうち本腰を入れればいいっていう甘い気持ちのまま、教員生活という新しい世界に夢中になっていったんだね。

　でも、それでもそのうちに私の同じ職場の同僚の一人が独身同士でしかも、一人暮らしを始めた部屋の隣同士になっているのがいたんです。気が合ったので、よく二人で酒を飲んでいた。それで雑談した時に、彼は柔道部の顧問で私はほとんど経験はなかったがバスケットボール部の顧問。その部活の話をするわけだ。ある時に、私が俳句をやっていて、「海程」の新人賞をもらったってことを話した。そしたら、その男が急にね、ぶすっとした顔になってさ、「あのな、高野さんよ。あんたがやってるバスケットの顧問は、あんたでなくたってできる。でも、この若さで俳句やってんの、あんたしかいない。俳句をおろそかにしちゃダメだ。ちゃんとやれ」って。俺より二歳ぐらい下だったけどね。言ってくれたのよ。「ああ、やっぱり、もっと本気になって俳句やんなきゃいけねんだなー」と思って、その辺りから俳句に力を入れるようになった。

「海程」の結社化と分裂、第一句集『陽炎の家』上梓

それからあともう一つはさっき触れた「海程」の編集長だった大石雄介。今も元気らしいと聞くが、私より七歳ぐらい上かな。彼が編集長だった時に、私が田舎に引っ込んだ、しかも大して熱心でもない男だけど、しょっちゅう文章を書け、俳句を作れと依頼や励ましの便りをよこしてくるんだよ。見捨てないんだよね。このことも、私がずっと俳句に繋がってきた大きな支えになってんだなと思ってんだな。「海程」は、二十周年の時に同人誌から金子兜太の主宰誌に変わって、そのまま同人誌でいいと思ってた連中が、反旗を翻して辞めてしまう。大石雄介も反旗を翻した中心だったから辞めてしまう。他に谷佳紀とか、何人か私の親しい俳人が辞めちゃう。私が大石雄介と親しいのは金子兜太も知っていたから電話来ましたね。「高野よ、お前も辞めんのか」って（笑）。私その時大会行ってなかったので、「先生、私辞める理由がないので続けますよ」って答えていました、それから、何年かしてからかな。私が四十になる時に、また金子兜太から電話が来たんだ。金子先生の電話は実に簡潔、いきなり用件。「高野よ、お前、句集出す気ねえか」って実に突然です。「句集ですかー」。全然考えてなかったから。「金もないしな」と、その時思ったけど、口には出せない（笑）。ためらっていると「実は安い企画があるんだ。お前さんにどうかと思ってな」。という。牧羊社の処女句集シリーズ。せっかくの電話、念のために妻へ相談しようと「ちょっと待ってくださいね」と話をさえぎり、ダメもとと妻に金子先生からの誘いだと予算も伝え伺いをたてたんだ。そしたら、私は普段からかみさんに頭上がんないんだけども、その時は喜んだね。二つ返事で「いいよ」と快諾。金子先生に、「うちのやつの許可を得たので、出します！」って言ったっけかな。声は弾んでたと思う。金子兜太も「そうか、じゃあ俺が序文書く」とこれも即決だったね。「よろしくお願いします。」「序文謝礼は出世払いでいい」結局序文料も無しで序文書いてもらった。それが『陽炎の家』です。いろんな人の句集の序文の中で自分の序文が一番いいと思ってはいるんだけどね。まあ、序文書いて貰った人は全員自分の序文がいちばんいい、そう思ってんだと思うけどね。その序文の中で一番私にとって頭に残ってることは、私が東北で風土を取り込もうとしていることを喜びながら、「高野はじっくりとここまできた。これからもじっくりゆけ」と励ましてくれたことですね。あまりにものろい歩みに恥じながら嬉しかったね。

福島で、「海程」の勉強会やった時がある。句集出す数年前だね。その時に、私の句について金子兜太が、山国の風土を踏

まえることができた句、まあこの辺はベースかなということを言ってくれたんだ。〈眠れば部屋へ夜の紅葉の大きな手〉っていう句。まだまだ甘いけれど、俳句の立地点というものを少しは分かりかけてきた頃だね。季語の意識が次第に深まってくる。「海程」の秩父の道場で〈夜は聾するほど硝子戸に春の魂〉っていう句を得たのもこの頃だね。

佐藤鬼房と語り明かした

この句集を出す数年前から、ちょうど同じぐらいの時期から、佐藤鬼房のところに出入りするようになった。その直接のきっかけというのは、その頃、佐藤鬼房が、句集を出したばっかりで、それが、『地楡』。その句集をさっき話した大石雄介が「海程」で特集するからお前、特集の最初の文章を書けって言ってくれた。それで句集評を書いたわけです。大した文章じゃない、今読むと恥ずかしくなるぐらい拙い。でも佐藤鬼房が御礼のはがきをよこしてくれた。多賀城と塩竈、結構私が住んでる所と近いんだよね。「遊びに来い」って書いてくれたんだけど、行きにくい。なぜかって言うと、当時、宮城県の俳人間で鬼房の評判が聞こえてくるんだ。どんな評判かっていうと、佐藤鬼房ってとっつきにくい人だっていう。怖いんだ。確かに見た感じは怖い。あとで「小熊座」に私も顔出すってことなってからも、向こうから挨拶することも、こちらの挨拶に返答することもないからね。愛想がない。他の人からすると、なんとなく近寄りがたいんじゃないかね。しかも、電話口にもちっとも出ないという噂が伝わる。後でわかったんだけど電話に出るわけないんだ。母屋があって、その脇にプレハブの書斎を兼ねた書屋があって、そこで仕事しているわけ。当時の家の電話だから、よっぽどのことないと、向こうからいちいち腰を上げて、下駄をはき替えて来ない。だから応対は主に奥様で、それ以外必要な電話以外はわざわざやって来ないのはよくわかるわけだ。

それから玄関に行っても、会えないでそのまま返された人がいるって話が伝わってくるんだ。多分和田悟朗のことじゃねえかなと思う。確か和田悟朗が訪ねて行ったが、鬼房は留守で会えなかった。そう和田悟朗が、文章に書いていたことがある。何のアポイントも取らないでふっと行くわけ。和田悟朗さんらしい。でも佐藤鬼房は仕事かなんかで留守だったんじゃないかね、それで、息子と犬に会って帰ってきたって文章に確かに書いてたんだ。そういうのが変な噂になって広まったんじゃないかと思うんだけどね。とにかく、とっつきにくい人だって評判が私の方に聞こえてきてたから、なかなか会いに行けなかった。

そしたら、一年過ぎた頃の年賀状かな。あの時に待ってたんだけど、来なかったとはがきに書いてある。これは行かなきゃいけないと思ってさ、そして、会いに行ったわけですよ。会いに行ったら、とっつきにくいどころか、もう俳句の話始まったら止まらないんだね。学校の仕事終わってから行ったから、多分夜の十時頃じゃないかな。初めてだよ、初対面で。帰ってくるの三時過ぎだ。いいんですかって聞いたら、「いや、俺夜大丈夫だから何時まででもいい」って。奥さんは夜食に温麵(うーめん)って言って、素麵に似たものだけど、それを作って出してくれたのを覚えてる。美味しかったけれど、緊張しているから半分くらいしか食わなかったんだけど。それでも、もう四時間も五時間も話し込んで、帰りには短冊を一本もらって帰ってきた。まだ「小熊座」は出てない頃です。感激したね。

「小熊座」創刊のころ

それから九年ほど過ぎてから「小熊座」が出たわけですな。それは「小熊座」が送られてきて、初めて知ったわけです。その前までの雑談してた時でも、たまに行った時に、「先生、雑誌持たないんですか」って聞いたら、「いや、俺はもうね、雑誌なんか持たないよ」と言ってたから、持つ気はねえんだと思ったら、突然「小熊座」がやってきたわけ。なんだ、これ話が違うんじゃないかと思ったけど、後で「出さないと言ってたのに、どうして出したんですか」って聞いたら、「いやあ、どうしても出せって勧める人がいるからね」と仕方なさそうに呟く。実際に勧める人いたんだよね。スポンサーになってくれる人。ところがそのスポンサーになってくれる人は、事情があって、一年目あたりに手を引いてしまうということになったんです。だから出発はなかなか苦労が多くて大変だったようですね。

でも「小熊座」は順調に発刊され、最初のうちは私も投句しようかと思ったんだけど、佐藤鬼房から「あんた投句すると他の人たちがいなくなるからねえ」と反対される。なぜかっていうと、伝統色の濃い俳句を作ってる人が投句者に多いわけですよ。社会性俳句の影響を受けた人も結構いましたけどね。それでも私が「海程」でやっていた無季の俳句のようなのを作る人はいない。そういう俳句の印象を心配したわけですね。それで「待ってろ」っていうから待っていたら、それでも時々招待欄への依頼があったりしてたから、決して掲載を望んでないわけじゃないんだなと思いながらも過ごしていた。そのうちに文章の原稿依頼が来た。何でも自由でいいから連載文章を書けという。もう二つ返事でしたね。「俳句探訪」っていう題名で書くことにしたんだ。けれども、私は、文章書くのは、今でもそうだけど、締め切りを守れない人なもんだから、書いて持っていったのが、締切りの次の日。私としては立派なもんだ（笑）。ポストに入れるより直接持って行った方がいいと思ったんで、直接訪ねたら、奥さんが出てきて、「鬼房いないんです」って言うんだよね、どうしたんですかって聞いたら、「入院してるんです」と心配そうな顔をする。何の病気かもわからないので、困ったんですが、とりあえず、原稿を置きに、坂病院っていう病院に届けに行ったわけです。広い病室だったよな、八人ぐらいの部屋。他のところ、真っ暗になっていた中で、佐藤鬼房のところだけ、ライトがついている。何をやってっかっていうと、「小熊座」の編集をしている。原稿をいっぱい並べながら一生懸命作業をやっているんだね。「こんなところで、こんなに遅くまで一生懸命やってるんだ」と思ったところに「もう、来ないのかと思った」と静かな一言が実に重かったね。そして、原稿渡して早々に帰って来たわけだが、帰路につきながら、こうやって俳句ってのは一生懸命やる人がいるのだと、自分のあり方を猛省しましたね。それから、しばらくして手術したわけだよね、その手術が、胃の四分の三取って、膵臓の二分の一かな、脾臓取って、もう大手術。そういうこともあったので、鬼房先生に退院後に、「なんでもいいから手伝います」って願いでた。「じゃまず最初は校正から」ってことで校正やるようになって、数年過ぎてから編集長になったんです。

その頃はね、金子兜太はね、「おう、いいぞ、高野、ちゃんと鬼房を手伝え！」って励ましてくれた。私は、もともとそんなに俳句を数多く作る方ではないので、編集長やるようになってくると、直接ゲラを持っていったりするので、ちゃんと作品毎月出さなきゃいけないじゃないですか。そうすると、五句っていうわけにいかないから、十句とか十五句ぐらい持ってくんですよ。そうするとね、「海程」に出す分無くなるんだよね。だから次第に「海程」から遠ざかってくる。そうすると今度は金子先生が不機嫌になっているらしいとの噂が耳に届く。私はそんなことはないと思ってたからね、だって、「頑張れ、ちゃんと鬼房支えろ」って言ってんだから、それでいいんだなと思ってたからね。で、そんなことになってるうちに、だんだん次第に「海程」から離れるようになってきたっていう流れ。だから、別に「海程」をやめようと思ったわけではないのだけれど、多分滞納がそのまま退会に繋がったのかな。「小熊座」の俳句に親しむうちに、金子兜太や意中の作家の俳句は別にして、「海程」の俳句に違和感を感じ出していたのも率直な思いでした。

風土の発見へ

それで、話は前後するけど、『陽炎の家』という処女句集を出したわけですよね。金子兜太に序文を書いてもらって、帯文を佐藤鬼房に書いてもらった。贅沢だよね。最初に、鬼房に「何か書いてください」と言ったら、「金子に書いてもらったんだから、もういいんじゃねえのか」って言うのよ。あー、じゃあ、もう二人は無理なんだなって諦めたわけ。二、三日したっけ、手紙よこすんだな。こいつ書いたから、帯にでも使え、って。それで帯文が鬼房、序文が兜太っていう贅沢な句集ができた。さっき金子兜太が風土というものをちゃんと踏まえて作るようになったっていう意味合いのことを言ってくれたのと同時に、その句集を読んだ佐藤鬼房が言ってくれた言葉も意外だった。「いやあ、君の風土は明るくていいね」って。私、自分としてはやっぱり東北みちのく生まれだし、どちらかというとマイナス思考型、悲観型だとばっかり思ってたの。暗い俳句しか作ってないとばっかり。そしたら、佐藤鬼房が、高野くんの俳句は、明るくていいねって言うんだよ。えっと思って、そう思って読み返すと、確かに明るいんだな。やっぱり私の俳句というのは同じ東北でも、かつての貧困とか、それから辛い労働とか、そういう上から様々な圧力があった時代の俳句とは違って、明るいんだ。戦後生まれの俳句なんだって、自分でも自覚しました。

それもあってやっぱり私は私なりの風土の俳句を作っていくしかないとその時に思いましたね。で、これは、また前後するけど、佐藤鬼房と金子兜太に、これも贅沢な話だけども、句集のゲラになる段階の前の原稿を見せたんですよ。選んでもらおうと思って。最初はね、同じ社会性俳句をやって、そして、前衛俳句の中心の二人だから、選をしたら大体似てくるんだろうと思ったわけです。全然、違うんですよ。ええ、これどうしようと思ったんだよね。その時にやっぱり開き直ったの。じゃあ、自分がいいと思う句を選ぶしかないんだなと思った。最終的には自分で選びましたよね。だって印ついてくるのみんな違うんだ。もちろん、一番いい印ついてきた句はそれぞれ残しましたよ。でも、最後は兜太と鬼房に選んでもらったからじゃないんだよね。自分として何を残すかってことが大切で、二人に選ばれないのも自分なりに残した。句集に入る句の数も決まってて少なかったせいもあるけどね。そうやって残しました。やっぱり最後は自分で決めるしかない、自分の道は自分でやるしかないんだなって思ったわけ、その辺からだんだん風土というものを意識していくようになった。

「小熊座」のキャッチフレーズもそうですけどね。人間風土という言葉使っているけど風土っていうのは、人間があって存在するわけで、そこを一人一人が探っていこうということだね。金子兜太からは、時代や社会と向き合う俳句を教えてもらった。鬼房からは風土と向き合う俳句を教えてもらったといえるのかな。兜太も定住漂泊とか産土とか風土のこと言ってるけど、まあ共通するのは人間を踏まえた俳句ってことかな。

最も佐藤鬼房の文章としては、知られてる文章だけれども、「俳句の風土性」。この文章っていうのは、俳句は人間そのものの表現だと言いながら、風土というのは、その土地、その土地に別々にあるものではないって言ってんだよね。そういうのは、風土ではないんだ。人間に共通した精神世界なんだ。精神構造そのものが普遍的じゃなきゃいけないと言ってる。だから、九州であれ、北海道であれ、東北であれ、東京、皆それぞれに風土があって、その中での共通する普遍的な風土を表現していく。その風土はだから、精神的なものであるんで、決して風俗とか習俗だけで終わるものではないんだってことだね。だから、東北の俳人なんかでは、佐藤鬼房を批判的に思っている人は多分いると思うんだけど。例えば、あの当時すごい人気があった、村上しゆらの俳句。村上しゆら、あれは青森か。東北の行事を踏まえた俳句を作ってるわけだけど、そういうのだけではダメだっていうことだよね。形、姿が見えるだけがいいのではなくて、そこに込められたその作者の精神的なものが見えてこなければいけない。その精神的なものってのは、ちゃんと歴史的な風土が踏まえられてなけりゃいけない。歴史的な風土をとらえて、なおかつ普遍性があるものでなければいけないってことですね。

昔の角川俳句賞なんか風土詠は多かったけど、だから鬼房はあまりそういうのは評価してない。最初旅行吟で評価されたのは岸田稚魚かな。ＮＨＫの番組かなんか、「新日本紀行」。あれの影響で、まず平和になって旅行しようということで、旅行したところの俳句を作って、どこだっけ。佐渡だったか、旅行したときに作ったのが、岸田稚魚の角川賞作品でしょう。最初は旅行から始まって、その旅行であることに反発して、いや、都会の人間が旅行してきて見た風土、行事を表現すんのは俳句じゃないと。その土地にいる人間が、その自分の土地の中で生きているところで培われた様々なそういう姿を表現するのが俳句だと考えて。誰だろう、岩手の山崎和賀流かな。山崎和賀流の世界はね、結構いいんですよ。失礼だな（笑）。いや最初が村上しゆらだね。それからこの間亡くなった「青嶺」の主宰…木附沢麦青、たしかに風土に生きる人間が風土の俳句を作るのはいい。だけど、単にその土地土地の場面だけが見える俳句じゃあ、本当の風土の俳句じゃないっていうことを佐藤鬼房は言っている。

木附沢麦青は、村上しゆらを尊敬して、向こうで俳句を作ってた人。でも、風土とはもっと普遍的なものだと。だから〈夏草や兵どもが夢の跡〉も鬼房自身はあんまり好きでないって言った。この句ももし鑑賞するとすれば、その歴史的な風土というものを踏まえた地点で鑑賞しなきゃダメだということだね。ただ単に義経一行が亡くなったという表面的な歴史を踏まえただけではなくて、夏草というものが持つ、その土地のものを踏まえて、鑑賞しないと、この俳句は本当にいい俳句とは言えないというようなことを確か言ってたんですね。

こう言ってたけどな。「人間の生成する土地、地盤というものを踏まえた精神風土ということがなければいけない。」それと、あと、やっぱりもう一つ教わったのは、「俳句における人間」をどう表現するかということだね。「野ざらし紀行」に〈猿を聞人捨て子に秋の風いかに〉っていう芭蕉の俳句あんのよね。この俳句自体を否定してるんじゃないとは思うんだけど、この俳句に通じて見える世界っていうのは、文学者、芸術家としての視点だ。生活者視点じゃない。まあ、猿を聞く人っていうのは、もともと中国の古典的な世界、そういう芸術世界だけど、そういうような世界を楽しむ人は、捨て子が泣いてるのをどのように感じるのだろうか、という俳句ではあるけれども、この俳句には痛切さというもの、つまり人間として生きるものの痛切さではなくて、文学者、表現者としての痛切さ、痛ましさだっていうことだよね。そっちを優先させるのは、俳句じゃないんだって言っている。そこに生きている人間、つまり隠者としての文学じゃないんだってね。現実を生きてる人間としての痛みみたいなものが言葉の中に入ってこないと本物じゃない。それが人間をちゃんと表現することだって言ったわけ。どうしたって俳句作ってると、我々は芸術的な価値観とか、こう詠めば、魅力的な世界になるだろうというところに囚われがちになるんだけど、そうではないと言うんだよね。いかに、その言葉の中に、生な人間としてのドロドロとした生き方が見えてきて、その見えてきた中での悲しみであれば、本物だということだね。〈猿を聞人捨て子に秋の風いかに〉って句はそこまでいってないって。芭蕉に対するまあ、問いかけっていうのかな。そういうところまでラジカルに攻めていくことを佐藤鬼房に教わった。

兜太の風土、鬼房の風土

金子兜太の俳句にも、そういうのはあるんだと思うけどね、彼の俳句っていうのは、『今日の俳句』の「造型論」読むんだけれど、あの「造型論」読んだって、俳句上手くなんねえもんね。描写からイメージ、イメージ1、2、3って。こういうふうに造型して、こういう展開していけばいいって。あれは一応、カルチャーのパターンであって、本当の俳句はあそこを抜けないといけないよね。実際金子兜太の俳句は、そういうイメージの造型とか理屈を超えたところで、そういう世界ではないところでもって、もっと生な人間の声をちゃんとバックボーンにして、表に出しながら、なおかつ言葉の中に世界を形象する。しかも、形式そのものをはみ出すような力を持ってるわけですよ。その形式をはみ出すような力っていう点では、佐藤鬼房の方が形式の典型を見極めるという意識が強いんだよね。ここちょっと金子兜太と佐藤鬼房の違うところ。いずれにせよ、人間の表現であることが大事だということ。

佐藤鬼房が言う俳句の典型というものの実践の句は〈陰に生る麦尊けれ青山河〉だと思うんだけど。現実の「青山河」と「陰に生る麦尊けれ」っていう古事記の世界を込めた壮大な歴史的なものを持ってきて。しかし、そこに生きている人間へと思いを、ま、ちょっと文学的にかっこよくなった感じはあるんだけども、やっぱりそういう世界はしっかり作り上げたし、晩年はもっと生に苦しみながら、特に病気と戦いながら作った俳句もあってね、その軌跡そのものに佐藤鬼房の俳句のあり方があるんだろうと思います。そのことは、あとで佐藤鬼房が亡くなった時に、「鬼房俳句の真髄」という金子兜太に講演をしてもらった時にも、金子兜太は言ってくれてたんですよね。

鬼房と金子兜太が最初に会ったのは福島なんだよね。福島に金子兜太が左遷されたっていうのかなあ、組合運動やったがためにエリートコース外れて、追いやられてきた。その時に福島にいる金子兜太に佐藤鬼房が会いに行った。それが初めてだよね。三十代ぐらい。その時に金子兜太が鬼房に聞いたと言ったのが、鬼房が第一句集の『名もなき日夜』を出したばっかりの時に関西に持っていって行って、そこで色々話を聞いたら、評判が良くなかったという話。

金子兜太からすれば、関西の連中、前衛俳句が盛んな頃だから、関西の前衛俳句というのは、詩の方に偏ってる俳句。佐藤鬼房のは違うんだと。あんたこそ定型一本でやってたんだと。で、定型だけを信じてる男だっていうことを金子兜太はその時にわかったたっていうことを言ってるわけ。

話の中心はみんなそこにまとまるわけだけど、とにかく金子兜太に言わせると佐藤鬼房っていうのは、日常にちゃんと立って、これは金子兜太の独特の言い回し「考える日常」。日常そのものに立ちながら、そして自分の俳句を開眼していったのは佐藤鬼房で、鬼房こそ最も定型を信頼しながら、一本筋を通した男だっていうことを言っている。

金子兜太と佐藤鬼房は相互影響ありましたよ。私から言えば、多分金子兜太が同世代の俳人の中で一番評価してるのは佐藤鬼房だと思います。金子兜太は六林男とは合わないと思います。やっぱり、風土を踏まえてるか、踏まえてないかで違うと思います。鈴木六林男の俳句は、あの人が踏まえてんのは戦争体験です。そこは徹底していていいんだけどね。戦争を踏まえて、人間のあり方っていうのを俳句の中で徹底して、死ぬまで追求していったのは、鈴木六林男ですよ。その徹底のあり方から言えば、鈴木六林男のあり方っていうのは潔い。まあ晩年はそこから少し方向を変えたって気がすんだけどね。〈天上も淋しからんに燕子花〉の句はどうなのかね。句としてはいいんだけど、六林男の句と言われるとどうか。でも、徹底したそういう戦争批判のね、〈何をしていた蛇が卵を呑み込むとき〉、ああいう俳句とか、ああいう世界。あれは全部戦争批判ですよね。人間を見る目だよね。それは一つの世界だけど。佐藤鬼房の場合は、そこを踏まえながら、東北の土地で生きる人間としての苦しみとか、辛さとか、喜びをみたいなのを追求しながら、次第に風土記とか、日本書紀とか最終的には縄文的なもの、そういう古代的なものへの関心を深めながら、両方溶け合ったような俳句の世界、つまり、鬼房のいう、そういう歴史を深めた風土世界を追い求めていったわけ。その風土感っていうのは、多分金子兜太と合うんでないかな。風土感とか定型に対する信頼感、鈴木六林男はあんまり定型のこと言わないよね。私が読んでないのかもしれないけれど。

だから、そういうところで、おそらくしかも大雑把に言うと、金子兜太のいる秩父と佐藤鬼房のいた塩竈は同じ風土なんです。

こっちは、大和朝廷、ヤマト王権側から言えば、全て蝦夷なんです。別の国。だって秩父だって、常陸だって、かつては蝦夷の国だった。まして金子一族なんてあれ、鉄の民族でしょ。金子の姓がそうだ。一つ目の神、目が一つしかない。あれは鬼族だよね。目が一つしかないというのは、鉄のふいごで、火の粉が飛んで目が潰れる。また火を見るからと顔が赤ら顔になるから、鬼の顔になるんですよ。で、こうやってふいごを踏んで片足が火に焼かれて壊れてしまう。それで、一本脚の鬼になる。金子兜太の姓が元々そうだよね。その一つ目につながる性で、しかも住んでる秩父は元々鉄の産地。まあみんなつじつま強引に私が合わせてるきらいはあるんだけど（笑）。でも、多分そういうルーツがあるから、そういう風土性っていうのは、金子兜太と佐藤鬼房がいるみちのくってのは共通するんだ。塩竈だって、元々は鉄。そっから鉄があるために攻められたわけだから。平泉まで、もっと遠いみちのくまで。

それに対してやっぱり鈴木六林男には、あまりないよね、茨木和生さんなんかにはあるよね。鈴木六林男は、関西です。そういう風土性っていうのは、あそこは朝廷の側から攻められた、茨木和生さんなんかにはあるけど、鈴木六林男にあるのは戦争批判の精神だよね。だから、そういうような意識はまだ茨木和生さん小さな民族が住んでいたとこだ。國栖だったか。すぐに朝廷に従ったけど。だから、そういうような意識はまだ茨木和生さんなんかにあるけど、鈴木六林男にあるのは戦争批判の精神だよね。それに徹底していた。ただし晩年は、その姿勢が少し緩んでしまったんじゃないかな。こだわりの強い人で佐藤鬼房の追悼文に「白泉の指導を受けていた」と書いたら、そんなことはないと鬼房のお別れの会のあとで粘られたね。三橋敏雄に聞いても間違いなし、鬼房自身も文章で通信指導を受けていたと書いている。師をめぐってもライバルだったんだね。強烈な個性の人だった。

阿部完市からの「冷や水」

阿部完市さんで覚えてんのはね、「海程」の句会の時も覚えてるけど、私が現代俳句協会賞をもらうときね、大阪の毎日新聞社の会場かな。他の人はみんな「よかったね」「頑張りなさいよ」「いいね」そう言うわけさ。賞をもらってみんなで喜んでるときに、阿部完市さんが寄ってきて、「高野君、現代俳句協会賞もらったからといってね、喜んでちゃダメだからね。現代俳句協会賞もらって、ダメになった作家いっぱいいるからね。ここがスタートだからね」ってそう言っていなくなった。その通りだなと思った。私も少し浮きあがってたから、冷や水を被せられた気がしました。その通りだ、阿部完市を超えるような俳句作んなきゃだめだ、と思った記憶があります。嫌な気はしない。私を買ってくれたと思った。つまり、その程度で終わる作家でないよ、あんたはもっとちゃんといい作家になれる可能性があるよと思ったから言ってくれたんだなと。

「ムツオさん来たよ。小熊座継いでもらうの、継いでもらわないの、どうすんの?」

「小熊座」の継承だけど、佐藤鬼房っていうと、面白い人と言ったら失礼があるけど、すごい、潔い、まっすぐな人でね。その前に河北新報という新聞の俳壇の選者の話がある。それもずっと長い間佐藤鬼房がやってきて、体が弱って、できなくなってきたので、「小熊座」継承する前の年あたりかな。河北新報の方に、もうできないから交代するというわけで。

河北新報としては、あの当時は私の名前もある程度は知ってるから、佐藤鬼房が、私を後継に指名するんじゃないかと思った。ところが佐藤鬼房は、私を後継に指名しなかった。別の人を推薦した。だから慌ててさ、河北新報の文化部長だ。あの時二人選者だから。もう一人が山田みづえさんで、東京の山田みづえさんにわざわざ相談した。そしたら、山田みづえさんはやっぱり、次の選者は高野ムツオでしょって言ってくれたので、私になった。という経緯がある。これは河北の文化部長さんから聞いた話。「いやー、ムツオさんのことを推薦しないんですよね」と。なぜ推薦しないか。鬼房のところに行った時に、「今度河北の選者私に来ました」と言ったら、「よかったねぇ、それは」って喜ぶわけよ。つまり、身内同士で馴れ合いで継ぐっていうのは嫌いなわけ。そこはきちっとした考え方がある。だから、山田みづえさんは私のことを推薦するであろうというもしかしたらそういう想定もあったのかもしれないけどね、今になってみるとね。それでもやっぱり自分からは言い出さない。そういう潔さというのかな、きびしさっていうのかな。汚れた人間関係を嫌う、そういうところがありましたね。

それと関連するんだけど、私が「小熊座」を継ぐことになった当時、鬼房は体力もいろんな判断力もなくなってきていた。その頃行くと鬼房先生はね、「よく来たねぇー、寒いところ、よく来たねぇー、雪が降るとこ」って、それまで以上に感情に出して言うようになった。私の学校の仕事が忙しいのは以前からよく知っていたからね。でもおそらく、どこかで精神的なブレーキが切れてしまったためかな。奥さんは「大丈夫だよ、ムツオさんちゃんと来るから」って言ってくれるような事態で。

鬼房先生をなだめるようなことが続いたんだね。

　でも、「小熊座継いでくれ」って言わないんだよな。で、ある日もうかなり病気が進んで、一月に亡くなったんだけど、その一ヶ月、二ヶ月程前に行った時、ちょうど鬼房と奥さんの三人で、そこに娘さんの山田美穂さんがいた。「ムツオさん来たよ。小熊座継いでもらうの、継いでもらわないの、どうすんの?」って鬼房に言うんだ。鬼房ははじめは黙ったまま。でも美穂さんに「継いでもらうんなら、今だよ、言うんなら」と再度問われて、「うん、わかった。継いでもらう」…って言って継ぐことが決まった。

　なぜそこまで躊躇したか。それは、「小熊座」という雑誌を私に預けることによって、私の負担を増やしたくない、もっと自分の俳句だけのことをやってもらいたい。自分がそうだったから。自分から積極的に主宰をやろうって思ったことはないわけだ。人に勧められてやってあげて、だから一人で、一匹狼でいいと思った人です。だから俳句っていうのはそういう一匹狼で、自分の作品、世界だけ極めていくものだっていうような考えがあるから、そういうふうに高野ムツオにも求めていってほしい、そのためには、「小熊座」のような結社という雑用を預けたくないと。そういう気持ちがあったからなのだって私は思ってるんですよね。

　それから、もう一つ。元々新興俳句系の雑誌っていうのは、一誌一主宰だから。桂信子さんが「草苑」をやめた時もそうでしょ。鈴木六林男がやめた時もそうでした。まあ亡くなってからやめたっていうのもあるけどね。でもみんな一誌一主宰。そういう考え方もあったと。でも、一番大きなのは最初に言ったことだろうと。私の中でも、確かに雑誌を継ぐことによって、自分の作品にマイナスになるところがあるだろうと思ったけれども、実は佐藤鬼房の俳句も「小熊座」を作ったがために刺激になって良くなったところもあるのではないかという気持ちもあったわけ。

　実際そうだよね、佐藤鬼房の俳句を見て、もちろん佐藤鬼房自身の個人的な努力によって世界が広まったに違いはないけれど、句会や連衆との交流で、さまざまに目が広がったところがあったのではないかって私は思う。だから俳句っていうのは、やっぱりそういう集団の中で研ぎ澄まされて、広がるものだと思ったので、「小熊座」は継いでやるべきだと思いました。

　実際に「小熊座」の主宰になってからそうだもんね。教えるってのは一方通行でないんだ。本来はみんな同じ平等の立場で話をするのが句会なんだろうけど、先生なしで。正岡子規が言うように、正岡子規がすごい喜んだのは、自分は先生って呼ばれないで、みんな対等の立場で句会が行われる。そういう世界があるんだって聞いて喜んだっていうんだな。

　同じように、本来は句会ってのは、みんな対等で言い合いをする。金子兜太のお父さんの伊昔紅の句会のように喧嘩もするようにしてな。やるべきなのは、本来の句会のあり方だと思うんだけども。やっぱり、現代の流れの中では、一人の指導的な立場の人が中心になって指導するような句会があっても、やむを得ないだろうと思います。でも、その中でも作品を読むことによって自分の目が開かれることとか、初めて感じることとか、あ、自分もだったらこういう世界を展開しようと、真似るっていう意味じゃなくてね、自分の中で消化しながらやろうと思うので。やっぱり句会をそうやって持って、そこで自分の話をすることで、自分が成長するってことはありましたね。

現在ももちろんそうです。「小熊座」の編集をして、選評、選句しててもそうだよね。選句するってのは、やっぱり、他の俳人も言っていたと思うけど、作品と戦うことだよね。ま、私の言葉にしてもらってもいいや。ただ、良し悪し決めることじゃないんだ。この俳句はどんな世界を言おうとしてるのか、それぞれ見極めて、自分としてそれは価値があるかどうかっていうことをしっかり判断する。

俳句甲子園の審査員長として

俳句甲子園の高校生の俳句の審査をしてても同じで発想とかディベートで教わることがある。だから、同じじゃないですか、基本的には。だって、高校生の発想とかさ、発言とかすごいもんね。他の審査委員や審査員長の発言からも、なるほどと教わることが多い。だけども、高校生のひらめきはすごいよね。彼女たち彼たちも話してるうちに気づくことあんだよね。それ、ちゃんと言葉に出して言える。特にここ数年すごいよね。その流れ。だから、やっぱり俳句を元にしながら言葉を交わし合うっていうのは、その言葉を交わしてる人間が、そのことで自己発見をして、その自己発見によって、もう一つステップアップすることに繋がるんだと思うだよね。

最優秀個人賞の選考会議、あれ面白いですよ。あれこそ価値観の戦いと鑑賞眼の戦いでね。審査員やっている大きな楽しみの一つ。なんでこの句がいいんだと思って推薦者の話聞くと、なるほどなー、確かにそう読むと、この俳句いいって思わせられること、よくあるもんね。みんな短縮化を心がけているけど、それでも延々とやって、ビールを飲む時間がなくなると（笑）。でも面白いですよ。そういう若い人の発言は勉強になる。高柳克弘くんあたりが〈月眩しプールの底に触れてきて〉って句あったじゃないですか。あれ、なんか、そうか、これはこういうふうに鑑賞すればいいんだと感心させられた。〈未来もう来ているのかも蝸牛〉という俳句、ありましたね。あ、そうか、こんなのは選してて気づかなかった。正木ゆう子なんかとよく二人で、そばにいて話しますよ。「ムツオさん、あの俳句、記憶にある？」「いや、全然」「そうだよね、私も選句一生懸命したんだけど、あんないい俳句あったの知らなかったよね」と彼女と感心している。同じだと思い頷くばかりだったね。

鴇田智哉が推して最優秀賞になった玉ねぎの俳句、〈中腰の世界に玉葱の匂ふ〉か。今でも俺あの俳句わかんないねぇ。確かにこんな場面を詠った句はない。アングルは面白いし、類想感はないし、独特だと思うけど、果たして本当にこの俳句を普遍的に自信を持っていいって言えるかって言われると、言えねえもんな。私なんかもう古くさいからね。やっぱり、最後は佐藤鬼房とか金子兜太の俳句観、言葉の裏に人間が現れてこないといけない。俳句はいくつになっても難しいね。

小澤實が推した俳句〈豚が鳴く卒業の日の砂利踏めば〉、あれ、よかったね。私は最初、なんだこんなつまんない俳句と思って、最初は批判してた。でも、小澤實が一生懸命この俳句の良さを説明するわけ。説明してくれると、確かに、これは、学校のそばで豚を買ってるところで、卒業を迎えた男の子の感覚なんだってのをだんだんわかってきたね。で、最後はこいつぁいい句だと思って、私も最後は自信を持って最優秀賞に推しましたよね。あんなんなんか田舎生まれでよく豚の声を聞いていた私なんかはスルーするよね、実際スルーしてる。

ああ、一つ思い出したことがある。あれは確か三十年ぐらい前かな。橋本七尾子がちょうど仙台に住むようになった頃だね。誰が言い出したか忘れたけど、俳句の冊子を出そうということになった。

まだ四十五歳ぐらいだよね。やる気があったんだね。ただし金もないから定形の封筒に入る細長い冊子にしよう、郵便料金安くてすむからね。掲載するのは俳句だけ、それも新作がいいから、基本題詠にしようということになった。発行者は宮城県に住んでた橋本七尾子と佐藤きみこ、それに私、あとは参加者は面白いメンバーを集めようってこともあって東京の池田澄子と大井恒行に入ってもらった。タイトルは「そして、」。橋本が考えたはずだ。誰もいなくなるまで楽しみましょうってわけ。一回目の題は「鶏」だったね。五句提出。参加費は確か切手代ぐらいだったね。そうそう、表紙を渡辺誠一郎がデザインしてね。印刷も彼が担当したはずだ。それを地元住まいの四人で集まってわいわい製本する。まあ終わったあとの飲み会が楽しみということだね。年四回の発行。でも面白いメンバーが参加したね。初回には五島高資、筑紫磐井、正木ゆう子。増田まさみもいた。二十名ぐらい。題詠の面白さを知っていたつもりだったけど、こんなに面白いとは思わなかった。今気づいたけど、俳句甲子園とおんなじだね。みんな、自分がいちばんいい題詠を作るって、多分知らないうちに競っていたんだね。そのうち柿本多映や中原道夫、摂津幸彦や仁平勝らも加わったね。片山由美子も参加した。摂津とは直接会ったのは一回しかないけど、確か、摂津の最後の句は、この「そして、」に載った句だったはずだ。それが〈糸電話古人の秋につながりぬ〉だったはずだね。けっこう「そして、」に力を入れてたんだなとあとで思った。摂津が亡くなってから、これも何かやろうということで追悼句をあちこちに依頼して「そして、」の追悼号を作った。中村苑子や桂信子それに和田悟朗さんも追悼句を寄せてくれた。鬼房の追悼句が〈そしていま隠れん坊の虜笑む〉だったね。感動したね。「かくれんぼう」は確か摂津の句にもあってね。あっ「虜」はもしかしたら「鳥子」かな。彼の句集名だね。宇多喜代子さんが「俳句研究年鑑」だったか、総合誌で今年もベスト五の句集に挙げていてくれた。うれしかったね。「そして、」もこのあたりで終刊になったけど、俳句の発想の楽しさや自在さを知ったことと俳人の輪が広がった良い思い出だね。

東日本大震災を経て

若いときも年とっても基本は一緒って最初に言ってるけど、

大震災の前後で何も変わってないです、私の中では。基本的には一緒。だから、大震災を強調したような、句集の出し方はしない。だって、大震災で特化して句集を出す人もいるけれども、やっぱりそういうのは句集の出し方としては不自然なんだ。私から言わせればね。戦争に特化して句集出す人もいない。それも一つのあり方なんだろうと思うけれども、私などはどちらかといえば、経年別に並べて句集を出すことが大切であって、単にまとまった作品という形で句集を提示する。毎年毎年の次々の変化で、あとは読者は勝手に読んでくれっていう形だから。それは震災があったときだって同じだ。

だから『萬の翅』の後書きにも震災のことは、意識的にと言っていいんだと思うけど、一言も触れていなかった。ただ、大変なことが生きてる間には起こるんだということを実感したという言い方をしました。句集の作り方っていうのも面白いよね。また、難しいんだと思いますね。経年順じゃなくて、ひとつの句集で作者なりの世界観とか、見せ方をするということを一回やってしまうと、結局それ第二句集第三句集とずっと続いていくでしょ。未発表作品を集めてさ、特別の句集を出すんなら別でね。そうでない限りは、なかなか途中で句集の作り方を変えるというのも難しいよね。

震災の中でも何のスタンスも変わらない。震災の俳句を色々自分で作ったり、考えたり、そういう講演をした後に気づいたことは、俳句がその時の一瞬を表現するんだっていうことの再認識でしたね。私が小学生の時に、何にも知らないで作った俳句のところから出発していたんだなっていうことです。

〈泥かぶるたびに角組み光る蘆〉は、あの時はもうとにかく何にも手につかない。どうしたらいいかわからない。まあそれでも生きることが最優先ですから、水運んだり、買い物に行ったり、後片付けをしたりしながら、一生懸命やってて、これからどうなんだろなと思っていた時です。俳句は大震災当日歩きながら二、三句作ってましたが、それから数日は俳句どころじゃなかったわけです。

その頃、ちょうど数日過ぎたあたりに読売新聞の藤原善晴っていう記者、その記者と初めて会ったのは、関悦史とか若手俳人が「超新撰21竟宴シンポジウム」やったでしょ。その時に、関さんたちがこれからの俳句を巡って刺激的な話をした。前年の十二月かな。それで終わっていやーいい話聞いて面白かったな、若い連中は違うなって思いながら帰る途中で、市ヶ谷の駅の近くで、後ろから走ってきて「高野先生」って言うんだよ。「僕こういうものですけど」って名刺渡して、「読売新聞の記者の藤原ですが、そのうちに話をしたいので、会えてよかったです」とその時はそれで別れただけなんだ。ところがしばらくしてから震災になったんだ。で、そのことだけを頼りに、読売新聞で震災の記事を書いてもらって、俳句に関すること書いてもらうのは、私のことが頭に浮かんだ。それで、あちこちに電話しまくったんだったって。どこにも通じないで、そのうち多分、岸本葉子さん繋がりだと思うんだけど、岸本葉子さんとその藤原善晴は、大学、東大の同級生なのよ。そこから連絡がいって、やっと私が生きてると知って携帯に電話をして、私も携帯にやっと充電ができるようになった頃で電話が通じた。「書いてください」「わかりましたよ」「できれば俳句も添えて」って言う。どんな俳句にすっぺ、と思った時に、もう俳人がそう思った時の一番自然なパターンは外見るんですよね。もしかしたら金子兜太とかみどり女に、「モノを見なさい」って言われたのが意識に出たから見たのかもしれない。まず見ることだと思った。

被災地の川を見たわけですよ、被災の川、泥臭くてさ、私のベランダから見えたけど、何か見えると思った時に、さざ波が光ってた。蘆がいっぱい生えるところなので、あれ、もしかしたら蘆の芽でないかってその瞬間思った。あってほしいっていう願望だよね。だからその願望があったから「角組み光る蘆」、泥くさかったからそのまま泥かぶるとして。よし、まず一句できた。そして、それでできた後から、下に降りて行ってみたけどどこにも蘆の芽まだ生えてない。生えてるはずない、三月十一日だから。普通、四月の末か五月だよね。でも生えてないけども、嘘じゃないの。俺見たと思ったんだから、見たものは見たでいいのだという。これももう多くの俳人が言ってることなので。よし、これで一句としようって。

この句ができてから、まず文章で書き止めたのは、仙台駅で地下で、大震災にあってから自分が歩ってくる最中のこと。そして最後にこの句を添えることにした。自分では「泥かぶるたびに」は、本当に素直なありのままの表現。ただそう表現しただけ、でも改めて自分の俳句と向き合ったとき、「泥かぶる」は一回だけじゃない、昔から何度もかぶっていたんだと気づいた。そして、その泥のイメージは、父祖の蝦夷の時代からそうだった気づき、今回の大震災でももしかしたら蘆の芽のように頑張れる力があるのではないか、と自分を励ます気持ちで文章も何とか書き終えたわけです。すると「泥かぶるたびに」という表現に千年前どころか、もっとはるか古代からの壮大な時空を想像してくれる人もいた。縄文のもっと遥かな昔から続く世界だね。俳句の言葉はすごいなと改めて思いましたね、宇多喜代子さんからも、「高野の震災の句はやはりこれかな」と言われた時は一人頷いてましたね。もう、私の力でないんだね。五七五、定型のことばの力だね。俳句に作らされているんだね。

俳句を作るとき、何気ない自然に生まれるフレーズってあるよねえ、〈車にも仰臥という死春の月〉。「車にも仰臥という死」こんなのなんてことない、どこにでもありそうなフレーズ。しかも仰臥だから、正岡子規からそのまま借用してきたような言葉かと思った。でも、素直な言葉なんだね。たくさんいろんな被災の車を見たし、潰れた、ひっくり返ったのいっぱい見たから、あ、これはこのまんま仰臥しかないと。描くともいいやと開き直った表現だね。春の月ね、これで救われたとね、そういうふうに読んでくれた人いっぱいいたけどね、私にとっては、「春の月」は救いではないね。厳しく残酷な自然の象徴でもあるんだな。今でもねえ、どこか不気味な感じがあるね。「泥かぶるたび」。はそのままストレート。でも、「春の月」はどっか添え物の異物の感じも残るね。実際に月が上がってたし、「車にも仰臥という死」というフレーズができて、ちょっとしばらくしてから、実際に春の月浮かんだの見てね、被災地だから、目の前に、もうみんな泥かぶってる家々が並んでいる。みんな絶望感にひたってる。私も月と同じようにただ見てるだけだ。

左・関悦史

何もできない、こういう人間が悲惨な時でも、本当に平和で何事もないように、春の月が出てくる。矛盾というか、人間世界と自然との本質的な違いというかね。自然は冷酷なんだよね。そして、優しい。この矛盾だね。

桜もさ、こちらも精神状況によって見方が違ってくるんだよね。やっぱり咲くんだな、たくましいんだな、と。倒れて咲いているの見たときにはさすがに私も、これ人間の力とは違うなと思ったよね。その時は感動しましたよね。

最近の俳句は実にうまい句が多いね。そして、そのぶん人間を踏まえた風土性が希薄だね。言葉が一句の中でぶつかり合ってないんだね。実に大人びて端正に並んでいる句が多い。でも、人間が生きている世界はもっとどろどろして混沌そのもの。日本の風土性というか、サウジアラビアの風土はわかんないけど、日本語という言語媒体を踏まえればそこに日本文化や風土が反映されてくるわけだから、どこで作ったって日本語の世界はこちらで共通理解できる部分ってある。堀田季何の俳句なんか句集が出たときなんか、私が読んだってわかんねんだべなと思ってたら、栞書けって言われた時に、「俺書けっか」と心配したんだが、非常にわかりやすかった。ああいう作り方で言葉のロジックを組み立てながら、さらに、超えて普遍的な感覚世界を表現するのは難しい。私の課題でもあるけど私などではもう限界。難しいんだよね。堀田やここにいる関くんに期待するところだね。言葉の中で、混沌とした世界を醸しながらも。その混沌自体の中に、佐藤鬼房の言い方でいえば、「泥の中で一筋澄むような光が見えてくる」、そういう言語世界を構築したいね。鬼房に「あんたの俳句は分かりやすすぎる」って言われたことがある。明確なロジックで割り切れる俳句はつまんないのだね。そんなに分かりやすく作っちゃいけないということはね。確かに、鬼房の俳句は、どこか晦渋で、分かりにくい部分がいっぱいあるけど、つきない魅力が湛えられているね。それは金子兜太の俳句にも言えると思うんだ。〈梅咲いて庭中に青鮫が来ている〉って、本当に分かるかって言ったら分かんないもんね。〈おおかみに蛍が一つ付いていた〉、これも、魅力を人にどう説明したらいいのか悩む。しかし、言葉のうちに日本の風土が見え、滅び行くものへの祈りが感じられるね。謎をたくさん抱えた俳句、しかも、読者を魅了してやまない俳句、死ぬまでに一句ぐらい作りたいもんだね。

＊高野ムツオ略歴

昭和二十二年（一九四七年）宮城県生まれ。阿部みどり女、金子兜太、佐藤鬼房の指導を受ける。鬼房を継承し、現在「小熊座」主宰。句集に『陽炎の家』『鳥柱』『雲雀の血』『蟲の王』『萬の翅』『片翅』。第44回現代俳句協会賞、第65回読売文学賞（詩歌俳句賞）、第6回小野市詩歌文学賞、第48回蛇笏賞受賞。著書に『時代を生きた名句』『語り継ぐいのちの俳句――3・11以後のまなざし』『鑑賞　季語の時空』『あの時――俳句が生まれる瞬間』など。

＊高野ムツオ自選三十句

句集『陽炎の家』から『片翅』まで

泥酔われら山脈に似る山脈となれず
冬もっとも精神的な牛蒡食う
野に拾う昔雲雀でありし石
女体より出でて真葛原に立つ
永遠の待合室や冬の雨
奥歯あり喉あり冬の陸奥の闇
青空の暗きところが雲雀の血
白鳥や空には空の深轍
星雲の匂いなりけり春の土
尾にこもる魂のあり夏の月
花の夜を塊り氷る無頭海老
いくたびも虹を吐いては山眠る
洪水の光に生れぬ蝿の王
うしろより来て秋風が乗れと云う
万の翅見えて来るなり虫の闇
細胞がまず生きんとす緑の夜
四肢へ地震ただ轟轟と轟轟と
膨れ這い捲れ攫えり大津波
車にも仰臥という死春の月
泥かぶるたびに角組み光る蘆
陽炎より手が出て握り飯摑む
みちのくの今年の桜すべて供花
草の実の一粒として陸奥にあり
かりがねの空を支える首力
死者二万餅は焼かれて膨れ出す
蕨手は夜見の手それも幼き手
福島の地霊の血潮桃の花
星雲を蔵して馬の息白し
産道を抜けしは一度天の川
生者こそ行方不明や野のすみれ

話題の本のご紹介

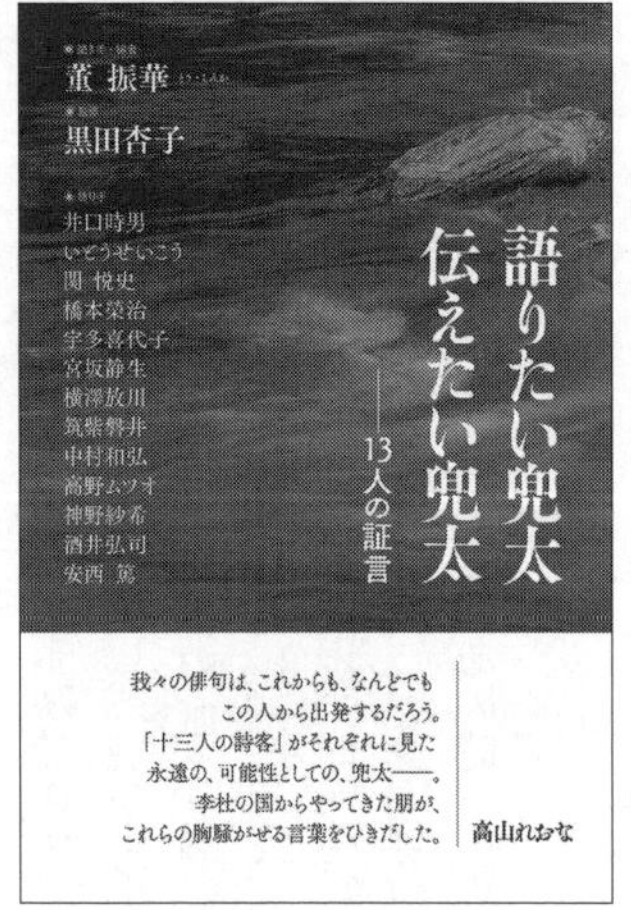

董振華 聞き手・編著／黒田杏子 監修

『語りたい兜太　伝えたい兜太
—— 13人の証言』

2022年12月8日刊
A5判／368頁／上製本／2,750円（税込）

我々の俳句は、これからも、なんどでもこの人から出発するだろう。「十三人の詩客」がそれぞれに見た永遠の、可能性としての、兜太——。李杜の国からやってきた朋が、これらの胸騒がせる言葉をひきだした。

（帯文：高山れおな）

董振華　聞き手・編著

『兜太を語る
—— 海程15人と共に』

2023年1月27日刊
A5判／352頁／上製本／2,200円（税込）

金子兜太は戦後俳句のブルドーザーである。
兜太により日本の風景は一新した。
——そんな修羅の現場を、同行（どうぎょう）した15人が懐かしく語る。

（帯文：筑紫磐井）

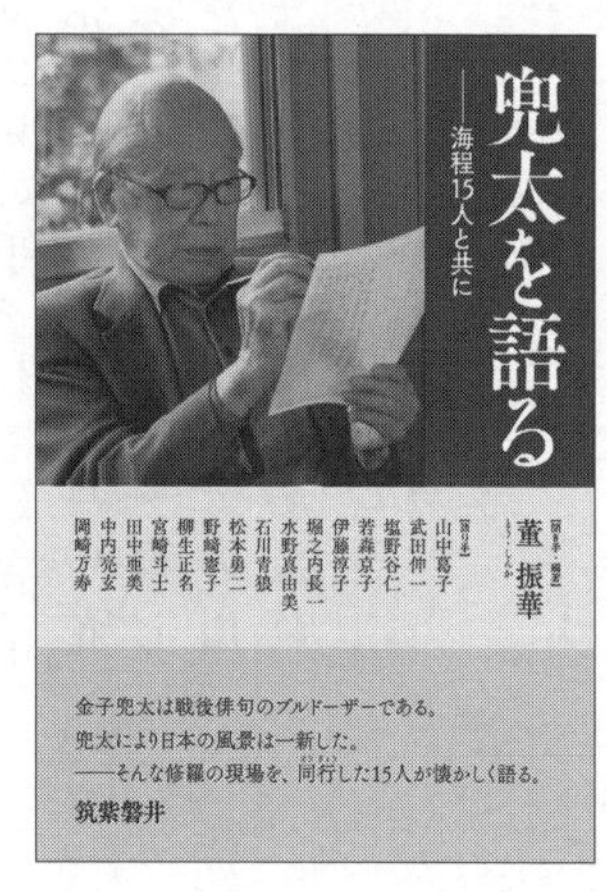

特集2　追悼　崔龍源

〈病中苦吟〉

——妻——（必ず妻に渡して下さい。）

崔　龍源

望郷はいづこより来るつくつくし
桜咲く越後の空の丸く見ゆ
記念樹を抱きてすみれは咲かんとす
鑑みるかたちに咲きしごぎょう・はこべら・仏の座
ひいさんと妻呼び慣れし春の野ぞ
一の蟬鳴きて全山蟬の声
地虫鳴く声一途なる虚空かな
牛蛙鳴く声しんとしみ通る
一寸の芽に　触れて立ちたり大地かな
春は来ぬラクダの瘤にまたがって
ハーモニカ吹く少年ぞスカンポ咲く

未生なるものの声満ちる荒野（あらの）ゆく
苦界とふ言葉はずれて秋の虫
とんぼとも蝶とも仲良くなりにけり
神様はちんぷんかんぷん春の月
きつつきの大工仕事のせわしくて
神の類人のたぐいぞルリタテハ
もみじ葉の郵便配達きりもなし
神は来て田毎の月を掬いけり
蟬の声入院患者のあこがれぞ
月明の川を渡りて蝶いづこ
ある真昼蜂の太郎の活劇ぞ
蝶の影路上に落ちて拾われぬ
卵産むとんぼの背より日暮れゆく

幽明を生まれ続ける神の如きもの
キーマカレー春の嵐の吹くなかに
しののめの空にとけ合う烏とぼく
死に変わり生き変わりして田植えかな
蛍飛ぶ土地贖ひて家建てにけり
蛍飛ぶ天の磐戸の開く音
ままよ風十五の春のこころかな
妻と共に生きたかりしよ蛍の如く
ヒカリゴケ秋夜に光るを見にいかむ
妻は手に虹採りてわが胸に置く
タッ刑の人をさがして飛ぶ蛍
微笑みは遠くぶどうの木のかたえ
天と地のしきいに見ゆる地に蝶々

木も雲もつひにあなたに愛されり
父の孤独を抱けば咲くべしにんにくの花
書けざりし崔家の一族木槿咲く
おほかたは旅立ちにけり地球の外へ
ミズナラに兆見えたり春霞
大見栄は切らぬ約束仏の座
寂しさに火のつく頃ぞ萩咲けり
虹の足盗人萩を越えゆけり
木の芽時静かに萌ゆるといふこと
ごらんさくらの花びらが作る聖家族を
中くらいなりかなしみもさびしさも
さくらさくらしあわせはあきらめてはならむ
行人のゆく手はるかにさるすべり

澄む水にのどのかわきをいやしたり
澄む水が「全体性を覆い尽くす」
寂漠が澄む水となり流れおり

すみれ咲く花かんざしに仕上げたり
海潮音鳴り渡る岬に彳(た)ちにけり
木の股に生(あ)るる人あり雲の峯
神よりいそかなるべし駒草は
気のいいみかんにせちないりんご
君までの距離コスモスの咲ける道
蟬の声絶えしか八月(はつき)半ばと言ふに
九十三歳まで生きて来し白采(はくさい)は
竹林に問答得たり春真昼

静けさも沁み入るばかり月天心
たんぽぽの綿毛となりしかなしみは
つくし摘む何やらゆかしさりながら
つくし摘むもはらわたくしと成り果てて
木の葉にはほのかに宿るフリードリヒ
けなげなる心にて向かふ春の嵐
蛍飛ぶ川に寄り添い家建てぬ
恋しきはひーさん木槿咲ける日に
春ゆえにひーさんと呼び慣らわせし愁みは
太陽がのぞく…そして日傘をさせる女(ひと)あり
たんぽぽの聖家族その愛らしさ
つくしより丈高きものにさくらあり
木の芽吹くどこもかしこも春尽くし

鳴く蟬は一匹自らを語る如く
コスモスの花占いはいつも吉
蟷螂の斧ぞ夕陽を砕きたり
三界に用なき我や我亦紅

辞世

少年の頬にひと筋のなみだの跡かなしみは生まれ来し日より
少年は春の綿毛を吹きしのち駆け出しゆけり地球の外へ

詩を生み出す泉のような人

川久保　光起

パパ、というのが家庭内での父の呼び名だった。自分と弟は思春期が始まるまで、母と姉はいまもそう呼んでいる。父自身、一人称でパパを使うこともあった。基本はオレ、ときどきパパ。居酒屋でいっしょに酒を飲める年になっても、店内で「パパは――」などと父から臆面もなく切り出されると、店主や他の客にナメられるのではないかと、バツが悪いと感じてしまうことがあった。

パパというくすぐったいような響きとは裏腹に、父は厳しく激しい人だった。他者への思いやりや配慮を欠いた言動をすると、どんなに些細なことでも延々と叱られた。

こちらが物心ついてから高校生の頃までは、父は毎晩のように酔って帰って来ては、朝鮮人と差別されてきた自らの生い立ちをとつとつと語った。不当な権力や社会に対して、世界は腐っていると激しく憤った。激しさのままにわかったかと問われても、「はい」としか言えないことが多かった。どうして毎晩憤るのか、父自身でも御しきれていないような感情の塊が何なのかはわからなかった。

遅まきながら、父にとっての詩というものを私が意識したのは大学に入って以降、父の経営する学習塾でアルバイトを始めたときだった。何年も父をどう呼んでいいか困っていた私は、塾長と呼ぶことにした。

塾の職員室、父の机の上には、広告やプリントの裏紙を束にしたメモ帳がいつも置かれていた。ある日、父がいないときにそのメモの束をパラパラとめくって見たことがあった。

メモは明らかに授業用ではなく、独特な癖のある字体で、何百という言葉たちが、裏紙何枚分にもわたってぎっしりと連なっていた。そこには一見、何の一貫性も見受けられない。ふと湧いてきた言葉も、何かの文章を読んで気になった言葉も、ワイドショーで聞いた言葉も混在しているようだった。

不意に鳥肌が立ってしまった。毎日こんなことをしているのかと。

そこで思い至った。きっと父は、詩を生み出す泉のような人なのだ。詩作を止めるという選択肢がない人なのだ。

それから、父の全ての詩をきちんと読みくだしたわけではない。ただときどき読んで、口に出してみたりして、どんなものなのだろうと考える。

そうすると、父の詩に通底しているかなしみは、ものすごく原始的なものを捉えているのだと感じる。どうして民族などという違いがあるのだろう、どうして憎しみや争いがあるのだろう、というかなしみ。遡って、たとえば人であること、命であること、いまこの宇宙にどうしようもなく存在としてあるがゆえ、いつかいなくなるのだというかなしみ。

しかし、父を動かしていたエネルギーはそこから翻って、現代の日本に朝鮮の血を受けて生まれたからには、人であるからには、命であるからには、いま存在しているからには、というふうに、その意義を問い続けてもがく強さにあったのではと思う。詩でも生活でも。

塾長としての父もまた、講師や生徒に厳しさを隠さなかったが、同じくらいにひょうきんでお茶目な人でもあった。

たとえば塾の打ち上げでボーリング場に行ったとき、ボールも持たずに急にレーンの中に走って行って転び、救急車で運ばれたことがある。カラオケ店の部屋にて、なぜか背中からテーブルに向って謎のダイブをして、部屋を酒浸しにしたこともある。茶目っ気というか、狂気の沙汰と言えなくもない。

「バカになれ」

と、酔っ払っては口癖のように言い、ときに自ら実践して見せていたのだ。

生徒たちに対しても、ふだんはおおらかに面白おかしく接していた。ヤンチャな子にも、声の大きい子にも、声の小さい子にも等しく。

また一時期、競馬のテレビゲームにハマり、本格的な研究ノートまで作っていたことがある。そのゲーム内で父は最強の牧場主と化していたが、その牧場は牧歌的な雰囲気とはほど遠く、異常な数の馬たちがひしめいていた。馬には全て、自分や家族・親戚、友人や塾の講師にちなんだ名前が付けられており、引退していてもまったく活躍していなくても、愛着ゆえ、仮想空間内の馬たちすら売り飛ばせなかったのだ。

こういった思い出には、生徒たちや講師をしてきた人たち、地元の飲み屋に集う人たちから、「塾長、塾長」と呼ばれている姿が繋がってくる。それから「パパ」とか「おじいちゃん」、「崔さん」と呼ばれている姿、それから、少年の日々、青年の日々にあった姿。

父が抱えていた感情の塊があるとしたら、詩に現れてくるどうしようもなく揺るがないかなしみだったのだと思う。それはまた、どうしようもなく揺るがない愛情となっていたのだと思う。その愛情には思春期の少年のような繊細さと純真さが綯い交ぜになっていた気がする。この愛の広さと深さを自覚していたわけではないだろう。自然な想いの発露があった。だから老若男女多くの人が、父に対して呼びかけ、求めたのだろう。

不当な権力や社会に憤っていたのは、弱い者たちの痛みがわかるから。子どもや生徒に厳しく当たるのは、不当な権力や社会が渦巻く中でも強くやさしく生きていってほしいから。痛みのわからない人にはなってほしくないから。自分の想いを少しでも伝えたいから。いまなら、そういうことがわかる。

詩人として、生活者として、父はこのかなしき世界へ向けて何度も呼びかけ、真摯に愛を示し続けることをやめなかった。その声が聞けないというのは、いまやはり寂しい。

詩人崔龍源に関わって下さった方々や詩の世界での関わりが、父にとってどれほど励みになり、救いになったか、計り知れないほど大きかったと思います。生前の交流に心から感謝いたします。本当にありがとうございました。

追悼 崔龍源（チェリョンウォン）を偲んで
種まく人のように生きたいと願った詩人

趙 南哲

初夏の奥多摩の緑は生命力に満ち溢れて、私たちを襲うように迫ってきた。河原に下りて触った澄んだ山水は、痺れるような冷たさだった。空はどこまでも青く、突きぬけていた。曲がりくねった山道をドライブしながら、彼は自分の庭でも自慢するように、奥多摩がどんなに良い所か、その素晴らしさを得々と語った。

彼からぜひ家に遊びに来てくれと招待を受けて、青梅を訪ねたのは、晴天に恵まれた日で、それが彼は嬉しかったのか、とてもはしゃいでいた。奥多摩を彼の奥様の運転で一周した後、酒を酌み交わしながら話した。彼は先ほどとは一変して、訥々と聞こえるか聞こえないかの小さな声で愚痴のように呟きながら、酒を呑みつづけ、そして酔いつぶれた。その呑み方を見ながら、「もしかしたら、この人は長生きできないかもしれないな」と思ったものだ。

実はこの日、彼に会ったのは初めてだったが、私の無精もあり、近くに住んでいるのだからすぐに会えるという油断もあって、互いに機会を逃してしまい、何度も手紙やメール、電話では「温泉巡りでもしながら、また酒を呑みましょう」と約束しておきながら、これが最後になってしまった。一度しか会ったことがない人だったが、崔龍源という詩人は私にとってとても大きな存在であり、図々しく言わせてもらえば「ライバル」だったのである。

彼の詩集『鳥はうたった』（花神社刊）を一読して私はいたく感動し、すぐに書評を書いて、新聞に発表した。「己の弱さに立ち向かう強さ」というタイトルで。「多摩川の渓流で／子供たちが小さな魚を捕らえた／歓声が水の面にはねて／かわせみが宙に舞い上がる／／種まく人のままで／死んでいった友よ／海をへだてた光州の路上に／あらがいの魂をしるして／中略／僕は語る　子供たちに　種まく／人のままで死んでいったきみのことを／子供たちの瞳が水のように澄みとおり／光るたびに　僕はまだ生きようと思う」（「水」より）。ああ、ここにも自分と同じ「光州世代」の詩人がいるという発見である。「光州」とは一九八〇年五月、全斗煥（チョンドゥファン）独裁軍事政権が民衆化運動を弾圧するために、意図的に光州に狙いを定め、無辜の市民を無差別虐殺した事件である。その時代に若者だった人たちを「光州世代」と言う。私は「光州」をテーマにした小説を翻訳出版し、夥しい韓国の現代詩を翻訳し、発表していた。自らもそのような詩も書いたが、日本では孤立無援の感なきにしもあらずだった。そこに現れたのが彼だったのである。素直に嬉しかった。「同志」を得たような勇気を得た。

彼は書いている。「あるときから詩は志と思い続けてきた。または詩は詞（メッセージ）とも。そして詩は時代の証言でなければならないと。そのように考えさせるに至ったのは、やはり朴政権の独裁体制時代に、反体制の詩を書き続けた韓国の詩人たちの声だった」とし、その詩人たちの影響を受けて「日本における現代詩と訣別した」（月刊誌『詩と思想』二〇〇四年七月号）と、決意するのである。彼は韓国人の父を持ち、日本人の母の私生児として生まれ、国籍は日本であるが、「ヒッピーを気取ってのほほんと大学生活を送っている自分にやましさやうしろめたさを感じざるを得なかった。それまでの一切が恥としか思えなかった」（右同）として、抵抗の詩を書こうと思いはじめ、自己変革を求めて韓国の大学に留学する。そして「崔龍源」というペンネームで詩を書きはじめるのだ。私は韓国の大学には行けなかったが、ほぼ彼と同じ経緯で詩を書き始めている。違うのは私が在日三世ということだけだった。彼と私が共鳴しあっても当然の帰結と言えるだろう。

彼はその後も、詩集を次々と上梓する。『遊行』（書肆青樹社刊）、『人間の種族』（本多企画刊）。そして同人誌『サラン橋』を発行しながら、精力的に詩を発表していく。彼は新しい詩集を出すたびに、私に送ってくれ、私は感謝と感想を書いた手紙を送った。そして、最後の詩集となる『遠い日の夢のかたちは』（コールサック社刊）を読んだ時、『鳥はうたった』を読んだ時以上の感動を覚え、彼の最高の詩集だと思って、私は即座に長文の手紙を書いて送った。それを彼は「趙さんだけだよ、僕の詩を分かってくれる人は」と言いながら喜び、『サラン橋』に掲載しても良いかと問い合わせてきた。私は二つ返事で承諾した。

この詩集では、ダブルという血の問題、父親の問題など彼を悩ましてきたことはどこかに吹っ飛び、実に潔く書いている。「潮騒は鳴っていた　サラン／サランと　父の骨灰を／海は　その身に溶かし込みながら／／やがて黄海の魚は美味しくなるだろう／父の骨灰をたらふく食べて／父が一つの生の実りへ入って行ったあかしに」（「骨灰」より）。これは、憎んで憎み切った父親をうたった絶唱である。私の父親も大変な人で、すでに亡くなったが、私は父親のことをこんな詩に書くことはできない。

そして、この詩集はさまざまな煩悩や苦しみ、争いの中で生きている人類を、長い太古の歴史から俯瞰する。最初の詩「空のひとみ」について、私は手紙で次のように書いた。「時代を超え、国境を越え、時空を超えて、偉大なる人類の母が、愚かな現代の人間たちを空から見つめている。女性は太陽であり、人を産む唯一の存在でありながら、想像を絶する苛酷な不幸と深い悲しみに踏みにじられながらも、連綿と命を繋いできたことは奇跡としか言いようがありません」、と。人類の始原からの視点で現代の人間の愚かさをうたい、女性の素晴らしさをうたった、このような詩を私は今まで読んだことがない。それほどの傑作詩集だと私は高く評価したが、彼から後に送られてきた「結局、賞は取れませんでした」というメールには、一抹の寂しさや悔しさ、諦めが滲んでいた。

私は新しい詩集を久しぶりに出すつもりで出版社をいくつか考えていたが、この詩集を出したコールサック社なら出版の意図を理解してくれるだろうと、社長の鈴木比佐雄さんに連絡した。その電話で鈴木さんから「崔さん、病気みたいですよ」という話を聞いて驚き、すぐに彼にメールした。「病は気からと言いますから、元気を出してください」と。また彼と会って、酒を呑みかわしたいとも思ったのである。しかし、メールの返信がない。その六日後、彼の奥様からメールが届いた。七月二日に七一歳で亡くなった、と。ショックだった。同志を失った深い悲しみを覚えた。

しかし、彼は自分が望んだように、「種まく人」になって昇天したのだと思う。悔いない人生だったのではないか。素晴らしい詩人だった。心からご冥福をお祈りする。（詩人）

崔龍源氏追悼　存在の悲しみを世界の悲しみに転換し詠い続けた人

鈴木　比佐雄

「崔龍源氏が二〇二三年七月二日に亡くなった。享年七十一」と妻の川久保ひふみ氏からその直後にお通夜と告別式の日程がメールで届いた。驚いてメールでお悔やみを伝えた。思い起こすと四年程前に崔氏から電話があり、「突然、パニック症に襲われて、今は外出や人と会うこともできない。治療は長いと五年間位かかると言われている。詩も書ける状態ではない」との悲痛だが、けれど淡々とした希望を残した電話があった。そして私は崔氏から再びぼそっとした人懐っこい肉声で電話がある日を待ち続けていた。返信メールの後にひふみ氏に電話をすると、「今年になり癌が見つかり転移もしてしまった。六月初旬には病院から家に戻り、夫は三人の子供たちと米国から帰国した妹と食事もし、家族の一人ひとりとお互いに感謝の言葉を交わして、お別れもできました」と語られた。私は崔氏がかつては毎日、詩や短歌を書いていたことを聞いていたこともあり、遺稿のことを尋ねると、「体力的に詩は書けなかったらしいが、俳句と短歌が遺されています」と言われた。そしてお通夜の前にその手書きの遺稿を見せてもらえることになった。

崔氏とは、二〇〇〇年の初めの頃から知り合い二十年間の交流があった。私は文芸誌「コールサック」一九九九年冬号から韓国の詩人高炯烈氏が在日朝鮮人被爆者のことを記した『長詩リトルボーイ』（韓成禮訳）の連載を始めた。その連載や新大久保駅で日本人を助けるために死亡した留学生李秀賢氏への私の追悼詩「春の天空」（韓国語・日本語）などを読んだ崔氏から、突然電話で連絡があって交流が始まったと記憶している。崔氏とは話を始めると、どこか旧友のような親しみを覚えた。なぜなら私は東京の下町生まれで小学校のクラスには在日の子供たちがいたからだ。中学校になった時にも在日の野球部の友人がいて彼らが日本で生きていく上での差別や苦悩も聞いていた。崔氏は文芸誌「コールサック」に体調を崩される二〇一八年頃まで寄稿を続けてくれた。その間には私が出版社コールサック社を二〇〇六年に設立する直前の二〇〇五年の暮れに刊行した詩論集『詩の降り注ぐ場所―詩的反復力Ⅲ』に対して長文の評論というか鈴木比佐雄論を執筆してくれた。私はこの評論を『鈴木比佐雄詩選集一三三篇』の中に宝物のように収録している。七年間の連載を終えて高炯烈翻訳詩集『長詩　リトルボーイ』を二〇〇六年に刊行した際や、二〇〇七年から始まった『原爆詩一八一人集』などのアンソロジーにも毎年参加してくれて、私の評論や文学運動の最も良き理解者だった。崔氏とは毎年、彼が経営していた青梅市内の塾の新学期が始まりその目途がついた五、六月頃に、青梅に隣接する奥多摩の温泉に一緒に行き汗を流した。その後に彼の行きつけの何軒かの青梅の店で酒を終電まで酌み交わした。その時のことを私の詩「奥多摩の碧緑流　――水香園にて」に書いているので引用したい。

《奥多摩の碧緑流　――水香園にて

藍染めの途中では／光の白と闇の黒が出逢う瞬間／緑色が現れ　一瞬で藍に変わる／と人間国宝の染色家志村ふくみさんが語っていた／／

白石の川原の先の水辺には／白が溶けて白茶色になり／だんだんと濃い駱駝色になり／さらに鶯色から／碧緑色へと変色していき／命の宿る緑色が光り輝いている／その色もまた藍色から紺色に移り／いつしか墨色へと深まって／その果ては淵に連なり／暗闇に沈んでいくのだ／／

きみは疲れているから／と友が案内してくれた湯船にひたりながら／渓谷の流れを描いた絵を見ていたが／絵の川は流れて瀬音がして／今は釣り人が浅瀬を歩いて／釣り場を探している／／

友は無言で湯にひたり／湯煙の中で／ぼくらは碧緑流に見入っているだけ／時間が止まっているか／創造主がこの川で藍を染めているのか／／

温泉宿の木蓮や梅が咲き／石垣からタチツボスミレが顔を出し／対岸の山々は黄緑が透けて見える／眼下の緑の淵の奥底から／若い鶯の啼き声が木霊する》

崔氏は毎年、崔氏の慈しむ奥多摩の碧眼流を見る機会を与えてくれて、私の疲れを癒し励ましてくれた。ささやかな一日の休息であったが永遠のような時間であった。私は純粋な詩的精神を体現した崔龍源氏が私にこの世で多くの憩いと創造を促す時間を与えてくれたことに対して感謝し続けるだろう。

お通夜の時間の二時間前に青梅のセレモニーホールに当直すると、遺族はまだ来られていなかった。式場の担当者が棺に案内してくれて崔氏のお顔を拝見できた。痩せていて白髪が増えていたが、まだ老人には見えない崔氏の素顔だった。もっと詩や短歌、構想していた小説をも書いて欲しかったと心の中で語り掛けて、この青梅で過ごした多くの時間を回想していた。

しばらくすると奥様のひふみ氏や三人のお子さんが来られたので、お悔やみの言葉を伝えて、遺稿を読ませて頂いた。遺稿は入院中に記された『〈病中苦吟〉――妻――（必ず妻に渡して下さい。）』だった。Ａ４サイズの用紙に細かい文字で、八十九句と辞世の二首だった。私は「コールサック」でこのすべての作品を収録して追悼の特集を組ませてほしいと提案し、了解を頂いた。また崔氏は若い頃から短歌を詠んでいて短歌の幾つかの賞も受賞していたが、その膨大な短歌から崔氏は数百首を自選し、六章に編集された歌集『ひかりの拳』をまとめていた。そのコピーも手渡された。実は私は何度も崔氏に歌集を勧めていたが、実現することはなかった。しかし崔氏はその準備をきっとされていたのだろう。私はこの歌集を出版させて欲しいとお願いをして承諾を頂いた。また追悼文をお願いしたところ、長男の「光起なら書けそうです」と言って執筆してもらえることになった。

お通夜の受付が始まると、ジョン・レノンの名曲を集めたベストアルバム『ＬＥＮＮＯＮ　ＬＥＧＥＮＤ』の冒頭の曲「imagine」が流れてきた。私もよく聞いているアルバムが流れたのは、きっとご家族の崔氏が最もよく聞いていたジョン・レノンの曲や歌詞が葬儀に相応しいと話し合って決めたのだろう。崔氏の葬儀の前奏曲には相応しいと私は直観した。葬儀には詩人・歌人たちはわずかだったが、学習塾の関係者が多く会場は入りきれない人びとがいた。曹洞宗の僧侶が入場する前に、ジョン・レノンの曲は終えたが、その世界平和を想像して世界の人びとを愛する想いの余韻は式が終わるまで続いているように感じられた。親族の挨拶は、きっと泣いてしまい言葉が出てこないと言い、ひふみ氏の代わりに長女の希世（きよ）氏が行ったが、希世氏も泣きながら溢れるばかりの父の愛への感謝を語り、私を含めて参列した人びとはもらい泣きをしてしまった。最後に塾の後継者である次男の良祐氏は崔氏の第五詩集『遠い日の夢のかたちは』の二番目の詩「路上」を朗読した。その一匹の路上に横たわる蝶と死を意識した崔氏の存在の重なりを詠い上げた朗読は、父の作品をいつも愛読していて身体に沁み込んでいるような朗読であり、崔氏の魂の在りかを今後引き継いでいきたいと言う願いに満ちていて、私はこのような朗読を聞けたことに心から感動した。崔氏は韓国人の父と日本人の母から生まれ、戸籍は「川久保龍源」だったが、韓国と日本の狭間で苦悩した父母の悲しみを背負い続けた。そしてナショナリズムという国境を越えて地球人として、また青梅の地域文化を育む一人の教育者として崔龍源氏は生きた。その間に崔氏はその存在の悲しみを世界の人びとの存在の悲しみに転換して優れた詩歌を数多く書き続けた。三人の子たちは、父の想いを受け止め誇りに思い、崔氏が種をまき育てた青梅に三十五年以上も続く学習塾で、地元の子供たちに学ぶことの喜びや生きていく希望を与えていく事業を継続していくだろう。きっと崔氏はひふみ氏と三人の子のこの存在がどんなにか心強かっただろう。

　私は葬儀からしばらく経ってひふみ氏に、崔氏の一周忌には、崔氏の五冊の詩集と歌集『ひかりの拳』などを収録した全詩集と短歌・俳句などの作品集を刊行させて欲しいと提案した。ひふみ氏も賛同して下さり、その編集をこれから開始したいと考えている。その際には崔龍源氏の作品を評価しそれを愛する人たちのご支援を心より願っている。

崔龍源　詩十篇（詩集『遠い日の夢のかたちは』より）

空のひとみ

わたしは捨てられた巫女
だからわたしの手は青白い
わたしは一度も結婚しなかった女
わたしの静脈は世界中をめぐる川になった
それはむかしむかしのこと
戦争が　歴史にしるされた無数の戦争が
わたしを犯しつづけた　ゆえにわたしが
産んだ子どもたちもまた　戦争で
都市や町や村や草原を凌辱した
わたしの肩を踏みにじった軍靴
わたしの髪を燃やした焼夷弾
わたしの心臓を爛れさせた枯れ葉剤
わたしを一瞬に消し去った原爆
わたしを書いた書物はみな
戦火に焼けた　わたしはだから
存在していないのだ　どこにも
ただわたしのうわさだけが
民衆の口の端にのぼり　わたしは彫像であったり
土器にきざまれた絵だったりした
わたしの乳房から　小麦は芽生えた
わたしの秘所から稲は生えた
わたしの唇から葡萄酒はあふれ
わたしは果樹園そのものでもあった
高層ビルの窓という窓から見える
風景の一部ではなく全体であった
だが消失点でもあった
わたしが消えた地点から
地上のはじめの母は生まれたのだ
毛むくじゃらの　やっと二本足で立った彼女は
家族のしあわせのみを祈って死んだ
わたしは満足だった　彼女はつつましく
こころやさしかったから　わたしは彼女を誇りとした
アフリカの大地の緑
わたしはやがて一本の樹木となった
わたしの樹冠をかすめて飛ぶ鳥は
わたしをたたえて鳴いた
わたしの根元で眠るけものたちは
わたしにたくさんの喜びを与えてくれた
だがわたしは息子たちを亡くした女
ホロコーストや難民キャンプで
息子を捜しつづける女
一度も結婚しなかったわたしにとって
世々生まれた息子たちはわたしの息子
世々地球儀をまわしつづける子供たちも

ストリート・チルドレンも　地雷で
足を失くした少年兵も　戦車に
轢かれた老人も　ホームレスの男も
わたしがいちまいの枯れ葉でないとしたら
わたしは大地であるだろう
わたしが貝殻でないとしたら
わたしは海であるだろう
わたしはまだ名付けられていない
わたしはたしかに生まれたのだ
大地にはわたしの足跡があり
海辺にはわたしの築いた砂の城がある
わたしは生きつづけている
わたしが一羽の鳥でないとしたら
わたしは広がる空であるだろう
ほら　空には　わたしを映しているひとみがある

路上

永遠ほど遠いところから
来たと言った　ランルのような翅をふるわせて
何しに？　ぼくは問うたが　答えない

あっと言う間だった　人生は
永遠ほど遠いところから来たきみには
ぼくの嘆きはわかるまい
そろそろ幕を下ろすころあいかもしれないが
ぼくは知りたいのだ
永遠ほど遠いところとは　どこだろう

逝って　未知のものになりうるだろうか
たとえば一羽の鳥に食べられるかもしれないきみは
その胃袋にとけていったしゅんかん
新たないのちへ移行するのだろうか
それともその鳥は　一匹の蛇に
呑み込まれるとき　死そのものと
同化するのであろうか
死には形があるように思われる
形と断定するのがはばかられるなら
一種の相というものがあるような気がする

死と生の境目あたりが
永遠と呼ぶにふさわしい
とすればきみは　天と地のシキミを
超えたことになる　飛翔とは
それほどのことが可能なのか
飛べないぼくには
たましいそのものとならなければ
把握できないことか

死から生がうまれ
生から死がうまれる
世界とはこれほど単純だ
と言ってしまえば　きみは激しく翅をふるわせて
世界はそれほど単純ではないと言う
だがひっきょう生と死の二通りなのだ
だから永遠ほど遠いところとは
今生きてあるここ
と言ってもいいのではないか
だが　ここは　どこだろう
きみが　力尽きて　路上に横たわっているここは

遠い日の夢のかたちは

夢はひとつも叶わなかったね
夢はみんな滅びていったね
ぼくは妻と　うまごやしの野原で
無言に心と心で話し合っていた

すると遠くの空に　考え深げな雲が
浮かんでいて　それがとてもなつかしい
気持ちをいだかせるのだった　妻も
じっと雲を見入り　無言に
何か話しかけているようだった
見えないようでいて　見えている何か
名付けることのできない何か
郷愁のようでもあり
若い日のほろ苦い悔恨のようでもあり
それでいて妙に胸こがす何か
数十億年の前にもあって
いまも在る何かのけはい

妻とぼくは　空を回遊する
魚のようになって　こころを
泳がせている　それは
引き寄せられたからにちがいない
傷んだこころを　いやすかのように
空の遠くをただよい　けっして近くには
やって来ない何か　とどまることもなく
四十億年前から　ぼくと妻を
知っていたかのように　なつかしげに
いざなっている　見えないものでありながら

見えている何か　あれがもしも
地球にはじめて生まれたいのちが　四十億年前から
見ていた夢のかたちだとしたら　ぼくも妻も
もう少し夢を見ていられる　もう少し生きてゆくために

ハンマー

死者たちはどこにいる　戦争や
原爆で死んでいったひとたちは
死者たちはここにいる　無明の
こころを抱きながら　それゆえに
縄跳びをしたり　ままごとや
鬼ごっこをしたりして　安らかだったとき
いちばんしあわせだったときに戻って
遊んでいる　呆けたように　愚者のように
幼い日の純な気持ちで　平和を願いながら

「バーボンのおかわりをくれたまえ」
見ると　身なりのきちんとした老紳士だ
ジャズがながれているバーのなかで
椅子がきしんだ　ぼくと目が合った
老紳士はまっすぐぼくの顔を見入ると
「死者たちをまぼろしと思うのはやめたまえ
　かれらこそ　今もほんとうに生きているのだから」
澄んだ瞳をしていた　なみだが　老紳士の頬を
伝っていたからかもしれない　ぼくは　目を
そらすことができなかった　にぎったままの
ビールグラスがぬるくなってゆくようだった
「あの死者たちをまぼろしと呼ぶためには
　きみがほんとうに生きていかなければならない」
死者たちはここにいる　どこにも
消えたりしていない　戦争の傷跡に
流れる血を　てのひらでおさえながら
独楽をまわしたり　羽子板をついたり
竹馬に乗ったり　缶蹴りをしたりして
遊んでいる　うしろの正面だあれ
だれからも見つけられずに
名前を呼ばれることもなく

「かれらを死者と呼ぶためには
　異形のものとならなければならない
ラスコーリニコフのように闇を愛し
ムルソーのように太陽を憎まなければ
ならない　すべてを見透かしていながら
何もすることのなかった闇と太陽に
なってはならない」　ジャズが流れている
モンクのピアノが　マイルスのサックスが

「酔いしれて　きみも死者のよみがえりを
　知りたまえ　さあ　このひとにビールを」
老紳士の目があやしく光る　じっと
ぼくを見透かす目こそ闇のなかの太陽だ
「ぼくを生きていると思うかね　きみは」

老紳士が　ぼくをまたじっとみつめる
ビールを飲む　だが唇も舌も心も渇いている

死者たちはここにいる　いつまでも
死ねないで　愚鈍なほどに純粋に
声にならない声を耐えながら
カルタをしたり　おはじきをしたり
ビー玉やメンコをしたり　かくれんぼで
遊んでいる　もういいかいと呼んでも
まあだだよ　と答え続けられて

「戦争が風化したとき　三百八十万の
犠牲が忘れ去られたとき　われわれの
死が無駄だったのかもしれないと
断念の底に突き落とされたとき
ほんとうの永眠(ねむり)がおとずれるのだ
よみがえることができるのだ　きっと」
そのあと沈黙が来た　沈黙の器のなかに
揺れ動く水のように　ぼくはいた
「わたしの死は余生だった」老紳士が
ぽつんと水たまりに落ちる雨のように
呟く　眼鏡のふちをその雨がぬらしている

死者たちはどこにいる　戦争や
原爆で死んでいったひとたちは
死者たちはここにいる　沈黙に耐えられなくて
言葉がほとばしる「もっと生きたかった
もっともっと　生き抜きたかった　戦争に
逝った三百八十万の死をあがなうために
だからきみがきみを　ほんとうに大切にして
生きることでしか　死者たちはよみがえる
ことはできない　と知りたまえ　さあこの人に
もう一杯　ビールをくれたまえ」　老紳士は
そう言うと　みずからの流す涙のなかに
消えていった　最後の言葉が　再び訪れた沈黙と
音楽の途絶えたバーの静寂のなかで
雨音のように響いていた「そしてぼくには
希望を　なにごとも見透かす光をくれたまえ」

骨灰

少年の日の血のような
椿の花が咲いていた
コリア・木浦・玄慶(ゲンカリ)面
井戸には水を汲む
ハルモニの姿はなかった
もう新しい命になっているのだ

ぼくにサラン*という言葉を
はじめて教えてくれた従弟は
たくましい農夫になっていた

雪は夜から小止みなく降り
マッコリで体をあたためて
ぼくは眠った　父のふるさと

その崇高（けだか）い山河は滅ぶことなく
父のゆるぎない永眠（ねむり）を抱いて
満ち足りたように眠っていた

朝　雉の鳴く声で目覚めた
雪道を踏んで　黄海に
向かった　父の骨灰を持って

潮騒は鳴っていた　サラン
サランと　父の骨灰を
海は　その身に溶かし込みながら

やがて黄海の魚は美味しくなるだろう
父の骨灰をたらふく食べて
父が一つの生の実りへ入って行ったあかしに

*サラン……愛

わがティアーズ・イン・ヘブン

母は父を殺したいと言った
殺したいほど愛していると言うかわりに
人生が夢だとすれば　夢のあとに
さやさやと水だけが流れ
雨だれのようなぼくらの生は
実は誰も傷つけもせず
傷ついたりもしていないのではないかと思う
民族が違うということも
そのことでののしり合い　互いを
けがし合い　憎み合ったとしても
それはやはり　生きて
愛を夢みたものの
はかないあらがいに過ぎず
母は父の骨をいとおしく
てのひらでつつみ
帰らんばね　帰らんばね
韓国に　かえりたかったとやろが
もう帰ってよかとよ　と言った
殺したいほど愛していたと言いたかったかどうか
ぼくはその前に　父の肉体が焼かれている間
焼き場の外へ出て　空を見上げていた
父を焼くけむりが　十月の空に

吸われ　穫り入れの終わった田んぼには
アカトンボが飛び交い
水たまりに尻尾をつけて
産卵していた　死んでゆくものと
生まれるものと　人と　トンボと
何も変わりはしない　ひとつの
いのちを分け合っているという
事実だけが　美しい物語を
編むようで　あの日　ぼくも本当は
父を殺したいほど愛していたと　骨を拾う
母の背中へ　そっとつぶやいたのだ

Kとの時代　―自画像に代えて―

ぼくら　都会の路地という路地をさまよい歩いた
そして扉という扉を叩いて
さがしまわった　とらえがたい
何かを　ぼくらは知った
ふるさとの九十九島の青い海を離れて
たがいの孤独を　見守り合うことを
一九七〇年代の後半を
ぼくらは徒手空拳で時代の波に漂うままに　生きていた
ビルの谷間から見上げる空は
ふるえていた　智恵子の見入っていた
空のように半べそをかいて
ぼくらほんとうは　ふるさとに帰りたかった
ふたり　都会になじまぬこころを抱いていた
つかみあうほどのけんかを
することはなかったが　心を
傷つけ合った　そしてそのあと
傷をなめ合うけもののように
さまよい歩いた　都会の路地という路地を

だが彼が教えたのだ
ヒメネスやヒエロニムス＝ボスやジャコメッティや河井寛次郎を
クロスビー・スティルス・ナッシュアンドヤングの
レコードをまわしながら
彼が拳をふり上げることを
彼が都会の風俗から　少し
距離を置くことを　彼が
ガラスのびんを　海に流すことを
彼はまだ死んではいなかった
自らいのちを断つことなどしてはいなかった
彼は結婚していた　二十歳の若さで
彼はすでに子供を持っていた
ふるさとの妻子をさがすように
彼は都会の路地という路地を曲がった
ぼくは尻尾を下げた犬のように

彼のあとをついてまわった
この国に戦争はなかったけれど
ベトナム・ラオス・カンボジア・アフリカに
戦争はいすわり続けた
ぼくら　手を伸べに旅立とうとしたのだけれど
ついに無力をかみしめるほかはなかった

東京で彼はナチスにつかまったりはしなかった
ユダヤ人ではなかったから　ぼくは
朴政権下の韓国に留学して　地下組織の人たちと
知り合った　ぼくはつかまりはしなかった
日本人の私生児として扱われたから
だがたった三ヶ月で　態よく日本に送還された
韓国で知り合った仲間は
いくたりかは捕らえられた
いくたりかは行方知れずになった
光州の路上で　そのうちの一人が
死んだと聞いたとき　彼はそばにいて
涙を流してくれた
一九八〇年代　一九九〇年代と
彼と生きた　このぬるま湯のような国で
ぼくら何を為すべきか
そして何をしてはならないのか
行き過ぎる人たちに問うては　途方に暮れた
都会の片隅で　他者との薄い皮膜が見えたとき
彼は妻子のいるふるさとに帰った
ぼくは孤独の淵を漂うように
都会に残った　ぼくらの見残した夢を
都会の路地という路地は呑み込んで
二十一世紀旗手　ぼくらは決して
そう呼ばれることもなく
年老いてしまった　ぼくらの敗残の影は
ふるさとの町にひっそりと伸びて
颪に吹かれている
彼がいのちを断ったかたみに

彼がおしえたのだ　ぼくらが
都会の路地にさがしまわっていたものを
路地裏にうずくまらせたままではいけない
光の中に立ち上がらせなければいけないと
ああだがそれはいまでは彼を
思い出すよすがでしかないのだけれど
だが彼が強いたのだ　どんなところにいても
ぼくに　地平線の見える原野を心に抱いた
いっぽんのしずかな雑草(あらくさ)になることを

三・一一狂詩曲(ラプソディー)

わずかに残った桜の花が散り交い
葉ざくらの葉のかげから見える曇り空の下で
ガレキはどこまでも広がっていた
あやうく残ったビルの上には破船が
ありえない形で載っていて
津波は堤防を越え　町をなめまわす
海獣の舌のように　家々を壊し　車を呑み
人々を　命あるものを　海へさらっていった
縁なき水に　海はなろうとしたのだろうか
今は重々しい沈黙のなかに身を横たえ
おとなしく潮騒の竪琴を奏でている
だが見よ　浜辺と陸地の境目に
カラスノエンドウのむらさきの小さな花は
いっしゅんに命を奪われた人たちの
たましい　そうとしたら摘んではいけない
あのガレキに覆われた土に咲く
いくまんの野の花は　踏んではいけない
手折ってはいけない　そう思うのは
その地に日常を過ごすわけではないから　と
あなたは言う　空漠としているぼくの胸を
満たそうとするあなたの声は
未だに三・一一の震災の
水面に揺れる藻のような　あるいは放射能におびえる
水たまりの水のような感覚から目覚めないぼくを
日常に　つなぎとめてくれているのだけれど
夜　眼をつぶると　荒寥とした浜辺が
まぶたの裏に浮かんで　聞こえてくるのだ
慟哭している魚や貝たちの声が
それは生き残った人たちの悲嘆
そうとしか思えず　絆がほどけないように
わたしはつぶやく　寝入っているあなたの耳元へ
北斗はうたうな
宙宇をさまよう死者たちへの挽歌を
オリオンは弾くな
生き残った者たちの悼みやすすり泣きを
それぞれの死と生に
ふさわしい内部からの声が育つまで
二十世紀から二十一世紀へと続く物質文明の神話を
くつがえす精神が　外部へと
にじみ出すまで　廃墟と化したのは
わたしの心も同じ　そしてあなたの魂も
いつ　どこへ歩み出せばいいかを知るためにも
前へ進むためにも
この絶望を掘り下げよ　あなたもまた
あの痛ましい海の底に届くまで　掘り下げよ
そうして生命が初めて生まれた海の底に届いたら
くみ上げよ　わたしは私自身に見合う恥なきことばを

あなたは　希望を

真贋の森で　――あるいは真贋の詩――

Ⅰ　二十一グラム

落ちてゆく　世界のふかみへ
これはこころのなせるわざだろうか
だがそこから発されるのがぼくの詩
あるいは終わることのないものがたりのはじまり

砂で造られた廃墟の町にも　深く
地下水脈がめぐっていて　だあれもいない
だあれも　人は死んだら　二十一グラム分
軽くなるのだという水の声を残して

二十一グラム　それが魂の重さだとしたら
たましいは深くあらねばならず
その深みから届く声が

始まりのない物語の終わりを
告げるとき　ぼくの詩はどれもこれも
二十一グラム分の重さを持つだろう

Ⅱ　沈黙の森で

沈黙は美しい　苔むした
岩も　樹齢百年を越えた
木々も　倒木から生え出した
ひこばえも　それらを包む森も

その生まれ　生きおおせた時の
祟を負って　言い知れぬ苦悩や
悲哀を刻み込みながら　深い
沈黙のなかに身をひそめている

だが人は木や石をよるべにすることは
できない　沈黙を研ぎ澄ますにしろ
ことばは自ら発語しようとする

人のたましいはことばによってしか
発光しないのだとしたら　生きて
うたうことの意味を捨ててかからねばならない

Ⅲ　だれがぼく

だれがぼくであったのか
ぼくがだれというよりも
タチツボスミレの咲く野原で
ひとり天を見上げて聞いてみた

空は青くすみわたり　空は
花のようにほぐれていくかに見えた
だから手をのべて　散りこぼそうと
したのだ　空を　やがて空は外部であって

内部であることに　内部から外部へと
あふれでたものにすぎないと　思い
はじめたとき　だれがぼくであるのかと

問いはまたくりかえされ　ぼくは一本の
野の花と化していきながら　あふれ
出ようとした　青くすみわたった空へ　詩のように

時空

大きな時空へ　ふとぼくは入り
そしてしばらく迷っていたようだ
気付くと　いつもの家路を
たどっていた　だがむすうの星星の腕が
ぼくを空に持ち上げようとした
その感覚が　まだ体のどこかに残っていて
ふとぼくは立ち止まる　杭のように
たたずむぼくを　だれか
空き缶のように
蹴り上げてくれればいいと
思ったとき　ぼくの中を
カランカランと
転がってゆく空き缶があり
少年の日の缶蹴りを思い出した
ぼくは鬼
ぼくは何だか急に切なくなって
しゃがみこんでしまった
すると青梅線ぞいに
咲いているまんじゅしゃげの真っ赤な花が
ぼくに問いかける
まだ生きていくのか
まだ人を愛さずにはいられないのか

ぼくは　わからないと答えるほかはなく
立ちあがると　また歩き出す
あと数十メートルで　家のすぐそばの
踏切　銀河鉄道の最終電車が
通り過ぎてゆく　シグナルが
鳴っている　まばらな
乗客たち　窓にしがみつくようにして
ぼくを見ている少年がいる
どこかカムパネルラに似ている
まあだだよ
少年の唇が動く
ぼくは気付く
まだ道の半ば

崔龍源詩集『遠い日の夢のかたちは』
永遠の相の下で根源的な詩を奏でる人

（「コールサック」93号より再録）

鈴木　比佐雄

崔龍源さんの第五詩集『遠い日の夢のかたちは』が刊行された。この三十一詩篇を読んでいると、崔さんがこの世界にあることの意味を問い続け、ついには表層の意味を解体させて、その果てに新たな世界の根源的意味を再構築し、それを出現させようとする格闘の痕跡が美しい言葉の響きとなり、それに聞き入ってしまう。そこには世界の実相の哀しみが直ちに身体の痛みに転化される共苦ともいえる共感が、深層から湧き上げってくる。在日朝鮮人であった父の名字の崔を取った崔龍源（さいりゅうげん）はペンネームであり、母の名字である川久保龍源（かわくぼたつもと）が生まれた時からの本名である。この実生活の川久保龍源を生きることだけでは埋められない精神性があり、佐世保市に暮らした高校生の頃から詩を書き始めて崔龍源という詩人が誕生したのだ。日本語を母国語にするが、日本人を逸脱する意識がある。だからといって韓国人ではないが、ルーツである韓国人の心情を濃厚に抱えている。この日本人でも韓国人でもない二つの国を同時に祖国として感じてしまい、引き裂かれるような存在感を抱いてしまうことこそが、崔龍源さんの不条理な存在の在り様だったろう。だが崔さんはその不安な立ち位置を呪うことなく、いつしかその痛みのような立ち位置を宿命のように慈しむようになる。そして妻と多摩川上流の青梅に長年暮らし詩作を続けている。そこではこの世界に存在することとは何かを問い続けて、日韓という国を越えた世界人や地球人のあり方を模索する、崔さんの生きる課題があったと思われる。崔さんの言葉は、世界人に至りつくための人類の哀しみの旋律であり、その旋律から紡ぎ出される未知の詩的想像力の世界であっただろう。そんな詩作は人類がナショナリズムを克服するための先駆的な試みだと私は考えている。

冒頭の詩「空のひとみ」は崔さんの今回の詩集の特徴を物語っている代表的な詩であり、その詩を論じてみたい。崔さんのいう「空」とは、果たしてどんな「空」であり、どんな「ひとみ」なのだろうか。

「わたしは捨てられた巫女／だからわたしの手は青白い／わたしは一度も結婚しなかった女／わたしの静脈は世界中をめぐる川になった／それはむかしむかしのこと／戦争が　歴史にしるされた無数の戦争が／わたしを犯しつづけた　ゆえにわたしが／産んだ子どもたちもまた　戦争で／都市や町や村や草原を凌辱した／わたしの肩を踏みにじった軍靴／わたしの髪を燃やした焼夷弾／わたしの心臓を爛れさせた枯れ葉剤／わたしを一瞬に消し去った原爆／わたしを書いた書物はみな／戦火に焼けた　わたしはだから／存在していないのだ　どこにも／ただわたしのうわさだけが／民衆の口の端（は）にのぼり　わたしは彫像であったり／土器にきざまれた絵だったりした」

（詩「空のひとみ」の前半部分）

この詩の一行目の「わたしは捨てられた巫女」の「わたし」とは誰のことだろうか。「わたしは一度も結婚しなかった女」なのだから、きっと霊感の強い女性であり、その聖なる存在を犯されたのだろうか。「歴史にしるされた無数の戦争が／わたしを犯しつづけた」と続くこともあり、この巫女のような女性とは、「無数の戦争」で犯された女性たちの存在を指し示しているのだろう。その次の「ゆえにわたしが／生んだ子どもたちもまた　戦争で／都市や町や村や草原を凌辱した」とある。この戦争によって犯された女性たちが身ごもり生まれた子供たちは、再び戦争になると母が犯されたように、他国の国土や女性や子供を凌辱し続けてしまう復讐の連鎖に陥ってしまう。この人類の負の歴史の隠された真実を語ろうとする崔さんの筆致は、犯された女性たちの心情を物語る恐るべき叙事詩のようだ。「わたしの肩を踏みにじった軍靴」を履いた兵士たちの行為や、「わたしの髪を燃やした焼夷弾／わたしの心臓を爛れさせた枯れ葉剤／わたしを一瞬に消し去った原爆」といった科学技術が生んだ大量殺戮兵器が、女性たちをどのように破壊し続けどんな激痛を与えたか、そんな「わたしを書いた書物はみな／戦火に焼けた」という。そしてただ「彫像」や「土器に刻まれた絵」としてかすかに暗示されているらしい。詩は次のように人類の歴史を高速で遡っていくように展開されていく。

「わたしの乳房から　小麦は芽生えた／わたしの秘所から稲は生えた／わたしの唇から葡萄酒はあふれ／わたしは果樹園そのものでもあった／（略）／わたしが消えた地点から／地上のはじめの母は生まれたのだ／毛むくじゃらの　やっと二本足で立った彼女は／家族のしあわせのみを祈って死んだ／わたしは満足だった　彼女はつつましく／こころやさしかったから　わたしは彼女を誇りとした／アフリカの大地の緑／わたしはやがて一本の樹木となった」

（詩「空のひとみ」の中間部分）

神話的な筆致で犯された女性たちは時空を超えていき、人類のDNAの基にあったアフリカの「毛むくじゃらの女性」に辿りつき、自分たちの遥か彼方の祖先である彼女を誇りと感ずる。と同時に「わたしはやがて一本の樹木となった」というような人類を超えた地球に森の緑を与えた樹木になってしまう。けれども崔さんが生み出した「わたし」は「樹木」だけに止まらないで、後半には次のように自分の息子を語りながらも、様々な存在へと転換していく。

「一度も結婚しなかったわたしにとって／世々生まれた息子たちはわたしの息子／世々地球儀をまわしつづける子供たちも／ストリート・チルドレンも　地雷で／足を失くした少年兵も　戦車に／轢かれた老人も　ホームレスの男も／わたしがいちまいの枯れ葉でないとしたら／わたしは大地であるだろう／わたしが貝殻でないとしたら／わたしは海であるだろう／わたしはまだ名付けられていない／わたしはたしかに生まれたのだ／大地にはわたしの足跡があり／海辺にはわたしの築いた砂の城がある／わたしは生きつづけている／わたし

が一羽の鳥でないとしたら／わたしは広がる空であるだろう
／ほら　空には　わたしを映しているひとみがある」

（詩「空のひとみ」の後半部分）

「わたし」の「世々生まれた息子」は、犯してしまう兵士であり、またストリート・チルドレン、地雷で足を失った少年、戦車で足を轢かれた老人、ホームレスの男たちなどである。「わたし」はそんな息子を見守るために生き続け「大地」や「海」に成り代わり、「まだ名付けられていない」存在になろうと決意する。そしてついには全ての存在を見詰める「空」となるが、その時に「わたし」を見ている神のような「空のひとみ」を感受するのだ。他の三十篇もこのような力作が並んでいる。ここには抒情詩、叙事詩、純粋詩、リアリズム詩などの境界はなく、永遠の相の下で「遠い日の夢のかたちは」という魂が奏でる根源的な詩篇が、読者の精神に流れてくるだけだ。

崔　龍源（さい　りゅうげん）略歴

本名　川久保龍源（かわくぼ　たつもと）
父は韓国人（崔は父の姓）。母は日本人。
一九五二年　長崎県佐世保市生まれ。早稲田大学文学部出身。
一九七九年　無限新人賞受賞。
一九八二年　詩集『宇宙開花』（私家版）（鳥の会）
一九九三年　詩集『鳥はうたった』（花神社）
二〇〇三年　詩集『遊行』（書肆青樹社）（第3回詩と創造賞）
二〇〇九年　詩集『人間の種族』（本多企画）（第9回現代ポイエーシス賞）
二〇一七年　詩集『遠い日の夢のかたちは』（コールサック社）
二〇二三年七月二日　肺炎のため永眠。
「サラン橋」発行。「さて、」同人。「コールサック」（石炭袋）、日本現代詩人会、日本文藝家協会、各会員。

詩 I

アリア

方　良里

即興の詩（うた）を口ずさみながら
闊歩する騎馬隊にあわせて
街を練り歩く

隊長が振りおろした剣の先からは
闇を切り裂くように
閃光が現れ

ソプラノで歌う
漆黒の髪の女のアリアが
響き渡る

街は静まり返り
女の歌声だけが隅々にこだまし
私の耳にも反響するのだった

声

或る夜に　考えた

デジャヴの世界から逃避せよ？
見えないものを探して
地球の果てまで歩いたとしても
何を手にすることができるだろうか

考えることの妥当と危険を　この身に背負い
口にするのは　新鮮な果実と炙りだされた真実のみ

なおも　歩き続ける

乳白色の器からこぼれおちた言葉の粒を
寄せあつめて
鈴のように鳴り響く声を　つくりあげるために

焼かれた樹木

風にそよぐ木の葉に火がゆらぐ
　幾千年前の記憶から甦る声を手がかりに
風にそよぐ木の葉に火がゆらぐ
　鳥たちはさえずる　人間たちは沈黙する

時の声を聞いたのは何時か
時の鐘を鳴らしたのは誰か

風にそよぐ木の葉に火がゆらぐ
　遠方から聞こえてくる汽笛の音が
　　心のざわめきを鎮めるように

風にそよぐ木の葉に火がゆらぐ
　己を欺く人間たちは
焼かれた樹木から滴り落ちる
　　樹液の恩恵に浴していく――

詩の力〜この世界を進もうとするひとりに〜

高細　玄一

「詩人とはどういう存在であろうか。
詩人とは、どういう時にも沈黙してはならない人のことだ。
つまりこれは、勝算があるかないか、効率的かどうか、有効かどうか、という話とは違うということである
ある人たちは「君は正し過ぎる」と助言してくれる。ありがたいけれど、それは間違っている。そうではなく、こう生きるのだ、これがほんとうの生き方だ、ということを示さなければならない。詩人がそれをしなければならないのだ」

徐京植　「詩の力」

役立たずもいいさ
とんでもないやつも大好きさ
あの子がいるのもお気に入りさ
夢で逢いたいなんて　呟くのもいいさ
午前四時まで騒いで　コインみたいに転がって　それでもいいさ
くそマジめでもいいし　政治が好きな奴が絡むのをうんうんと
聞くのも楽しい
戦争大好きな原発廃止論の親父と
自衛隊大好きな親父と原発どうしようとか
真面目に話しあって

そこに俺はこういうことは言いたくないがと
電力のことを考えたら再稼働するのがいちばん効率的だという
奴が現れ
立派なこと　スジが通っていることだけがこの世にあるわけ
じゃ無い
裏も表も　誰だって欲しいものはたくさんあって
嫉妬もあるし　うそだってつく

詩も文学も音楽も　綺麗事しか神は認めないのか
神はそんなに馬鹿タレか
不完全なのだ　何かを挑発するために
人の唾液はなんて酸っぱいのだろう　血の味も混ざって
ゴミ箱の底　足音　踏みつけられる人間の顔
女はどんな嫌いな男たちにも　ほほえみを向けて金を奪う
どんな汚い男にもお前のあそこは最高だと褒めてやる
おれは生きている自分を馬鹿みたいにここに書く
いつまでも傷口を塞ぐことができない
不完全であるがゆえ　叫ぶこともせず
むしり取られる　何かに期待して失望する
いつも繰り返し　生きていることさえ不完全な

昨日喪中ハガキが届いた
五十九歳で妻が亡くなりましたと短い文が伝えてくる
えっなぜ?と女房が絶句する
事情を聞くことも出来ないので　悶々とハガキを見つめた
昨日と今日の違いはほんの僅かなのだ　少し曇った空を見つめている

正義を利用し欲望を体現するものよ
自分の地位を守るために正義を利用するものよ
勝算があるかないかで会議で沈黙することに
正義はあるのか

言葉を発することを禁じられた国のことを思う
伝えるべきことを言葉に出来ない詩人のことを思う
書くことは厳粛な生の営みであることを思いかえす

どういう時にも沈黙してはならないという意味を自分に問う
私の進んできた道標に 出会った人々に
この世界の変革を求め
今もその道を進もうとする一人ひとりに

無菌室

ひとつの部屋に二人の人間を入れるだけで映画が始まる
タゴール（映画監督）

無菌室に二人の日本人を入れる「自分らしく生きる」という看板がかかっている
マスクは二重構造だ
顔のある部分が変化したマスク
あとひとつは脳内部の化学変化

さて　無菌室ではマスクは必要ない　自由に誰にも邪魔されずお話しください

二人はマスクをしたままお互いを見る　これまでもそうだったし　これからもそうだろうし

擬似現実にいるのだ　わたしたちは
変化する風景の内部にいながら風景に影響されている奇妙なシステム

視覚が非現実的なのだろうか　光景が非現実的なのだろうか
何の為のマスクなのだろうか　必須条件なのか　必要条件なのか

顔を突き合わすのがうまくいかない　もうマスクのない会話が
出来ない
さて　無菌室の二人　あれからどうしているだろう　貴方の想
像では　二人は脳内伝達物質から自由になれただろうか
書くことは自由だから僕は今マスクをしていない　だがほんと
うは不自由。使い分け

さて
無菌室にいる想像の中での経験としての貴方の自由
それは
ほんとうは
縛られて
もうとっくに
死んでいないか?

いつまでもついてくる

高柴　三聞

今年の陽射しは例年と比べても特に強烈な気がするのだが、よくよく振り返ってみると毎年そんなことをぼやいている気もする。例年通りでないのは俺の車の方でクーラーを使うとゲッゲッゲゲゲと妙な音を立てる。そのまま使っても良いのだが、エンジンがトラブりそうで怖い。車検まであと少しだから汗をダラダラかきながら窓を全開にして車を運転している。車が疾走って(はし)いる間は風で暑さも多少和らぐが、車が前に進んでくれないと大変つらいのだ。市内は混雑していて車の歩みはノロノロである。直射日光をたっぷり浴びた車は熱された缶詰状態である。頭が狂いそうになる。徐々に暑さは俺を殺しにかかっているようで、意識が奪われそうになる。風景が何となくぼやけてくるような気がする。

要人がやってきて慰霊の日に参加するからだろう。警察官の姿が日に付く。大変な事件が起こって記憶にまだ新しい中であるから仕方がないかもしれないが何だか県民が見張られているような気持ちがしてくる。一体誰のための慰霊の日なのだろうか。道の両サイドに警官が一定距離で立っている。だんだんと青い制服の景観が見えなくなる。そのかわり独特のカーキ色の制服姿ばかりになってきた。ご丁寧に小銃まで肩に担いでる。「一体ここはどこなんだろうか」と思わず独り言ちた。酷く明るい陽射しの中で兵隊たちが無表情で立っているのだ。やけに青白い顔には汗一つ浮かんではいないのが何故かよく見えた。そのかわりひとりひとりの顔は朧気で何故か頭に入ってこない。車を移動させ続けても兵隊たちの姿は視界から消えることは無い。無理やり小さな路地に入ったがやはり兵隊は真っすぐを向いて並び続けている。私はだんだんと兵隊たちに追いかけられているような気分になってきた。ハンドルを小刻みに軽くたたき続けて気を紛らわせた。正気が失われそうな恐怖は背中を冷たくした。冷たいナメクジが背中を這うような感触だ。俺はとうとう耐えきれなくなって言葉にならない声を上げながらブレーキを踏みクラクションを鳴らした。

気が付いたら見慣れぬ農道の中でポツンと俺の車だけが停まっていた。汗まみれの腕にはまった時計に目をやると正午を五分ほど過ぎていた。

妖怪図鑑「青龍くん」

勝嶋　啓太

青龍くんにはじめて会ったのは　もう25年ぐらい前だ
その頃　ぼくは
大学は出たものの　就職氷河期とやらで就職口もなく
やっとありついたビル清掃の仕事も
しばらく収まっていた持病の腰部椎間板ヘルニアが再発してしまい
辞めざるを得なくなって　無職になってしまったばかりだった
そんな状況で　次の展望など考えられるはずもなく
居直って与太郎生活を決め込めるほど　図太くもなかったから
リハビリと称して　散歩に出ては　駅前広場のベンチに腰掛けて
荒んだ気持ちで　ただ道行く人たちを眺めている日々を送っていた
その日も　いつものように
荒んだ気持ちで　駅前広場のベンチに腰掛けていたのだが
突然　頭上に　ムクムクと黒い雲が現れて
ザーッと　雨が降ってきた
といっても　雨が降っているのは　ぼくの頭上だけで
向こうの空は晴れていたので
ヘンな天気だな　と思いながらも
傘も差さずに　ベンチに座っていると
黒雲の間から
鮮やかなコバルトブルーの色をした　龍　が顔をのぞかせ
大丈夫？　ごめんね　ずぶ濡れになっちゃった？
と声をかけてきた
どうしても　龍が空から下りてくると
そこだけ雨が降っちゃうものだから　ごめんなさい
でも　もうちょっとしたら雨は止むから
と言って　ぼくの隣りに腰を下ろした
確かに　それと同時ぐらいに　雨は止んだ
ボクは　青龍　と言います　と龍は言った
まあ　それは見ればわかるけど……で　ぼくに何の用？
いや　別に用じゃないんですけど
あなたが毎日　ここで荒んだ顔して座っているので
なんだか心配になってしまって……
もちろん　ボクがあなたに
何かしてあげられるわけじゃないんだけど
誰かに話したら
気持ちがちょっと楽になるってこともあるじゃないですか　と言う
正直　この龍　エライお節介だな　とは思ったが
青龍くんがあまりにも透きとおったキレイな目で見つめてくるので
ぼくは　いつの間にか　ぽつり　ぽつり　と
今の状況と　自分が抱えている不安な気持ちを　正直に話していた
青龍くんは　静かに　ぼくの話を聞いていた
それから　他愛もない世間話をちょっとして
じゃあ　ボク　そろそろ行きます　と青龍くんは言った
うん　聞いてくれてありがとう　じゃあね　とぼくが言うと
青龍くんは

あなたは　あなたらしく
あるがままに

と言って　飛び去っていった
ふと見上げると
向こうの空に　虹　が出ていた

それ以来　ぼくと青龍くんは
時々　会って話をするようになって
10年ぐらい経った　ある日
青龍くんが　元気がないので　どうしたの？　と聞くと
やっぱり　龍　って　男らしくて強くないとダメだよね
ボクは　弱っちいから　と言うので
君は　優しいけど　別に弱くはないと思うけどなあ……
なんでそんなことを言うのかと　事情を聞くと
どうやら　青龍くんは　お父さんに
そろそろ　この街の　守護聖獣　を継げと言われているらしい
でも　ボクには守護聖獣なんて無理だよ　と青龍くんは言う
そんなことないと思うけどなあ　とぼくが言うと
青龍くんは　しばらく黙った後　意を決したように
実は　誰にも言ってないことがあるんだけど　と言った
守護聖獣は　代々　オスの龍がなる決まりなんだけど
ボク　実は　身体は　オスの龍　なんだけど
心は　メスの龍　なんだ
青龍くんの突然のカミングアウトに　ぼくは戸惑いながら
へえ……そうなんだ……
そのこと　お父さんとお母さんには……？　と聞いた
言えるわけないじゃない！
と青龍くんは　珍しく激しい口調で言った
今までずっと隠してきたけれど
最近　段々　気持ちが抑えきれなくなってきてる……と言うと
涙が一粒　こぼれ落ちた
ぼくは　青龍くんに　何て言葉をかけたらいいのかわからなくて
でも　優しいってことは　強いってことだから　大丈夫だよ
とかなんとか言ってから
オレ　なんかすごくトンチンカンなことを言ってるな　と思った
青龍くんは
聞いてくれて　ありがとう
じゃあ　ボク　もう行くね　と言って　背を向けた
ぼくは
青龍くんに　これだけはどうしても伝えなきゃいけない気がして

あなたは　あなたらしく
あるがままに

と言った
青龍くんは　振り返って　ちょっとだけ微笑んだ
その後　青龍くんには　会っていない
結局　青龍くんは　守護聖獣にはならなかったみたいだけど
ぼくは
青龍くんは　青龍くんらしく暮らしている　と信じている

妖怪図鑑「白虎」

熊谷　直樹

いったい　気がついたらいつの間にか自分が虎になっていた
……などということがあるのだろうか
旅先で泊まったある晩のこと　外で誰かが私の名を呼んでいた
無我夢中でその声を追いかけて走り続け　気がついてみたら
私はいつの間にか虎に変身していた
それにしても不思議だ
かつては自分が人間だったということも
今や日に日に　記憶の彼方に消えてゆこうとしている　と
そう感じていた割には
自分はまだこうして人間だった時の思考をとどめている
これは一体どういうことなのだろうか
よもや天は　自分にこうして一生このまま苦しみ続けろと
責めを負わせられるおつもりなのだろうか

虎になってしまった男がそんなことを考えながら
悶々とした時を過ごしていたある日のこと
虎の前に一匹の小さな生き物が姿を表わしました
見た目は猫に相違ありませんが
よく見ると小さな虎のようでもあります
全身　白い毛並みに　虎そっくりの縞模様が入っています
そして虎になった男に臆することもなく近づいていきます
虎になった男は　少々　面くらいました
そして　お前は何者だ　と　その小動物に問いました
初めまして　えっと　あのぅ　私は猫です
と小動物は答えました
猫？　猫だって？　と男は問います
ハイ　猫です　えっと　私がこんな姿なのは
私のおっ母さんが白猫で
私のお父っつあんは　コゲ茶色の虎柄の縞模様だったんです
で　普通は　おっ母さん似かお父っつあん似か
どっちかになるところなんですけれど
どういうわけか私は　地の色がおっ母さんの白い毛並みで
模様はお父っつあんの黒い縞柄で
まるで小さな白い虎みたいになっちゃったんです　と言う
うーむ……　小さな白い虎ねぇ　と男は唸りました
そうかい　で　お前はオレのことが恐くはないのかい？
と男は言いました
いつも孤独に苛まれていた男は
夜な夜な独り　月に吠える　日々を送っていました
そんな男に近づいてくる者はありませんでした
それにも関わらずこの小さな猫は恐がるふうもありません
ハイ　恐くはありません
と猫はキッパリと言いました
そして　私は天帝の命を受けてやって来ました　と言うのです
天帝の命令？

ハイ　そうです
天帝さまは　あなたの境遇を憐れにお思いになり
あなたを白虎になさろうと　決められたのです
そしてこの世の芸術を司る守護神になさったのです
私はそれをお伝えするために遣わされたのです
エッ？　オレが　芸術の守護神に？
ハイ　そうです
これからあなたの毛並みも　私の身体と同じように
白地に黒い縞模様になります
あなたはもう　恐ろしい猛獣などではなくて
神様になったのですよ
ですから恐ろしいわけがありません
それに……
それに……？　と白虎は重ねます
ハイ　天帝さまから
あなたが人間だった頃のこともお聞きしました
ですから　まぁ確かにちょっと頑固なところもあったけれど
実は優しい気持ちも持っていた　ということも知っています
ですからちっとも恐くはありません　と小猫は言います
そうかい　と虎は言うと
で　これからお前はどうするんだい　と小猫に聞きました
ハイ　色々と考えたのですが……　このままここにとどまって
あなたにお仕えしたいと思います　と小猫は言います
それを聞いてしばらく考えていた虎は言いました
それはいけない　お前は天帝の元へ帰らなくてはいけないよ

ナニ　オレのことならもう心配はいらない
わざわざ伝えに来てくれてありがとう
そう言い残すと虎は茂みの中へ姿を消していきました

ね　不思議な話でしょう？　と我が家の化け猫が言う
何だい？　何の話だい？　と私が聞くと
これはあなたが授業で教えた「山月記」の続きです　と言う
えっ？　そんな続きがあるのかい？　本当なのかよ？
フフッ　信じる者は救われる　ですよ
ふーん……
何でも小猫のおっ母さんの白猫は
元四郎さんという方の遠い御先祖だとか
そしてお父っつあんの虎猫の方は
私の遠い御先祖だとかという話を聞いています
ふーん……　何だか　何でもアリ　だな……　と私が言うと
我が家の化け猫は
そうですよ　こうしてあなたが「山月記」の授業をしていたり
詩なんてものを書いていたりするのだって
白虎のおかげかも知れませんよ
何かそういう運命に導かれているのかも知れないんですから
そう言うと猫はにっこりと笑って片目をつぶってみせた

＊参考　「山月記」（中島敦）

選択機

風守

残業で疲れた体を引きずる帰り道
暗い道路の先に
ポツンと灯り
（おや、なんだろう？
　自動販売機かな？
　こんな所に自販機あったっけ？
　今日設置されたのかな？）
近寄ってよく見る
それは自販機に似た箱で
上部に『選択機』と表示されている

選択機の中央には画面がある
また選択機には
『あなたの将来が分かります』
という文字
（将来が分かる？）
その横には
『画面をタッチしてください』との文字
俺は興味半分で画面をタッチ
すると
『あなたの今欲しい方を選んでください』と表示

そこには
『お金』と『愛情』のボタン表示
（うーん、どちらも欲しいが今は『お金』だな。
　給料日までまだ一週間もあるが、
　ギャンブルですり、貯金も底を付き、
　食事はカップ麺かパンばかり。
　ああ牛丼を腹一杯食いてえなあ）
俺は『お金』のボタンを押す
すると画面が変わる

『あなたはすぐにお金が欲しいですか？』
『はい』・『いいえ』
（うん、すぐに欲しいな）
『はい』のボタンを押す

『あなたに今お金を貸してくれる人はいますか？』
『はい』・『いいえ』
（友人知人には以前の借金を返せてなく、
これ以上の借金は無理だな）
『いいえ』のボタンを押す

『あなたの年齢は何十代ですか？』
『10代』・『20代』・『30代』……
『20代』のボタンを押す

『あなたは男性ですか?女性ですか?』
『男性』・『女性』
『男性』のボタンをおす

『あなたは持病がありますか?』
『はい』・『いいえ』
『いいえ』のボタンを押す

『あなたは一人暮らしですか?』
『はい』・『いいえ』
(うん?　俺は一人暮らしだが、将来と何か関係あるのかな?)
あまり深く考えず、
『はい』のボタンを押す

『あなたはお金のためならどんなことでも受け入れますか?』
『はい』・『いいえ』
(うーん、どんなことでもっていってもな……。
うーん、どちらか選べと言われたら、そうだな……)
『はい』のボタンを押す

『これで質問は終わりです。
あなたの将来は決まりました』
そこまで表示されると
突然、選択機から吹き矢が飛び出し
俺の額に突き刺さる
俺の意識は遠のいていき倒れる

選択機の側面が開き
中から男が現れ
周囲を見回す
あたりは暗く
俺と男以外誰も見当たらない
男は俺を抱えて選択機の中に入れる
男は俺の意識が完全に途切れる前に言う
「悪く思うなよ。お前が選んだことだからな」
画面には
『本日は終了しました』の表示
男はどこかへ携帯電話で連絡をとる
「はい、一体確保しました。
20代の若い男性で、持病はありません。一人暮らしです。
行方不明になってもすぐには探されないでしょう。
はい、いつものとおり例の地下施設へ運んでください。
執刀医が待機しています」
男はそう言うとどこかへ消える
選択機はその後に来たトラックに乗せられ運ばれていく

俺は選択を誤ったのか?

点と線

石川　啓

人生は「点」と「線」で構成されているようなもの
二十代の時に得た彼女の人生観
凡庸な日々の中に楽しみが点在している
楽しみの「点」が多ければ多い程、人生も楽しい
けれど年月と共に
「点」には苦しみや悲しみも増えてきた
パネルを引っくり返すように
それらも楽しみに変えていけたらいいのに——
せめてそれらが
耐えられる程度のものであるといいのに
真剣にそう思うこの頃の彼女は
相当に深刻だ
そのくせ彼女にできるのは溜め息をつく事や
太陽の暖かさに恩恵を感じる事くらいだった——

生へのチャレンジャー

心が空虚になるから　言葉で満たす
満たしきれないが　とりあえず淵を埋める
一見無駄に見えるが
何れかの言葉が後に効いてくるパンチになる
日々の並べていくドミノが倒れたら
前方に向かって表が裏に　裏が表になっていく
希望が絶望に　歓喜が苦痛に　又はそれらが逆に
ストッパーを置いていない長い年月が一気に倒れていくから
心の中のドミノは倒れないようにする試みの連続
荒寥の世界　から目を逸らし
身近なものから片付けていく

『ビューティフル・マインド』
という映画を観終わった時
意味が全く解らなかった
思い返した現在は解る
この年月に私の中で映画は発酵し熟成したのか
脳は密かに疑問を解き続けていたのか
今頃シーンがフラッシュバックし
瞬時に意味を理解する
　明晰が失われるので
　薬を拒否した統合失調症の数学者
　幻覚の友人達と共に生きる
　架空のミッションに惑わされる
　端からは奇異に思われても
　彼は彼の現実　を生きる

実話　に私は後押しされる
飛び出した個性を頭打ちする人が多い島国は

理解者を得るのに時間を要する
少い人数でも出逢えたなら充分
カウンセリングで足場を作る　自分の弱さに向き合う
自己の肯定が特効薬だがなかなか手に入らない
被害妄想の否定が滑り止め　奈落　をいつも意識している
薬と眠り　が蘇生の力となる

花　は美しい
香　は芳しい
そう感じられたなら
まだどうにか保っていられる
苦手な蜘蛛の存在を肯定できるように
雨滴が輝く蜘蛛の巣に見惚れたなら
逸らした目を　ほんの少しでも視野を広げ
綻びを繕っていく知恵が湧くかもしれない
現実への適応力をつける匙加減を探る

スリップダウンはノーカウント
とにかく立ち上がってファイティングポーズ
ジャブで当たりをつける
ディフェンスとオフェンスの使い分け
足を使って回りこんでチャンスを窺う
ボディへの有効打を積む　過去のパンチも加算される
見えない相手へのシャドウ・ボクシングであっても
時間　を味方にし　運命　を測り直し
生きること　から逃げたくない

投げだしたくなる時があっても
一ラウンドを消化する度
終了が目前に迫ってくる
「蝶のように舞い
　蜂のように刺す」
カシアス・クレイの名言
それほど華麗に行かなくても
一発のパンチが流れを変える
自分の持っている技が瞬時にヒットする時がある筈
打たれ強くなり闘い続けて自分を出しきれたなら
ノックアウトで決められなくとも
判定に持ち込まれても
あるいは闘いの果てにノックアウトされても
自分への勝利が残る
生から死へのドミノが倒れるのも
充分生きたと静かに受け入れる事ができるだろう

しかし人間の心理とは
死に近い時ほど生への希望を語る
と　心理学者が語っているのを最近目にした
果たしてこの説は当たっているのかと
心の淵に手をかけて覗き込んでみる

下瀬美術館

天瀬　裕康

美術館が建つ
という話を耳にしたのは
四十年間住み慣れた大竹市を去り
広島市に転居する少し前のこと

場所は晴海(はるみ)という商業地区の端っこで
晴海臨海公園の北隣で眺めはいいが
少子高齢・転出の多い人口減少の街だし
新型コロナは猖獗を極め　ロシアの
ウクライナ侵攻が始まった物騒な世の中
「何時(いつ)になることやら」と思っていると
意外にも二〇二三年の
わりと早い時期に出来上がった
内覧会があったのは二月七日
オープンは三月一日だとか

その下瀬(しもせ)美術館なるものは　広島市の
建材製造の丸井産業を創った　下瀬家が
収集した品を展示する民営美術館で
海外でも活躍している建築家の坂茂(ばんしげる)氏が
「アートの中でアートを見る」を
コンセプトとして　4・6ヘクタールの
東京ドーム級の敷地に設計した美的空間
受付やカフェのある平屋の
エントランス棟や企画展示棟
メインの企画展示室は可動壁で仕切られ
さらに収蔵室もある二階建ての管理棟
八つの箱型の可動展示室は坂茂氏が
瀬戸内海の島々から着想したもので
水盤の上で動かして配置を変えられる——

これらは新聞に出ていた紹介記事で
私がじっさいに行って観たのは
開館月の月末近い菜種梅雨(なたねづゆ)の合間の
曇りがちな金曜日のことだった

JRの大竹駅から
シャトルバスで十分ほど走ると
あまり高くない建物が見え　不思議なことに
外側の壁に海や山の風景が映っている
表面に　ミラーガラスが使ってあるのか
美術館そのものを付近の自然の中に
溶け込ませるのが狙いなのだろう

楕円形をしたエントランス棟に入ると

開放的で妙に明るい空間が待っていた
そこは　木の幹から枝が広がるような
柱と梁が　奇妙にデザインされている
そこから企画展示室に続く渡り廊下は
可動展示室などを見ることができるが
その外側がミラーガラスになっている

一度外に出て　美術館の一部をなす
広大な庭園をちょっと見てから中に戻り
開館記念展の「おひなさまと近代美術」を
企画展示室における人形展から観てまわる
七世・大木平蔵の作品は　雛人形を中心とする
節句人形の他　能人形や雛道具など多彩だ
その後　四角い大きな箱の可動展示室へ

第1室は「桜を愛でる」で平蔵の作品の他
向井潤吉・加山又造・西田俊英の絵
第2室はエミールーガレのガラス作品
第3室は加山又造で第4室はマイセン窯と
ルオー、マティス、シャガールの油彩
第5室はガレの花器と安田靫彦（ゆきひこ）、上村淳之（あつし）、
河合玉堂、奥村土牛の日本画
第6室は岡本太郎と四谷シモン
第7室はガレとドームのガラス作品
第8室は「肖像の魅力」で　モディリアーニ、
キスリング、ローランサン、藤田嗣治、
佐伯祐三、岸田劉生、小磯良平など

堪能したので外に出て別の庭園の
ゆるやかな坂道を登って行くと頂上は
望用テラスになっていて説明板も設置され
見慣れた市内の石油コンビナートの他に
釣り場の阿多田島や廿日市（はつかいち）市の宮島が見える
宮島の背後にかすんでいるのは多分
海上自衛隊の幹部候補生学校
のある江田島だろう……

と突然　絹を裂くような轟音
岩国基地の戦闘機に違いない
そうだ西隣の岩国は基地の街
台湾防衛の訓練なのだろうか
ウクライナ戦争の飛火なのか
美的感慨が吹っ飛んでしまう

束の間の美しい世界よ
そのまま残れ
美術館は戦争と
性（しょう）が合わない

忘却の譜

酒井　力

（一）深谷

深谷といえば
今回一万円札に刷込まれる
渋沢栄一

レンガ造りの深谷駅は
東京駅を模してつくられた
おしゃれな駅だ

三十名を超える旅の集団
「信州佐久　歴史街道を歩こう会」

駅を遠くに眺め
中山道を
日本橋をめざして
ひたすら歩く

道案内のS氏は
博学多才で道々で解説しながら
いつも先頭に立って歩く

「生き字引」とは
まさにこの人のことをいうのだろう

鹿児島本社の研究生活から
サンケイ化学深谷工場に赴任した兄

この歳になって　私が
彼ゆかりの地を歩くことになるとは！

台湾の高雄で生まれた兄は
一九四六年春
アメリカのリバティ船に詰め込まれ
家族と引揚げ　大竹港から上陸
わずか四歳で
広島の焼野原に立った

兄は一度も深谷の話はしなかったが
四十三年ぶりに　いま
ようやく
死んだ兄に出逢ったようで
なつかしい

中山道という道筋には
時をこえ
古代のロマンが溢れ

新たな自分を発見するよろこびがある

（二）熊谷

炎暑摂氏36度
熊谷の中山道を歩く

日傘をさす人の横で
ときおり豆っ葉をくぼませ
「パン」とたたく鋭い音

水分を何回もとりながら
声をかけ合って歩いていく

町場を通っていると
パトカーが巡回してきた
何とも怪しげにみえる巡礼集団！
炎天下
次第に言葉も少なくなる

汗もだくだく
架橋コンクリートの下は涼しい
休んでいると
風がそよと吹いてきた

一九四七年九月
カスリーン台風以後に築かれた
高い堤防のコンクリート道を
陽射しに焼かれて歩く

反対の住宅団地にそって
旧荒川堰（せき）が
ひっそりと息づいていた

かつて家屋敷が散在し
こんもりとした立木の残る広大な農地
いまの荒川は
この想定遊水地内の一部を
見え隠れしながら
水をたたえ蛇行している

江戸時代
伊那出身の奉行「伊奈忠次（いなただつぐ）」が
江戸を敵から守るため
荒川の流れを変えたという
その知恵と勇気と
初めて目にする濃緑が目にしみる
――葦原の百舌鳥（もず）の鋭い鳴き声が
いまも遠くひびいてくる

ガラスの小壜

羽島　貝

吹く風が
睫に触れた瞬間
即座に凍りつく雪原で
裂けたクレバスが
熱い血をたたえている。

私は君がくれた言葉を
ガラスの小壜に詰めて
クレバスにそっと投げ入れた。

（はねたオレンジ色の滴が僕の右頬と右目を焼いた）

半顔の微笑みを
君に届ける
のは
それでも凍った睫でいるよりは
よほどいいのだから
と
君に説明する言葉を
私はまるで持っていなかった

（頭上、碧空。
　摂氏マイナス測定不能）

血の流れに乗って、ガラスの小壜は
鼓動に揺られながら流れていく

のは

私の希望

どうか心臓に届けと。

摑みの寂寥

言葉を
放り投げた後の
てのひらに残る
一摑みの寂寥

届いたろうか
と
空を仰ぐ

手のなかはもう
からっぽなので
君から返る言葉を待つばかり

（この時間は
　風邪をひいて
　熱が通りすぎるのを
　毛布をひっかぶって
　待っている時間に似ている）

てのひらを
広げて
僕は待っている

その現象を、名付けられない。

花片が降り積むよりも華やかに
紅葉が降り積むより鮮やかに
そして雪が降り積むより静かに

あなたの言葉が

この身体の中へと
降り積もってゆきました。

ある時は音もなく
ある時ははらはらと
ある時はしんしんと

日々降り積もる
あなたの言葉に

身体中が満たされて

今、自分は
生きているのです。

阿万吹上浜（あまふきあげ）

狭間　孝

ファインダーを広角にして
焦点は吹上浜と鳴門の海に合わす
遠く四国の山々が
くっきりと見えてきた
ズームすると
淡いピンク色の浜昼顔が群生していた

うす暗く波打ち際を歩く人は
シルエットのように見えていた
時間とともに
衣服の色がはっきりと
わかるようになり

朝日が砂浜に射しはじめ
海も砂浜も
更に鮮やかな原色に変わり
カメラのシャッターは
軽快な連射音になった

砂浜を撮り続けた
ファインダーの中で

砂浜は
時間とともに変化していく

この目の前に広がる砂浜は
米軍が上陸する！
由良要塞陸軍司令部の命令で動員され
菅育郎さんたちは砂浜に穴を掘り
肉弾戦を準備した

七十八年前の出来事を
記憶に残した世代は少なくなり
僕のように
聞いたことがある世代も
高齢期を迎えている

菅育郎さんが亡くなり
手作りの戦争の絵を見せながら
話していた
淡路島であった戦争を
聴くことができなくなった

人は百歳まで生きたとしても
体験を語ることができる年齢の
限界があるのだろう
生き続けることも大事だけれど
戦争体験を語ることができる年齢を
どうやって延ばそうか
時間は待ってくれない

ファインダー越しに見えるのは
風景だけではない
僕の脳裏に写るのは
菅育郎さんたちが
砂浜に穴を掘り続け
ときおり体を伸ばして汗を拭く姿だ

陽は上り
風が吹き白い波が見える
遠く四国の山が
くっきり見渡せるようになった
僕はカメラの露出を絞り
撮影を続けた

往復三百円の旅

武庫川駅から武庫川団地前駅まで
料金は往復三百円
線路の距離は千七百メートルの武庫川線
切符を買って時間待ちをしていたら
ずいぶん昔の記憶が蘇ってきた

武庫川の真ん中に駅があった
初めて阪神武庫川駅に降りたのは
四十七年前
重症心身障害児施設S療育園へ
就職の面接に行く時だった

川の真上にあったホームに降り
見えたのは白い大学病院だった
現在は丈夫できれいな駅になっているが
昔はさび付いていたし
手すりは低くホームの下を見ることもできた

武庫川の西側には露店があり
喫茶店もあった
階段を下りて
鄙びた改札口を出ると

S療育園の玄関がすぐにあった
壁はくすみ薄汚れた玄関も暗い感じだった
呼吸を整え勇気を込めて
飛び込んだことが僕の出発点となった

武庫川線は車両一台
車椅子の重症児と散歩に出たときに
車掌さんが一駅だけ無料で乗せてくれた
鳴尾東駅から十分ほど歩けば
園まで帰って来ることができた

何度も乗せてもらった武庫川線は戦争中
河口にあった川西航空機の工場へ
六万人余りの産業戦士を毎日輸送し
「紫電改」を量産するために線路を引いた

川西航空機や鳴尾飛行場への空襲で
鳴尾は焼け野原になった
工場跡は市民が暮らす団地になり
子どもの声が響き
飛行場跡では女学生が学ぶ

久しぶりに乗ってみたくて
武庫川　東鳴尾　洲先　四つめの武庫川団地前で
終点　そして折り返す往復三百円の旅

キラコタン岬　—釧路湿原にて—

宮川　達二

灯しびは鈴蘭の香に聴くショパン　　長谷川光二*

釧路湿原の夕暮れ
キラコタン岬へ向かう森の道を
ひとり私は南へと向かって歩いている
隔絶された原野に農家も牧舎もなく
風が木々や草を揺らす音だけが
私の回りで聞こえてくる
突然、目の前を十頭余りの鹿の群れが
轟音を立て猛烈なスピードで横切る
ただの一頭も私に目をくれることもなく
大地を揺らし樹木の間へと過ぎ去った
私は一軒の家を探している
関東大震災の直後、東京に住んでいた
長谷川光二という男が、妻と四人の子供と
東京からこの地へと移り住み
牧場を営み、彼は一九七五年に
この地で亡くなったという
彼は牧場の労働に明け暮れたが
俳句を詠み、妻は夜にピアノを弾き
一家の食卓にパンやシチューが並び
大きな洋館に住んでいたという
時には、東京からかつての友人たちが
長谷川光二をはるばると訪ねてきたらしい
私は、彼について書かれた本を一冊携え
それを頼りに歩いている
私は、何処までも何処までも歩いている
キラコタン岬の突端に近くなった時
道端に古ぼけた長谷川牧場という標識があった
その先に、崩れ落ちそうな大きな
長谷川一家が住んだ古い廃屋が見えた
玄関から中を覗くと、彼が残した
何千冊という本が並んでいる
ドストエフスキー、リルケ、芭蕉……
彼がここで亡くなって数十年
朽ち果てようとする家に宿る魂の軌跡
キラコタン岬を支配する深い沈黙
彼が菩提樹に彫ったという三つのL
光—Light
愛—Love
生—Life
これらを、私は見つけられるのだろうか

キラコタン岬—釧路湿原最深部。名の由来は、周辺が海だったこと。
長谷川光二—俳人、牧場主（一八九八〜一九七五）

令和五年(レイワいつとせ)の四月(うづき)の歌と六月(みなづき)の歌

成田　廣彌

○四月(うづき)の歌
あをあをの　葉を迎へてか
あせあせと　汗をかいてる
かきはじめてる

○
この春も　前よりあつい
あたたかく　ふれてみたけど
あまりあつくて

○
上の部屋の
外(と)つ國人(くにびと)の
大きなこゑ、泣いてゐる。
泣いてゐる、むすめのこゑ。
きつとさう
「食べていけない」
泣いてゐる。
「食べていけない」
こゑは大きく。

○
春の日(ひ)ざしは
窓からさした
祖母(おほば)のはなし。
聞きたくて歸る
こゑのかたりの
ひかり鳴り鳴る
こころすみずみ。

○
四月(うづき)のをはりは
じめじめの肌に
裂けずある雲。
ひとつづきの日々が
よくなつてほしい
さう祈りつつ
通り過ぎるべき暗さ深さ。
四月(うづき)のをはりのあるべきすがた。

○六月(みなづき)の歌
日もすがら　てくてくしたよ
日の色に　そまりたいから
てくてくしたよ

○
六月(みなづき)の　晴間(はれま)に呼ばれ
なぜかしら　思ひ出すこと。

ちはやぶる　かみのやしろの
神木(かみき)の　さわさわの葉に
汗まみれ　すずんでゐたこと。

黒目川(くろめがは)　行きも歸りも
すれちがふ　誰かばかりで
ある日は　さみしかつたこと。

入間川(いるまがは)　夜のはじめに
つめたく　打たれた流れは
なぜか　なつかしかつたこと。

荒川　今またここに
思ひ出す　ことのはを取り
歌はうか　歌へばそれが
忘れずに　つたへたいこと　つたへたいこと。

○
みそちまり　ふたつの君は　何をしてるの。
あるいては　たちどまりつつ　歌つてゐるの。

みそちまり　みつになつたら　どうしてゐるの。
今日みたく　何かのことを　歌つてゐるの。

ももとせも　ふとすぎさると　知つていますか。
知らずとも　ふとすぎさると　知つていますが。

○西堀(にしぼり)の憩ひの森の翁(おきな)に
六月(みなづき)のすこしあつい日に
夕方のすこし前に
「おかへり」と翁(おきな)があらはれ
「どうも。あつくて」かう返したら、
まだわかい　まだ長いんだ
長いから　しつかりやすめ
翁はさう云つて、さう云つて、
「わはは。どうも」俺は返して、
返して、去つたわけだが。

なあ翁、なぜ俺にさう云つた。

俺の白い開き襟にだまされたか。
そりやちがふな、さうぢやないよな。

それぢやあ翁、これはわかるか。
翁のことばに、今かうして
とぼとぼ歌ひあるく俺が。
なあ翁、わかるだらうか。
忘れまいとくりかへし
くりかへし歌ふあるき方を
なあ翁、わかるだらうか。

なあ翁、俺がかうして汗だくに
とぼとぼ歌ひあるくのは、
翁のことをつたへたいから
翁のことをつたへたいから
翁のことを、つたへたいから、
とぼとぼ歌ひあるくんだ。
なあ翁、わかるだろうか。
ここでかうして。わかるだらうか。
ここでかうして。ここでかうして。

詩 Ⅱ

あなめあなめ

坂井　一則

髑髏の眼窩に薄が生えている
目が痛い
ああ、耐え難い
（あなめあなめ）*

私の頭の中にも薄が生えている
言葉が痛い
ああ、耐え難い
（あなめあなめ）

絶世の美女小町さんと雖も
叢に帰れば歌の髑髏となる
況んや私なんかは
何処の馬の骨とも分からない

時に暴君ネロも
いくつの髑髏をあなめあなめ言わせたか
人と人とが戦う世は

いかに暴虐なあなめあなめを啼泣せしめたか

地上の至るところ
眼窩の草が生えている
その一眼一眼にあなめあなめと吹いている

*秋風の吹き散るごとにあなめあなめ
小野とは言わじ薄生ひけり（在原業平）

やすらぎと理性

坂本　梧朗

やすらぎは
理性と一致する

煩悩は
強迫神経症に似て
心を追い立てる

やすらぎを求める心は
それを捨てる
それから離れる

訪れたやすらぎに
住すると
理性が蘇る

心は
今此処に至る論理を辿り
己の位置を確認し
そこに安坐する

かくて
やすらぎは
理性と一致する

ライオンたちの企て

あべ　和かこ

ある春の日に
柔らかな黄色い光に包まれた
場所を見た
青い空に繋がるタンポポ畑
優しさのお裾分(すそわ)けを呉れる春色の場所だ

暖かな心地よい春陽を受けて
ライオンたちは緑色のぎざぎざの〈は〉を
楽しげにゆらして
何を企んでいるのだろう

そこを吹き抜ける風になりたい！

そうすれば
彼らの楽しげなおしゃべりが
よく聞こえるのに
黄色い春の時間を
一緒に過ごせるのに
ライオンたちの緑色の〈は〉は
おひさまの恵みを花たちに渡らせる
そして

黄色い一面のタンポポ畑は
数日後には
象牙色に光らせた
ふわふわの綿毛の畑になっていた

畑の中をちょっぴり元気な南風が
駆け抜けた
一瞬のことだった

綿毛の群れはふわっと一斉に
浮かび上った
いち・に・さん
春を吹きかう風にその身を預けて
その場所を離れていった

黄色い幸せを誰かのもとに届けようと！

四つ葉のクローバー

街角の一角に
シロツメグサが咲いている
初夏の風に柔らかな葉を揺らし
白い頭を揺らしている

学校帰りの若者たちが
制服姿で捜し物
初夏の日溜まりに
シロツメグサの原っぱを
ハミングを揺らして
捜し物

人は幸せを探すとき
こんなにも
日溜まりに溶け込むのだ
自分の中にも日溜まりを探してみる

ちいさな両の手に大事に包んだ
しんなりとした
四つ葉のクローバーがあった
私に届けられた幸せの探し物

静かに心を探れば
過去からも
未来からも届いてくる

そして、目の前にも…

どんなことをも乗り越えられる
そう思った

うねり　命

東梅　洋子

輝き
大地は人を見る
明日はあるのかと
もう
ないふりなど

さあ
走ろう
未来を作るため
種をまこう
子供達を守り
青い空を仰ぐために

　　　その人は
ピー缶の
煙の中を
くぐり
ニヤケた顔で
蓋（ふた）をふたたびに
　遠い彼方の
恋の思い出

　鉄格子の中の心
両手は縛られながら
支えあいの日々を誓う

空に手はとどき
雨は肩をもたたく
　無常にも
自由の輪は
さらにくいこみ
　信実をと
冤罪（えんざい）をと訴え
　　裁判所前に立つ
残りの時間
　限りあり

うねり　つぶやき

ルターの言葉引用
　たとえ明日
　世界の終わりが
　来ようとも
　　今日
　私はリンゴの木を
　　植えよう

私は戦争は知りません。何時の時代においても、侵略者が弱者に向ける目に余る行動・今回は、子供の連れさり、女性への性暴力この非人道的な出来事、ふまえて、侵略戦争がおこらなければ、温暖化、気象変動がすくなからずも緩やかだったのでは、世界の不穏な風気も緩和されたのでは、たられればの中で、もんもんとしております。一日も早く家族のもとへ帰り、平和の種をまいて欲しいと願います。未来の子供達の為に。

五月

植木　信子

Ⅰ　笛の音か・・・

緑の靄(もや)をついて二つの川が
千の谷の町で一つ尾になり海に注いでいく川べりの祭り日
長く生きている少年の祭司が頬を膨らませ笛をふく
祭りがはじまる
太陽は高く昇り鱗(うろこ)の道をつくる
私たちを飲み込むまで命の源になる
祭司は文字を掘る
トーテムポールに今日の日を付け加える
金色の蛇の鱗が祭司を飾る

蔦(つた)の絡まる窓枠に声なき声が絡んでいる
水は黒く立ちあがり生け贄を求めることがあるのだという
そうして消えた村や人たちが祭り日に現れる
ざわめき　風たち
一瞬、消えた不思議な恐ろしい光景を見せる
祭司の呪詛が天へも響いて
なんて賑やかな祭り日なのか
鋤や鎌を土間に立てかけ陽炎のなかに融け込む日なのだ
太陽のフレアは透きとおって赤く
豊かに満足した蛇の尾が中天にかかる
魂たちが水の上を転がってくる
祭司の呪詛がつたい落ちて来る
（あなたのごほん　あなたのごほん

祭りには綿アメ、ガラガラ　鳴る警笛
（龍を呼ぶ
梢に巻きつく蛇が落ちる
蔦の葉が萎(しぼ)む
（水が捲く

呟く呪詛(じゅそ)、沈んでいく声、笛の音なのか

Ⅱ　春の日のこと

緑の波波　重なる山山　空も緑色に染めている
ケキョケキョ鶯が赤茶の新芽の木間を鳴いていく
五合庵に粥を炊き　良寛さん背伸びする
はちのこを忘れても手毬はふところの内
麓（ふもと）の村は田植えの準備で忙しく
良寛さん　わらびぜんまい木の芽とりにせいをだす
　油が少しあったらてんぷらに
　三つ葉はおひたしに
　味噌がないので塩で吸い物に
はたと良寛さんは気付く　皿も椀もない
村人たちは忙しく働いている
良寛さんは道の端をこっそり歩いていく
童等が走って来る
良寛さん、この童の声を聞きたくて鞠（まり）をつく
はちのこには菫が二、三本
禅良寛、釈良寛　仏陀の道をゆく
童の声は仏の声　光さす声
春の日は暮れなずみ
ひぃふうみい　十になりせばまたかえりませ
寒く孤独な冬を我いかに過ごそう　生きながらえる
我、心弱き身なれば子等の声　笑う声　光に明るく照らす
一人白に耐え　あたたき愛
　この日は暮れずとも良い

子等は良寛さんの笑う顔に仏を感じ一日鞠をつく
春の広大な世界が小さく開いていく
この時があらばこそ冬の長き日も明日も生きゆきて
我の時が流れ尽きるとも残すべきは子等の声
緑の山々、映す川、泥に働く田畑
禅良寛、釈良寛日が暮れかかり心にしたためる

囁く秋

淺山　泰美

廃れた庭に　この秋も
金木犀の大本が満開の花をつけ
年ごとに　香りは淡く幽かなものとなる
ここに暮らしたひとびとの記憶のように。

昔　この家の前を通るとき
ときおり耳にした
片手で弾くピアノの曲　あれは
「エリーゼのために」だったろうか
枯葉に紛れるような旋律のゆくえは知れず
やがていなくなる虫たちが　まだ
叢のそこかしこに隠れて鳴いている　ひそかに
誰かの跫音がするとぴたりと止む
もう戻ってはこないのだろうか
ここには　誰ひとり

庭のむこう
丈高く生い茂った草ぐさに隠され
朽ちてゆく平屋の窓辺に
秋がまもなく去りゆくことを
小声で囁くのは誰なのだろう　と

球根ふたつ

青柳　晶子

最初はふたつだけだった
庭に埋めておいたら毎年真っ赤な花を咲かせ
いつのまにか球根が山のように盛り上がっていた
あまりにきゅうくつそうだから
半分ほど間引いてやった

散歩に行くたび少しずつポケットに入れ
道端や草叢の生きていけそうな場所に
ぽとりぽとりと落としていった

次の秋　また次の秋
ところどころに赤い花が見えた
彼岸になるのを待ちかねたように
だれも気付かなくても
精いっぱい蕊をひろげて
飛び火した場所をおしえている

昔の人は死人花（しびとばな）とよんで嫌ったそうだ
今年はその気持ちがわかる気がする
世界のあちこちで災害・地震・クーデターなどが
たてつづけに起きて
大勢の避難民を生んでいる
本当の残虐非道な戦もまだ続いている
二十一世紀はこんなはずではなかった
私たちはそのたびに　少しの援助とエールをつたえて
見守るほかはない

あちこちの野原で血しぶきが散っているような
彼岸花を探しにいく
足どり重く　不安でいっぱいだが
それでも懸命に咲いている花を信じて

願望

近藤　八重子

心の老いは体の老いより怖いという諺（ことわざ）がある
日本は幸せな国のように思えるけれど
小学生・中学生・高校生の自殺者が多いのは
何故だろう
以前
自殺名所の関係者の方が言っていた
崖から飛び降りながら
皆　途中で助けてくれと叫ぶのは何故だろうと
人は誰も心の底に生きたいという願望が
張り付いているのかもしれない

未来を託す少年少女たちよ
君の小宇宙のような体内では
六〇兆もの細胞の中で育った分子たちが
一つ一つ機能を果たせる分子に成長し
神秘的で躍動的な活躍を
一秒たりとも休まず働いてくれているから
君は生きていられるんだ
君の脳も三十六億年という進化の歴史を重ね
百四十億個の細胞で完成されているスゴイ脳なんだ
そんな奇跡に近い働きで生かされている体を大切に守ってほしい
君の体内で休まず働き続けている細胞たちに対して
残酷で悲惨な行為だけは考えないでほしい

未来を担（にな）う少年少女たちよ
苦しみは楽しみへ向かう試練の道だと思う
辛いけれど耐えて乗り越えれば
この先どんな困難に出会っても
あの時の苦しみに比べれば今の苦しみなんかという
強い自信が芽生えてくるんだ
水母（くらげ）の風向かいという諺（ことわざ）を知っているかい
じたばたしても無駄なことのたとえで
クラゲは水面にふわふわ浮いているが
ただ浮いているだけのものではなく
傘を開いたり閉じたりして泳いでいる
しかし風上（かざかみ）に向かっては進めない
そう自分に合わない生き方にじたばたしてもしようがないのだ
自分に合った生き方を探せばいいのだ
君の未来に向かって自分なりの生き方で進めばいいのだ

植物

植物にも私たちと同じように血液型があり
カボチャやキャベツはO型
苺や梨もO型
残りの野菜や果物は
B型かAB型に属すると言う
だけど私と同じA型は
まだ発見されていないと知った日から
早何十年も過ぎた
日々私たちに寄り添い
心を清めてくれる植物
共に血液の流れで生きているから
親しみを感じるのかも知れない

植物にも私たちと同じように
曲の好き嫌いがあると言う
ブラームスやモーツァルト
バッハなど穏やかな曲が好きと言う
水耕栽培のレタスやホーレン草に
ワルツの曲を聞かせたら
刺激を受けて気孔の開きが良くなったらしい
でもテンポの速いロックや高音は苦手

インドで
毎日太鼓の音を聞かされていた植物が枯れた
という報告を聞いたことがある
直物にとって
クラシックは発育を促すが
ロックは発育を妨げるらしい

希望に向かって進む私たち
天に向かって伸びる植物
共に
生きる楽しさ厳しさに立ち向かっているんだ

甩手

原　詩夏至

甩手（スワイシュウ）という不思議な体操に
かみさんが
突然凝り出した
脚を少し広げて直立し
両腕を揃えて前後に振る
一、二、三、四、
そして五のとき
膝をリズミカルに二度曲げ伸ばす
それを三十分
最初は冷蔵庫の前で
ひとり黙々と
だがやがて俺にも一緒にどうかと
おもむろに
だが次第に熱心に

「えー、嫌だよ、三十分も」
「でも、よく効くんだから」

かくて
やっぱり遂には押し切られて
それまで三年あまり続けていた
「ビリーズブートキャンプ」を
そっちに切り替え
夫婦揃って
リビングに立ち
宙に眼を据えて
毎日
両腕・両膝を
ぶんぶん
三十分

人が見たら
何の宗教かと思うだろう
（それとも、本当に何かの宗教なのだろうか）
だが
かみさんの顔はあくまで真剣
そして俺の顔もいつしか
恐らくは
三十分は結構長くつらい
しまいには足の裏がじっとり汗ばむ
腕が痺れてくる
だがそれが効くのだと
そうやって体内の毒が排出されているのだと

或いはそうかもしれない
それとも

必ずしもそうではないのかも
だがいずれにせよ
何にも考えずに
ひたすら三十分
単調な動きは恐らく脳にはいい
そうしているうち
大概の悩みが
ぼんやりと遠のいていくから

終了後は二分
その場で黙想する
それから水を一杯
かくて身も心も清らかに
（ああ、とすれば、やっぱり
　これは、何かの宗教なのだろうか）
だが、まあいいじゃないか
それを言うなら
この奇妙な世界で
奇妙なかみさんと
それに輪をかけて奇妙なこの俺が
一緒に生きていこうと決めていること
それ自体が
そもそも何かの宗教なのだから

「いてててて、足」

「そうだね、実は俺も」
苦笑するふたり
だが、まあいいじゃないか
体重は確かに前より減ったし
かみさんの便通も
なかなかいいようだ

え？　足？
そりゃあもちろん
あんまり痛ければ
いつのまにかやめることになるだろう
始めたときみたいに
そして
まあそれほどでもなければ
何だかんだと
続いていくのだろう――

この
共に白髪の奇妙なおばあさんと
それに輪をかけて奇妙なおじいさんの
奇妙な
微妙な
何かの宗教は

笑うことを失った少女

柏原　充侍

どうして今頃気付いたのか
夏がせまり 命の季節がやってくる
子供達は太陽に育てられ
月は母に　涙を流すことを教える

いとしいあなた　ふせ目がちのあなた
どれだけ生きる意味を教えたか
教師ならば　自然とともに生きる
かって「人は二度うまれる」と偉人はいう

ならば一緒に手をつないで　大草原に立ち
蟲たちとたわむれ　あらゆる動物とともに
犠牲にみちた夏の記憶はいやしくも
新しき世界　新しき人　新しき文明

あなたとともに人生の夜行列車を
先にどんな不幸が待ち受けても
どうか笑ってください
あなたは戦争孤児だった

どうか笑ってください　いとし子よ

初老の紳士

あなたは美しい
そのおすがたは　まるで宝石のよう
ととのった顔立ちに　白髪が似合う
学問に人生のすべてを傾け

世界について　神について　仏について
どこまでもいさぎよい　たたずまい
読書を好む　まるで哲学者のよう
あなたは美しい

その話しぶりは　かっての祖父のよう
歴史について　宗教について
人生の意義を　あえて問わず
声たからかに　からすが笑う
不吉な予感　死の影が

いやちがう　そうではない
死することを超越して
神として生き　仏として成仏した

あなたは　ただ美しい

真金拘束（しんきんこうそく）

怖かった　夜がやってきた
どこからともなく
子供の叫び声　冬の夜　人生の冬
過酷な人生と　それでも死にたくはない

「今夜　寝たら明日　眼が覚めるかなア」
不安だった　神経を病んでいるのか
それとも色欲による　性の衝動
生きたかった　だれよりも長生きがしたい

母は笑っていた　生活に追われていないだけでなく
煙草は十年前にやめた
生きてゆくには　おかねがいる
だから働くのだと

神が笑い　仏が諭して
身分相応に収入を得ること
決して　無理をして　おかねはいらない
おかねに　しばられている

人は皆　真金拘束に　かかるのだ

あなたがくれたひとことが

初秋が訪れた
悲しかった　秋の日の恋ごころ
何故　ふたりは出逢ったのだろう

夜　月のひかりか　理性という名の
貞操を保つことか　いや
すべてにおいて　自分が誠実であること
青春の日々は　はるか遠くに

小鳥たちのさえずりとともに
どこまでも続く　〈いのち〉の道
「あなたは女性（ひと）に優しくされたことが
ありますか」
苦笑いをしてしまった
今はもう年老いた両親と
実兄とともに過ごしている

庶民の生活　たちまち　秋の日は
空から降りそそぐ　雨によって
自分は決して狂っていないことを知った

明日へと

村上　久江

きみは　ぬいぐるみ
まっさらなぬいぐるみ
バネ仕掛けのおもしろさもない
眼の表情を変え話相手になってくれる
ロボット人形でもない

だが　その小さな丸い眼と口が
心という情を思わせる
ふっと手にとり抱いてみたくなる

連れ添った男が長い闘病のすえ
遠い遠い処へ召されて行った
ひとりぽつねんと在る部屋に
やさしく香る手ざわりのよいものが欲しかった

店頭できみを見つけた
男が日日座っていたソファーにきみを置いた
きみだけでは足りなくて　もう一体
もう一体　そして

半世紀近い想い出の刻
一気に　シャワーを浴びてさっぱりと
と　いうわけにはいかない
いただいた仕合せの　幸せのふんわり
あんなことも　こんなこともあったね
嬉しかったよ楽しかったよ　ありがとうと
心のアルバムにいち枚いち枚丁寧に仕舞う

薄闇に暮れて　日日は流れた
天使のようなぬいぐるみたちとの三年余は過ぎた
そして　わたしはまた芽吹きはじめた
刈られても刈られても緑のそよりを忘れない
雑草のように
そうすることが使命のように

詩 Ⅲ

核兵器と無限多次元宇宙

藤谷　恵一郎

始めにありき
核の脅し
二十一世紀の戦争

独裁者
免罪符のごとく
核を抱く

方程式の解が
導けない
私の非力　もどかしさ

解のない
方程式の
悲しさ

解のない方程式の
解を持っている
地球

平行線が
交わっている
地球の極点

全ての解のない方程式の
解を顕現している　抱いている
無限多次元宇宙*

＊八重洋一郎詩集
『転変・全方位クライシス』
（コールサック社）解説文より

子供には「どこでもドア」
詩人には苦悩と祈りの果に
あるいは始源——極点

寂しさは
輪廻の川の
小舟なり

光のなかの蝶の羽
多次元の宙
紐解いている

ひまわりの太陽

石川　樹林

つぶらな瞳たち
パパとママから
軍服の手へ　異国へ
人生を連れていかれた

「トラウマの回復」
マッチポンプのように
夏のキャンプにも連れていかれた[*1]

緑の木々は光を失い
灰色の檻となる
小さな葉も　うなだれたまま

「なぜ　わたしは辛いのか、……
なぜ　こころは嘆き、涙を流し、
大声をあげて泣くのか、
……
むき出しで　傷ついたまま。
愚かどもは　怒り狂わせておけ。
こころよ、目を閉じよ。[*2]」
むかしの風が詩を運び

耳元で　本がめくれた
寂しい夜　寝静まるころ
思い出がもどってくる
バスの　引きはなされる前の

おとなたちの
やさしさとまなざし
せいじつとゆうき

かえりたい……

「回復」したい場所へ
子供も　大人も
奴隷の安全より
ひまわりの太陽

＊1　「占領地から6歳から15歳　2千人以上が
　　ベラルーシで夏のキャンプ」の記事より
＊2　シェフチェンコ詩集（藤井悦子訳）
　　帝政時代、ロシアに流刑となったときの詩より

'23年の夏

山﨑　夏代

《その声のあるうちに》

たすけてください
　ここから出られない
声が消えて　家に閉じ込められたまま
少年は家族に殺された

　たすけてください
　ここから出られない
世界のあちこちで
こどもばかりか　大人も老人も
多くのひとびとが　こう叫んでいる
いま　たったいまも

家族の絆から　地域の枷から
さまざまな規範から
国家から
自分自身という深い穴から
たすけて　出して
その叫びは希望でもあるのだ
時間の継続への
明日の　未来への
生きることへの
たすけて　その声の
聞こえるうちに
その声の　途絶えぬうちに

《マスク》

マスクをしなさい
あなたのために　みんなのために
そう言われて　マスクをしたのだけれど
わたしにとって　マスクとは
他人の猜疑や非難や困惑のまなざしから逃げるため

ああ　そういえば
わたしはずっと　ずっと　マスクをしていたのだ
いつからか　忘れるほどの　むかしから
手放したことのない
たくさんの　たくさんの　山ほどの　マスク
状況に応じて　使い分けてきたマスク
優しい笑顔　へつらいの笑顔
悲しみの表情も　哀れみのまなざしも賛同も反対も

どれもこれもマスクをとっかえひっかえ　付け替えて
人生という海を　適当に泳ぎわたっていたような

今日　たくさんのマスクを捨てた
捨てたとたんに　わたしの心は動揺している
マスクをしない　わたし　など
もしかしたら
のっぺらぼうの　お化け
この世に　いるがごとく　いないがごとく
の　ものかも　しれない

《爆縮》

不思議な言葉をテレビで　聞いた
潜水艇タイタンの事故
深海で水が艇内に入り水圧によって爆発したのだという
水圧で濃縮された空気が高熱を発し《爆縮》した
わたしには　まるで　理解不能の説明だけれど
原爆みたいなものか　と　勝手に決めつけた
ひとつだけ
とても　よくわかる　ことがある

すさまじい外圧は
爆発をうむだろうこと
つぶす　それは
内蔵しているものの出口をふさぐこと
ふさがれた　もの　に　エネルギーがあるならば
出口を求めて　爆発するだろうこと

なんだか　きょうこのごろは
人間の　個人の　それぞれの
エネルギーが
出口のないほうへ
追い詰められていくような
あやうさが

百年の静けさ　私たちの足下

――関東大震災から　ちょうど百年の日に

佐野　玲子

《地学的平和》
この極めて有り難い時を
今、命が生きている
断層という
深刻な傷跡の上に
膨大な火山堆積物の上に

どうにも
まぬがれえない
首都圏の巨大地震

この百年の静けさ
特に　相模湾を震源とする地震を
とんと聞いたことがない…
この空恐ろしさ

いっそ
二十年に一度くらいの間隔で
頻々（ひんぴん）とやってきてくれれば
私たちも
いささかの謙虚さは
保ち続けられたのだろうか

ここまで　大地を破壊し
ここまで　重厚長大なモノ
ここまで　危険かつ危ういモノで地上を満たし
あまつさえ
地震列島のただ中につくるなど
正気の沙汰とは思えぬモノまで次々と
（リニア新幹線も！）

さらには
一朝　ことが起きれば
瞬時に全面　機能停止に陥ることは免れない「網」を
社会の基盤に据えるほどに
どうして信頼できるのか…
かしげた首は　戻りようもない

あらゆるものごとは
百年前より　すぐれている
そんな思い込みを　巧みに増殖させてきた
前向きな言葉
進歩　開発　発展…

そもそも「前向き」が
良いことばかりとは
今や思われない
「うしろ」を 確かに見つめる誠実さ
謙虚な心が 行方不明になりそうで

「過去」への
「逝きし世の人々」に対する
あつい尊敬の念が無ければ
未来を見据えるどころか
現在を歩くことさえ
ほんとうには
できていないような気がする

この何千年もの日々
私たちは
天地自然から
その「めぐみ」を
有り難く
ありがたく
戴くとともに
一方では　その
さまざまな「厄災」をも
しっかいと　引き受けてきた

この星の生きものであれば
当たり前のこと
のがれえないものとして
いかなる過酷な大災害をも
引き受けてきた

「めぐみ」と「災害」という
《あざなえる縄》から
「めぐみ」だけを ちゃっかりと引き抜こうなど
思いもよらぬことだった

天地自然に慎み深く
柔軟だけど　強かった　過去の人々
それが
たったの二、三世代で
硬くて　脆くて　傲慢に

「想定」という人間のモノサシが
無かったほうが
きっと
従順であると同時に
柳の枝のような
反発力をも兼ね備えた腰で
しっかりと引き受けていた

今、
謙虚な心ばえ　という
やわらかさが
見る影もなく失われた
のみならず

やってくるべき
「厄災」の規模を
わざわざ
自分たちの
自らの所業により
最大級のものに
巨大化させようとしている

今、
「なまみの生きもの」としての私たちには
とうてい
引き受けられる次元ではない
極大の災害が
「一生(いちい)きもの」であることを 忘れかけている
私たちの足下に
一気に
沸き立ち
降りかかる

悪夢

科学全盛の世に
ひょっこり生まれた
「想定外」
という言葉ばかりが
むなしく
響き続ける
悪夢

#カードサギ

みうら　ひろこ

カードサギに会ったみたい
私が溜息をつくと
筋トレの仲間達が笑う
キャッシュカードの事ではないと
みんなわかっているから
同情ではなくて同調の笑いだ

私の場合
避難している自治体で申請すると
ふる里の自治体に置いておく
戸籍や住民票などとることが出来ます
という甘言にのせられ
作るつもりもなかったマイナカードを手にし
住民票をもらおうとしたところ
自治体のナンタラカンタラでだめです
だからいちいちふる里の役場まで行き
申請を出さないともらえないのだ
私にとっては何の意味もなさないマイナカード
〝サギ〟に会ったようではないか

今ならポイント二万つきます
それこそ甘言に乗せられた日本の民
あちらこちらでのトラブル発生
それでも首相は強気に
健康保険証をマイナカードに移行すると会見
みてみな　そのうち
受けてもいない手術やギブス等が明記された
他人の保険使用の明細書が郵送されて
またトラブル発生しないといいがと
筋トレ仲間内の婆サマたちの懸念

（2023・6・30）

母の手のひら　父の一語

青木　善保

小学四年の春　長野市へ転居
虚弱児グループに所属する
転校を期に私の体づくりに力を入れる
毎夜就寝前　お腹のマッサージを
黙々と続いた
おへそのまわりを
小さな円から大きな円へと
母の柔かい手のひらが描く
体がくつろいで寝入りそうになる
時に疲れて頭を下げながら
母の手のひらは休まず円を描いている

旧制中学二年の夏には学校の掲示板に
「航空少年集いの募集」が張り出された
身体に自信が出てきて早速願書を家へ持ち帰る
母は両眼を大きく開き
父は眼をつむって願いを聞いている
沈黙のあと
「この家を護れ　長男の役目だ！」
思いがけない父の言葉が返ってきた
夏休みに入り大東亜戦争は終る

遠い世界の父母が
隣に坐っている
結着の昭和百年を　固唾を呑んで見守ている
　昭和初期　世界戦争の火を放った日本は
今　地球平和への道を突き進んでいるのか

病床幻想

葉桜の頃
救急入院手術
治療を受ける
初めての長期入院
朝顔の残る晩夏の昼
仏顔に似た女性(ひと)が現われる

仏顔が手術台の横を歩かれたことを話す
凛として心の乱れを感じさせない
姿に押される
　戸隠(とがくし)の清水
　命の水を盃についで口移しを迫る
突如叫び泣き声が響く

永い時間を経た
居住まいを正して立ち上がる
「いつまでも　恩師で」
病室を　出て紫陽花の道へ
去っていく

女神（ミューズ）のフェルマータ

星　清彦

古代ギリシャには九人の女神がいて
それぞれの分野にその力を発揮したらしい
日本の女神というと
「イザナミノミコト」
を指すと伝え残っている
では現代にもその女神は存在するのだろうか

毎晩遅くまで酒を喰らい
這うようにしてどうにか帰宅した
何かに取り憑かれて澱んだ泥のよう
神も女神も寄り付きそうになかった
当然次の日の午前中は仕事にならず
蒼白い顔をして
不機嫌そうに煙草ばかりをふかしていた
なのに懲りない澱んだ泥は
当たり前のように腐った日々を繰り返し
そうして泥の儘（まま）深い海の
それも更に谷間の部分へと沈んでいった
一番深いところにたった一人
誰とも話したくも逢いたくもない
あまりに深い海なので
太陽の光は届かない

私は世の中を恨んでいた
私は世の中を憎んでいた
自分にだけ不幸が
山になってのし掛かっていると
そしてそれを振り払う術もないことを

すると「イザナミノミコト」かどうか
それはともかく
陽の光も届かない闇の世界に
女神の方から訪れてくれた
あまりに荒れた私の生活振りを
空から心配してくれたのだろう女神が
そっと声を掛けてきてくれたのだ
あれから今年の九月で丁度四十年になる

心配されることは嬉しいことだ
有り難いことだと気付かされてから
私は泥から少しずつ人間に戻れたらしい
だが永年の不摂生の罰が当たり

人間に戻ると今度はずっと
重い病の疫病神に取り憑かれたが
女神は何の愚痴も言わず
唯寄り添い抗ってくれた
何処へ連れて行くことも叶わず
私の看病にばかり時間を割いた年月
そうして四十年が泡のように過ぎていった

何もして上げられなかったあなたへ
せめて程よい人生の延長を願うばかりである
罪滅ぼしになるならば
せめて一緒に過ごす残りの人生の延長を
尤も女神はそれを望んでいるのかは
確認してはいないのだが

盛岡を旅した日

米ニューヨーク・タイムズ紙が発表した
「２０２３年に行くべき52の所」
の旅行先に日本の盛岡が選ばれた
一番はロンドン二番目に

これまでに盛岡は
それほど注目されてこなかった

ずいぶん前に私も
盛岡を旅したことがある
石坂洋次郎の石割桜
次々と出てくるわんこそば
石川啄木記念館
宮澤賢治が学んだ
盛岡高等農林学校

世界からの観光客が
たくさん訪れる日が来れば良い

外村　文象

池に映る影

裸木が立っている
葉をすっかり落して

寒風の中に立っている
じっと春を待っている

池に映る影
静かな池に波はない

池の鯉たちはどうしている
寒い冬に姿をみせることはない

多くの生きものが耐えながら生きる
池は鏡のように裸木や住宅を映す

芽を出し花を咲かせる日は
まだ少し遠い

将棋の街高槻

一月二十一日と二十二日
高槻市の山水館で
王将戦第二局が行われた

中央商店街には
藤井聡太名人と羽生善治九段の
織が軒並みに立ち
雰囲気を盛り上げた

高槻市には関西将棋会館が
令和六年に建設される
高槻が将棋の街となる日も近い

子供たちにどんな影響を与えるのか
予想することはできない
若い藤井聡太五冠の活躍が光る

ひと駅市バスに乗って

私はめし屋に行く
通いなれた店へ

昼食の後は
近くのスーパーマーケットで
晩のおかずを買って帰る

やもめ暮らしも三十年を過ぎて
これが私の運命かと思う日々

両親が再婚だったので
私は再婚はしないと決めていた
再婚をする方が自然なのかも知れない

再婚には色々と問題がある
子供たちとの財産問題など

ひとり暮らしの平穏な日々

いっぱい

高田　一葉

何もかもまた新しく
芽を吹けと

公園のベンチで
幼子の声
母親の手の中のボーロ
ひとつ　ふたっつ　みっつ
いっぱーい
三つの先のいっぱいが
嬉しくて嬉しくて笑っている

日溜りの膝で　風の声
ひとつ　ふたっつ　みっつ
いっぱーい
初めて触れた新緑が
嬉しくて嬉しくて
そっと両手に掬っては
笑っている

巡る春
何度でも何度でも繰り返し
いっぱいのいっぱいの
温かなものの直中に
ほら

五月

欅（けやき）の御神木と
仄暗いお社と
お婆達の集う境内
本町通りを行けば
必ず出会う
この町の決まり事

五月の風が町中に
小学校の運動会を運んでいる
赤組頑張れ
歓声が木洩れ日を揺らす
伸び上がる若葉が
白組の子らの背を追う

そこに居る
欅と　お社と　お婆達
柔らかに積もった時の面を
太陽の手が温めている
なぜだろうそこから
もっこりと肥えた土の
丹精した夢の香が匂い立つ

町の空を
健やかな春の息吹が
吹き渡る

座礁船と老人の夢

日野　笙子

その老人のいる病棟に
話を聞かせてもらいに研修に行ったことがある
若かった頃だ

病室には絵が飾ってあった
窓枠にふちどられた絵は港を望む景色
老人はなぜだか
船が座礁したと言った
それから彼は古い時間を記憶の船で旅をした

かなしみが生まれる以前のことだ
まだ大気には酸素も水もなく
生き物の生息する気配すらない
いくつもの大気の層を抜け
気の遠くなる長い時間
老人は記憶の海を生きていた
やがて少しずつ時間が経過し
酸素がそしてオゾンが蓄積し
水の中にバクテリアが生まれた
無数の微生物が息づきはじめた
　ついにニンゲン様が登場したというわけだ

そんなふうにぼんやりと彼は思い巡らした
太古の空を　進化と争いの謎を
永遠の故郷を　死滅した同胞を

　母は機銃掃射で焼けてしまった
　井戸の中に黒くなっていたんだ
戦争の傷跡をまだ老人は引きずっていたのだ
貧しさと戦争ばかりの子供時代
船に乗る夢を見た
老人の夢はいつも座礁船と共にあった

ふいに闇の中から小鳥の声がしたという
めいめいが勝手な鳴き声で啼いている
あぁ　これほどかわいらしい声は
　今この空でしか聞けやしない
老人はこれまでの船旅を思い
甘美な幸福で一瞬充たされた
老人はついにむせび泣いた
そして言った
　あの町に着いたんだ
それから老人は
もう立ち上がることも出来なくなった

靴の音　——命のひびき

大城　静子

朝に夕に
駅の改札口を
往き交う人々の
大波さざなみ
喜怒哀楽の靴の音
人それぞれの命のひびき

頑張っている仕事が
順調に運んでいる人
循環器も良好で
気鋭な眼差し
爽やかな靴の音
人それぞれの命のひびき

仕事の計画が
思うようには進展せず
迷走神経過敏になり
苛苛もやもや虫を抱き
せかせかとした靴の音
人それぞれの命のひびき

何か悲しい事を
背負っている人は
中枢神経が疲労して
こころが萎えてしまい
気怠(けだる)い靴の音
人それぞれの命のひびき

旅装した媼たちが
ステキなカートを引いて
話しに花を咲かせている
余剰の旅への晴やかな笑顔
嘻嘻(きき)とした靴の音
人それぞれの命のひびき

後遺症か
かなり変形した両の足
跛くように
必死に歩いている
悲鳴のような運動靴の音
人それぞれの命のひびき

ナンバー

座馬　寛彦

電車に乗ると窓の上の天井際に
「32」
という数字だけがプリントされた
小さな丸いシールが貼ってあった
広告を貼るとき目印となるナンバー
と後になって気づいたが
その時は疲れていたせいだろうか
何の数字か想像すらしなかった
ただよく知っている数字だ
という気がしていた
32番、32点、32位、32号、32歳……
一度は我が身に親しく
一時なりとも
私の所在を表していた数字
じゃなかったか
などと考えていると
その32じゃない
と「32」は澄まし顔で言う
じゃあ、きみは何なんだ
と言っても答えない
電車はますます混んできて
体の向きさえ変えられなくなった
私は嫌でもこの「32」と
顔を突き合わせなければいけない
という思いにとらわれた
助けを求めるように
「32」の隣のスペースを見ると
「35」がお前こそ一体何なんだ
という顔でこちらを見ていた
「33」と「34」のことを想った

俳句・川柳・短歌・狂歌・作詞

虚子と藤村と坂のまち
――第15回こもろ日盛俳句祭

鈴木　光影

「第15回こもろ日盛俳句祭」が、今年の七月二十八日から三十日、三日間にかけて長野県小諸市で開催された。私は二日目の午後から三日目にかけて初めて参加してきた。この俳句祭は、二〇〇九年、俳人の本井英氏（「夏潮」主宰）らが中心となり立ち上げ、小諸市の主催により続いている。新型コロナの影響で、対面での開催は四年ぶりという。

名称の「日盛」の由来は、第二次大戦末期の一九四四年に鎌倉から小諸に疎開していた高浜虚子（一八七四～一九五九年）が開いていた「日盛会」。日盛会は虚子が真夏の一か月間に毎日句会を開いていたもので、本井氏も当初それに倣って一か月の間午前午後と句会を開いていたようだ。それが、全国から数百名の参加者が集う、市をあげての俳句のイベントとなった。なお、現在中心的な運営者「肝煎り」として尽力されている俳人は、窪田英治、仲寒蟬、山田真砂年、の各氏である。

三日間、参加者は、午前中は市内の名所や高原など小諸の地を吟行して回り、午後は俳壇で活躍中の「スタッフ俳人」たち約二十名を中心として八つの施設で句会が行われた。

今年は小諸も大変な猛暑、そして晴天で、まさに日盛りであった。三日間通して参加されたという方は、充実した疲労感でいっぱいの様子だった。

小諸の地形と小諸城址

小諸は坂の町である。小諸駅東口を出ると、ロータリーわきの左右に、登り坂に店舗や家屋が続いてゆく。線路を挟んで反対の西口には小諸城址でもある公園「懐古園」がある。

小諸城は全国的にも珍しい「穴城」と呼ばれている。ふつう城は天守閣など城の中心が高い場所に置かれ、城下町はその周囲の低い場所にある。しかし小諸城は逆。城が城下町より低い傾斜地の末端に築かれている。そこには、次のような地形的特性が生かされた都市設計がなされている。

小諸は活火山である名峰・浅間山のふもとに位置し、その浅間山の噴火で多量の火山灰と軽石が降り積もった台地の上にまちが形成されている。そのようなもろい地盤であるので「田切地形」といって川の流れなどで削り取られて深い谷底を形成しやすい。小諸城の左右と後ろはこの絶壁の谷によって守られ、これが普通の城のお堀の役目を果たしている。敵が攻めてこられる場所を前方の入口の門に集中することで、城の守りを固めている。現在の駅の東側に残された「大手門」は小諸城の正面玄関であり、その厳格な姿を今に伝えている。下り坂を勢いよく降りてきた敵も城への唯一の入口である強固な門で足止めを食らってしまう、自然の地形を生かした守備戦術に感心した。

このような地形を生かした小諸城址と城下町のつくりを私はとても面白く感じた。下り坂が城へと収斂していくイメージが、自然に身をゆだね、不要なものをそぎ落としていく俳句の在り方とどこか通じ合うものがある気がしたのだ。また城主よりも庶民のほうが高い場所に住んでいるというのも、民主主義の理念を先取りしているようで痛快だった。

懐古園、島崎藤村と小山敬三

さて、駅の東から西へ渡す地下道を抜けて、緑と歴史のあふれる別世界「懐古園」に入る。ちなみにこの地下道を西に出るときに昇った階段の段数は五段ほどだったと思う。東口が高く、西口が低い、ここでも坂が続いている。そんな坂の下にあるからだろうか、懐古園は地形と緑に守られているような、ゆっくりとした時間が流れていた。

懐古園の三の門をくぐり右手に進んでいくと、平屋建ての建物「小諸市立藤村記念館」が見えてくる。島崎藤村（一八七二〜一九四三年）は一八九九年に「小諸義塾」の教師として小諸に赴任し、一九〇五年に東京に居を移している。小説『破戒』の原稿を書き始めたのもこの地である。記念館の展示の中でも特に私の印象に残ったのは、藤村の書「簡素」であった。

「もっと自分を新鮮に、そして簡素にすることはないか」

これは私が都会の空気の中から抜け出して、あの山国へ行った時の心であった。 『千曲川のスケッチ』（新潮文庫）

藤村が小諸に赴き専心した「写生文」のための一書の序であるが、「簡素」には俳句との関連も思われた。後で『藤村随筆集』（岩波文庫）を開いたところ、芭蕉や鬼貫など俳句への言及がかなりある。さらに「物を書くことは、よく物を観ることだ。またよく物を記憶することだ。」（「観ることと書くこと」）という言葉もあった。日本自然主義文学の代表作家である詩人・小説家と、後に「客観写生」を提唱して現代の俳句の一つの基礎を築いた高浜虚子が、滞在時期は違えどもこの小諸に暮らしていた。小諸が文学における自然主義や写生ということと縁深い土地であることは間違いないだろう。

次に、藤村記念館を出て先に進み、城に向かって右手側の谷・地獄谷にかかる酔月橋を渡り、公園の端に位置する「小山敬三美術館」まで足をのばした。

小諸に生まれた小山敬三（一八九七〜一九八七年）は、日本における西洋画を築いた先駆者の一人である。展示されている絵画の、噴煙の昇る紅い浅間山の迫力、人物画の深いまなざしなどに強く惹き付けられた。年譜を見ると、「一九一七年、父の勧めで島崎藤村を訪ね、フランス留学を勧められる」とあり、その後一九二〇〜一九二八年までフランスに留学し西洋絵画を学んできている。藤村とは小諸の土地が結んだ縁だ。文学者と画家の間でどのような芸術談義が交わされ、藤村がどのような助言をしたのか、興味深い。また小山は、フランスやヨーロッパの風景など様々な題材を経て、後年に浅間山や小諸城址など故郷小諸の風景を多く作品に残していることも、この地の自然が画家を惹きつけてやまなかったことが思われる。

筑紫磐井講演会「虚子と季題」

さて、散策から戻り、市民交流センター・ステラホールにて行われた筑紫磐井氏による小諸講座「虚子と季題」に出席した。冒頭、能村登四郎の「沖」で編集長の林翔より俳句評論を教わったことが筑紫氏の原点であると自己紹介された。筑紫氏も編集委員の一人として関わった『林翔全句集』が今年十一月コールサック社より刊行される。

講演の主旨は次のようであった。「有季」の俳句の詠み方は

「季題派（題詠派）」と「季語派（季感派）」の大きく二つに分かれる。虚子はもちろん季題派であり、「ホトトギス」の句会や吟行も基本的には出題された題に乗っ取って句が作られ句会が進行される。季題派は類想句が多くなる半面、題を突き詰めた結果到達する名句もある。（なお今回の俳句祭にも兼題があり、一日目は「道をしへ」二日目は「片蔭」三日目は「瓜」であった。兼題に限らず当季雑詠でも出句できる。）

一方で季題から自由になった季語派の俳句の新しさや俳句の可能性もある。「馬酔木」の水原秋櫻子や新興俳句は季語派である。筑紫氏は、季題派と季語派のどちらが良い悪いではない、俳人によってどちらが向いているか違うのではないかと述べた。私個人が句を作る感覚としては、一人の俳人の中に季題派と季語派が共存し、両者が互いに刺激しあいながら一個の俳句的感性を醸成しているようにも思った。また筑紫氏は季題・季語以外への俳人の関心の広がり、社会性俳句の例として、大関博美氏の新刊『極限状況を刻む俳句　ソ連抑留者・満州引揚げ者の証言に学ぶ』を紹介された。

夜盛会

講演会後、夜の懇親会では立食パーティ形式で参加者やスタッフ俳人らとの交流や労いが行われた。その後、有志による句会「夜盛会（よさかり）」が場所を変えて行われた。昼の句会に続けてこれにも参加すれば、より俳句漬けの一日を味わえるというわけだ。「夏潮」の青木百舌鳥氏が取りまとめ役をされ、参加人数は私を含め十九名。参加者のスタッフ俳人を一部紹介すると、岸本尚毅、村上鞆彦、仲寒蟬、奥坂まやの各氏らであった。会場は小諸駅前の二階に店を構える「遠州屋」。看板には「信州の味」「郷土料理」とあり、親しみやすい。名物の鯉のあらいをつまみつつビールを煽り、しばし歓談。そのうちに席題が参加者から次の八題が出された。「神」「橋」「英」「竹輪」「冠」「夏座敷」「二階」「影」。ちなみに私は、店が二階であったことから「二階」を出題した。三十分間にこの八題の句を作る。しばしビールの手を止めて、人によっては飲みながら、集中の時が流れる。私が作ったうちの二句を紹介する。

英国の幽霊もまた涼しきか　光影「英」
河童忌の竹輪斜めに切られけり　〃「竹輪」

その後それぞれの選句を披講、特選句の講評を行った（八句選うち一句特選）。私以外の句作品は省略するが、嘱目、ユーモア、小諸での吟行句に兼題を詠み込んだものなど多彩な句が出揃い、夏の夜の句会は大いに盛り上がった。十時ごろ夜盛会はお開きとなり、皆翌日に備えてホテルへ。

高原吟行と句会

翌日の午前中は、小諸高原美術館までバスで行き、美術館付近の飯綱山公園を散策・吟行した。高原からは夏雲を被った雄大な浅間山が眺められた。日差しは強いが、木陰に入ればやはり高原の涼やかさを感じられた。一緒に同行した俳人たちも、皆思い思いの場所に散って俳句をひねっていた。

高原から戻り、句会会場のベルウィンこもろへ。近くの蕎麦屋で昼食をとり、いざ句会へ（五句出し、五句選うち一句特選）。私が参加した句会のスタッフ俳人は、仲寒蟬、小林貴子、藺草慶子の各氏であった。仲氏、小林氏の特選を得た高評価句は次の一句。

鳴き出しは火打石めく油蟬　家登みろく

高原やまちの各所で鳴いていた蟬をじっくり聴いた末に到達したであろう、聴覚に優れた句だ。「鳴き出し」「火打石」「油蟬」それぞれ削ぎ落された言葉の選択である。また火を起こす「火打石」は、当日の燃えるような日差しとも共鳴していた。

私が特選に選んだのは、

百日紅真昼の景を裏返す　仲寒蟬

であった。小諸のまちの坂の所々にはこの百日紅の花が鮮やかに咲き、真夏の景を彩っていた。日盛りの炎昼を歩いていると、頭がくらっとしてきて、今まで見ていた景が裏返ったようにも思えた。そしてその魔法をかけたのは百日紅の花なのだ。

ちなみに私が出したうちの二句も紹介する。

葉にのりて高原の蠅吹かれをり　光影

藤村のこの簡素なる夏の空　〃

高濱虚子記念館

句会を終え、最後にここだけはと思っていた「小諸高濱虚子記念館」まで徒歩で向かった。記念館に隣接する虚子庵は現在公開されている唯一の虚子旧居とのこと。畳と縁側の生活が見えてくる。展示は虚子が小諸時代に詠んだ句が中心であったが、写生文「虹」で描いた弟子・森田愛子（結核で若くして亡くなるが、虚子は熱心に三国まで見舞いに行った）との心の交流もこの小諸時代であったことは印象深かった。

虹立ちて忽(たちま)ち君の在る如し　虚子

虹消えて忽ち君の無き如し　〃

また虚子が小諸に疎開していたということは、言い換えれば、小諸は虚子が終戦を迎えた地ということだ。終戦の日を虚子は次のように述懐している。

戦が終る詔勅がラヂオで放送された。私は其の詔勅を寝床の上に坐つて聞いた。それは私も赤痢類似の病気に罹つてまだ床をはなれることが出来ない時であつた。それより前、庭に立つて、遠く亘つてをるアルプスの連山を眺めた時、戦に負けて此の美はしい山川はどうなることであらうと考へたことがあつた。戦が終つたといふ詔勅を聞いた時に、私は覚えずこんな句が出来た。

敵といふもの今は無し秋の月　虚子

病が癒えてからまた庭に出て、飽かず其のアルプスの連山を眺めた。

（『小諸』昭和二十九年九月）

虚子はこの戦争に「俳句は何の影響も受けなかつた」と言った。その真意は、俳句とは、小諸の虚子庵から眺めた「アルプスの連山」や「秋の月」のような不変不動の自然の姿を詠み続けるものであるということだったのか。

人は戦争の影響を受ける。虚子はそこを離れる理想を俳句に求めた。しかし、人そして人々が関わる社会を離れて俳句は成立するのか。また、この「山川」を破壊しうるのも戦争だ。虚子も眺めた連山に問いかけつつ、私は帰りの列車に乗り込んだ。

虚子にしても藤村にしても、小諸は、人々を迎え、受け入れる土地であった。ここに訪れた者は土地の自然に抱かれ人々の温かさに励まされながら新たな表現意欲を得て、次の場所へ移っていく。そのようなこの土地の伝統は、「こもろ日盛俳句祭」にも脈々と引き継がれている。

天使魚

岡田美幸

菜虫蝶となり鞄を買い替える
万愚節馬齢は重ねないつもり
掃除機の吸い口壊れ花曇
聖五月電車任せの旅をせり
茶畑の見えるファミレスドリンクバー
若夏や戦没者手記手書き文字
梅雨入りやプランクトンの写真集
天使魚いた幼稚園私いた
天使魚側面ばかり見せてくる
さみしさの分だけ苺甘くなる
〈ともかくもあなた任せのとしの暮　小林一茶〉
夏近しあなた任せの旅である

大津絵の鬼の犬歯に野分来る
台風来ピアノ教室飛び出す子
台風を避けて青空旅行かな
トラックの鶏たちに青葉風
夜光する梅雨の晴れ間の観覧車
旅先で留守の目高の心配す
山際と空摩擦して夏来る
行列を長く感じる梅雨曇
晴天のランチ燕を応援す
〈海を知らぬ少女の前に麦藁帽のわれは両手を広げていたり　寺山修司〉
修司忌のクロワッサンは手を広げ
ラーメンのこの一杯に冬銀河

虫送り

今宿　節也

旅立ちを先越されたり花樺（はなかんば）
早乙女のうたふ回文「田植唄」
早乙女に音痴の姉妹混じりをり
蛇皮を脱ぎついでわれ晩年か
野良猫にいつもの蝿が従いて来る
蜘蛛の巣のなんと杜撰な造りかな
賢犬にいざなはれ土手は夕焼け
生きものの定めかなしや虫送り
富士講の山ごと移転のご時世か
枝豆のつるんと口へ店昏き
スクランブル千の孤独の一会かな

着たまま繕ふ時のまじなひ
凩や着てゐて釦付け申す
敗戦の冬に平泉を訪ふ
いくさ敗れ高館（たかだち）も荒れ枯れ尾花
初代髙橋竹山
竹山のしまきさながら「弥三郎（やしゃぶら）え」
旅立つに遺漏のなきや冬銀河
菊坂や軒凭れ合ひ春を待つ
街頭詩人城米彦造さん
ネオン詩集を明滅し夜の凍て
草潜る落雲雀その迅きこと
櫻ほど想ひある花なかりけり
十數代続きし妻の実家も津波で
チェロを弾くいま春風の盛りかな
気仙沼めかぶのかをり遠汽笛
名は一人静なれども群れてあり

夏の夢

松本　高直

窓越しに花散る街の別涙眺める
百回の嚔（くさめ）に耐えて花見かな
花時計天女の地雷埋めてある
夜桜に惑いの風吹く乱れ髪
うたた寝で一日を終える花日和
曇天にはてなが並ぶ梅雨の午後
梅雨の空時代遅れの紅涙こぼれる
地図にない出で湯の里の南朝の夢
雨上がり蟇が戸別訪問して回る
梅雨晴間マイマイ顔出す芋畑
梅雨明けて子亀大きく伸びをする

初夏の月青龍刀に雫をこぼす
私小説痴情の潮に棹を差す
夏の朝夢を違えて旅に出る
夕立ちに浮かれ狸の裸踊り
夏の野で遊女の衣昼寝する
草生したテーマパークに子守唄
夏の夢革命はなし政変も
極楽鳥終末時計の秒針くわえる
晩夏光影武者の影長く伸ぶ
つまらぬと案山子が拗ねる麦畑
白き風心の扉ノックする

かたつむり

福山　重博

春炬燵今日も空っぽのドアポスト
ヒヤシンスひとりで海をみていた日
哲学の本を読む午後風光る
土曜日の薄い夕刊桜散る
行く春や三本抜いた親不知
目覚ましが鳴るまでキリコの街に住む
昭和の日ハリー・ライムのうす笑い
干からびた犬のためいきみどりの日
こいのぼり夜明けの風のうまさかな
麦の秋廃屋の青い一輪車
掃除当番サボって風になる少年
満月が見下ろす我が家初鰹
なめくじの見えない殻の重さかな
墓のうらこそこそしっぽのないとかげ
珈琲はブラックが好き夏木立
からっぽになった鳥かご夏の月
雷鳴や抜け殻たちの乾いた眼
夏草や自転車ひっそり朽ちている
焼酎の空き瓶ごろり蟬しぐれ
空蟬や独りで食べるカップ麵
かたつむりアリバイのない長い夜
夏の果聖書の誤植をさがしてる

風車

原　詩夏至

中腹の円(まろ)き日溜まり山笑ふ
洋麺に絡まるチーズ鷹鳩に
春暁の夢覚めてなほ馥郁と
寸法の合はぬエプロン春厨
日翳れば地また鈍(にび)色(いろ)蠅生まる
黙禱を終へまた前を花辛夷
水温みゐる廃園の大き池
春雷の軒いつまでの雨宿り
斎場の桜二分咲き微熱また
わいどーと闇に空耳冴え返る
バイク来れば鳩逃げて花の昼

遠く先ゆく母と姉磯遊び
好戦の言(こと)火の如く躑躅垣
天上天下いま真昼仏生会
他(た)化(け)自(じ)在(ざい)天(てん)風車真くれなゐ
水子いま何(いづ)処(こ)風なき風車
手鏡の吐息に曇る春日(はるび)かな
林間の道どこまでも百千鳥
春麗のここも戦(いくさ)場(ば)へリ降り来
足(あ)裏(うら)また何か踏みをり磯菜摘
春の夢より君還り来るけはひ
悠揚として陽のなかの残り花

Haiku on Summer / 俳句：夏

Noriko Mizusaki
水崎　野里子

1.

Beside my park lot
A lily opened her crown
Just a white trumpet

百合咲きぬ
駐車場脇
白ラッパ

Not down in the heat
She grew straight up
Not defeated by men

暑さにも
人にも負けず
まっすぐ伸びて

2.

Just before with no rain
Yet I saw a hard rain now
I'll go home so drenched

突然の
にわか雨見ゆ
帰りずぶ濡れ

A passing rain
Storms and typhoons
The heaven's cry

通り雨
嵐に台風
天の泣く

3.

It might have been a brooch
A tiny cicada stayed on my back
I screamed! A boy took it off

小蝉かな　我が背に止まる
キャー！とわれ
少年助け　ブローチによきしも

Soon it shall be
Summer is going on
To the dead end

やがてすぐ
夏は去りゆく
死の際へ

4.

Summer is going on to the end
a tiny cicada on the back
white trumpet

夏は逝く
我が背の小蝉
白き百合

流燈会

鈴木光影

躰脱いで春の鏡の中に居り

鬼決めの為のじゃんけん寺山忌

菖蒲の日暮れて大人になつてをり

ひとところしづく満ちゆく若楓

三日月の端（は）と端をつなぐ蜘蛛の糸

一本の道滑り来る夏の星

宗教も立食蕎麦も夏の星

青蔦や癒えて残りし火傷痕（かしょうこん）

我一人乗せバスは行く大夏野

梅雨を食ひつつ梅雨を生き延びる

会津・飯盛山

万緑や人産み落すさざえ堂

風鈴の音（ね）の平（なら）したる猿と人

悼・黒田杏子

水無月の遺影深紅の衣を纏ひ

悼・齋藤愼爾

粗衣粗食白髪夏痩深夜守

鳳蝶国旗二百にまぎれゆく

手の甲にひとつぶの自死夏の雨

立葵天上界へ向け唄ふ

上野不忍池　流燈会

手放せば風の生まるる流燈会

流燈のまたたく毎に進み行く

流燈や誰かのあかり拝むなり

黒き水辿り流燈に追ひつかん

還りゆく流燈二基の照らし合ひ

うなぎのぼりの電気代――川柳もどき

堀田　京子

ほほ笑めば君の瞳に熱中症
ベリー買う六百円の甘さかな
スギナ草イタチごっこの夏の日々
わが友はコレステロールのチャンピオン
親を捨てふるさとを捨て根無し草
炎天下ダンゴムシさんはっけよい
干からびて東京砂漠太ミミズ
カマキリや生まれてすぐに首ちょんぱ
バックして獲物を運ぶあり力
泥になり眠りこけたり熱帯夜
猫ちゃんが熱中症で寝たきりに
愛犬も保冷剤つけ御散歩に
ソルダムに病みつきになり人カブト
ヒグラシの哀しきこだま終戦日
ごろ寝してひまわり眺めフェスティバル
夏太りしているうちはまだ若い
お天気も物価も上昇オテアゲダ
癒されて寅さん映画今を行く
土用の日うの字ついたものを食べ
沸騰しうなぎのぼりの電気代
思い出す背中を掻いてくれた人
時移り変わらぬものは百日紅
人間はバケモノかもね怖い奴
山鳩のなく声聞けば父母恋し

屋根

中原　かな

はだか木はバオバブのたつ如く遠き青空雲流れ行く

上州の宿の主の出迎えるバスより見ゆる霰降る屋根

冬空に鐘の鳴りける夕暮れに古書購いて紅茶飲みおり

水仙に早春の風吹く漁師町郵便ポストを開ける影のある人

豆腐屋は一丁、二丁の糊口なり氷雨の中を豆腐贖(あがな)う

機関車は菜の花畑を蛇行せり帽子の童花摘みており

芝居見にお出かけします春の暮海苔巻きいなり茶を携えて

詩人らが茶房で語り論じ合う木枯しすさびチラシ舞う午後

如月の厨(くりや)の隅の漬物樽放たれ置かる自由のありぬ

浅春の夕餉の卓のすまし汁味も素っ気もない日の終わる

子守唄忘れた子守軒下で飴を舐め舐め夕暮れを待つ

如月の止まったままの鳩時計ちぎれ雲浮く午後の湯の町

天秤（てんびん）が真昼の陽射しはね返す牛はまったり山羊はノンシャラン

道草し落ち葉踏むなり宮仕え夕陽に淡き隠り沼の風

アタシはカカシ

よしの　けい

選んでいるつもりないのにいつの間に辛き道行くそこに導（しるべ）あり

あまりにも空が碧くて現世が見えなくなるよアタシはカカシ

いつかきっといつかきっとと思いつつ死ぬまで続かむいつかきっとの夢

胸にあることばにならぬ何者かわれを動かすあるとき不意に

牧場のきらめく陽を受け肉牛は深くもだして哲学者にみゆ

花束を抱えて君に会いにゆく夏の盛りの五百羅漢寺へ

健康で生きてるだけで儲けものワンバイワンで時を紡ぐだけ

木漏れ日と波の音には心地よいパワーがあるらし五感を研ぎ澄ます

音楽と風の匂いが体中透り抜けていくときめきの時間（とき）

だんだんと鈍感になるよ恐怖から死は生前の昏きに戻ることなり

観音

三輪山の聖林寺観音は圧倒す千年重ねし背中の気高さ

仄暗き大観音の前に立つ僧の声明われを包みおり

千年の刻経し観音守れるは素足の白き若き僧侶よ

頬染めてリンゴ畑を見下ろせり信州平の観音様は

重文でも知識寺観音素朴なり「おいでなして」と迎えくれたり

鎌倉の札所一番杉本寺護摩会の読経　雨音を消す

東慶寺水月観音奔放に足投げ出して水辺の月観る

偶然に笠間で出会いし守り尊　女住職と観音経唱う

特別のライトに当たる阿修羅像ＡＫＢのセンターのごとし

まなざしの涼しき観音離れ難し胸に住む君そのままそこに

鮫のあかちゃん

岡田　美幸

大人ってもっと派手だと思ってたこの図書館に勤続7年

手作りのフューチャー感が足りなくて焚き火程度に燃やすよ今を

パッヘルベルカノンのサビになる前に職場に着いてしまう雨の日

多様性溢れる所用片付けてやっと休日来たれ寧日

今晩は猫の歌会人間は魚の骨をバレッタにして

よどみあわい車は走る箱であり思考は交通整理しないと

石集め読書に短歌甘味食べこの世の思い出作り果てなし

手作りのドールハウスに好きな家具並べてセルフ箱庭療法

ペガサスのしっぽが暇で揺れている存在しない神話の中で

休日に絵の具セットを捨てました短歌が私の絵の具になった

大人にはなりたくないと思ったが子供のままは退屈かもね

悩ましいブックカバーの代金で本が一冊買える価格で

また明日会いたい人がいる時のまた明日って挨拶が好き

満月の深夜だったら動くかも三葉虫の化石の踊り

夜の駅知らない中学生女子にその子の母と間違われたよ

可愛いと目が鋭くて思えない水族館の鮫のあかちゃん

水底に棲む大鰐は開眼し哲学者にも無心にも見え

うさぎ連れ初老男性人生の一例として参考にする

山鳥は複雑に鳴き宝石は静かに結晶する朝である

旅先の今日できたての夜景見て指のささくれ痛み忘れる

田舎道

原　詩夏至

落ちた硬貨をすぐ拾う指先に少し遅れてくる雪の冷え

焼きそばのお湯側溝に捨てながらきみ寡黙雪夜のパーキング

断崖に立つ燈台の光線が薙ぎ払う冬波繰り返し

駅弁を選ぶ雪空発車までもう間のあまりないターミナル

まだ驢馬を知らないきみに王様の耳は兎の耳と雪の夜

甘い果肉にうっとりと包まれたまままだ桃のなか桃太郎

草蔭にほんのつかのま白鳥の雛より美しくあひるの仔

夢のお城でまだひとり人形と遊び続けている眠り姫

錆色のドッグフードが窓外の小雨に濡れている冬の庭

まるで焚火にするように掌（てのひら）を炎上のサイトに雪催

iPhoneに聖歌(キャロル)まだ鳴りきみはいま朝を待つ間の優しい眠り

ページふと逸れて車窓の一点に静まるきみの視線雪国

輪唱のカエルの歌のカエル皆しんと冬眠して曲終わる

泣きそうな微笑みのままスライムは死にまた歩き出す勇者たち

眼鏡外して顔少し和らいだきみの視線の先ただ雪嶺(ゆきね)

湖上凍える指先が輝かす待ち受けの一面の菜の花

半眼のビスク・ドールがしんと見下ろす令嬢の秘密春寒(はるさむ)

そしてあの鏡の前に遂に立つ今は王妃の白雪姫が

酔い既に醒め春ひとり聴いている暁(あかとき)の「煙が目にしみる」

運転はきみに任せてまた少し眠る星明りの田舎道

短歌

言葉のごちそう

大城　静子

花水木さやさや唄う商店街コロナ空気も浄化さるるや

街歩（ゆ）けば幼児たちの笑い声聞きつつ婆も余勢にのれるや

そよ風に白髪あそばせ立ちばなし言葉のごちそう五臓もよろこぶ

度忘れも五十音辿れば然（そ）うそうと—言葉は生きものなづきを助く

街へ出て言葉のごちそうたべながら険しい老坂気魂で歩（ゆ）かな

黄砂嵐（すなあらし）　土手の草花会えぬ日は花屋の前で忍び草触る

老婆ひとり電車は乗れぬ物騒な世ペンとぼそぼそ夢想の道中

旅愁の想い出乗せた電車の音聞きつつ忍ぶ四十路の青春

雑念を流しに歩（ゆ）こう江戸川へ川原風でこころのそうじ

草の雨浴びて咲かそう枯媼花　雑草生き生きこころの友よ

物騒な時勢

老人の安全つなぐ携帯電話（ケイタイ）も危険波潜る物騒な時世

高齢者Eメール Cメールにもおたおたと猾知な網に引っ掛かるや

掛子使い孤独な老ゆ脅し盗る雲霧にけぶる物騒な時勢

若きらが掛子に堕ちる哀しき世貧しきゆゑに闇にもぐるや

駅前はスマホ手に手に波しぶき蠢蠢としてうそうその春

へらへらと食べつつ歩く若き女男（めお）自由の意味の履き違えかな

突風に尻もちついた老翁見て笑いつつ過ぐ若きらもあり

電子メール電子会話の小学生―吾（あ）れはこの世の外れの人か

不可解なドローン操縦スクールあり難問疑問物騒な時勢

不可解な自衛隊ヘリの墜落死　沖縄列島春雷に怯ゆ

デンマークの記憶

水崎　野里子

もうはるか遠き思ひ出デンマークコペンハーゲン旅路の霞む

われ若く夫に同伴嬉し旅されど一人でもっぱら歩行

コペンハーゲンの陶器王室御用達デパートで見し値段は高く

日本ではそっくりなのがあるわよね遥かに安く気軽の使用

思ひ出は市立美術館で見し〝叫び〟ムンクの原作その前に立つ

人気なりアンデルセンの人魚像観光客に囲まれて坐す

キェルケゴールの坐像はどかり中央広場の真ん中あたり

シェイクスピアのハムレット居城とされる城今や戦争博物館で

日本からはるかに遠きその思ひあるいは芸術近々生きる

チボリの公園白夜のパーク子供はしゃぐが夜がなき日々

数々の思ひ出今にわれに来る輝き光るサファイアのごと
アンデルセンよキェルケゴールよムンクのやうに叫びたしわれ

短歌

春の夢

水崎　野里子

出会ひとは永久の別れの始めなるさうと知れどもこの世の愛し

別れゆく出会ひも夢と知りつつも今日も私はひとの恋しく

老いし今君と渡らん天の橋君の白髪われの雪風

さだめなる君との出会ひはいま遥かわれ若き日に初めて紅刷く

子供らと悲喜こもごもに楽しかり遥か思ひ出独楽とまわりぬ

若き日の吾がスカート春の日に花笠日傘と開きけるかな

今はただスカートしまひジーパンの毎日なりし歩みの易く

老いてなほ素早くありたし若き日のいでたち真似て夕餉の支度

化粧なく素顔で歩むわれなるや捨てゆくが花と老いの哲学

然れどもいざやスカートまた穿きて春踊らんか桜雲下

茶筅供養

村上　久江

おごそかな読経のつづく茶筅供養この間にも戦続く国あり

雑多より解かれ晴ればれ和服着る女性ら麗し吾（わ）もしつとりと　（茶筅供養）

草履紐きつく手間どうてをりたれば傍らの僧侶手を貸しくれむと　（茶筅供養）

紅深く艶めき咲けるつつじ花一首詠まむとしばし佇む

野良よこら土の下にはダリアの芽育ちゐるなり進入禁止だ

朝（あした）より予報どほりの雨よ降れしつとりと雨のひと日過ごさむ

「電池がきれそうです」のスマホの指示に従ひ充電をする

使用不能なれど留守電に亡夫（つま）の声きれぎれ残れば充電重ぬ

亡き夫に手ほどきを謝すエクセルにて表もつくれるやうになりたり

齢重ね侘しき身なれど紅（べに）を引き眉かきパーマをゆるやかに掛く

短歌

記憶

福山　重博

龍棲むという伝説を喰い荒らし沼支配する怪魚外来種

夢のなかの名画座にかかる『影武者』は主演がいつも勝新太郎

押し売りがゴム紐だして玄関で凄んだ昭和の映画の記憶

革命を夢みる犬がひきずっている憎しみという長い影

令和の街にひっそり赤くゆすらうめ昭和の記憶が今年も熟す

目覚まし時計鳴れば超能力失せて遅刻を恐れる只の人間

空白の記憶のなかにアリバイという薔薇咲いて容疑が晴れる

タクアンと鯵の干物がもぎたてのトマトに嫉妬してる食卓

記憶という自分ひとりの名画座でフォードの『荒野の決闘』を見る

安かった昭和の秋刀魚を知る庖丁まっ赤に錆びて廃屋にねむる

炎天

座馬　寛彦

書類から文字ひとつ立ち有明のスタンドライトの光へと這う

人影が遠くにあって近づいて来るか離れて行くか炎天

車椅子を横断歩道のない車道に向ける青年　まぶしげな目よ

フリーズし白く固まるブラウザを観る白くない朝のひととき

水槽で上下しているクラゲらの時の密度におののいている

よく冷えた果実にすっとスプーンをさし込むように開く小説

街の灯を呑んだ夜空が悪いのか　晴れか曇りか告げる星なし

緊張と混乱を見る夜明けまえ地球儀の日付変更線に

ミサイルで散った論理の血まみれの破片を集める一體（たい）一體

プライバシーという襟首を摑まれて引き倒されてCloud（くも）と目が合う

終わらない戦争の後遺症に向き合う

座馬　寛彦

垂れてくるソフトクリーム　僕たちは国を愛することを憎んで

千種創一歌集『砂丘律』（二〇一五年、青磁社）の一首。歪められた「忠君愛国」が、日本を愚かで罪深い戦争に向かわせたという戒めが脳裏に深く刻まれているのだろう。千種氏は一九八八年生まれの歌人、この世代で日本の歴史教育を受けてきた人なら、（愛国心そのものに負の要素はないことを承服しながらも）「国を愛することを憎」むという言葉に、過剰さや違和感を覚えないのではないか。「垂れてくるソフトクリーム」は、愛国心の甘美を味わえるその時になっても、羞恥心や背徳感からそれにかぶりつこうとせず、もどかしさや不快感を募らせながら傍観している状況を表現しているように読める。世代を継いで今も負い続ける、十五年戦争の後遺症の一つと言えるかもしれない。

今年三月、文部科学省は二〇二四年度から小学校で使用される教科書の検定結果として、「道徳」の学習指導要領の愛国心に関する項目「伝統と文化の尊重、国や郷土を愛する態度」についての検定意見が過去二回（一六年度から始まり、初年度三件、一八年度二件）の検定と比較して大幅に増え、十三件だったと公表した。いずれも「扱いが不適切」という検定意見だった。東京新聞ｗｅｂ（二〇二三年三月二十九日）によると、検定意見を受け、ある出版社では小学五、六年の「道徳」で「伝統的な技術について説明する文章に「日本古来のすぐれた」という表現を加筆したり、「郷土のほこり」を「国や郷土のほこり」にしたりして修正」し、別の出版社では「「昔から、日本各地で大切にされているものがあるよ」という表現を、「君が思う日本のよさは、どんなものかな」と修正した」という。

二〇〇六年に公布・施行された改正教育基本法から「伝統と文化を尊重し、それらをはぐくんできた我が国と郷土を愛するとともに、他国を尊重し、国際社会の平和と発展に寄与する態度を養うこと」が教育目標の一つとして掲げられるようになった。効果は今後、徐々に表れてくるかもしれないが、「愛国心」教育が次の時代を担う人々を、排外主義、排他的ナショナリズムなど悪しき方向に導き、戦争に向かわせないことを願う。そのためには、正しい歴史教育、体験者の証言によって、戦争の恐ろしさやむごさを伝え続けていくことが必要だろう。

年刊歌誌「千葉歌人」第三十九号（二〇二三年五月二十七日刊）に、第四十九回千葉県短歌賞の真久絢子氏「望みし戦にあらざるに――父を恋ふ」二十首が掲載された。太平洋戦争で中国の南方に出征した父の罪を告白し、復員後の心の病、そして、それによる家族の葛藤や苦悩を詠った連作だった。

マラリアの熱に魘され許し請ふ狂乱の父を我は恐れき

世に合はせ戦後を生きし人あまた背を向け父の酒量増えにき

きつかりし仕事と酒と戦犯の苦しみに逝く父五十七

頑に日の丸揚げぬ父なりき己が体験語ることなく

一首目、幼かったであろう「我」が「恐れ」たのは、狂乱した父の姿、形相ではなく、狂乱の中で許しを請うほど父を苛んでいる、罪悪の深さだろう。この歌の後の〈南方の島に連れ行き反戦の学徒ら殺めしと母に聞きしよ〉や〈復員の父苦しめしマラリアと罪なき者を殺めし罪と〉などの歌に、父が戦地で軍の命令により罪なき人の殺害に手を染めていたことが告白されている。二、三首目は、父が戦争体験の心の傷から、戦後の世の中に馴染めず、それを紛らわすために最期まで酒を求め続けたことが詠われる。四首目は、自らの罪を思い出させる「日の丸」の掲揚を忌避するという、痛々しい姿を描き出している。

野のものを食ふなときつく言はれしに破りし我は仕置をされき

怒りては「熊に喰はす」と折檻の父に泣きつつ兄は助けき

一首目の「野のものを食ふな」という言葉は紛れもなく子を想うゆえの言葉だろうが、それを破った「我」への「仕置」、そして二首目の「熊に喰はす」と言い放った後の「折檻」は、激しいものだったことが想像される。こうした復員兵のトラウマを背景にした家族への二次的な戦争の影響・被害、その実態については、「家族の恥」として公に語られないことが多いようだ。それを告白したこれらの短歌は、ゆえにいっそう価値があり、意義深いものだと思う。

薄れゆく記憶を辿り父を恋ふ向き合ふことの無きまま令和

自らの望みし戦にあらざるに終生消えぬ罪を負ひたり

悪し様に父を責めざる母愛子今やうやくにその心知る

必ずや父に替はりて謝罪せむ五歳の我の誓ひし夜よ

「終生消えぬ罪」を犯したのは確かだが、父は戦争を望んでいたわけではなく、また、その苛酷な戦争体験のために心を病んでしまった。そんな一人の脆弱で善良な市民であったはずの父と改めて冷静に向き合う。そしてその面影を「恋ふ」のだ。「恋ふ」とは、父の肯定ではなく、父の苦しみに可能な限り心を寄り添わせることを意味するのだろう。四首目にあるように、真久氏は五歳にして、父の罪を自分も背負わなければならないと感じていた。そんなに幼い頃から重い宿命を抱えることで、どれほど困難な人生を歩んできたことか。この時の「誓ひ」が、短歌による告白に結びついたのだろうと想像する。

　戦争加害者の精神疾患は、暴力をはじめ様々な形で家族に影響を及ぼし、家族のＰＤＳＤとなって、後の世代まで連鎖していく可能性があるという。真実に蓋をせず、戦争体験を語らない・語れない当事者に代って告白し懺悔すること、そしてその心の傷に向き合い、明らかにすることが、この負の連鎖を断ち切る助けにならないか――真久氏のこの連作には、そのような思いも込められているように感じられる。そして、短歌の三十一文字に凝縮された言葉、耳に長く留まる調べによって、次代を担う人々の心の奥深くに届き、平和の種を蒔きたい、という願いが託されているにちがいない。

狂歌八首とおまけ（4月から6月頃）

高柴　三聞

コロナ禍はもう済んだマスク外して
　いつの間にやら九波来たぞ

お国から番号をいただきまして
　これでオイラも囚人並

私の記録誰かに紐づいて
　赤い糸なのアイマイカード

広末と騒ぐ国民喧しく
　足元危うい世も末かな

入管ＬＧＢＴ諸々
　改悪してる呆痴国家さ

被爆地ではしゃぐ岸田自慰セブン
　大した成果あるはずもなく

喜多川の底に沈んだ悪事浮き
　てんやわんやとお茶を濁す

おまけの川柳二つ

誰かしらマスク外した君の顔

悪党は頭も尻も隠さねえ

クーラー代も馬鹿にならないのに酷暑というね、まあ酷い世の中ですが何とか乗り切ってまいりましょう。

帰ってこいよ　愛しき　わが娘

牧野　新

大事な娘　戻ったか
怒鳴り散らすぞ　親不孝
引っ叩いて　やるからな
孫を連れて　きやがった
仕方ない　仕方ない　仕方ない
酒よ　酒よ　化けてくれ
気を持ち直す　薬へと
帰ってきたな　嬉しい　バカ娘

酒を呑んで　思うのは
大事な娘よ　どこにいる
手塩にかけて育てたのに
箱入り娘　帰ってこい
今思うと　後悔しか
残らない　残らない　残らない
酒よ　酒よ　化けてくれ
涙が止まる　薬へと
帰ってこいよ　愛しき　わが娘

何がつまらん　気に食わん
大事な娘よ　返事しろ
大学出たら　帰ってこん
バカ娘よ　なにしてる
今思うと　俺のせい
間違った　間違った　間違った
酒よ　酒よ　止めてくれ
悲しみ止める　薬へと
戻ってくれよ　愛しき　わが娘

戸を叩く　音がする

許してね　母はここに

生き別れになったけど
あなたは立派になりました
母はこんなにうれしくて
涙があふれてとまりません
本当は声をかけたいの
でも世間様が許さない
なのりでたいけど　それはだめ
あなたのなまえに傷がつく
許してね　母はここに

いつも見かけるお屋敷で
あなたはなにを見ているのかしら
母はあなたの評判を
聞いてこころがゆれうごく
本当だったら一緒なの
そんな過去は忘れたわ
なのりでたいの　辛抱よ
あなたの名前に代えられない
ゆるしてね　母を許して

あなたと道ですれ違う
お母さんと呼んできた
わたし　思わず抱き着いた
息子に抱き着くなんて
本当は母なのだけれども
でも世間様は許さない
なのりでたいけどもう無理ね
あなたの名前が傷ついた
許してね　母を許してね

詩

Ⅳ

誰がために咲きつぐわれぞ

――青木由弥子『伊東静雄――戦時下の抒情』に寄せて――

原　詩夏至

青木由弥子様　いつもお世話になります。貴著『伊東静雄――戦時下の抒情』（土曜美術社出版販売・2023年）有難うございました。感銘深く、又誠に味わい深く拝読致しました。「伊東静雄の穏やかで繊細なまなざしに光をあてていくこと」そして「伊東静雄が留まり続けた〝個〟の領域について考えること」――この二つが、十年に及ぶ静雄詩の精読の上に貴方がご自身に課されたテーマでした。そして、その背景には、まず前者に関して言えば、こんな問いがありました――「一人の詩人の人生の中で、〝世界との向き合い方〟、詩作についての考え方や態度は変化していく。激情から沈静までの幅があるというのも、ことさら不思議なことではない。しかし伊東静雄の評価史を参照しつつ、そこに私自身が感じる伊藤静雄の豊かさを重ねていくときに感じる違和感――特に第一詩集に強く表れる〝硬質、孤高、凛冽な抒情〟、第二詩集に強く見られる〝パセティックな抒情〟が、あまりにも高く評価され過ぎてはいないか」「対照的に伊東静雄が素地のように持つ穏やかな抒情――第三、第四詩集に至るにつれて音韻や響きの洗練とともに深みを増していく滋味が、過小評価されているのではないか」（なお、ここで言う第一～第四詩集とは戦前の『わがひとに與ふる哀歌』（昭和十年）・『夏花』（昭和十五年）、戦中の『春のいそぎ』（昭和十八年）、そして戦後の『反響』（昭和二十二年）――引用者）。そして又、それと深く交差しつつ、後者に関しては、こんな問題意識が――「また、中期から後期にかけての〝平穏、沈静な抒情〟を考えていくとき、避けられない問いとして〈戦争詩〉問題が浮上してくる。伊東静雄が生きた時代を重ね、同時代の作品と比較しながら読み直していくとき、〝私〟の思う／想うところからうたい始め、〝私〟の求める文学とは何か、という領域に踏みとどまった伊東静雄と、〝国家〟の求める文学とは何か、という方向に一歩踏み出した詩人たちとの間に表れる差異を抜きにして、当時の伊東静雄を語ることはできない」。

例えば、三章「『夏花』を読む」で精細に論じられる「野分に寄す」（全行）。

野分の夜半こそ愉しけれ。そは懐しく寂しきゆふぐれの
つかれごころに早く寝入りしひとの眠を、
空しく明くるみづ色の朝につづかせぬため
木々の歓声とすべての窓の性急なる叩をもてよび覚ます。
真に独りなるひとは自然の大いなる聯関のうちに
恒に覚めゐむことを希ふ。窓を透し眸は大海の彼方を得望まねど、
わが屋を揺するこの疾風ぞ雲ふき散りし星空の下、
まつ暗き海の面に怒れる浪を上げて来し。
柳は狂ひし女のごとく逆まにその毛髪を振りみだし、
摘まざるままに腐りたる葡萄の実はわが眠目覚むるまへに

ことごとく地に叩きつけられけむ。
篠懸の葉は翼撃たれし鳥に似て次々に黒く縺れて淩はれ
ゆく。

いま如何ならんかの暗き庭隅の菊や薔薇や。されどわれ
汝らを憐れまんとはせじ。
物皆の凋落の季節をえらびて咲き出でし
あはれ汝らが矜高かる心には暴風もなどか今さらに悲し
からむ。

こころ賑はしきかな。ふとうち見たる室内の
燈にひかる鏡の面にいきいきとわが双の眼燃ゆ。
野分よさらば駆けゆけ。目とむれば草紅葉すとひとは言へ
ど、
野はいま一色に物悲しくも蒼褪めし彼方ぞ。

（「文藝文化」昭和十四年一月号）

詰屈・難解な詩ですが、今、私なりの拙い読み解きを試みるなら、まず、第一連。ここで気がつくのは、この詩の語り手が「夕暮れ、心地よい疲れに誘われ、寂しくもどこか懐かしい心で早めの床についた人が、そのまま眠りを妨げられることなく晴天の朝を迎える」という平和で安らかなシチュエーションを却って「空しい」と捉えていること、そしてその安眠を破る「野分の夜半」を愉しいものとして（又その木々のざわめきを歓声として、窓打つ風音を来訪者のノックとして）捉えていること。或いは（あの第一詩集『わがひとに與ふる哀歌』表題作の一節に倣えば）「意志の姿勢」で敢えて捉えようとしているらしいことです——ともすれば「鳥々は恒に変らず鳴き／草木の囁きは時をわかたず」としたがる「無縁のひと」の安眠（だがそれは仏法の説く諸行無常を知る「有縁」の人には単なる「酔生夢死」でしかない）に抗って。そして、とすれば、第二連の「恒に覚めゐむこと」を希う「真に独りなるひと」には、或いは「音声に驚かない獅子のように、網にとらえられない風のように、水に汚されない蓮のように、犀の角のようにただ独り歩め」（「スッタニパータ」）と説いた仏陀の面影も宿っているのでしょうか。しかし、としても、恐らくその教えは、私たちにとって懐かしく親しい「祖霊信仰」「アニミズム」とは全く異質な何かを秘めています——あたかも、疾風に雲を吹き散らされた清々しい星空の彼方に逆巻く、真っ暗な海のような何かを。つまり、貴著中の言葉を借りれば、この「哀歌を歌う詩人（そして又「真に独りなるひと」——引用者）を取り巻いているのは、山の彼方、天の向こうに祖霊たちが集っていて、地上に現れ出たあらゆるものを介して私たちに呼びかける、そんな温もりに満ちた自然ではなく、地上にある生命の生死や運命とは関わりなく、煌々と輝いてあらゆるものを存在させている冷酷で薄情で、壮絶な美しさを持つ自然」なのですね。そして、だからこそ、第三連で、①柳を狂女の逆髪のように振り乱し、②摘まれないまま樹上で腐ってしまった葡萄を地に叩きつけ、③篠懸の葉を次々に吹き攫う「浪漫的、余りに浪漫的」とも言うべき「疾風怒濤」を詩人は敢えて（つまり「意志の姿勢で」）

寿ぐのです。例えば（或いは「深読み」かも知れませんが）①を「旧習から身を振りほどこうとする女性たちの捨て身の反逆」として、或いは②を「惰眠の中で可能性の芽を摘まれてしまった既存の文化の力強い否定」として。でも、それなら、③は？　私にはこの「翼撃たれし鳥に似て次々に黒く縺れて浚はれゆく」篠懸の葉に、応召して一人又一人と戦地に赴く青年たちの姿が重なって仕方がないのですが。或いは、詩人は、それをも敢えて「意志の姿勢で」寿ごうとして（しまって？）いるのでしょうか。

恐らく、そうなのでしょう。というのは、続く第四連で、詩人は野分に今にも吹き散らされようとしている（或いは、既に吹き散らされてしまった）「暗き庭隅の菊や薔薇」を「汝らを憐れまんとはせじ」と突き放すからです——「物皆の凋落の季節」を敢えて選んで咲いたその誇り高い心には今さら暴風など何故悲しい筈があろう、と。

でも、本当にそれでよかったのでしょうか。例えば、貴方が小高根二郎『詩人、その生涯と運命』に拠りつつ紹介されている、召集令状の到来した小高根とそれを送る側の親友・静雄の心のすれ違い。それによれば、出征は小高根にとっては「文学的な出発を帳消しにされる悲痛事」であり「覚悟はしていたというものの、地獄への意志せざる招待」だったので「その意味からも、も少し招待の遅いことを伊東に惜んでもらいたかった」のに、静雄の返書が「この一年、あなたは美しい文章を沢山書かれた。あなたとしては思ひ残すことも、ひとに比べて少いことと思ひます。身体をいたはつて、専心、ご奉行ください」云々というものだったので「突っ放されたような思いを味わわされた」のでした——「召されゆく者と、召される可能性の希薄な者、或いは全く安全地帯にある者。その三者の間の感情の懸隔を、私は悲痛なほど味わわされた」と。成程、単に季節の巡りに従って咲いただけの菊や薔薇なら、今さら暴風など悲しまなかったかも知れません——尤も、それとて、自分が菊や薔薇ではない以上、必ずしも断言はできない訳ですが。でも、その思いを、「詩歌」ならぬ「現実」の場面で、自ら選んで戦争の時代に生まれ合わせた訳ではない人間（乃至「他者」一般）の上にまで敷衍し、その心中を或る意味勝手に「誇り高い」と美化しつつ「憐れまんとはせじ」と突き放してしまう時、そこには何か非常に危うい「一線の踏み越え」があるように私には思えてなりません——たとえそれが如何に真摯で切実かつ英雄的な「独り」の決意であり悲願であろうとも。

そして、最終連。詩人は「ふと」室内に眼を転じ、そこに鏡に映った自分自身のいきいきと燃える双眸を見出します——あたかも今まで窓外に見て来た夜の嵐が、実は己の内なる「独り」の心象風景に他ならないことに気づいたかのように。そして、それを機に、恐らく詩人は野分に別れを告げ、窓辺を去ったのです——最後に、貴方に「正直なところ、私にはよくわからない」と呟かしめた謎の二行「目とむれば草紅葉すとひとは言へど、／野はいま一色に物悲しく蒼褪めし彼方ぞ」を残して。

この、一篇の詩の最後の最後に現れて読者を途方に暮れさせる「わかりにくさ」。思うに、それは畢竟「何故、ここに、これまで切々と歌い上げて来た悲壮でパセティックな世界観に或る意味水を差し足払いを掛けるような一見無用の留保『目とむれば草紅葉すとひとは言へど』が差し挟まれなければならないのか」という当惑に尽きるのではないでしょうか。もちろん、一定の推測はできます。というのは、ここでの「ひと」は恐らく「真に独りなるひと」ならぬ「無縁のひと」――つまり「山の彼方、天の向こうに祖霊たちが集っていて、地上に現れ出たあらゆるものを介して私たちに呼びかける、そんな温もりに満ちた自然」に抱かれて生きる世間一般の人々であり、とすれば「草紅葉」も又「鳥々は恒に変らず鳴き／草木の囁きは時をわかたず」とする彼ら・彼女らの迷妄の一環に過ぎないのでしょうから。けれど、それならいっそこの箇所を何故簡潔に「野分よさらば駆けゆけ。／野はいま一色に物悲しく蒼褪めし彼方ぞ」としなかったのでしょう――尤も、そうしていれば、この詩は恐らく「よく分かるけれどもつまらない」、平板・大味な単なる「疾風怒濤あるある」に留まっていたに違いないのですが。

この、それまでの文脈を破って一瞬顔を覗かせ、すぐ又消え去る「草紅葉」の、謎めいた鮮烈さ。私は、実はこの「草紅葉」こそ、意識の表面では「いま一色に物悲しく蒼褪めし彼方」にある「野」を――そして、それが象徴する「戦時下」という「時代」や「世界」を――「運命」として雄々しく受け入れつつ、却ってそれを己の生の輝きへと反転させようとする静雄が、にも拘らず内心密かに愛惜している「何か」の、無意識裡の、かつ小声の抗議の、その又萌芽のようなものではなかったかと思います。例えば、後に第三詩集『春のいそぎ』に収録された次の詩（「百千の」全行）に控えめに、けれど美しく結実することになる「何か」の。

百千(ひやくせん)の草葉もみぢし
野の勁き琴は鳴り出づ
哀しみの
熟れゆくさまは
酸き木の実
甘くかもされて　照るに似たらん
われ秋の太陽に謝す

（「文學界」昭和十五年十二月号）

「まだ青く酸い木の実のような若い哀しみが、そのまま時代の暴風によって地に叩きつけられ、遠く吹き散らせれるのではなく、むしろ秋の太陽のような晩年の穏やかな時間に熟成されて甘くかもされ、美しく輝く――その時こそ「野」は真に雄勁な琴の調べに満たされる筈なのに」――恐らく、これこそ、静雄が（しばしば自分自身にも）深く秘めつつ、なお隠しきれずに詩の片隅にこぼれ咲いて一篇に不思議な深みと静もりを添える祈りであり悲嘆であったのではないでしょうか。

或いは、これも『春のいそぎ』に収録されている、そして貴方が「野分に寄す」をその「季節を反転させた」形での「予兆」と述べられている詩「誕生日の即興歌」（全行。但し、作品成立の背景を綴った「自註」部分を除く。なお、静雄の誕生日は十二月十日）。

くらい　西の屋角(やすみ)に　翻筋斗(もんどり)うつて　そこいらに　もつれる　あの響　樹々の喚(さけ)びと　警(いまし)むる　草のしつしつ　よひ

毎に　吹き出る風の　けふいく夜　何処(いづこ)より来て　ああにぎはしや　わがいのち　生くるいはひ　まあ子や　この父の為灯(ともしび)さげて　折つて来い　隣家(となり)の　ひと住まぬ　籬(まがき)のうちの　かの山茶花の枝　いや　いや　闇のお化けや　風の胴間声　それさへ　怖くないのなら　尤(とが)むるひとの　あるものか
寧ろまあ子　こよひ　わが祝ひに　あの花のこころを　言はうなら「ああかくて　誰がために　咲きつぐわれぞ」さあ
折つておいで　まあ子

（『文藝世紀』昭和十五年二月号）

ここでは、やはり吹きすさぶ夜の強風に「にぎはしや」と心を昂らせた詩人が、今度は幼い愛娘「まあ子」を「灯さげて」外の闇に遣わし、隣家の無人の庭の山茶花を折り取って来させようとしています——ただ窓外の菊や薔薇を思って「あはれ汝らが矜高かる心には暴風もなどか今さらに悲しからむ」と呟いたり「汝らを憐れまんとはせじ」と突放したりするだけではなく「ああかくて　誰がために　咲きつぐわれぞ」と嘆きつつ自問する呼び声に耳を傾け、更に、可能なら何とか応えるべく——あたかも、かつて「草紅葉」として姿を垣間見せるだけだったあの「何か」が、ここでは遂に「声」を得たように。とすれば、ここでの「まあ子」は、さしずめ、父なる主神ヴォータンの命を受け、斃れた勇士を天上へ運ぶため戦場の空を駆け巡る戦乙女（ワルキューレ）でしょうか。

とはいえ、ここでもなお、危険は、依然、すぐ隣に口を開いていると私は思います。というのは「外の暗闇で救いを求める（民）草の叫び声に応えるため、勇敢な（ことを当然のように期待されている）愛しいわが子に、隣家の籬を越えてそこに咲く庭の花を折り取って来させる」というシチュエーションは、一歩間違えば、そっくりそのまま、戦時体制を美化・補完する「寓話」へと容易く転化させられ得るからです——例えば「欧米列強からの解放を求めるアジアの民衆の願いに応えるため、絶対的な父なる天皇が、その赤子たる兵士等に、国境を越え隣国に侵入することを命じる」というふうに。恐らく、静雄にとっては全く心外極まりないことでしょうが、それだけに、却って不気味にも。そして、この詩を、その危険な一線の「こちら側」に辛うじて踏みとどまらせているもの——それは「あの花」の心を「あれは、救いを求める叫びなのだ（だから、何としても征かなければならないのだ）」という一方的な思いなしではなく、あくまで「誰がために咲きつぐわれぞ」という、もっと開かれた「問いかけ」として思い描く、詩人の静かな節度と穏やかな傾聴の姿勢ではなかったでしょうか。

そして、「誕生日の即興歌」の約一年後に発表された、同じく『春のいそぎ』所収の、同じく「父と娘と草花」を描くもう一つの詩「春浅き」（全行）。

あゝ暗(くら)と　まみひそめ
をさなきものの
室(しつ)に入りくる

いつ暮れし
机のほとり
ひぢつきてわれ幾刻(いくとき)をありけむ

ひとりして摘みけりと
ほこりがほ子が差しいだす
あはれ野の草の一握り

その花の名をいへといふなり
わが子よかの野の上は
なほひかりありしや

目（め）とむれば
げに花ともいへぬ
花著（つ）けり

春浅き雑草の
固くいとちさき
実にたる花の数（かず）なり

名をいへと汝（なれ）はせがめど
いかにせむ
ちちは知らざり

すべなしや
わが子よ　さなりこは
しろ花　黄い花とぞいふ

そをききて点頭（うなづ）ける

をさなきものの
あはれなるこころ足（た）らひは

しろばな　きいばな
こゑ高くうたになしつつ
走りさる　ははのゐる厨（くりや）の方（かた）へ

（「四季」昭和十六年五月号）

ここでは、暗闇は既に戸外だけではなく家の中にも侵入しており、そこで詩人は殊更心を昂らせることもなく（或いは、その気力もなく）放心しています。そこへ幼ないわが子が野花を携えてやって来ます——それも、命じられたからではなく、向こうから。そして、連れ帰った小さな花の名を言えと迫るのです——答えは、実は、父も知らないのに。

ここでは、娘は、詩人が戸外の草花に遣わした使者ではなく、逆に後者が前者に遣わした使者です——己の名を告げさせるために、或いは「誰がために咲きつぐわれぞ」という究極の問いに答えさせるために。そして、詩人は、たとえ力及ばずとも、何とかその委託に応えなければならないのです——「命令者」ではなく、寧ろ「召命者」として。そして、その敬虔な心の静もりが、状況の更なる逼迫にも拘らず、この詩の世界に不思議に穏やかな一筋の光を齎しているのではないでしょうか。

権力に対峙する詩心の連帯

植松　晃一

「フラジャイル」第17号

佐川亜紀さんは詩「女たちの言葉は水路」で、タリバン暫定政権下にあるアフガニスタンの女性たちの苦難に寄り添う。「女たちの言葉は水路／すべての人を生かすための／地球の命を育てるための／体と心に流れる水と言葉／せき止めないで涸らさないで／／女たちの言葉は花／全身に日を浴びてそれぞれの虹を差し出す／光を両手いっぱいに抱えるように／色とりどりの花びらの衣装を四方八方にひろげる／花を踏みにじらないで／／女たちの言葉は樹／高く高く知性の梢をのばす／感性の幹を太らせ　言葉をたくさん茂らせて／世界の知の森を豊かにする／樹を切り倒さないで／／女たちの言葉は大地／土地の苦しみと悲しみを吸い上げ／土地から生まれた実りをかみしめ／新しく土地を耕す／大地を血で汚さないで／／女たちの言葉は針／破れた服をつくろい　美しい布を縫い／針のように小さな希望の道でも／繋がりの糸を通そうとする／創造の針を奪わないで／／アフガニスタンの積み重なる苦しみ／アフガニスタンの苦難を知らない日本の私たち／アフガニスタンに水路を引いた中村哲氏の営みを／少しでも日本で受け継ぎたい／女たちの暮らしと言葉に水路を／せき止めないように／涸らさないように」

同誌にはアフガニスタンの詩人で州議員を務めていたソマイア・ラミシュさんから寄せられた日本の詩人たちへのメッセージが掲載されている。

アフガニスタンでは今年1月、タリバン暫定政権が詩を書くことを禁止する命令を出した。これに対してラミシュさんは、検閲と詩的芸術の弾圧に反対する詩を書くよう世界の詩人たちに訴えた。その呼びかけに応じて、フランスや米国、イラン、インドなど各国の詩人が作品を寄せ、日本からは30人を超える詩人が連帯の意思を示した。

ラミシュさんのもとに送られた詩は一冊の本にまとめられ、その日本語版は「フラジャイル」を主宰する柴田望さんらの協力により8月に出版された。タイトルは『詩の檻はない』（バームダード〈亡命詩人の家〉発行）。Ａｍａｚｏｎで購入できる。今後フランス語版など海外でも出版される予定という。

ラミシュさんはメッセージで「あらゆる強要、圧力、暴力と、それらに対する忘却、沈黙、無関心は、非人道的で反道徳なふるまい」だと指摘。「この詩集は、自由と平等を希求する世界中の詩人を結ぶ神聖な絆です。この文化の窓口と連帯とが継続し、拡大していくことを祈念します」と述べている。

ほんとうの詩には力がある。だからこそ権力者は詩を検閲し、抑圧しようとする。これからの日本の政治状況がそうした方向へ進まないという保証はどこにもない。これはアフガニスタンに固有の問題なのではなく、世界共通の課題であると思う。ラミシュさんの呼びかけとそれに対する応答は、権力に対峙する詩心の連帯の可能性を示した好例といえるだろう。

「蒐」18号

本庄英雄さんは詩「一枚の写真」で父親の「出兵記念写真」について綴る。「ポツダム宣言受諾まで九十日」のときに撮られたもののようだ。

「父二十五才の横に祖母が／小さく座して／壁に無為の叫びを／重ねた日の丸の旗が張られ／ここから立派に一人息子を送る／「大日本帝国」の母は／憂いのまなこを寄せて／こちらを見ている」「今も未来は混とんを　繰り返し／地図の戦火は止まない」

大日本帝国の母という表現が印象的だ。戦時中に発行された『愛国詩集』（日本放送出版協会）に収められた竹内てるよの詩「母の大義」には、「男子一千死するとき／男子二千　生れよ／／いのちをかけて育て上げ／再び　大君の御楯とせむ／日本の母の大義なり。」とある。そうした狂信が求められたのかもしれないが、多くの母親は「憂いのまなこ」を隠すことができなかったのではないか。今も戦禍のあるところ、同じ憂いのまなこがあることを思わずにいられない。

「ぜぴゅろす」別冊Ⅸ

桜井節さんの詩「そして、また一大事が」。「このところつくづく思うのだ／生きていることが馬鹿らしくなるほど／空しくなる混迷独善の世をみせつけられて……／それでも萎れる思いを跳ね返す火が心底で燻り／立腹する腹をすかし宥め／一条のひかり求め暮れてしまう日がつづく」「愚者であることの自覚を疎かにした／許されない存在を加速させ／考える力を失わされる時代を怖れる」

これは現代病なのかもしれない。新聞もテレビもＳＮＳもなかったら、果たして「混迷独善の世」などと感じることがあるだろうか。無知であることを知る暇もないほど情報が押し寄せ、知りたくもない処世術を教えてくれる。2～3日、新聞もテレビもネットも見ない情報デトックスをしたら、自分自身を取り戻すきっかけになるかもしれない。「嘆き悲しむことに慣れてしまっては身魂が腐る／倹しくとも根っこから絞り上げた体軀で／人間が人間の顔をしなくなっていく世に対峙する」との詩句に、人生を投げない芯の強さを感じた。

「覇気」第３００号

いも虫から蛹を経て蝶となる変態は、連続的な成長とは異なる、生命の跳躍を感じさせる。平松郁夫さんの詩「メタモルフォーゼ――蝶へと至る秘儀――」。

「「もう一度自らを誕生させねばならない」／いも虫は、体の奥から響きわたる／その衝動の呼びかけを感受した」「膜でおおわれた蛹という聖域の中で／体は不可思議な仕方で溶解する」「未だその姿を知らないものへの変成という／無謀な企てが試みられるのだ」

人間にも同じような瞬間があることに気付く。それまで積み重ねてきたものが溶けて渾然一体となり、そこから新たな自分が生まれてくる。ひとは何度でも誕生できるし、新しい羽根で羽ばたくことができることを、「蝶へと至る秘儀」は示唆しているように思える。

江畑隆博さんの詩「柿」。「秋になると思い出す／／庭の柿の木に二つだけ／実が熟れて青空に映えた／くっきりと美しい／食べてしまうにはもったいないから／贈ってあげようと／伊東屋で緑の小箱を買って来て／郵便局から／母に気付かれないようにそっと送った／僕はそれだけで幸せだった／／いつまで待っても　返事はなかった／僕はそれでも楽しかった／相手は忙しいのだろうと　思った／実の甘さが口中に広がると／泪が溢れたので明かりを消して／歪んだ月を眺めた」

誰に柿を贈ったのだろうか。大切に思っている人には違いない。その実の甘さが苦く、切ない。

「亜土」117

工藤浩司さんは詩「白い道を」で、弘前公園の「雪晴れの朝の道」を歩く。そこは「きっぱりと冷えこんだ桜の並木道」で「木々は今　すべての花も葉も脱ぎ捨て／はだかの魂の形のまで／沈黙し　立ちつくしている道だ」。

「白い道をゆく／日々のくらしを脱ぎ捨て／私もはだかの魂の形になって／歩いてゆく／さくっ　さくっ　さくっ　さくっ……／この世界の白い悲しみのなかに入ってゆく／／この白いものたち／宙の高みから降りてきたものたち／立ち止まり　宙を見上げて　黙る／この世界のすべての静けさ集めるために／／宙の高みで　雪ということばに結晶してゆく／秘やかな宙の声を音を聞くために／そこから　かなしみの／傷みのことばを抱えて／ここに降りてきた白いものたちの／／心の深みで／永遠という時間の枝から／次々と剝れ落ちる　いのちの／かなしみの　傷みのことばが／秘やかな音たてて結晶していく／そんなことばを受けとるために子どもたちは」

工藤さんにとって、降り積もった雪はただの氷の結晶ではない。そこに「いのちの／かなしみの　傷みのことば」の結晶を見る。心打たれる美しさは、ときにかなしみの味がする。子どもたちが雪を歓迎するのは、かなしみを癒すためなのか、はたまたかなしみを知るためなのか。

「水流」第27号

林哲也さんの詩「うたごえ」は、明るく爽やかだ。

「空から／一直線に落ちてきたものがある／草むらに着地するとすばやく走った／雲雀だ／／うららかな光が降り注ぐ若草の／その先に巣があって／雛が口をあけているのだろう／目にも止まらぬ素早い身のこなしに／追いつけない／／わたしの中の時のながれは／近ごろ　ゆるやか／飛びまわった翼もすり減り／心の襞の　溝も浅くなったようだ／／互いのいのちにながれる時が／触れ合った目の前の情景／現在（いま）を謳歌する小鳥の姿が／わたしの心の襞を過って／なぜかあたたかいのだ／／雲雀はまたまっすぐ空に上がり／空中で停止した／この至福の濃密な時を／かみしめるように／青空いっぱいに／うたいだす」

私は雲雀に「若」というイメージがある。地上でも上空でも絶え間なくさえずり、走ればとててと健脚を見せる。全力で生きるその姿を好もしく思い、応援したくなる。雲雀のような若者たちのことも。

植原まつみさんは「妻の絵を観に来て下さい／故郷の高校に寄贈します」と、詩「波に咲いた華」に書く。それは生涯最期の絵。ある夜の午前三時、「打ち寄せる波が　海を描いて／描いて　と叫ぶのを聴いた」ことから描かれたという。

「岩にぶつかって砕ける波／海の風景が目の前に現れた　妻は／起き上がり色を作った／キャンバスにむかい迷いもなく／色を重ねていった」「二百号の額の中で海は波打っていた／波の音が聴こえてくる／大きな岩にぶつかり華になる／風に乗り足元を濡らし消えてゆく／海に沈んだばかりの太陽が／水平線に落としていった太陽のかけら／溶け出して空と海の間を染めている／七色の虹を抱いた水平線は／彼女が心で生み出した色だった」「彼女の心の色　ちぎれて風に舞っていたが／ガラス戸越しの柔らかな陽射しに／温められたのか／穏やかな華になっていた」

「卵」14号

みつべえさんの個人詩誌だ。みつべえさんは詩「そんなんで」で「そんなんで　いいのか／もとめられている／ことばのうすさに／がくぜんとして／したを　かんだ」と綴る。詩「じゃんじゃん」では「じゃんじゃん／かいたら／だんだん／うすくなる／／せっせと／あらわしているのに／どんどん／きえる／わたしの／／むこうに／ぼんやり／みえる／ふるさと」と書いている。

ものを書いていれば一度は感じることかもしれない。どんなことばがうすくて、ふかいのか、その基準は人により異なるだろう。ことばを売る世界では、あえてうすいことばが求められることもあるかもしれない。でもやはり、書くからには誰かの糧になるものを書きたいと願う。そのことばがうすいか、ふかいかは、ことばを受け取る人の心に委ねるしかないだろう。

「月の未明」Ｖｏｌ10改訂版

原島里枝さんの個人詩誌。詩「織物」は、未完成の完成という人生のありようを描くようだ。

「創り上げる探求／心に一本の鋼を通す／最善を星へ祈る／／試される時に／やり直せる限り／何度でも光を紡ぎ／機を織る／／一枚の完成図は／なお未完成としても／一心に織り込んでいった／仄かにひかる道筋を信じて」

詩「あなた／と」の「竦むなら立ち上げる用意を／眠るなら続けてゆく用意を／光なら消滅する用意を」という最終連も印象に残った。

２０１８年4月から刊行していた同誌は、今号をもって一時休止となるようだ。不定期で発行する可能性もあるようなので、いつかまた読める日を楽しみに待ちたい。

連載　詩集評（四）「詩」の日常から原像を読み替える「ことば」の選択と転換
市民的自由を表す「フリー・ヴァース」の複数性へ

岡本　勝人

笠井嗣夫について記憶していることがある。かつて田村隆一論を書く時に先行的に『田村隆一論――断絶への眼差し』を沖積舎から出していた。その後には、宗左近の詩集をまとめ、『燃える母』（宗左近）の英訳版の仕事もしている。詩集に『ローザ／帰還』がある。

『違和と痕跡』（笠井嗣夫・七月堂）

この本の特徴は、本を紹介する書評以上に、批評性の高い文章（エクリチュール）で綴られていることだ。「書評評論集」とでも呼びたい本である。タイトルには「異和と痕跡」とある。サブタイトルは「2004-2022」だ。そこに著者の感受性があるのだが、時代のなかの「異和」を詩人は取り出そうとする。そうして看取されたものが「痕跡」である。詩人の内実的な批評眼は、日常に陥没した現実とテクストの裂け目から浮かび上がる「異和と痕跡」として意義づけられる。事後性は、遅延を自己言及的に言い直すものだが、晩年のラカンの仕事でもあった。形が先にあり、内容は後からあらわれてくる。全ての表象は、反先見的に事後的に生成されるのだ。本書は、時系列なクロニクルよりは「書評集」としてまとめられている。父親の時代と著者自身の学生時代から遡行して書かれているようにも受け取れる。詩人の父は、かつてのプロレタリア詩人で戦後も共産党幹部だった笠井清である。北海道で育った著者の文章には、鋭い批評がある。著者の父親に対する反動感情から突き上げてくるものが、現代社会と縁起の縮図として見えるようだ。

一冊あるいは数冊の本を紹介しながら、鋭い批評に到達する。「アレキサンドリアの断崖」では、ロレンス・ダレルの作品から非連続としての断崖をとりだす。「生き残った者たちと、やがて死ぬ者たちが、すでに死んだ者たちとまだ生まれていない者たちが、幻影のように交錯し、ふたたび、私は微睡む」。「異和を生きる感覚」では、三崎亜記の作品から現在の「異和」をとりだす。「私という存在もまた、まったく不確かで、時には連続性を失ってしまう曖昧な存在であるということ。そうした想いをかかえて生きるもののみが、三崎亜記の愛読者となる」。「大岡信の『昭和詩史』をめぐって」では、モダニズムと日本浪曼派を同じ視野に論ずる共時論的な特徴を捉え、「詩論の存在意義はどこにあるか。詩論とは詩を書いている自己の営為に向けて根源的な問いを投げかけ、詩的行為そのものの意味と可能性を考えていくものである。」と、良質な詩とすぐれた詩論の両輪が今日の詩の衰弱に必要であると論ずる。

このように、テーマの提出とそれを批評する構造を確固とする論述の範囲は、政治、権力、サイバースペース、世界像、転向、ファシズム、亡命、映画論、音楽論（ジャズやワールドミュージック）、AIなどにわたる現代的論点となる。読者は、それぞれのカテゴリーによって、著者の感性と批評の論点を文脈に沿って辿っていくことができる。

現代の無意識がうごめく市民社会は、労働に基づいた所有の社会であり、商業社会は分業と欲望の体系として機能している。著者は、「存在の原初の記憶」と「原初のありかたをとりもどそうという欲望」をもつ現存在として、「自由に生きるために生まれてきた」と、市民的自由の重要性について書く。著者の思考する市民意識に通底する、イタリアのグラムシの獄中ノートにある「ヘゲモニー論」やアルチュセールを挟んでフーコーの「例外状態」による法の支配と権力による市民生活へと浸透する生政治に触れて、この論を終えたい。

「なぜ低収入の有権者たちが、大企業を優先し福祉を切り捨てる政策をかかげる政治家を支持するのか私にはずっと理解できなかったが、富士山道に密集する群衆の写真（注・人とゴミ）をみてはっきりとわかった。」（「富士山登頂のゾンビたち」）。「現代の大衆はいまも自発的隷従servitude volontaireにとらわれている。ドイツの大衆はヒットラー総統を支持し、アメリカの大衆はトランプ大統領を支持し、日本の大衆は安倍首相を支持した。強制された指示ではない。大衆はみずからすすんで、自発的に、圧制で臨む支配者を選び服従し隷従し、隷従し続ける。」（「「隷従」への自発的な意志をめぐって」）。（2022.12.1発行）

『伊東静雄——戦時下の抒情』（青木由弥子・土曜美術社出版販売）

本書については、「四季派学会」の「年報」に執筆することが決まっている。「年報」がでるのは来年の春なので、この本の意味する喫緊性に鑑みて、ここに取り上げたい。

今年度の上半期の詩批評の出版に関するひとつの事件である。というのは、戦中から戦後に詩を書いてきた多くの日本の詩人については、大きな難問があった。すでに語られすぎるほどこの問題は論ぜられてきたが、明治から戦前まで続いた天皇制を戴く絶対主義と軍事独裁による戦争から敗戦の時期にあって、詩歌だけでなく美術や音楽という芸術に関係する人たちが、翼賛的な活動に同じように参加した事実である。

こうした「異和」にたいする疑念とともに、著者の青春は伊東静雄の詩に出会っている。一方的に伊東静雄の詩にオマージュを捧げることができない。その屈折が、この本の背景にある大きな「痕跡」である。しかしどういうわけか。著者は、伊東静雄とその生きた時代だけではなく、そのひとつひとつの詩の解釈に取り組んだ。それればかりではない。繊細な書誌の研究にも関わり、『全集』未収録の手紙や伊東静雄の帯の解説などを学会誌などに発表し、貢献をすることになった。

伊東静雄には、定番としての『定本　伊東静雄全集』（人文書院・一九七一）がある。この全集の発行は、現在七刷であり、読まれ続けている。その他、詩人と親交をもつ著者による『詩人、その生涯と運命　書簡と作品から見た伊東静雄』（小高根二郎・国文社）の浩瀚な書物や、伊東静雄との詩や出会いを論ずる関係者や批評を収録した『伊東静雄研究』（富士正晴編・思潮社・一九七一）がある。主な特集雑誌には、『現代詩読本　伊東静雄』（思潮社）や『詩と思想』（土曜美術出版販売）があり、小高根二郎、小川和佑、杉本秀太郎などの研究者による評論やエッセイとともに、『伊東静雄　孤高の抒情詩人』（小川和佑・講談社現代新書・一九八〇）、『現代詩文庫　伊東静雄詩集』（藤井貞和編・思潮社・一九八〇）、『伊東静雄詩集』（杉本秀太郎編・岩波文庫・一九八九）などの文庫本が一般書として巷間に流布している。

伊東静雄は、同時代の詩人のうち敗戦を待たずに逝去した萩原朔太郎や中原中也、立原道造とはことなって、教師をしながら銃後のなかで戦中から戦後を生き、詩を書き通してきた。しかし、昭和二十七年（一九五二）、結核で喀血を起こすとそのまま亡くなってしまう。その時、伊東静雄の『全集』を出そうと桑原武夫や富士正晴が奔走した。二人の協力で編まれたのが、『伊東静雄詩集』（桑原武夫・富士正晴共編・創元社・一九五三）である。伊東静雄には、生前、五冊の詩集がある。『わがひとに与ふる哀歌』『夏花』『春のいそぎ』『反響』および『反響以後』の順で発行されているものだ。ところがこの全詩集では、第三詩集『春のいそぎ』の時代に書いた戦争詩を省くようにという詩人の意向があった。伊東静雄の「消極的な戦争詩」は、その後、橋川文三の『日本浪曼派批判序説』（一九六六）を筆頭に議論された論点である。著者もそのことを意識しつつ、影響されている様子が窺える。

これらの経緯が示す過程で、著者は第三詩集『春のいそぎ』からじっくり読み込み、思索を重ねていった。多くの評者が『わがひと』について論及をかさねていることを著者は手際よく整理している。特に晩年の詩への考察は、少ない。饗庭孝男などの一部の評論家を除いては、伊東の詩を愛する桶谷秀昭をはじめ戦中及び戦後の作品を詩人の詩精神の衰弱とするものが圧倒的である。吉本隆明の「詩学叙説」は、「七・五語調の喪失と日本近代詩の百年」と題するものだが、はじめて伊東静雄の詩が語られている。それは、詩人の特性から語るよりも、表現の様式である日本の韻律から語られたものである。

ここに、本書の「戦時下の抒情」というサブタイトルをもつ特性がある。と同時に、著者の批評の視点があった。『春のいそぎ』、『夏花』を読む。その生きた時代に志向性をむける。若き『わがひと』の生活詩人に思いを巡らす。加えて、巻末には「作品年譜」と「年譜」と「参考文献」を網羅し、学問的研究としての「資料紹介」の精査も進められた。その意味で「書くことは不思議な行為だ。それは、発掘や採掘に似ているかもしれない。」（「終章」）と書く本著は、個人的な伊東静雄研究の域を超えて、今後の伊東静雄研究にはなくてはならない研究書の位置にある。

伊東静雄は、多くのファンをもちながら、また多くのひとへ感動を与えながらも、ある意味でマイナーポエットとして存在している。それは、ひとえに時代の思潮とイデオロギー的な見方に対する現象学的思考への問題であった。多くの詩人や研究家が、これからの詩の読み直しをするべき詩人は伊東静雄であるという予感のなかで、本書の存在は多くのひとに衝撃をあたえることになる。本著が出版された意義は大きい。

（2023.3.12発行）

杉本真維子詩集『皆神山』（杉本真維子・思潮社）

インターネットで、「皆神山」の山影を見る。わずかな記憶が遠い冬から想起されてくる。

江戸時代の信濃の国は、松代藩といった。松代には、戦争末期に三田の大本営が松代の洞穴に移転する計画があった。私は、学生になったばかりの頃、千曲川を遡るようにして信州を旅したことがある。その時、宿泊したのが松代の民宿だった。宿のおじいさんが、目の前で一生懸命明治の頃の松代について語ろうとする。松代藩の町に汽車が走ることになり、煙で真っ黒になるという噂がたった。住民は反対運動を起こしたので、汽車は長野の郊外を走ることになった。明治の県庁所在地は長野市となり、南の松本が大学なども立つ中心都市になった。今は観測所や大本営の跡しかないが、松代が置き去りになったという話である。

詩集『皆神山』を一読すると、イメージが飛躍して展開する句点を通して、文節と文節に相わたる言葉に意味文脈が投ぜられる。この「皆神山」の一字によって、誠に大きな出来事が予兆されているかのようだ。そこに、詩とトポスが、不思議なリズムの言語感覚で押し寄せてくる。「皆神山」とは、松代にある不思議な山である。詩人は、この山をひとつの「異和」として取り出した。「皆神山のふもとにすむ／こやまというひとに／近親の死を／片手落ち、と言われたことがある」。詩人の意味性を喚起する指示表出には、極点となった地名の固有名詞から生活のなかの「異和」と「痕跡」が見える。『だから／皆神山よ」（略）「でもね、加害者のかたもね、かわいそうなんです／おばあちゃんとあんたの二人だけの秘密にしよう」（「皆神山のこと」）。指示表出の元に意味性が滲むように、自己表出がこみあげてくる。詩のなかの不審な男の言葉や「しじみ」の詩の刑罰にされた男などが、指示表出の地名の内部に価値の増殖として浮き上がってくる。

私が生まれたのは和紙と裏絹でしられている街である。和紙は江戸の町で利用され、裏絹の出荷の中心は京都だった。山際には桑畑をもつ農家が多くあったが、夜になると農家の人はいっときも休まずに、蚕に桑を食べさせている。「ぼしゃり、ぶしゃり、さり、（いまは食べることで）／ぼしゃり、ぶしゃり、さりり、（いそがしくて）／ぶま、いぞ、ぶま、びぞ、うま、いぞ、／（ああ、うんまい、うんまい）／ちょっと、あっちへ行ってくれない？」（「かいこ伝説」）。オノマトペには、リズムと韻律と強弱と弱強の抑揚に特徴がある。フリーヴァースの韻律がもつ自由精神を体現する言葉の転換もあって、生活感のなかのユーモアもあり、意味性はさらに価値を拡張する。

あらゆる現象にたいして、現象学的還元を徹底させていくと、それは無意識に同値する。この詩人の詩のスタイルには、差別と被差別の意味性を「異和」と「痕跡」として含意させる無意識から発出する指示表出としての固有名詞がある。そして、この詩集に散見する感嘆詞は、多声の声でもあるが、価値につながる自己表出性の転換する言葉である。独自の意味や価値に変化した言葉が詩の水平的な磁場（縁起と唯識）に自然体として均等に配置されている。このことは、現象学的還元がなされたことによる表出性の証左である。阿部嘉正氏は、そこに「非連続を介在させた持続の新しい方式と非親和の親和」をみる。

　その時、詩人の心的現象は、身体性を基盤として、軽快なオノマトペを伴う表出リズムの安定性を持っている。

「FUKUSHIMA、イバルナ」の詩では、「故郷なし、わたくしは祖国なし、／潰れた絨毯から一本たつ／FUKUSHIMA、イバルナ、」。かつて荒川洋治が、宮沢賢治ばかり論ぜられる現状に石を投げろと書いたことが思い起こされる。今や社会学者たちは、あの太平洋戦争末期の空襲を超えて、3・11からの心的な影響を長い影響として語る。詩集には、清水昶の詩句が引用されていた。この女性詩人が、清水昶の詩の引用に埋め込もうとする抒情性とは何だろうか。前世代の痛みや罪悪の意識と格闘した清水昶の詩に対して、杉本真維子の無意識のどこかに類似する「通底器」があるのだろう。「はためく、／国旗を縦横に編んだ／糸の声援が水平に空にのびる／イバルナ、イバルナ、／FUKUSHIMA、／イバルナ、／わたくし」。この詩集も、今年度の上半期の詩集出版に関する事件であると思われる。詩集の表題は、「皆神山」。装丁の帯が、特殊な折り込みとなってデザインされている美装本である。


（2023.4.15発行）

福間健二詩集『休息のとり方』（福間健二・而立書房）

　初めて詩人の福間健二に出会ってから随分と時間が経過している。その印象は、英文学者で詩人の加島祥造の面影に似ているということだった。ややふっくらとして横幅のある体つきと同じような形態の顔には、白い顎髭がある。声も掠れていて、生前の加島祥造と似ている。その詩集を紐解いてみると、どこか英米詩風な軽い言葉の連なりがあり、タオイストだった加島祥造の存在をさらに追想することとなった。

　カヴァーに添えられているのは、渋谷の夕暮れを映した一枚の写真である。詩集『休息の取り方』は、「階段の魔物」「この世の空」「休息のとり方」の三章にわかれているが、自由な感覚を重視して編成された五十九篇の詩を読み進むうちに感じたものは、戦後からの市民社会の成熟とはこういう形で詩に体現されているのかもしれないということだった。海外やリスボンでの滞在が、ノスタルジーをかもしている。とはいえ、一見やさしくみえる詩には、難解な凸凹や境界領域があり、書くことは難しいことなのだという思いも浮かび上がる。「戦争／をはじめとして／私たちが終わらせてないこと／あれこれ思い浮かぶが／このラーメンはあっさり塩味。」（「それを探しに行こう」）。酒とラーメンを愛した生活者として生きる自由思想は、福間健二の詩の態度である。難解な言葉やシニフィアン（音）の優位とは別れて、みずからの市民としての人生の生活空間を詩的空間とする。そこに、深く重い生の意識とテーマを軽い言葉と語調で綴る。「生きていればいい、のかな。／生きて、詩を書く。生きて、詩を読む。／みんながもっと普通にやれるといいんだけどね。」T・S・エリオットからW・H・オーデン、ディラン・トマスの時代は、一九二〇年代から三〇年代の時代である。その年代には、フリー・ヴァースから独自に転換された韻律的な要素を内在するライト・ヴァースを体現しようとする詩群が顕著だった。「十一月、十二月、ゆっくりと動き／自分の息の音を聞けば、新しい年。／寒さに負ける死とのどんな取引も拒んで／きみのために詩を書くよ」（「きみのために詩を書くよ」）。二つの戦争を体験し、宗教的にも苦悶した三〇年代詩人オーデンにとっては、社会や人間のかかえた重いテーマが持続していた。しかし、詩人の感受性がとらえたものは、軽い言葉と表現を使用するライト・ヴァースの形式（詞華集『The Oxford Book of Light Verse』1938）だった。そこには時代的な批判もあったが、書くように書く社会派の詩から話すように書く短詩の詩への転換があった。

　フリー・ヴァースは、市民社会の苦悶の一端に生きて軽みの「異和」として語りかける形式である。ある面で、近代的自由もポスト近代もフォローするスタイルだ。そこに、オーデンの文章を読む福間健二の確立した、詩的自由による詩の形相の「痕跡」がある。「オーデンは、とても早く、とても簡単そうに、詩を書いたと言われる。」（『オーデン詩集』中桐雅夫訳・福間健二編）「解説」）。ライト・ヴァースにみる軽みの韻律とリズムは、フリー・ヴァースの自由精神による批評を内在化した。「消えるべき線がまだ描く仕事をしている。／そのことへの感謝も／若い疑問も／途中で打ち切り／北の歓楽の都市に来た。ここでも／相互作用。その前に／普通にしゃべってごらん。この鉛筆を使って／自分じゃないだれかが書く。／ぼくには追い抜けない悲しみを追い抜く。」（「鉛筆で書く」）。こんなに自由で肩に力を入れずに詩が書けることは羨ましい。それは、押韻はなくとも、三〇年代のオーデンや後半に登場したディラン・トマスのモダニズムが勝ち得たフリーヴァースからライトヴァースの転換の遺産であり、忘れてはならない日本の戦後から持続していた市民的自由が獲得した詩のエートスである。「なぜいつもそんなに酔う？／ディラン・トマスはなんと答えたのだろう。／理由の丘の、湿った側をすべりおちて／オレンジ色の塩田のつづく海岸を走る。」（「なぜいつもそんなに酔う？」）。そう、憧れていたディラン・トーマスのポエジーとエロスが、あたかも自然と身体の融和した詩域に入っていくことを詩人は夢見ていたに違いない。

　詩集『休息のとり方』は、著者生前の最後の詩集となった。表題作である「休息のとり方」の詩は、福間健二の市民的自由感が如実に表されている傑作である。

（2020.7.10発行）

藤田博詩集『億万の聖霊よ』（藤田　博・コールサック社）

詩集『億万の聖霊よ』は、「日本未来派」に所属している著者の第六詩集である。やや変形版ではあるが、厚手の表紙をもち、端正な箱入りである。

　戦前からの詩史からすれば、イタリアの「未来派」にたいする「異和」があるかもしれない。戦後の「日本未来派」は、緩やかな連合体として、地方の土着性やそれぞれの個性を尊重して出発した。その梗概については、「特定の主義主張を持たず、「各人夫々がこの敗戦後の混乱の中に、未来に向って辿らうとする愛や誠実による共同の場」や「何物にも縛られない場」の確立を目標としてきた。」（『日本近代文学大事典』（日本近代文学館・編・「雑誌」）。多くの詩人が参加した戦後の「日本未来派」である。東洋的風土と庶民性で知られ、山梨県の詩人には、土橋治重がいる。詩人は甲府の自然のなかで詩を書いてきた。この詩集の六つの章には、そうした生活と詩作の「異和」と「痕跡」が仄見える。

「稲筵が／吊るされた稲筵が／秋の光の中で／永遠の衣となる一日／天幕の予感は始まったという／サーカスのドームの入り口で／渦巻くもの／あれらは／数限りない空気の変遷の中で／おびただしい光と闇の裂け目の中で／不滅の灯のようにあたたかくぬくもり／輝いている」（「天幕」）。そこにあるのは、多様な主知派、現実派、抒情派の姿である。自然主義と浪漫主義にも通底する詩情も散見できる。驚くことには、読み方によってはディラン・トマスの聖なるものと自然との融和があり、浪漫派の影響さえ見えるようである。

冒頭の「聖橋」の詩については、鈴木比佐雄氏が現象学的視点から書いている。私は、この詩人の現象する詩と音楽と絵画の融合する世界から詩人の記憶や体験が内部と感応しつつ種子の識の反復によって言語が紡がれている唯識の面から論及してみたい。立原道造に関心をもつ詩人は、秋の季節を識とする詩が多い。「土の温みの中で／削ぎ落とされた／骨が／もう一度腐る／夏の／巨きな緑の波動の果てから／くっきりと／冷気の籠を下げ／自らの透明な無機質のよろこびを／清水のように／地の床にうたう／死者の秋よ」（「秋に寄せて」）。その深層には、詩人の体験の深さから自然の光景を経過しつつ、記憶の聖霊を詩とする。そこに、この詩人の聖なるものや自然やエロスや記憶が、「億万」の「聖霊」となって、無告の民の「痕跡」となりあわせている。「彼らの祈りは／つねに／浮遊するものたちの／白い吐息の向うからみちいたり／そのこらされた無音の呼吸は／ゆるやかに／自らの樹皮をたしかめるのか／寒気の芯に至り続けたものたちの／いのちの／あの灯を／人は永劫に追うことはできない」（「ある寒気に寄せて」）。こうした思索（思想）への深まりに、どのようにして未来を届けたらよいのだろうか。この抒情詩人は、一方で聖なるものへと語らいながら、他方でどこかに思想詩人の裂け目を発見する契機をもっており、それが問われているように思える。「頂上の扇よ／降りしきる曇天の／蒸気の日に／たなびく中空の鈍色／そうして／はるか連なる山巓の低みは／マッス水色のヴェールに包まれ／雪ぬるむ地平の／圏域の静寂をしたたる／山麓からの波動」（「張り出す裸木」）。

オーデンは、講演でコールリッジから引用をする。「第一の想像力」は「聖なる存在とできごと」とし、「第二の想像力」は美しいもの（美）とみにくいもの（醜）の問題であると語る。盆地の自然と生命（性＝エロス）が交歓する。そこにあるのは、聖なるものの起源へと遡及する精神の力動的な考察から生じたポエジーである。詩人は、自己の内面と外面とから自然にありのままに接しようとしている。自然との照応関係には、否定神学的な宗教体験に似た厳粛な詩的体験が見出される。あらゆる存在があるがままに汚れのない真如にちかづいている。汎神論的な聖なるものが眼前の自然に回収されるとともに、性（華厳）相（唯識）融会する識による四季の表象として、現代の「異和」と「痕跡」が、ひとつの融和点の影像を見せている。そのように、同じように、見ることができる。

（2023.6.18発行）

高橋郁男・小詩集『風信』

三十一

東京・全球感染日誌・十三

四月一日　土
ゆるい登り坂に　桜の花が散り敷いていた
黒っぽい斜面が　花びらを際立たせている
いつものことながら　しばし　足をとめた

　立ちどまる姫降坂（ひめおりざか）や桜ちる

二日　日
坂本龍一さんの逝去が報じられた　享年七十一
かつて　３・１１大震災・福島原発の爆発の後
代々木公園の「さよなら原発集会」で聞いた
忘れ難い　坂本さんの言葉がある
――フクシマの後に沈黙していることは野蛮である

これは　ドイツの哲学者アドルノの言葉に由来していた
――アウシュヴィッツの後に詩を書くことは野蛮である
アドルノは　あの大虐殺という二十世紀の人類の痛恨の
歴史に対して　アウシュヴィッツ後に生きる人間は
どうあるべきかを問いかけている
坂本さんは　これを踏まえて
「フクシマ」という歴史的な大痛恨事の後でも
原発に依存し　沈黙し続けることを「野蛮」として
自らと社会に対して問いかけたと思われる

坂本さんは　最近は　東京の明治神宮外苑の再開発を憂慮し
目先の経済効果などで貴重な樹木を伐ってはならないと　都
知事に要請している

神宮外苑の緑は　人工的な植栽ではあるものの
都心部の貴重な自然となって久しい
問題は　樹木の伐採だけでなく超高層ビルの建設にもある
大都会では　空の広がりが貴重な自然となっているが
超高層ビル群は　近隣の人々に覆いかぶさり
それまで頭上に大きく広がっていた空と視野を奪ってきた
今　神宮外苑を歩けば
都心には稀な　大きく開けた空を見ることができる
この地に長く根付いた樹木の保存だけではなく
大切な自然である大空を狭（せば）めることの是非も問われている

十五日　土
和歌山市の　岸田首相の演説場で爆弾事件

五月五日　金
ＷＨＯの事務局長が　新コロナの「緊急事態の終了」を宣言

これまでの　コロナ禍の三年間に
世界・全球で約七億人が感染し　約七百万人が亡くなった

九日　火
新コロナの扱いが　インフルエンザ並みの五類になった翌日
築地の場外市場に向かう
変わらずに　外国人が多いが
ひと月前の桜の時季よりは　すこし落ち着いている
満開の頃は　通路ですれ違うのもままならず
コロナ禍前の　築地の歳末の大混雑を思わせるものがあった

このところの外国人客の急増で
魚介の売り方に　小さな変化が生じている
築地の場外といえば
新鮮・多彩な魚介が主役で　それは変わらないものの
店先の景色が　少し変わってきた
外国人のカップルや団体客が気楽に手を伸ばせるように
小さなプラスチックの皿に魚介を一口分載せて売っている
鮪や鮹のブツ　平目や烏賊の薄切りなど
場外市場と言えば　鯛や平目や鰹の丸一本売りといった
他では稀なダイナミックな陳列・販売が特徴だった
それは　素人が気軽に手を出せる大きさや値段ではないが
魚介類が　漁（すなど）られたままの姿でずらりと連なるさまには
海と直結しているという　この市場の心意気が感じられた

従来の丸売りに　刻み売り・一口売りが加わりつつある
それが　コロナ禍後の築地の新風景になるのかもしれない

十九日　金
Ｇ７サミットが　広島で開幕
二十日　土
ウクライナのゼレンスキー大統領が広島着
岸田首相は　Ｇ７の首脳やゼレンスキー大統領が
広島平和記念資料館を視察して
被爆の実相に触れたとの意義を強調した
しかし　原爆については「実相」とは何かという思いが湧く

十余年前まで　新聞のコラムを担当していた頃
ほぼ毎年　八月には広島と長崎の地に身を置いて
その時々の見聞・感得を　書き記していた
ある年　許可を得て　広島の原爆ドームの敷地に入り
ドームの真下に立って　頭上を見上げた
ドームの底部は　まん丸ではなく　楕円形で
それは　人間の頭部のようにも見えた
原爆が　その頭上六百メートルで炸裂したことを
想像すると　背筋が凍る思いがした
しかし　その強い思いは　ドームを離れて現実世界に戻ると
やがて　薄れていった

今　そこに展示されているものを見て

原爆被爆の「実相」を想像したとしても
原爆被爆の「実際」を体験することはできないし
「実相」の想像で湧いた強い思いも　やがては薄れる
ただ　そうであっても　世界の核のボタンを握る人物が
記念館を訪れて「実相」を想像する意味はそれなりにある
世界の全ての核保有国が集い
取り敢えずは　核兵器の「先制不使用」を誓うという
「広島・長崎サミット」を想像した

六月八日　木
ほぼ平年並みに　梅雨入り
並み　ということが貴重なことに思われる異様な時代
十日　土
通り道に　白い球のようなあじさいの続く一角があった

あぢさゐのぼんぼりつらねつゆさなか

十五日　木
今年は　大正末期の関東大震災から　百年にあたる
九月一日の震災記念日に向けて
都内でも　様々な企画や展示が続く
その一つ　西新宿の都庁舎で開かれている
被災時と復興の写真展に　足を運んでみた
これまでにも見かけたような銀座や新橋の被災写真の間に
初めて目にする　印象的な一枚があった
当時の避難所の中の様子を写したもので
障子を横にして四角に囲った間仕切りの前で
着物姿の二人の子供が　カメラの方を向いて立っている
小学低学年の女の子と学齢前の男の子　姉と弟か
二人のあどけない姿を見ながら　この大震災の後には
長い戦争と　長い平和の時代があったことを想起した
もしも　二人が存命なら　百七歳と百四歳ぐらいになる

同じ都庁の四十五階にある「北展望室」で　私は
去年の二月に　新コロナのワクチン接種を初めて受けた
今も尚「北展望室」は　接種会場になっていた
近くの「南展望室」の方は公開中というので　上がってみた
予想した通りに　外国人が多い
「銭湯の利用の仕方」というパンフレットを小脇に
地上二百メートルからの眺望に見入る人
売店で北斎の「富嶽三十六景」のＴシャツを物色する人
マスク姿の人は少ない

広い展望室の中ほどに　グランドピアノが置いてある
「都庁おもいでピアノ」で　短時間ずつ自由に弾けるという
男性の外国人　日本の少女　中年女性　外国人男性
並んで待ち　次々に　それぞれの思いの籠もる曲を奏でる
シューベルトのピアノ即興曲の後に流れたのは
「ハッピーバースデー　トゥーユー」

十人ほどの外国人観光客の一人の誕生日だったらしく
仲間に囲まれた二十歳ぐらいの青年が
いちごのショートケーキを一つ　笑顔で受け取っている
居合わせた外国人客や日本人も　つられて拍手をする
久しぶりに　コロナの制約が緩んだ穏やかな光景に出遭った

顧みれば　この三年余の間　世界・全球の人の流れは
コロナ禍という地球規模のダムによって堰き止められていた
三年の間　ダムの内側にたまりにたまった人流が
今　一気に放出され　勢いづいた奔流が
日本にも押し寄せている
築地の場外市場も都庁の展望室も　銀座や渋谷も
解き放たれた人流の最末端にあって　賑わいを見せている
この奔流が長く続くかどうかは　コロナ次第だが
「マスク・コロナの時代」に一つの区切りが来たとの感はある

＊

時を遥かに旅して
一九六八年・昭和四十三年に辿り着いたとする・その二

ソ連など五か国の軍隊がチェコスロバキアに侵攻したのは
八月二十日の夜だった
その日のことを　当時チェコスロバキア共産党の第一書記
だったアレクサンデル・ドプチェクが回想している

——二〇日は、もやのかかった暖かな日差しにつつまれた、
典型的な夏の終わりの一日だった。プラハには観光客が
あふれ、公園は散策したり木のベンチにたたずんだりす
る家族づれでにぎわっていた。

この日の朝　ドプチェクは　持病の胆のう炎が悪化した妻ア
ンナを病院まで送り　「午後からずっと会議があるが、明日
には必ず見舞いに来る」と告げた
幹部会議は長く続き　夜中の十二時少し前に　国防相から
首相宛に入った電話で　東欧五か国軍の侵略を知ったという
——まったく寝耳に水のニュースだった。
会議は混乱したが　翌二十一日の午前一時半には
ドプチェクらは全国民への声明文を採択した
その中で　この侵攻は国際法の基本理念に反するものと訴え
る一方で　国民には　冷静さを保ち　侵入してくる軍隊に抵
抗しないように要請している
——わたしたちは、断固とした抵抗の意志をしめすと同時に、
無益な流血は何としても避ける必要があった。
『希望は死なず——ドプチェク自伝』
（イジー・ホフマン編　森泉淳訳　講談社）

この後　ドプチェクら幹部は　会議場に乱入してきた武装兵
らに小銃を突きつけられ　モスクワへと拉致された
侵攻の翌日
ソ連の詩人エフゲニー・エフトシェンコは
その電文を西側メディアに配布したという

――どうやって寝たらいいのかわかりません。どうやって生きていったらいいかもわかりません。わたしにわかるのは、自分には圧倒的なこの気持ちを伝えなければいけないという道義的責任があることだけです。
チェコスロバキアでのわれわれの行為は悲劇的な過ちであり、ソ連・チェコスロバキア間の友好と世界の共産主義運動に苦い一撃を与えたと深く確信しています。
『1968　世界が揺れた年』（M・カーランスキー著
来住道子訳　ヴィレッジブックス）

モスクワに拉致されたドプチェクらが　クレムリンで
ブレジネフらに妥協的な議定書に署名するようにと
迫られていた頃
クレムリン前の赤の広場では　ソ連の七人の知識人たちが
チェコの独立を支持するデモを行って　逮捕された
『戦車と自由　チェコスロバキア事件資料集』（みすず書房）
国際社会でも　ソ連を非難する声が広がっていった

このソ連のチェコ侵攻と　今回のロシアのウクライナ侵攻は
半世紀以上もの時を隔ててはいるが　重なるところがある
それは　この二度の侵攻が　いずれも
アメリカの歴史的な大失態の後に行われたという点にある
六八年は　ベトナム戦争の侵略性が国際的に問われ
テト攻勢などによって　米国の敗北の兆しが見えていた

昨年は　米国がイラク戦争を始めて約二十年
イラクを戦場にし　多くのイラク国民を殺傷したが
米国が開戦の大義とした大量破壊兵器は見つからなかった
そして　ベトナム戦争でも　イラク戦争でも
国際的に重い責任を負ったはずの米国は　裁かれていない
――米国のあれほどの重い罪咎が問われないのなら……
などと　クレムリンの支配者らは目論んだのだろうか

アメリカとソ連・ロシアは
民族的にも歴史的にも　大きく異なっているが
第二次大戦の戦勝国という点では通じている
さらに　戦後の狂ったような核兵器の開発競争によって
「オーバーキルの地球」をつくりあった当事者同士でもある
六八年に　米国は　ベトナムで敗北に向かいつつあり
ソ連は　軍靴でチェコを支配したが　後に無血で民主化をとげた「ビロード革命」に至って　その敗北があらわになる
六八年とは　大戦の勝者として戦後の世界に君臨してきた両大国に　初の敗北を刻印した年でもあった
米国は　大義の無いイラク戦争によって二度目の敗北を刻した
ロシアもまた　大義の無いウクライナ戦争によって
第二の敗北への道を辿りつつあるのかもしれない

＝この項つづく

永山絹枝・小詩集『クロアチアへ（祈念の旅）』

【一、空の青、海の青にも染まず漂う】

何故　世界を旅すると戦禍の跡ばかり見るのだろう
アドリア海の赤い真珠　コバルトブルーの海
悲しみの涙を呑んで美しくなったのだろうか
戦禍が報道されたとき　手に届かない
理解しにくい戦況を恥じた　なのに…
広島出身の画家・平山郁夫はサラエボ祈りの旅に出た
今やっと…私はこの街に居る　友からの便りを手に…
　12年前の内紛で街の9割が壊れされたと言う所は
殆ど復旧していましたが
田舎では石壁の崩れた廃墟も多く
銃弾の跡をセメントで塗って住んでいました
　ドブロクの街の周りの城壁の上を一周しました。
中世の面影をそのまま残す街々に
無惨に刻まれた戦禍の爪痕、祈念碑
鉄兜を被った騎士たちが　刀剣を光らせて
現われてくるような　痛々しい傷痕
人は何故　築きあげた居城を
無下にも破壊つくすのだろうか

【二、鐘は鳴れども…】

『魔女の宅急便』に乗って空から眺める
黒柳徹子が旅では一番好きな街と言った
クロアチアの首都ザグレブ　要塞都市
イタリアに隣接し海上貿易で栄えたところ
なに？この屋根　キュービックの舘の様
屋根の左紋章　クロアチア王国　右側はザグレブ市
大聖堂の正面は噴水　聖母マリアと4人の天使
信頼・希望・謙虚を表現しているというのに
逆流の渦は　どぐろを巻いた
宗教は加害を赦すのだろうか
神は沈黙したままオレンジ色の光を放つ
かつては十字軍の遠征　NATO軍の空爆
ユーゴ空襲から24年
難民移送列車や病院、大使館が誤爆され
多数の民間人死傷者が出た
今年、大戦下のユーゴを描いた『石の花』は
国際漫画賞を受賞
何故人間は戦いを好む生き物になったのか
ロシアのウクライナ侵攻よ
「赤い豚」に乗って学ぶといい
地球は　宇宙からみても青かったはず

【三、「平和の祈り―サラエボ戦跡」】
―ユーゴ空襲から24年―

一九八四年に冬季オリンピックが開催されたのは
ボスニア・ヘルツェゴビナの首都サラエボであった
オリンピックから十年も経たないうちに
この街は紛争の中心地になった
コソボを宗教的聖地とみなすセルビア人
サラエボは包囲され、ボブスレーのコースは
ボスニア系セルビア人による砲撃基地になった
サラエボ包囲は約4年に及び
「近代戦争史上　最も長い期間包囲された首都となった
ホテルは刑務所と処刑場に変わり
すべてセルビア人部隊によって管理され
メダルの表彰台さえも処刑場となった
一九九六年二月に戦争が終わった時には
何千人もの市民が死亡したという
街中に大砲や内戦の傷跡が残る
そんな戦禍の話を聞いた旅の空では
あまりにもアドリア海は美しすぎる
通航していく遊覧船
おもわず手を振り　友愛の声をあげる
詩人タゴールのことばが反響する
神はまだ人間に失望していない

【四、アイダよ、何処へ？】

人類が犯した愚行を描いた実話に基づく作品
アカデミー賞にノミネートされた「アイダよ、何処へ？」
95年にボスニア・ヘルツェゴビナで
約8千人が集団虐殺されたといわれる
「スレブレニツァの虐殺」
国連保護軍も派遣された町が
セルビア人勢力に侵略され成人男性らが命を奪われた
阪神大震災、地下鉄サリン事件があった年の惨劇
二十万人を超す死者を出したとされるボスニア紛争
この映画のロケ地になったモスタル
戦火が激しかった地域　街の中心にある墓地の墓碑
没年が内戦期の93年、94年に集中していた
命はとりとめても、生涯残る傷を負った人も多い
東京パラリンピックのシッテイング（座位）バレーで
ボスニア代表は6大会連続でメダルを手にした
大多数は地雷の爆発で足を失っていた
異なる民族の混成だが
「民族・宗教の違いは関係ない。僕たちはチームだ」
長年一緒にプレーする連携に絆の深さ
「ミナマタ」と「スレブレニツァ」
その地名は　鑑賞した人の心に刻まれた

多事奏論　編集委員　稲垣康介　朝日新聞2021/10/31

【五、ブタベスト（ハンガリー）お前はどうする？】

「ベトナムのダーちゃん」が教えてくれたこと
ドナウ川のむこう岸は、ペストの町
そして　こちらがわの 小高い丘は　ブダの町
2つあわせて　ここを　ブダペストとよぶのよ
ここは、ドナウ川に　ぽとんと真珠がおちたような
うつくしい町です　川のまんなかに　小さな島があります
マルギット島です。
白洲正子も自叙伝で紹介
ブタベストは面白い街で、山側のブダには屋敷町が並び
ドナウ河を渡った向こう岸がペストの商店街で
その両方を併せてブタペストと呼ぶのである
ちょっと見には小ウィーンと呼びたくなるほど似通っているが
ブダの背後には「ウィーンの森」にそっくりな森林公園もあり
そこの音楽堂ではジプシーが演奏していた
ハンガリーが共産圏になったとき
ただで土地が貰えると聞き　喜んだというが…。
そして、私はこの希望の街角で　ギターを奏でる青年たちに会い
ベンチで嬉しそうにアイスクリームを手にする幼児たちの
無垢な笑顔に返礼しあい明日へと進む遊覧船に乗り込んだ
ハンガリアン・ラプソディの曲が流れる
どうぞ戦乱がこれ以上　人々を呑み込みませんように

【参考文献】「白須正子自伝」（新潮文庫）P.272

（付録）
クロアチア・ドブロブニク

（作者不明）

旧市街は海にせり出し、城壁に囲まれた町
狭い路地と階段が迷路のように入り組んでいる
オレンジ色の屋根瓦が特徴のこの小さな町は
高い所に立ってはじめて「アドリア海の赤い真珠」
といわれる美しさを眺めることができる／／
世界中からの観光客でにぎわうドブロブニクだが
内線で激しい爆撃を受けた
多数の死傷者を出し、旧市街の8割が焼けたという。／／
戦後人々は修復を重ね、中世の町並を取り戻した。
遊歩道になっている城壁の上を歩いていると
「ジャパニーズ?」とカナダから来た年配の女性がハグしてきた。
なぜ、私たちに?しばらく行くと今度はオランダ人の女性が
「ジャパニーズ?フクシマ」と話しかけてきた。／／
そうだった。私たちは3・11の被災地から来た日本人なのだ。
先ほどの年配の女性は、
大震災から1年以上過ぎた今も忘れずにいて
エールを送ってくれたのだ／／
2人の熱い励ましに　身が引き締まる思いがした。
今後、日本は、どう復興していくのか、原発を廃止するのか
世界中の人々が見守っている。／／
輝くような青空の下　見事に再生・復興した
オレンジの色の町であった。

井上摩耶・小詩集『愛は幻か』三篇

愛は幻か

生物学的に言えば
普遍的な愛は存在しないと言う説がある

動植物、人間を含め
一人で産まれてきて一人で死んで行くと

確かにそうかもしれない
ただ、子孫繁栄の為だけではなく
命を与えられた時間の中で
私たちは「愛」を育めるということ

「思いやり」を持って
家族や仲間を守る為に
戦えるということ
祈ることが出来るということ

孤独は付きもの
どんな生であれ

それでも寄り添って
慰め合って　励まし合って

夢を持ちたいのだろうか?
この「生」に意味があると?

確かに感じた愛は
幻だったか?

吐き出さなければならない
身体中の毛穴から流れる汗水、もしくは血

失望したくないのだ
夕焼けを見たら
また明日が来ると信じたいのだ

例え何も残せなくても
例えこの「生」に意味がなくとも
明日は何かが違うと…

生物学的理論だけでは語れない何か
あると信じて来たから
そこには「愛」があると

今日も夕焼けを見て

明日が来ることを確信したいのだ

夢と現実の間

母が言った
「この世で見ているものが夢で、夢の世界が本当なのかしら
ね」と

なるほど長く生きていると現実と夢の世界の境界線が付かなく
なるのかと
そう思ったけれど

ふと、自分がアイスコーヒーの入ったグラスに手を伸ばした時
これは私が「無意識」に「意識」したから手が動いんだと
同じ動作を何度も繰り返していたら
まるで夢の中のようで

日々の暮らしの中の習慣が
季節の移り変わりが
時間が経てば経つほどに
「意識」から遠い所へ行くのかと

時間と曜日
決まったスケジュール
細かく言えば
呼吸一つ

夢のように私たちは生きていて
寝ている時に死んでいると思って来たけれど
夢の中でこそ
私たちは自由に生きているのはかもしれないと

もしそうなら
私たちはどんどん夢の中に深く入り込み
「意識」と「無意識」の境界線が無くなり
消えてゆく

無数の人間の現実と夢
何を現実と言うかも
それぞれ違うだろう
少なくとも私は母の言葉で少し考え方が変わった

昨夜眠れず夜中中起きていた時
私は夢の中を生きていたのかもしれない
知らないうちに朝が来て
皆の日常が始まる

繰り返される動作の中
私たちは忘れて行き
いつ、どこで、何をしたのかわからなくなる

記憶の引き出しを開いては閉じて
気付けばまた忘れる

「今」私は書いている
何よりそれが大切で

しかしそれも一つの繰り返しの動作となり
何を書いたのかわからなくなる

記録としては残るが
私が何をしたかったのかは
既にわからない

そして今日も沈む夕日と猫のあくびが
私に安堵に似た感情を与えるのは確かだ

夢なら夢でいい
きっと悪夢ではないから
それでいいのだ

エンスト

何度もエンストを繰り返しながら走る車は
どんどん錆びついて
坂道発進も上手く行かず
気付けば後退してゆくばかり

このままでは後方の車に突撃する
誰かにお尻を押してもらわなければ

慌てて運転席から降りて
車の後方に回り込み必死で押し上げる

「うー！」と声が出てやっと少し動いたと思ってもやっぱりまた下がってくる
それを見ていた人が駆け寄って来て一緒に押してくれる

「大丈夫！　大丈夫！」

その呼びかけに励まされまた押す

それを見ていた他の人が寄って来て
「私も押しますよ！」と
「僕も押しますよ！」と
次第に車は段々軽くなり

坂道の途中で私は勢いに乗って運転席に戻る
「ありがとう！　本当にありがとう！」
坂道発進も上手く行き私は何とか坂道を登り切る

バックミラーから後ろを見ると
さっき車を押してくれた人たちが笑顔で手を振っている

――助かった！――
私は大きく窓を開けて手を振る

*

またエンストを起こすだろう
また坂道で止まるだろう
でも私には支えてくれる人たちがいる

梅雨入り前の台風の夜
気圧のせいで身体が鉛のように重く
ほぼ寝たきりだった
気持ちも落ち込み
またエンストを起こしていたのだ

それでも私のお尻を押してくれた人たちのお陰で
お風呂に浸かり
疲れを癒すことが出来た

「何もしないこと」を責めていたけれど
ポンコツでもまだ動くこの車を
まだ見捨てる気はない

これだけ多くの人たちに支えられているのだから

千葉孝司・小詩集『天体観測の起源』四篇

天体観測の起源

自分の中の本当と合っていなければ
相手が言った本当のことだって
嘘に聞こえる
だから本当のことを言う相手のことを疑って
本当のことを言ってと訴える
相手は本当のことを言っても
自分には本当には感じられなくて
そのくせ本当のことは聞きたくなくて
ひどい嘘つきだったたって
分かれることになる

だから本当のことを言ってと言われても
嘘のことを言って
それで相手が納得して
決心がついたと
分かれることになる

そこで
本当か嘘かが話題になったときに
人類は夜空を見上げ
星を話題にする

開演

あのピアノの音を聴いたことある?
どのピアノのこと
あの大切な場所にあるやつだよ
例のやつね。君が思っているのはきっと違うよ
あのピアノを弾いてみたかったなって思うだろう
みんなそう思うかもね
ああ、間違いない。そのピアノだよ
不安になってきた　君は僕の何を知っているんだい
あのピアノの音色は他のどれとも違っているってこと
そうかもしれない
あのピアノの音を聴いたことがないということ
ラッキーだったんだよ　あのピアノのそばにいられたのは
あの頃は弾いてみたいなんて本気で思っていなかったしね

知らないだろう　あのピアノのことなんて
あのピアノのことは知っている
どんなピアノだよ
あのピアノは大切な場所にあるってこと
質問だけど　誰にでもそんなピアノがあるんじゃないかな
あれからどうして聴こうとしないのかな
楽天家だったね　あの頃は
あれ以来どうして弾こうとしないのかな
そんな腕前もないし
ありえない　腕前がないとピアノをさわってはいけないの？
ファッションのように弾く人もいるからね
遊びで弾けないなら世界中のピアノは沈黙する
未熟な人だらけだからね。何が言いたいの
あのピアノを鳴らしたらわかる
練習が必要かもね
あのピアノには鳴らない黒鍵が一つあるから気をつけて
　どうして君は？

冷や汗をかきながら僕はお辞儀した　拍手の中で

ストローマン

生まれたときの僕らは
自分の意志で指を開くこともできなかったから
手の中に1本のストローがあることを知らなかった
無一物であり万能で
祝福と憐みの中　意志の存在に気づいた
人を疑うことのないイノセントさと交換に
敵と味方を見分ける目を手に入れた
その目はとても便利だから手放すことはしなかった
だって
気をつけろ　君を見つめる愛らしいぬいぐるみだって
うっかり針を宿しているかも
その指しゃぶりだって本当に安全なのか
いつか骨までしゃぶられるかも
いつでも抱き上げられ運んでもらえる権利は
ときに十分に機能しなかったので
二足歩行と交換した
笑顔で何でも出来たのはいつまでだったろう
自分を守る鋼鉄の殻と交換した
大丈夫ダミーの笑顔は残してある
財布の底に残っていたイノセントさと交換に
仲間に入るために人を陥れる知恵を得た
罪悪感と利己主義を交換したのもあの頃だ

夢と引き換えに周囲からフツーの人という評価を手に入れた
好きな時間に寝られることと引き換えに寝心地の良いベッドを
　手に入れた
熱狂と安定は迷ったけど
人は狂い続けることは出来ないから
気づけば選ばずに押し付けられる

いつでも何かを得るときは
いつでも何かを失って

肩書と自由を交換したときは
得た喜びで失ったものに気づかずに
喜びとお金を交換したときは
すぐに別の喜びと交換したけど
その喜びは他のものには交換できず手の中でとけていった
体の自由は少しずつ分別のつく落ち着きと入れ替えていった
はずなのにうまく交換されず失うばかり
狂い続けることはできないって本当かい

死ぬときの僕らはたくさんのものを手にしたが
万能ではない
手にしていたはずのストローのことを思い出し
どこにやったか　おい母さん　と強い口調で
威厳もなくおろおろして
笑顔は交換するんじゃなかった

何と引き換えたっけと考えても思い出せず
見つけた
と思ったら点滴の管だったりもする

猫

産声をあげてから
すぐに声を失った猫がいる
声を出すと
飼い主は猫を叱った
叱り声に従うことが
世界に居場所を見つける
唯一の方法だった
猫は声を出さず
部屋からも出ず
ソファの上で飼い主を慰め続けた
飼い主は
自分を愛してくれているから
そう思って猫は
窓の外を眺めることもやめた
でも飼い主は
自分自身に対する愛と
猫への愛を混同していた
不器用な愛は丸い心を傷つけた
ある日
声を失った猫は
ふらりと外に出た

猫よ
抱き上げた腕の中で
思いきり泣くがいい
それが君の産声だ

堀田京子・小詩集『わが心の旅路』八篇

棟方志功の世界　生誕一二〇年

青森は棟方志功のふるさと　父は厳しい鍛冶屋職人
物悲しく厳しい津軽三味線　勇壮なねぶたの鼓動が鳴り響く
慈悲深い母は一五人の子を産んだ
彼は六番目（三男）に生を受けた
母は命がけで子どもをかばい育てた　食うことにも事かく暮らし
しかし母親は無理がたたり四十一歳という若さでこの世を去った

少年志功　転んで見つけた「オモダカ草」の白い花
暇さえあればスケッチ
わだば「こんな美しいものを表現する人間になる」と
心に誓ったという
度近眼の彼　早々と働きに出た
雪深い冬は囲炉裏の煙が目に沁みる

好きなことこそ生きる力　様々な出会いの中で絵の道に
「わだばゴッホになる」
ゴッホン　ゴッホが　咳しちょる……
燃え上がるひまわりの絵に　魂を奪われた彼であった

幼馴染の伴侶を得てさらにヴァージョンアップ
豊満な天女の持つしなやかな美　命の輝き　あでやかな色彩
やさしい母性　嬉々とした肉体　母の面影であろうか
大和しうるわし　東京中野　大和町は青春を過ごした第二の故郷

北陸に移り住んでから浄土真宗にのめりこむ
学びの中で仏像にも目覚める並外れたパワーと感性　精神性
怒りに震える表情の巧みな表現
ますますこの道に命懸けで突き進む
片目の視力を失う中で
神様が彼の体のり移っているかのような創作ぶり
一心不乱の製作風景は見る者の心を激しく打つ
文殊菩薩の柵　二菩薩釈迦十大弟子　国際的に羽ばたく
生き生きとした一枚一枚の版板に込める魂
けしておごらず板から戴くエネルギーに共鳴
女人観世音菩薩の見つめる先に何があるのだろうか
棟方志功の人間そのもの　生きとし生ける命の賛歌
呼吸している色彩鮮やかな版板　普遍的な東洋の美
現代に生きる人間に投げかける忘れかけたもの
見る人の魂に吠え　底知れないパワーを放つ
故郷を愛し　人間を愛し平和を願い続けた七十二年の生涯
ひたむきなその人生　耀きに感慨ひとしお
彼の残した版板への情熱の言葉が私の心に響く

　　アイシテモ　愛しきれない

オドロイテモ　驚ききれない
ヨロコンデモ　喜びきれない
カナシンデモ　悲しみきれない

アンバランス

左手の薬指出してください
ハーイ　測定します
血管年齢五十六歳です
ウソ？　本当デス！
骨密度測りなおしますよ
やはり五十歳です（数値一五〇％）
えっ　ほんとに？嬉しい悲鳴
マイナスイオンのおかげさま
でも歯はガタガタ
脂肪と筋肉は関係があります
小太りがいい　小太りでいい　でも大太り
ミニスカートでムチムチの女学生
股間に傘をはさん魔女になりすまし
ソースをぺろぺろコロッケ二個
あっと言う間にたいらげる
人目など関係なしの立ち食い
雑踏に消えていった

人生手帳　オカリナ人生

五十の手習いで始めたオカリナ
二十歳の時に聞いた音色が忘れられなかった
何度も行きつ戻りつしながらも手放さずに今日までたどり着いた
思うような音が出せずに
あれこれと楽器を買い替えたこともあった
続けることは一つの才能だと人は言う
そうかもしれないと思うこの頃

雨にも風にも負けずでサークル活動・ボランティア
歌謡曲から映画音楽・タンゴ・クラシックまで
先生と共に学び楽しみ
コンサートも重ねて　老春を歩んできた
M先生のギターの素敵な音色が耳に残る
今は亡き柳原先生のご指導も懐かしく思い出す
同好会の仲間たちとのつながりは人生の宝物
コロナ前の数年間は高齢者施設へのボランティア
ハモニカ名人のLさんと共に童揺から演歌まで演奏
Lさんは人間としても最高の人格者だ
教えられることもたくさんあった
皆さんに喜んでいただけてやりがいもあった
今は新婦人の小組を担当三年目

意欲的な十五名の会員さん
自分にできる最高のことをやりたいとの思いである
参加してよかったと思える会でありたい
人間としての社会勉強でもあると思う
息を使うから老化防止にもよい　頭の体操にもなる

ハーモニーは一人では生まれない
仲間と演奏することで生まれる喜びの音楽がある
皆さんとの調和は平和にも通じる世界
耳を澄ませて他のパートを聞きながら合わせてゆく
自己主張が強すぎれば全体の和・音楽が壊れてしまう
心を奏で心と繋がるすばらしいハーモニーが夢
コロナ禍を乗り越えてみんなで生き抜いてきた
いま世界的な戦争が起きてしまい収束が見えない
大好きなロシア民謡が気持ちよく演奏できる日が来るように！
「オカリナは平和の力」をスローガンに
楽しみながら歩みたいものだ

不思議だね

カメレオンドクダミは七変化
ジギルとハイドが同居して
まるで人間の心みたいだね

タデ食う虫もタデ食う鳥も
みんな好き好き不思議な世界
自分の機嫌は自分でとれよ

ザクロの花が赤いのも
柿の実が青いのも
みんな神様が決めたから
ねじ花やねじれて咲いて夏を呼び

夏野菜のうた

キューリの　キューちゃん　コーリコリ
雨に打たれて　ご機嫌斜め
おてんとさんと仲良しこよし

ゴーヤのゴーちゃん　ごーりごり
大きくなったら　大爆発だ
真っ赤な種がはじけてとぶよ

私の頭はピーマンマン
ああ勘違いの思い込み
いい加減なノーテンキ

おたんこ茄子はぶーらぶら
親の言葉となすびの花は
無駄がないとは言い伝え

別れの我が家

新緑がまぶしい季節　樫の柔らかい新芽が五月の風になびく
私の生まれ育った家　あれから幾年　主のいなくなった古い家
家族七人つつがなく過ごした日々があった
みんなでお膳を囲んだ土間　おばあさんを送ったあの日
汗水流して田畑の仕事にいそしんだ日々を思う
養蚕とともに生きてきた時代の暮らしがあった
時は流れ瞬く間に主のいない家になってしまった
藁屋根のすすけた古民家を壊し新築した我が家であった

子どもたちみんなで河原でぐり石拾い　家の土台に使った
リヤカーに積んで坂道を駆け降りる
ジャンプした記憶がよみがえる
床柱は大木の木の皮を向いて磨き上げたものだ
父が竹で壁の芯をあみその上に土壁を塗る　私も手伝った
棟梁は隣村の金歯の目立つ山崎大工さん
シュルシュルと材木に鉋をかけていた
パチンという墨付け　コンコンというノミの音
自然のくねくねした大木を組み込んで家を作っていった
上棟祝い　棟上げには村の衆が集い　餅を投げて祝った
母屋ができ上ると　付属の下屋は父が一人で作り上げた
家ができるまでバラックで仮住まいであった
裸電球のもとで　読み書きをした

新しい家は御殿のようであった
毎朝　拭き掃除を怠らなかった
子どもとはいえ農作業もよくやったものだ
中二階には戦死した二人のおじさんの遺品が
大切にしまってあった
軍服・勲章・新聞記事
死んでしまった空しい思いだけが残っていた
何でも見てきたこの家　もう役目が終わり取り壊されるのだ
親戚や村人たちと集った古い記憶が走馬灯のようによみがえる
この家から四人の子供たちはみんな巣立っていったのだ
ご先祖様の位牌は寺に納められ　仏壇には両親と弟がいる
ファミリーの営みを見守り　はぐくんでくれたこの家
小雨がそぼ降る中で別れを告げた　感謝あるのみ
桐の花見るたび想うふるさとよ在りし日の父母を呼ぶ

故郷は今

久しぶりの故郷　連なる山々小雨に濡れて
車窓には果てしない耕作を放棄し田畑
雑草が生い茂り緑の草原が続く
先祖から受け継いだ血と汗の大地は
今無残にも手放され放置されたまま
もうすぐ我が家　小麦畑発見　懐かしい光景

風になびく小麦の穂が私を迎えてくれた

菩提寺に父母を偲んでお参り
変わり果てた寺　由緒ある寺は今はなく
境内の数百年生きてきたご神木はなぎ倒されていた
砂利ジャリと車の駐車場があるのみ
建て替えられたお堂には住職はいない
村人も絶えて人の心まで変わり
小雨に煙る　故郷あわれ

鳴く鳥たちもどこへ行ったのか
弔いの喪服を着たカラスの群れが
電線にたむろし　人間の暮らしを見ている
地に這うような暮らしの日々を思い出す
墓に花を手向け　戦死者の御霊を弔い
亡き先祖様と両親・弟の墓にお参り
ああ　変わり果てた故郷　農業を捨て去った哀しみ
遠くなってしまった故郷　行く末を祈りつつ別れを告げた

わが心の旅路　第二の人生回顧録

長い保育園生活を終了・定年退職。再任用の二年間の勤務は区民広場・児童館の仕事だった。学童の新しい姿や地域の方々に親しみながら楽しく働いてきた。

退職後しばらくして夫が肺がんで倒れあっと言う間に旅立ってしまった。追悼を兼ねて一冊の本をまとめた。

知り合いに配ったら評判がよく書くことに目覚めた。

遺産は子供たちに自分が生きているうちに気前よくあげた。

いただいたご褒美の退職金は
自分で好きに使うと決めいざスタート！

湧き上がる思いを文にしたため　一年に一冊のスペースで出版。書くことを楽しんできた。第二の人生は別世界で楽しみを見つけ活躍。鴨に群がる輩さんも多く、かつぎあげられ海外へ飛んだ。面白くなり止まらなかった。

そんな矢先に長女が倒れて大打撃。生きるか死ぬかの瀬戸際での闘病五年間。幸い本人の強い意志で　一命をいただき復活
現在はマンションで自活。かなえられなかった夢を実現したいとの意思があり来年から音大に通うとのこと。命あってのもの
生きてる限り自由に学び　悔いのない人生を送ってほしい。

彼女の卒業を見届けるまでは私もまだあの世へは行けない。

本は目標の十冊をとうに超えて現在に至る。大きな学びもなく自己流の世界を築いてきた。コロナ禍を乗り越え世界へ羽ばたいてしまった私の小鳥たち。詩のおかげで世界の幾つもの国々を旅することもできた。思いのたけが誰かに伝わる喜びは至上。

賞状も記念品もなんの意味もない。ただ真剣に生きて自分を語ることができた満足感だけがある。しがみつくものは何もない。

自由に生きてきたことへの自負に酔う。歳を重ねて体が弱り気も弱り　事故にも会い　もういいかなーと自分を許す気になった。退職金も使い果たし　あとはホーム用の資金だけ。

想えば詩作とオカリナの二刀流　詩のおかげでたくさんの方々との出会いが生まれた。地域の朗読の会では「畦道」の詩をテキストに舞台に披露してくださる。地域の年金者ニュースにも毎号取り上げていただいている。なんといっても詩を見てくださる方が一人でもいることは大きな喜びである。ファンです！

なんて言われるとうれしくてむずむずしてくる。詩は自分が産んだ子供みたいに思えてくる。いとおしくかわいいものだなーと思う。オカリナは現在こぶしサークルで十五人の会員さんと共に歩みを続けている
「教えることは学ぶこと」生きがいでもある。

数十冊の本は私の人生そのもの　忘れられない故郷の暮らしから始まり現在に至るまで人生の縮図を書いてきた。

　本を介してであった人々は数えきれない　楽しい思い出がよみがえる今日この頃　心がみたされている。

　花壇の手入れが私の日課　公園からスギナが侵入　地獄草と闘う日々　キュウリの成長を眺め山バトの声を聴き喜んでいるノーテンキな私がいる　静かな日常がありがたい。

鶯のなくこの里で飯を炊く

二〇二三年六月

堀田京子・小詩集『スズムシ賛歌』六篇

スズムシ賛歌

今世紀に入り昆虫の種はかなり減少しているらしい。田んぼにはイナゴなどほとんどいない。農薬で死に絶えてしまったのであろう。子どもの頃捕獲して糞をさせた後学校へ持参。集めて資金作りでもしたようだ。図書の本さえあまりなかった時代だ。捕まえようとすると稲の葉っぱの下に隠れて複眼でにらんでいた。虫めでる日本の習慣。鈴虫様は昔からの人気者。友人は毎年繁殖させて増やしている。羽をすり合わせてりりしくなく様子はかわいいものだ。なんともいい声に魅了される。コオロギはたんぱく質として活用されて販売されるとか。粉にしたり混ぜたりするらしい。他の生き物もそれぞれ食うか食われるか日々。カマキリなんぞは交尾の後にオスは食われてしまうというから何とも悲劇。脱皮を繰り返し大きく成長した姿は芸術的でもある。人間にもできない技をたくさん持っている。生まれたての赤ちゃんは風に飛ばされるくらい小さくか弱い。

最近の子供たちは虫に触れる機会も少なく残念だ。大人は異常に怖がるからよくない。松くいかみ切り虫の大発生や外来種の繁殖も気になるところである。何百種もの昆虫たちが猛暑を逆手にとり大活躍。多様性がいつまでも保たれますように。

寅さん　渥美さんの歌

寅さんの歌う♪「遠くへ行きたい」には味がある。他の歌も同様。人間味　温かさがにじみ出ている。寅さんシリーズ映画でおなじみの沢山の名台詞もかみしめるほどに実感がわく。「どこかへ行きたいそんなことを考えているうちに人生終わっちまう……よ」。ぐさりと刺さったこの一言。「人の一生ゴムの紐ノビテシマッチャオシメエダ」。おっしゃる通り。のびてしまった体を奮い立たせて気力で生きるている自分である。くちゃくちゃ噛んでいるとうんこになっちゃうなんて寅さんらしいユーモアを言う。銀幕のスターもみんな去ってゆく。先日テレビで見た山田洋二監督もずいぶん年齢を感じる。土壇場まで映画製作に魂を込めておられる。すばらしい方だ。

時代だけがどんどん流れる中で私は乗り遅れまいと日々暮らしている

ゴキブリ哀歌

ほかの昆虫と違いゴキブリは人類の敵のような扱いを受けている。田舎ではスムシまたは油虫とも呼ばれていた。一年中活躍しているらしいが特に夏は繁殖力も旺盛だ。小豆をつぶしたような卵を産み付ける。黒いゴマを見るとゴキブリの糞のイメージが強い。ゴキブリころりやホイホイに引っ掛かりたくさんのゴキブリが捕獲される。ゴキちゃんが舐めると仲間もやられる類の薬品もある。いかにしてもゴキブリは不滅の昆虫。人類より歴史があるらしい。黒光りした大きなチャバネのゴキブリは不気味だ。長いひげを揺らしながらやってくる。特に水場によく出てくる。なんでも食べてしまう食欲。別に毒をもっているわけではないがいやなものだ。しかし東南アジアではこの虫を食べているところもあるらしい。イナゴを食べるのだから別に不思議はない。昔アパートに住んでいた時　腕がもぞもぞするので目が覚めた、犯人はゴキちゃんだった。払いのけ　身震いしてとびあがりそれ以来トラウマになっている。友達は命あるものを殺さないという。ゴキちゃんを布でやさしく捕まえて外に出すらしい。ここは私の家よと言い聞かせて……。殺す理由がないという。確かにうなずけるが……。それを聞き偏見は昆虫への差別かもしれないとも思えた。虫に東京っても命は一つ何とかして生きようと必死である。

猫は死期を感ずると自分で死に場所を探し　いなくなる。象も死を予感すると群れから離れて死にゆく。動物の本能らしい。人は手厚く葬られるが、その昔は姥捨て山伝説があった。生き物は命をつなぎ役目を果たせば皆等しくあの世へ旅立つ。最良の死に方をするためには最良に生きなければならないのだと感じた自分である。

オカリナ演奏

私は吹く　小さな土の楽器オカリナ
音色に想いを込めて
ロンドンデリーの歌　アイルランドの讃美歌
戦いで傷ついた息子への思いを　尽きない愛を歌う
無事で帰っておいでとうたう

私は叫ぶ　メモリーの曲を
明日への夢や希望を込めて
切なくいとおしい素晴らしい人生
思いのたけを音に込める
人の心に響く音楽でありたいと願いながら

とうとうと流れるアムール川
遥かな傷ついた国の歌を
私は水になってアムールの思いを
愛を歴史と文化そして平和を歌う
オカリナわが友　人生の伴侶

マネー

時給が千円を超えた　昔のパートの時給は確か１５０円だった
お金が命のこの時代　汗水たらして貯金もいいが
しまっておいたら持ち腐れ　お金は使って意味がある
人生を豊かにするための手段　貯金通帳を眺めて生きがいも
……
お金が人を動かす世の中　お金は人をも変えてしまう怖いもの
金の切れ間が縁の切れ目とはよく言ったものだ
お金で買えないもの　健康
お金で買えないもの　親友
お金で買えないもの　自由
お金で買えないもの　真心
お金で買えないもの　出会い
お金で買えないもの　時間
お金で買えないもの　喜び
まだまだあるよ　お金で買えないもの
人の心　愛　そして　平和
足るを知り　暮らすが一番

世界同時熱波

エルニーニョ　海水温の上昇
カリフォルニア　五六度C
ヨーロッパも危険な暑さ　山火事
フランスの干ばつ湖がひび割れ
スペインでは屋外労働の禁止　シチリア四六・三度C
ギリシャのパルテノン宮殿も入場閉鎖
中国では停電　高温で豚が五〇〇頭近く死ぬ
焼き豚にされる前に命付き無念であろう
ウイグル地区では五二度C
インドも熱波　パキスタンでは集中豪雨
日本もまっかっかのアッチチチ
想像を絶する異常気象　線状降水帯の被害甚大
豪雨　山崩れ　雷　自然界は大暴れ　警告か
雷は電気を地上に放電　実りをもたらすとか
猫が熱中症で死んだ　犬は舌ベロをヘロヘロ垂れてぐったり
ミミズは東京砂漠をはい回り息絶えた
私のいとこは畑で倒れ　熱中症で亡くなった
コロナが一息ついたかに見えたが　今度は猛暑
世界中が熱波で騒いでいる間にも戦争はやまない
世の中に必要のないものはないらしいが……ただ一つ　いらな
　いものがある　それは戦争
戦争こそ　いらない　ああ　それなのに
争いは絶えない　人間の浅ましさ
天には栄え　地には平和を‼

久嶋信子・小詩集『わたしは　死ななかった』

ありがたいことに
わたしは　死なないで
きょうまで　生きてこれた

予想も　つかなかった
あしたを
いまも　ありがたく
享受させて　もらっている

あのときの　悲劇の
主人公のまま
抜け出せず
もがきつづけていたら

たましいも
砕け散ったまま
自爆していっただろう

正体不明の　死の影が
いつも　存在していた
病室で

わたしは　毎晩
乳飲み子の　むすめに
遺書を　書きつづけていた

むすめが　まだ
一才も　満たないときに

わたしは　とつぜん
原因不明の　不正出血に
おそわれた

なんども　検査をしても
病原を
発見できず

大きな病院で
すぐに
手術の段取りの　指示を
言い渡された

わたしは
忘れさっていた
二十代の入院生活の
情景が
フラシュバックしてきた

また
化学療法の後遺症で
苦しんだ日々が
始まるのだろうか

きびしい治療を
受けても
衰弱しつづける
わたしを見た
母は　耐えきれず

いのちの行方も
見えないなかで
むりやり
医者を　説得して
わたしを
強制的に　退院させた

あるくことも
おぼつかない　足取りで
病院を　退院した
わたしは

車のなかから　見えた
家の情景に

おもわず　嗚咽（おえつ）した

わすれていた
あのときのことが
めのまえに
再現していった

恐れていた
再発の　言葉のかけらが
あたまに　よみがえり

わたしは
震えつづけるしか
なかった

不安が　増幅して
わたしは　断頭台に
立たされた　気分に
陥（おちい）った

運命の鉈（なた）は
わたしの
張りつめた心を
容赦なく
断ち切っていくのか

こどもは　産めない　と
あきらめていた
わたしに
奇跡のごとく
産まれてきてくれた
むすめ

そんな
むすめを
遺して
死ねない

死ねる　わけがない
むすめの寝顔を
見るたびに
とめどなく
こみあがってきた

遺してゆく
むすめのことを
おもうだけで
無念の怒りが
全身を　包んだ

まだ　親として
やるべきことが
なにも
できていない時点で
白旗を　あげることが
ゆるせなかった

治療のすきまに
わたしは
なんども
なんども
遺書を
書き直しつづけた

なにかの憑き物に
とりつかれたように
あらんかぎりの
おもいを
書き記したかった

あいたくても
あえない
むすめへの　こころを
殺していた
わたしのところに

ある日　むすめが
母に　連れられて
はじめて　見舞いに
きてくれた

むすめは
わたしを　見るなり
母にも　見せなかった
笑顔を
わたしに　返してくれた

わたしを
認識してくれていた
むすめの　瞳

なんとしてでも
生きよう　と
あきらめずに
乗り越えよう　と
わたしは　誓った

むすめの成長が
わたしの　リハビリだった

病室を
自由に　はいまわった
あのときの　記憶は
むすめには
もう　ない

わたしの　遺書の
所在にも
むすめは
興味を　抱いて
いない

むすめは
成人して
あっさり　と
独り立ちを　した

むすめとの　関係も
時の　ながれとともに
変化してゆくの
だろう

でも　わたしは
いま　こうして
生きれた　こと

ありがたく　おもう

死なずに
いろんな　ひとびとに
ささえられて
生きてこれた　こと
ありがたく　おもう

いまでは
あのときの　ことは
わたしの
はなしの　たねに
生まれ
変わった

カビがはえても
わたしの
はなしのたねは
いまも
成長を
し続けて
いる

鈴木比佐雄・小詩集
『「仁愛の家」の母と父と子
――ベトナムの旅　２０２３年８月７日～11日』七篇

1　ブーゲンビリアの街角

中国沿岸地方などを飛んで六時間ほどで
紅河（ソンホン）の流れが上空から見え始めると
四年ぶりにノイバイ空港に降り立った
いつの間に時差が二時間なので、
スマホの時刻はベトナム時間になり
なぜか日本の二時間前になっている
複数の国からの飛行機が重なったのか
十幾つもの入国検査所はどこも長蛇の列だ
きっとパンデミックが落ち着き
ベトナム観光が動き始めているだろうか
廻りの人びとは欧米、アジアなど
人種のるつぼのように感じられる
タトゥーを入れた若者たちが何と多いことか
人にはタトゥーを入れる自由がある
けれどもその自由が後悔に繋がることを否定できない
傍らで陽気に語らう顔や体にタトゥーを入れた若者たちが
いつか未来の出会いの障害にならないかと懸念した
また若者たちの父母がどう感じるのかも知りたかった

ようやく検査所を出て空港を出ると
通訳のアンさんが一行八人を出迎えてくれた
痛いほどの日差しの夏空には白い雲が湧き立ち
高いヤシの木々がそびえ立ちその葉が揺らいでいる
ブーゲンビリアの木々の赤い花・白い花が
ベトナムに来たことを伝えてくれた
会社に電話を入れ二時間先を生きている人に
伝言を聞き事務的なことを伝えてバスに乗り込んだ
しばらくすると紅河（ソンホン）が見えてきた
中国から流れてくる肥沃な土を含んだ紅みがかった大河
この河をまたぐチュオンズオン橋を渡ると
一九六八年にアオザイ姿でパリに現れて世界を驚かせた
一九七三年に「パリ和平協定」に調印した
グエン・ティ・ビン女史のおられる病院に向かうのだ
街角には緑濃い並木やブーゲンビリアの紅い花が満ちていた

2　蓮の花の化身

国立の戦病者病院の軍人とお付きの人に促されて病室に入ると
元副主席のグエン・ティ・ビン女史は椅子に坐って待っていた。
ビン女史の評伝『世界を動かした女性　グエン・ティ・ビン』
を
世界で初めて二〇一〇年に執筆した平松伴子氏が
二人は離れ離れの親友の友情で四年ぶりに抱き合った
「シン　チャオ」と言い小さな叫び声をあげて近寄ると
私たち同行者七名はその感動的な光景を見守るだけだった
九十七歳のビン女史は気品に満ちて笑みを浮かべ
威厳ある口元にほのかに口紅を引いていた
その表情や姿はまさしく国花である「蓮の花の化身」だった
平松氏は握りしめているビン女史の手に川越のお土産を手渡し
た

私も「シン　チャオ、鈴木比佐雄です。平松氏の評伝と二〇一
三年の日本とベトナム国交回復四十周年には
『ビン女史回顧録日本語版』と『ベトナム独立・自由・鎮魂詩
集175篇』の三冊を刊行させて頂き心より感謝致します。
今回はビン女史のことを詩に記した私の英日詩集『東アジアの
疼き／PAINS OF EAST ASIA』と京都の和菓子を持参し
ましたのでどうかお収め下さい」とビン女史と親しいアンさ
んに通訳してもらい
手渡したところ再会を喜び笑顔で受け取ってくれた

パリ和平会談でベトコンの外相だったビン女史は英語・フラン
ス語が堪能で、
きっとビン女史とベトナムを記した十二篇の英訳を読んでくれ
ることを願った
この時点で私の今回のベトナム旅行の大きな目的は達せられた
思えば二〇一一年に初めてビン女史とお会いした際に
『原爆詩一八一人集』英語版の『Against Nuclear Weapons A Collection of Poems by 181 Poets』を寄贈したところ関心を
示された
そこで「ベトナムと日本の詩人が力を合わせて例えば、『ベト
ナム鎮魂詩集』などを作られたらどうですか」と私は提案し
た
ビン女史の祖父はホーチミン大統領に影響を与えた独立思想家
で教育者・詩人のファン・チュー・チンだ
詩集には祖父の詩をぜひ収録して欲しいと提案された
私はぜひビン女史に序文を書いて欲しいことと
ベトナムの詩人団体を紹介して欲しいとお願いした。
企画書をその年の暮れにまとめて二年後に『ベトナム独立・自
由・鎮魂詩集175篇』が実現できた
『原爆詩一八一人集』英語版が国境を越えていく力があること
を回想し
私もビン女史とすでに十三年もの交流をしていたことに驚かさ
れた

平松氏が日本から集めたダイオキシン被害者たちへの支援金を

手渡すと
ビン女史はクアンナム省の被害者の老朽化した家を再建する
「仁愛の家」の支援活動に感謝の思いを伝えてくれた
この「仁愛の家」はビン女史と平松氏が構想し名付けたプロジェクトで
二〇一一年から始まり二〇二三年の今年で五〇軒目が完成した
そんな明日以降の我々の活動に励ましと感謝の言葉を語ってくれた
毅然とした態度にはビン女史の家族が眠る故郷がダイオキシンで
遺伝子を破壊され今なお苦しんでいる人びとを慈しむ想いが溢れていた
私たちは四〇～五〇軒目の再建された家を訪問するために
別れがたいビン女史の病室を後にした

3　チュオンさんの娘の眼光
——仁愛の家 №40

山間部に暮らす七十二歳のチュオンさんは
穏やかな笑顔を湛えた五人の娘の父だ
戦争中は枯葉剤を投下した米軍の協力をしていたことで
戦後は村人から排除されていた辛い過去を持っている
ダイオキシンに当たったチュオンさんの影響で
四十五歳の二番目の娘さんは寝たきりのままだ
手足を縮めて仰向けに寝ている姿は
きっと亡くなった母の胎内にいるままなのかも知れない
ただ眼光だけは鋭くそばに近付くものを凝視する
私たちの中で誰も彼女の写真を撮るものはいない
これほど悲惨な姿のダイオキシン被害者はいないだろう
彼女の眼光は、自らの存在を生み出した
米国だけでなく世界中の科学技術を駆使して
遺伝子まで破壊する武器を未だに作り出す人類を
永遠に告発している痛切な痛みの矢を感じた

生まれた時から世話をした母が二〇年前に亡くなった後に
再婚した現在の奥さんが娘さんの世話をしている
話しが出来ない娘さんの食事と排泄などの世話を
いつものように笑顔でされていることが分かる
チュオンさんは毎日山深い村から
険しい山道をバイクに乗って十五ｋｍほど離れた街に行き
清掃の仕事を続けていると、にこやかに語る
私は七十歳を超えてこの山道をバイクで下り
仕事をして村に戻ってくる労苦を想像して
過酷な生涯の娘の世話をし続ける父母の愛情を感じた

皆さん援助や親族と地域の人びとのおかげで
立派な家が出来て良かったと感謝の言葉を語った
私たちはチュオンさん夫婦に手を振り、
各々バイクの後ろにまたがり
近くのバスを置いてある街道の村に向かった

4　牛飼いになったダイオキシン被害者ミンさん
――仁愛の家 №47

牛を飼う　ダイオキシンの子　静かな目

父は二〇一四年に、母は二〇二〇年に
ミンさんと弟の二人を残して亡くなった
父はアメリカ軍と戦い大量のダイオキシンを浴びた
ミンさんは五十一歳で左手首が内側に曲がり左膝が不自由で
関節炎や高血圧や手足の痛みに悩まされ仕事には就けていない
話しはゆっくりで温和な表情をされている
母亡きあと食事は何とか自分で作っていると語った
三十八歳の弟も腎臓病を抱えてハンデがあるが外で働いている
　らしい
二人とも父から遺伝したダイオキシンの被害者だ

ミンさんは新居の支援金と牛一頭を寄贈したお礼を言われた
牛を可愛がっていることが伝わってくる
杭に繋がれた母牛をみんなで見に行く
母牛の目はとても優しかった
ミンさんは母牛の頭を右手で撫でる
大人しい母牛を代わる代わる皆で頭を撫でてきた

雌牛が来たおかげでミンさんには初めて仕事ができた
牛の綱を引いて草を食べさせたり、乳しぼりをする
牝牛はすでに子を一頭生んで利益になったそうだ
クアンナム省友好協会の担当者たちが
私たちの牛支援に協力して「仁愛の家」の五〇軒の中でも
経済的に困窮している八軒に届けられその管理の支援もしてい
　る
ミンさんと母牛と被害者支援の物語はこれからも続いていくだ
　ろう
母を亡くしミンさんにとって母牛は母の代わりなのだろう
ミンさんに何かやりたい楽しいことがあるかと尋ねると
笑顔を見せて絵を描きたいと言った
今度は画用紙や色鉛筆などのプレゼントをしたいと思った
きっとダイオキシン被害者の画家が誕生するかもしれない
私たちはミンさんと母牛に手を振って別れた

5　ソンさんと息子の笑顔という言葉
——仁愛の家　№48

ソンさんは三十六歳でひと目見るとマッチョで
二人の息子を持つ笑顔が素敵な若い父親だ
ダイオキシン被害者の父は六十一歳、母は七十歳で死亡した
ソンさんは高血圧と心臓血管病を抱えて激しい仕事ができない
次男は今のところ健康だが
長男は生まれた時からダイオキシン被害者であり
目が離せない長男の世話と親戚のおばさんの二人の世話をし
体調と相談しながら二期作の稲作をし
牛の世話などでわずかに収入を得ている
その代わり妻が縫製の仕事に行きフルタイムで働き
家計の多くを支えているそうだ

三世の長男は十四歳だが重症の脳性麻痺で寝たきりだが
大きなベッドで身体を前後左右に反転させたりして
口を大きく開いて笑顔で喜びを表現している
歯も白くソンさんがきっと丁寧に磨いているのだろう
十四歳といっても痩せていて無言の小さな子供のようだが
細長く身長だけは十四歳なのだろう
愛する父を見てはしゃいでいるのだろう
父親のソンさんを見ると幸せそうで笑顔が増している
ソンさんがマッチョなのは息子をいつも抱き上げるからか
きっと二人には特別な感情という言葉の交流があるのだろう

米軍がソンさんの父親に降り注いだダイオキシンが
二世のソンさんと三世の孫の遺伝子を今も苦しめている
私たちはその現実をまじまじと実感し言葉が出てこない

枯葉剤被害者協会（ＶＡＶＡ）の副会長の話では
《クアンナム省はベトナム戦争当時に最も激しい戦闘があり
多くの枯葉剤（ダイオキシン）が降り注いだ
枯葉剤被害者の一世の多くは亡くなっているようだが
それでも三五〇〇〇人が生存している
二世代では一八〇〇〇人、三世代では一七〇〇〇人が確認されている
四世代の被害者も出てきて、いま調査をしている
各世代において発病する年齢は個人差があるため
正確な数字は出せないのが現状だそうだ》

ソンさんは息子を軽々と抱き上げ慈しんでいる
私たちはその笑顔から勇気づけられて再建した家を後にした

それ以上の楽しみはないとベトナムの母の強さを教えられた
「あなたは私よりもずっと若いのだから頑張って下さいね」と平松氏は言い、ティエットさんと抱き合って彼女の苦労を労った
同行した他の女性たちも代わる代わる抱き合い泣いていた。
ティエットさんは再建された家への支援への感謝を伝えてくれた
そして最後まで女性たちと何度も抱き合いながら
名残惜しそうに見送ってくれた

6　ベトナムの母の強さ
——仁愛の家 №50

ティエットさんは七十一歳で七人の子供の中で
二人の息子がダイオキシン被害者だ
軍隊を指導していた優れた軍人であった夫は五十三歳で亡くなり
その後は二人の息子の世話を続けている
上の息子は四十七歳になるが手足・知能・精神障害を抱えていて
時には失神することもあり、眠られない夜もあり大変だと言う
下の息子は手と足に障害があるが上の息子ほどはひどくないらしい

上の息子を見ているとペットボトルを立てたり転がしている
そうした一人遊びをして楽しんで時間を過ごしているようだ
大人は声を掛けないで欲しいと言われたのは
話しかけると戸惑い精神がおかしくなる時があるそうだ
近所の子供たちとは良好な関係も持てるらしい
食事も排泄も一人では全くできない
ティエットさんはすでに半世紀近くも世話をし続けている
本当に大変な日々を生きてこられたと想像される
幸い他の健康な子供たちや地域の人たちのおかげもあり
何とか二人の世話を続けている
元気で子供たちの世話をできることが生きがいであり

7　「仁愛の家」には「仁愛」が充ちていた

ハノイで千年前に作られた「国子監・文廟」
と言われる「孔子廟」に立ち寄ると
歴代の勉学に励み官吏に合格した秀才たちの碑が遺されていて
中門には鯉が龍になった彫刻が刻まれて保存されている
地方の若者が勉学を続けて国家を動かす龍のような
志を持った官僚になる夢はこの場所に残されていた

孔子の「礼」や「孝悌」の精神性が強調されると
封建的な権威主義に陥る可能性を秘めている
けれども「仁愛」は他者を尊敬し、多様な存在者たちを受容し
孟子の「性善説」や荘子の「混沌」や
さらにヨーロッパの「良識」や「友愛」や「純粋理性」にもつ
　ながる
それは東西の思想・哲学の根幹に位置するかも知れない

孔子が語った仁愛「他人に対する親愛の情」は
今でもベトナムのダイオキシン被害者が暮らし
それを支える人びとの「仁愛の家」で日々息づいていたように
私は今回の旅で強く感じた

ベトナムの人民委員会などの公的な建物は
民間の間口の狭い商店や慎ましい民家と比較すると
一等地にありとても広くて豪華過ぎると感じられる
それは世界のどの国でも民衆よりも国家を優先する傾向がある
その建物の中で働く世界の優秀な官吏の人びとは
日々民衆への「仁愛」が充ちる想いで励んでいるだろうか
鯉が龍になるため他者への仁愛を見失ってしまわないためには
果たして何が必要なのだろうか
龍にならなくとも一匹の鯉の志を忘れないで
きっと「仁愛の家」に足を運ぶことが大切だろう

「孔子廟」には菩提樹が植えられていて荘厳な雰囲気だ
その中に沖縄で見かけるガジュマルの大樹が何本もあった
沖縄では精霊キジムナーが棲み、家や村を守る聖なる木だ
この孔子廟では学生たちを守るお化けが宿る
聖なる木と言われてきたそうだ
枝から根が垂れ下がる大樹はお化けに相応しい
孔子廟になぜ鯉である学生を守るお化けの大樹があるか
ベトナム人は民衆を守るという「仁愛」の精神を
きっとしたたかに守り続けているからだろう

——「仁愛の家」の子供たち ——

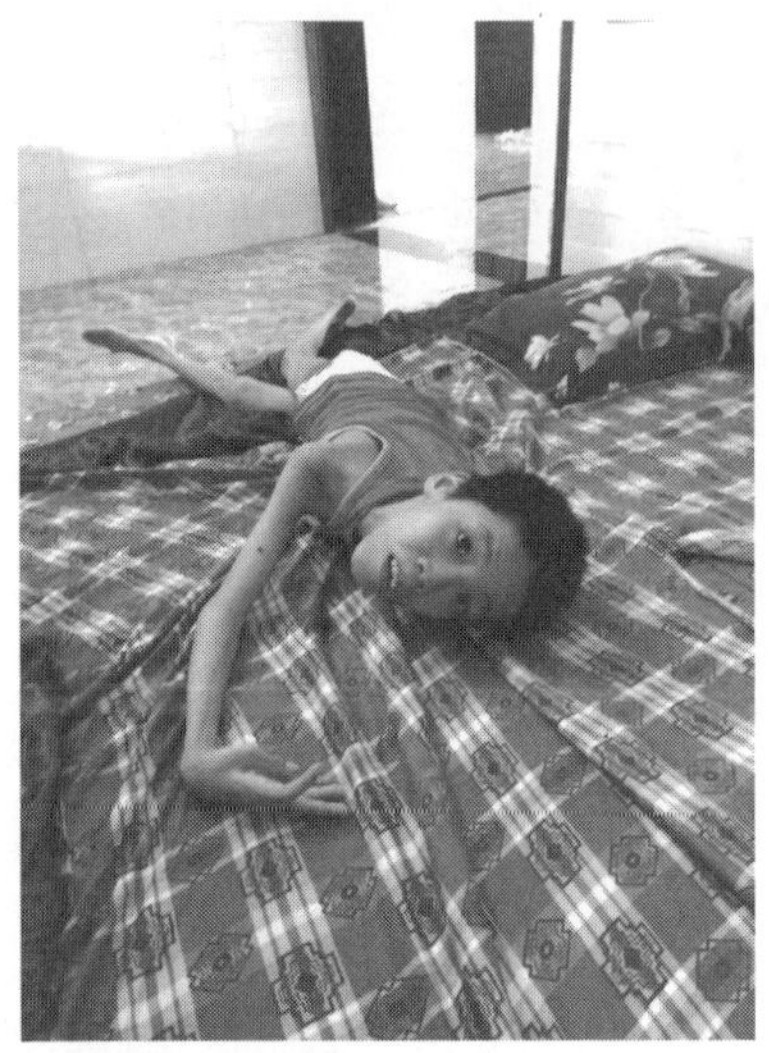

「仁愛の家」No.48

「仁愛の家」No.49

「仁愛の家」No.50

左から、ベトナム社会主義共和国・元国家副主席グエン・ティ・ビン女史、平松伴子、鈴木比佐雄

エッセイ・評論

夢のあとに

淺山　泰美

その美しい家がなくなるのに、ひと月とかからなかった。その家は一乗寺松原町のO邸。あえて名は伏すが、滅多に耳にすることのない苗字であった。

二〇二一年の春さきのこと、偶然この邸の前を通りかかると、大型のトラックが横づけされており、荷物が運び出されていた。この豪邸の大きさにしては少ない荷物の量だったのでまさか引っ越しとは思われなかった。その後、門の左右に出されていた表札が取り外されて、この家は空家となった。

両親が元気だった頃、このO邸の八重桜を愛でたものだった。春、ソメイヨシノが咲き終わる頃、この屋敷の庭の西角に、隣の敷地に迫り出すようにして咲き誇る、それは見事な濃いピンク色の八重桜であった。その桜が枯れて十年程にもなるのだろうか。この豪邸の主は、祇園のナイトクラブのオーナーだと母は言っていた。今度のことは、コロナ禍の煽りを受けたものだったのかはわからない。確かにその時期と重なってはいるが。

目測では、四、五百坪はあろうかと思われる広い邸宅の、表の門越しに見ることのできる前庭には、藤棚があり、枝垂桜が植えられていた。左右に築山があって、そのむこうに主家があった。屋敷の周囲には石垣がめぐらされており、あまたの喬木が家を守るように植えられていた。通りからは枝ぶりのよい大きな松の木が門番のように立っているのが見えた。この冬の終わりにも、白王椿が清楚な花を多く咲かせているのがフェンス越しに見られ、侘しかった。門の脇の石楠花はもう枯れていた。

邸内に、業者の大型トラックが入って数日後にはもう、枝垂桜と藤棚が消えていた。六月の半ばには邸内の樹木はほとんどが切り倒されていた。門の脇で数十年に亘ってこの家を見守り続けてきたであろう松の大木も最後に姿を消した。

美しかった邸宅がなくなるのに、ひと月とかからなかった。末期の声のように残されていた内玄関の洒落た黒い門扉も傾いだまままいずこかへ消え去った。かつてこの家で暮らした人々もその記憶も、何もかもが別のどこかへ運び去られてゆき、屋敷が消えた瓦礫（がれき）の上に七月の青空だけは広がっていた。その瓦礫も今ではあらかた片づけられ、残土だけが盛られている。夢のように消え去った屋敷の敷地の片隅に、おそらく容易には運び出せなかったのだろう。巨大な鈍色の庭石がひとつ、家霊の呻吟のように残されていた。

シャネル　最期の言葉

シャネル。あの、あまりにも有名な服飾デザイナー、ガブリエル・ココ・シャネルの最後の言葉が、「こうして人は死ぬのね」であったことを、月刊誌『芸術新潮』のシャネル特集で知った。案外、ごく平凡なものだったので逆に驚いた。それを聞いたのは、シャネルが亡くなるその日まで居住していたパリの最高級ホテル『リッツ』のメイドさんだったという。

九十五才で亡くなった私の母は臨終の折、もう声を出すことができなかったので、それを耳で聞くことはできなかった。亡くなる数日前に私が枕元で声をあげて泣いていると、母の乾いた唇が確かに「アリガトウ」と動いたようだった。母は善い逝きかたをしたのだと私は信じ、慰められている。

シャネルの言葉で最もよく知られており、かつインパクトのあるものはこれであろう。「翼を持って生まれてこなかったのなら、それを手に入れるために、どんなことでもしなさい。」

だがしかし、これは誰にむかって言われたものなのだろうか。思うに、おそらくそれはシャネルが己(おのれ)自身に向けたものだったのかもしれない。では、彼女の言う「翼」とは何なのだろう。富貴、名声、家柄、美貌、そして才能。けれど、仮にそれを持って生まれ落ちたとして、それを一生手放さずにいられる者など果たしているのだろうか。かの清朝最後の皇帝愛親覚羅溥儀のことを想うのは私ばかりではあるまい、この世の生々流転の理を絵巻物のように誰にもわかりやすく具現化したその生涯を、一九八七年に公開されたベルトリッチが監督(とく)しジョン・ローンが主演した映画『ラストエンペラー』のラストシーンが胸に甦ってくる。

いかに屈強な猛禽であっても、死ぬ時は地上である。眠るのは木の洞であろう。波乱万丈、己の才能という翼、を強く鍛(きた)え上げて世間の強風をものともせずに飛翔しつづけた。はねっかえりのココ。彼女は齢八十となろうという時、ある女性を「あの老婆が」と罵倒(ばとう)したというが、その相手はまだ六十才を出たところであったらしい。晩年のシャネルの険しい猛禽類のような眼光鋭い肖像を想う。彼女が「どんなことでもして」手に入れた大きな翼とは、孤独と引きかえの重く硬いものだったのかもしれない。それがなくてはシャネルは己の心の闇を越えて彼方まで行くことができなかったのだろう。

「こうして人は死ぬのね」と死を受け入れて死にゆくことは崇高なことである。人が纏(まと)う究極の衣かもしれない。さすが、シャネル。伊達に世界的なモードの女王だったわけではない。

ノースランド・カフェの片隅で　文学&紀行エッセイ
第三十七回　デジデラタ
——或る断片、山尾三省を巡って

宮川　達二

デジデラタ

騒がしさと憎しみのさ中を落ち着いて行きなさい。
そしてどんな平和が沈黙のうちにあるかを知りなさい。
出来る限り降参することなしにすべての人と仲良くしなさい。
あなたの真実を静かにはっきりと話しなさい。

——略——

健康な自己訓練を経て、あなた自身に優しくありなさい。
あなたは木々や星々に劣らずこの宇宙の子どもなのだ。
あなたはここに在る権利を持っているのだ。それがあなたにはっきり判っていようといまいと
宇宙はあるべきように開示されているのだ。だから神と共に平和でありなさい。
あなたがどのように神のありようを想像するにしても、またどんな労苦や熱望を持とうとも
このやかましい人生の混乱の中で、あなたの魂と共に平和でありなさい。
すべてのにせもの、単調な骨折り仕事、破られた夢にもかかわらず、
ここはいぜんとして美しい世界なのだ
注意深くありなさい。
幸福であるよう努力しなさい。

＊バルティモアの聖パウロ教会で見つけられた断片。
＊1682年の日付がある。　山尾三省訳

—DESIDERATA（デジデラタ）—

深い闇が、長く私の心の奥底に留まり、どうしても去らない時期があった。光を求めてさまよった末、一度は行ってみようと思っていた念願のインドへ旅した。かの地で得たのは、いつでも

「どうにかなる」

というぼんやりとした、捉えどころのない不思議な感覚だった。「汚い、臭い、うるさい」という三拍子揃ったインドを旅して、日本で染みついた価値観はある程度捨てられた。しかし、本当に光が見えたわけではない。

ただ、あるインドの導師が語った

「川とともに漂いなさい」

という言葉は、インドで初めて自分に染み通った。乾いた大地の上の西の空に落ちる夕陽の大きさは、今も目に焼き付いている。

インドから帰った頃、神田神保町の古本屋で一冊の本を見つけた。タイトルは

『聖老人』

副題は—百姓・詩人・信仰者として—、著者は山尾三省という鹿児島県屋久島に住む詩人だった。彼は屋久島で農業をやり

ながら文章や詩を書いているらしい。この本に、付録として一枚の印刷物が挟み込まれていた。冒頭に掲げた、長い断片である。詩だろうか、人々に穏やかに語るような口調、説得力ある言葉……。宇宙の彼方から、優しく降り注ぐ言葉のようだった。

印刷物の最後に示されているように、アメリカ西部メリーランド州バルティモアの聖パウロ教会で見つけられた断片らしい。訳は『聖老人』の著者山尾三省。作者は、詩人、聖職者、修道士、教会へ通う市民の中で、誰が書いたのかはわからない。生死、我々の存在への問い、誰もが短い人生の名で出会う迷い、出会い、別れ……。すべてを乗り越える鍵、そして許しがこの断片にある。

―『聖老人』―

山尾三省（一九三八～二〇〇一）は詩人である。宮沢賢治に惹かれ、かつて日本に住んでいたアメリカの詩人ゲーリー・スナイダー（一九三〇～）と親交が深かった。この本の題である『聖老人』は、「序」によると鹿児島県屋久島の深い森の奥に自生する、樹齢およそ七千二百年とされる縄文杉のことだった。

三十二編の詩と、「水」「風」「火」「地」「悲」という五章に分けられた随筆は、祈りに満ちた文章である。本の題となっている「聖老人」という詩は、次のように始まり、終わる。

聖老人
屋久島の山中に一人の聖老人が立っている
齢およそ七千二百年という
ごわごわとしたその肌に手を触れると
遠く深い神聖の気が沁み込んでくる
聖老人
あなたはこの地上に生を受けて以来　ただのひとことも語らず
ただの一歩も動かず　そこに立っておられた
――略――
あなたが黙して語らぬ故に
わたくしは　あなたの森に住む　ひとりの百姓となって
鈴降り　あなたを讃える歌をうたう

一九七八年

詩人山尾三省の縄文杉への畏敬の念がこの詩に現れ、その繊細な感性がアメリカボルティモアで発見された断片「デジデラタ」と深く呼応しているかのようだ。

山尾三省はこの本の中で、「デジデラタ」という断片について、どういう経緯でこの詩を知ったのか、なぜこの詩を訳し、この本に印刷された断片を挟み込んだのかを一切語らない。

わかったことは、「デジデラタ」とはラテン語で「希望」という意味だという事だけである。人は「希望」という大きな光がなくては、一歩も先へは進めない。山尾三省は、こうして自著『聖老人』を通じて、大きな希望を人々に伝えようとした。私はこうして、断片「デジデラタ」と出会った。

エッセイ

「素劇　楢山節考」を見て

水崎　野里子

過日、深沢七郎原作の新劇、「素劇　楢山節考」を船橋市の演劇鑑賞会と言うサークルの企画で見た。劇場は船橋市の市民文化ホール、船橋市中央公民館の隣か内部にある劇場である。だが上演の劇団は船橋市内の劇団に限らず、全国の劇団を企画部が招聘の型らしい。らしい、と言うのは、ふなばし演劇鑑賞会の会員になったばかりだからである。市が援助している。あまり心配しなかったのは、かなり以前にここ市民ホールで志ん朝と立川談志の落語を聴きに来たことがあるからである。そして、知人が持っていた劇のポスターのデザインが気に入った。

棟方志功式の民芸調。演じるは「劇団１９８０」。演出は関矢幸雄。深沢七郎を説得して小説を劇化したのは彼らしい。深沢がギターで奏でた作品中の歌を関矢は民謡調に変えたらしい。

楢山祭りが
三度来じゃよ
栗の種から
花が咲く

深沢七郎の本作は１９５６年に発表された。日本バブルの前である。中央公論と言う東京の、ハイカラでなくもない出版社の雑誌に発表。だが発表とほぼ同時に注目されて、映画化が二回ある。木下恵介と今村昌平監督による。後者はカンヌ映画祭で賞を取った。

一方、関矢の"素劇"としての演出は、舞台芸術としての可能性を最大限に活用した。リアリズムの山やおりんの田舎家の舞台背景、書き割りはない。俳優たちのセリフにより山が谷が、栗の木が、そして家族が語られる。全員、黒の同じ衣装。仕事着、すなわちモンペスーツである。頭には日本手拭いの慣例の日本的被り。すなわち手拭いで頭を覆い後頭部で結ぶ。舞台上に四角の箱のような小道具いくつか。二人の俳優が紐でおりんの田舎家を示す。要は、実際の日本の山や農家を、空を、雲を長々と映し出す映画とは、全く異なる効果を狙った。ときどき誰が誰であるか分からない場合もあったが、関矢の俳優の動きと配置、配置転換はうまいと思った。舞台とは、俳優の発話と観客の受容の交互作用により作られると言う基本に戻った。それを確認した。

セリフが示したのは、姥捨伝承の悲惨、そして日本の貧しさである。次々と生まれる孫たち、より若い世代の食い扶持確保のために、年寄りが犠牲になる。山に捨てられる。すなわち葬式代も要らない餓死とカラスの餌食と説明される。なぜ、老女が犠牲になるのか？　歯もまだ丈夫なおりんに、まだ生きたいと言う足掻き、葛藤はないのか？　貧しさへの悲哀、怒りはないのか？　日本の古い慣例をぶちやぶる怒りと悲鳴はないのか？　たしかに、日本の民俗宗教の中では、生と死はさほど厳しい境界はない。あるいは死への賛美がある。劇中では、死んだお父さんやお母さんにまた会えると説明される。だが一方ではカラスに食われる死体の無残の描写が登場人物のひとりによって語られる。

本劇は、逆らわず黙って山へ向かうおりんを一種の社会性と描いた。皆のために犠牲になる。立派な覚悟、いわば社会へのおとなしい貢献だ。それはそれでいい。実際に犠牲になった人々への後世からの追悼となるだろう。

一言私見をお許しいただきたい。年配の女性が多かった市民劇場での上演とは言え、一言、おりんのセリフの中に、不条理な日本の村慣習と、日本の山中生活の貧しさ、死へのあらがい、生への執着など、人間的な自己愛と、老いた女の叫びが聞きたかった。


だが本上演の特色はむしろ、おりんが抗わずに静かに山行きを受け入れていることであろう。山行きで一家の食い扶持を増すというのはむしろ一種の、ある共同体への無言の奉仕だ。それは山に行けば死んだお父さんやお母さん、先祖に会えるという、日本土着の死生観に裏打ちされる。おりんにはかわいそうであるが、特に日本の山林地帯の貧困をバックとした場合、そうは簡単に日本の貧困対策の知恵と社会の掟は無視できない。若い者のために自分が犠牲になろうと言う老女の社会性は神への道である。告発すべきはむしろ貧困だ。

わたしは見ながら、かつてコロナ禍の初期に海外の病院で、酸素吸入器不足の事態の中、わたしはもう十分に生きたから自分のエクモを外して若い人に譲ってくれと言い残した老女を思い出した。また近頃のロシアとウクライナ戦役の中で、表立っては報道されないだろうが、食糧をめぐる生きるか死ぬかの同じ状況にあっては、男女を問わずあり得る状況であると推測する。

またかつての敗走の日本兵の食糧問題にもつながるテーマである。本劇上演がウクライナ戦役につながるものと演出家が意識していたかどうかは明記はないが、貧困による不条理の告発は、より拡大され得る問題として理解し得るとわたしは認識した。

おりんへの賛美と貧困への告発が生きる中で、日本土着の姥捨伝承を堂々と再度舞台化した関係者に感謝したい。世界の貧困を忘れた、現在の豊かな日本への警鐘でもあるだろう。

２０２３年5月25日観劇

若き表現者を探し求めて(7)
「若き表現者とは何か?」について考える

熊谷　直樹

「若き表現者を探し求めて」と題してこれまでに六人の書き手を取り上げてきました。それを振り返ってみたいと思います。

第一回目は俳句・短歌で活躍している岡田美幸さんでした。岡田さんはコールサックの前号、114号でも、

発芽したような寝癖の春の朝
水と雪違うが同じ材料で良い子は都合良い子ってイミ

と、俳句でも短歌でも相変わらず若く瑞々しい感性を表現しています。

第二回目では井上摩耶さんを取り上げました。井上さんは、コールサック111号、113号、114号でそれぞれ小詩集として複数の詩作品を発表していて、エネルギッシュに詩作活動を展開しています。

三回目は俳句の鈴木光影さんでした。鈴木さんは御存知のように本誌の編集の一翼を担う一方、114号で俳句時評として「俳句とエコロジー」と題する俳句大会の講演録を、そして自身の句作では、

たんぽぽの綿毛吹く子の命かな

と、やはり精力的な活躍を見せています。

四回目に取り上げたのは高柴三聞さんでした。高柴さんは、詩集「ガジュマルの木から降って来た」で一躍スポットライトを浴びたことを皮切りに、エッセイ、狂歌、小説とまさに八面六臂の活躍ぶりを見せています。高柴さんは沖縄在住の書き手ですが、たとえば前号のエッセイ「莫迦亭亜北斎食道楽覚書」のように大上段に振り構えるのではなく、どこか肩の力が抜けた切り口で発信している姿にとても好感が持てます。そもそも「正義」とは、それを振りかざすと時として恐ろしい武器・凶器にもなりかねない側面を持っています。ですから私は「正しいこと」を言う輩は大の苦手で、基本的に信用していません。「学校の教師」などはその最たるものです。(苦笑)

五人目は羽島貝さんでした。羽島さんも鈴木光影さんと同様に本誌の編集の一人として活躍しています。前号の114号では、「そのことについて話しあおう、きみと。」という詩作品で、〈路頭に迷った自分は/懐中電灯ひとつで街灯もない//この路上にて//幸いでなかった今夜を/静かに嘆いている。〉と書いています。現代社会の中に蔓延している「不安」という名の空気感を巧みに描き出しているように感じます。

前号の六回目では植松晃一さんの登場でした。やはり前号の114号では「波が来る」という詩の冒頭で〈波が来る/大きな波が来る/圧倒的な波が来る/どんな高台なら/この波に抗えるだろう/大切な手に触れる間もなく/さらわれてしまいそうだ〉と書いています。植松さんも羽島さんと同様、目に見えない時代の空気感を巧みに描き出しているように感じます。

そもそも広く芸術活動をしている表現者は、時代を写し出すカナリアなのであって、そのカナリアが苦しそうにしていればしているほど、時代という名の空気が悪いということの何よりの証左なのだということに注意しなければなりません。

私は長らく、ある趣味性の高い専門雑誌を定期購読しています。月刊誌なのですが、毎号、ほぼページを開く順番が決まっています。雑誌ですから、毎号、特集も組まれているわけですが、必ずしもその特集から目を通すわけではありません。気に入った記者・ライターが何人かいて、先ずはそのライターの記事から目を通してしまうのです。まるで食事の時、毎回必ず決まって好きな品目から箸をつけていくようなものです。そんなことを考えるのにはあるきっかけがありました。

私が購読している朝日新聞の日曜版には「朝日俳壇」「朝日歌壇」という投稿のコーナーがあります。特に「朝日歌壇」は目が行ってしまうのですが、やはり無意識にある常連の投稿者の名前を探してしまっていたことに気がついたのです。

これまで六回に渡って「若き表現者を探し求めて」と題して「これは面白い」と思った書き手について取り上げたエッセイを執筆してきましたが、やはりここでも自然と注目してしまうのは、これまでに取り上げた書き手でした。つまり「本当に面白い」と感じる若い書き手は、毎号毎号、無尽蔵に表われるわけではないのだ、と改めて気づくに至ったのです。

またさらに、「若いから」というだけで必ずしも面白いわけではないのだ、という当たり前のことにも改めて気づかされるに至ったのです。実はここ一年の間での本誌のベスト作品として私が「推し」たいのは、113号の鈴木比佐雄さんの「柏の円柱ベンチ」でした。この時、私は鈴木さん本人にも「あの作品は良い！」と直接、興奮気味に電話して伝えてしまったぐらいでした。しかしながら鈴木さんは本誌の編集・発行人であり、そんなことを書けば、いくら良い作品だと力説しても、ヤレ「忖度だ！」と思われるのがオチです。まして鈴木さんは年齢的には私よりもだいぶ年上なので、いけしゃあしゃあと「若き表現者」などとして取り上げることも出来ませんでした。

ですからここで改めて「若いとはどういうことか？」についても考え直してみる必要があるかも知れません。たとえばこれまでに詩とは無縁だった六十歳の新人がデビューして、その作品が新鮮で面白かった場合はどう考えるべきなのか？　などの場合もそのひとつです。

私がこれまでにかなり心を砕いてきたことは、「いかに上から目線にならないか」ということでした。多くの詩評や賞の選考などで常々気になることは、その評者がいかにも偉そうなことなのですが、と同時に、ではその評者自身は優れた面白い作品を書いているのか？　ということでした。作品の良し悪しには絶対的な正解などはなく、読まれるかどうか？　読んでもらいたいかどうか？　好きか嫌いか？　に過ぎないということに尽きるのではないでしょうか？　ですから偉そうに「上から目線」で他人様の作品を評するなどということは、ある意味、注意すべき、恥ずべきことだという自戒が必要なのではないでしょうか。

私がこの稿を書くに当たって「〜です」「〜ます」という文体を用いてきたことの理由のひとつもそこにあります。

ということで、ここでしばらくお休みとしたいと思います。これまでお読みいただき、ありがとうございました。

詩の臍——伊東静雄の小詩にこと寄せて——

原　詩夏至

伊東静雄の第三詩集『春のいそぎ』（昭和十八年）にこんな小品が収録されている。

七月二日・初蟬

あけがた
眠からさめて
初蟬をきく
はじめ
地蟲かときいていたが
やはり蟬であつた
思ひかけず
六つになる女の子も
その子のははも
目さめゐて
おなじやうに
それを聞いてゐるので
あつた
軒端のそらが
ひやひやと見えた
何かかれらに
言つてやりたかつたが
だまつてゐた

一見、何と言うこともない詩だが、やはり何かが奇妙だ。例えば、八行目以下。「思ひかけず／六つになる女の子も／その子のははも／目さめゐて／おなじやうに／それを聞いてゐるので」は、三行飛ばして「何かかれらに／言つてやりたかつたが／だまつてゐた」と続けた方が、意味的には恐らく自然で通りがよい。だが、そこに、まるでそれこそ何かを言いかけてやめたみたいな、改行の変な「間」を伴う「あつた」がぽつりと挿入され、更に本題から逸れた放心状態の「よそ見」のような二行「軒端のそらが／ひやひやと見えた」が続いている。だが、もしこの「よそ見」がなかったとしたら、その後の「何かかれらに／言つてやりたかつた」こと、そしてにも拘らず「だまつてゐた」ことが（無論それなりの含蓄の深さはそれでも何がしかは残っただろうが）どこか小さく忙しない人間界的な話題の枠組み——或いは「釈迦の掌」——のうちに囚われ、原詩の持つ縹渺たる余韻が幾許かは失われていたのではないだろうか。

「どんな夢にも、すくなくとも一箇所、どうしてもわからない部分がある。それは、それによってその夢が未知なるものにつながっている臍のごときものなのである」（フロイト『夢判断』高橋義孝訳）。とすれば、この不思議な三行「あつた／軒端のそらが／ひやひやと見えた」は、さしずめ「夢の臍」ならぬ「詩の臍」であろうか。そして、それによって、この詩は、恐らくこの詩によって初めて拓かれた何か「未知なるもの」へのささやかな小径に成り得ているのではなかろうか。

追憶の彼方から呼び覚ますもの（10）
ギターレッスン・市井の片隅で

日野　笙子

ギターを始めたわよ
俺が死ぬ前に聴かせておくれ
彼はもう何も語りかけてはこなかった
彼の耳にも心にも伝わりはしない

ひとしきり泣いたように
ギターの音がかき消えた

いつの間にか
晴れ渡った空に
息絶えた虫の羽根音が
一瞬立ち現れたような気がした

（「ギター」より）

「心変わりなどよくあることなのだから、今年の春ふとしたことから習い始めたギターで人生観が変わったというのはちょっとオーバーかもしれない。音楽の良さを人に言葉で伝えるのは難しい。もともと音楽の素養はなく、ましてクラシックという分野にはある種の畏敬こそすれ、越えられないギャップというのが私にはあった。

　はじめは神妙にギターを抱え、ワルツの楽譜などを前に口先だけがよく動いた。一曲弾けるようになると子供返りをする。自分で弾くというのが実に楽しい。日頃、日常の大事な瞬間の数々を忘れてしまっていたことに私は気付いた。

　小さい頃、馴染みのあるBGMと言えば、朝は洗濯機の音とか、〈明るい農村〉のテーマソングとか、子どもたちの声とか、つまり界隈の生活音だった。それは無尽蔵にあった。

　時として突然、ああ、これだった、と音から呼び起こされた古い感情が甦る瞬間がある。記憶は曖昧だが、あるもの哀しい旋律、スペインあたりの民衆の奏でるギターであった。心の中に閉じ込めていたはずの無数の物語が日々消滅していく焦り。

　夏に湖畔のログハウスで合宿をし、バロックの合奏をした。さまざまな思いを抱いて集まった八人の音色が出会い、変化し、その魔術的瞬間が私は何より嬉しかった。」

（「奏でる」より）

三十数余年の時間の経過がある、はるか以前の拙文から始めて何か謝りたくなっている。何かとは何か。こんなに生きてきて私は芸術一般、こと音楽には不勉強だったからだ。およそ芸術の香りとはほど遠い生活を送ってきた。気がついたら晩年だ。語りたいことは、音楽理論ではもちろんなくまた音楽療法でもない。極めて個人的な体験なのだが、ギターにほんの少し触れたとき、とても深い安らぎと愉しさを自然に受け入れていた覚えがあったのだ。残りの人生、ギター音楽に励ましのエールをもらった感じだ。

ギターを習うのは人生で三度目だった。これで最後だと思う。クラシックギターが趣味と言ったら末席を汚すことになるだろう。長い歳月の空白を隔てた後でさえも、なおも色褪せることなく目に浮かぶ光景があった。不思議にギターの音色が甦ってくる。人生の偶然の瞬間は言葉でなんか言えるものじゃない。思い出したくないことまで思い出してしまう癖がいつの間にか身についてしまった。そして芸術には門外漢の私である。子供の頃の昭和の時代、大人の真似をして口ずさんだ歌といえば、植木等の「スーダラ節」だった。

「わかっちゃいるけど、やめられねえ♪」。言葉というものは何とでも言えるが害も多い。自分の言葉にさえ嫌気がさしてくることがある。本当は浮き世の憂さにそして懲りない自分の饒舌な文体に幾分疲弊してきたのだ。

ベルクソンが確かこう言っていた。

「人は言葉に対してもっと身構えなければならない」と。

私が最初の詩の一節を書いたときは二度目のギターレッスンの頃だ。確かに人生の難事がいっぺんに起きた年だった。喪失の対象は「彼」や「彼女」だったのかもしれないしすべての事だったのかもしれない。どうやら限定された人ではなかったような気がしてきた。大きな喪失感だった。極度に抑うつ的な時には人は失うということにひどく敏感になるものだ。こう言ってもいい。幸福のさなかにあってさえも、ある種うつ的な傾向の人は、絶えず失う不安や恐怖に悩まされると。安定するということがない。別様に言うと、不安定の中の安定に生きると。

二つ目は詩を書いた時期より少し前のエッセイだった。私はその夏、平穏に暮らしていた。牧歌的までに呑気に暮らしていたと思う。某信販会社のパンフレットにコラムを頼まれた頃だ。その町の情報誌などに定期的に私は記事などを載せていた。

ある時、近親者がその会社の多重債務者になっていたと知った。当時はＩＴの普及も少なく、もっぱら紙による請求書と情報誌が一緒に送られてきた。そのことで一騒動あった。私には責任がなかったが、やがてその町を離れることになった。

私は終戦の一九四五年から十数年後に生まれた。児童期から青年期を七〇年代から八〇年代を過ごした。時代は変わった。一九七二年、沖縄が基地を残し返還された。一九八九年、昭和という時代が終わった。ベルリンの壁の崩壊、天安門事件。一九九五年、阪神淡路大震災、オウム事件。そして現代、東北大震災、原発事故、パンデミック、カルト事件等々、人々の実存を脅かす災難が何と多かったことか。武力紛争や殺戮は一般市民を巻き込んだ形で世界各地で多発していた。湾岸戦争、アフガニスタン、シリア、アフリカ諸国、ミャンマーの紛争など、すでに戦渦にあると言わなければ正確ではないだろう。現代の戦争は、軍産複合体の巨大な利権のために引き起こされるという。庶民である私たちが、反戦デモはおろかプロテストソングも歌えなくなったらどうしよう。不穏で誤魔化しの多いこの国の行政だ。今や世界の諸国は、難民を受け入れるのが国際的スタンダードとされているのに、日本はまるで前近代だ。命の可能性さえ奪われる。人権とはそんな難しいことなのか。人が生きていく権利であり生存権だったはずだ。

楽器店のサークルで知り合った南アフリカの青年が早くも出国を考えている。ネルソン・マンデラの話をしたら、彼と彼の両親が最もリスペクトした人物なのだそうだ。目を輝かせて彼の演説の話をしてくれた。そして日本のガールフレンドとアコースティックギターを弾いてくれた。素敵なカップルだ。けれども現実は切迫していた。どこで生まれようとどこで生きようと若者のゆく荒野には未来があると信じたい。

六十年代、七十年代は世界中で反戦の音楽が奏でられた。アコースティックギターを手にした欧米の歌手は若者の憧れだった。ボブ・ディラン、ジョーン・バエズ、ピート・シーガーからブルース・スプリングスティーンに至るまで、音楽人はなんて人間性豊かだったことか。ジョンレノンのイマジンなどは今や平和のメッセージソング、世界中で歌われている。今年三月は坂本龍一氏が亡くなった。彼らは音楽を思想の手段にしたのではないと思う。大衆の中で彼らの奏でる音楽そのものがまさに思想、生き様そのものだ。歌わざるをえなかったのだ。彼らの音楽、かかわったすべての人々と共に、哀悼の意を捧げたい。

個人的には深い思い入れがあるギタリストがいる。ジャズ・ギタリスト、ジャンゴ・ラインハルトだった。彼はロマ（ジプシー）。そして火傷のため三本の指が使えないにもかかわらず、人差し指と中指だけでフレットを押さえて凄い演奏をした。その生き様も凄いのなんの。天才と言われるけれど、純粋で妥協しないから大変苦労したことだろう。なんせ、楽譜を読まずにIt Don't Mean A Thing（スイングしなけりゃ意味ないね）である。民衆に素晴らしいギターの感動を与えてくれた。時を超えて市井の人々を陶酔させてしまうのだから、ソウルやブルースと同じくジャズギターは偉大な音楽だ。

ジャンゴの関係した映画をかつて二つ観た。一つはウッディ・アレンの「ギター弾きの恋」。ジャンゴを崇拝する架空のギタリストの恋の物語。サウンドトラックが秀逸だ。何度も聴いた。もう一つはジャンゴの伝記映画、「永遠のジャンゴ」。ナチスはユダヤ人だけではなく、ロマや同性愛者への苛烈な弾圧を行なった。ナチス・ドイツ占領下のフランスでジャンゴとナチスの関わりを描いた映画だ。「ブルースは弾くな」とナチスの主催者に言われ、直前に足に鈴を付け演奏を始める。いわゆる「道化の鈴」である。戯けであるから、これから始まる曲は本当ではないという意味だ。ハラハラドキドキ、次第にその曲はスインギーなギターに変わり聴衆を揺さぶる。ナチスの主催者側も思わず膝がスイング。映画の観客も身を乗り出してしまう。演奏シーンが見事。さすがキング・オブ・スイングだった。

話を戻そう。それにしても戦後生まれの世代、何とまぁ、いろいろとあったことか。年を取るということは、生きた時代の文化や何かを振り返るにも時間の幅が広すぎるのである。言い換えれば、結局自分の体感したことでしか言えないのだ。たとえそれが個人的な小さな出来事であっても、今という瞬間に甦ったものを通して語る以外に術はないのである。音楽はずばり感覚に直接に訴えてくる。それを奏でるのも創ったのも人間なのだ。Art（芸術）の対義語はNature（自然）だった。音楽はもちろんArtである。

インターネットによって世界中の個人がアクセス出来る世の中になるとは私は想像すら出来なかった。ギター音楽だって何だって数秒で配信される。可能な限り好きな曲は聴ける時代だ。けれど、その進化というか変化はやっぱり情報システムというテクノロジーによってもたらされたものだ。ライブにかなわない。楽器は自分で弾いてこそ楽しい。それをレッスンで習うという贅沢感がたまらない。個人授業なんである。弾けるようになったらホントは自慢気に「おばあちゃんが爪弾くギターブログ」なんてのもいい。白昼夢だった。それでもその教室は高齢者にも根気よく優しく教えてくれる。ギター教師は作曲も手掛けるし詩も書く才人だった。時々申し訳ない気分になる。

好きな楽曲はと聞かれたから、バロックと作者不詳のスペインの民謡。バッハの無伴奏チェロ組曲が目標です、と応えた。ギター教師はにこやかに笑っていた。永遠に弾けそうにない。こんな素敵な曲が弾けたら幸せだろうな。

「ギターの良さはその音がかき消える様にあると感じます。音が消え、途端、次から次へと違う音が立ち現れる。それがいいのでしょう。ゆっくりいきましょう」。ギター教師はこう言った。

前回の拙稿で、私の貧しい思考の歩みの中で記憶を掘り起こしながら拙いエッセーをものし始めた、と書いた。そして、学び直しと併行して欧米の名作、古典、その再読を自分に課しているとも書いた。いつの頃からか、言葉による表現の限界、ある諦めのような感じが伴ってきた。私は更にこうも書いていた。ギターへの憧れはこの事が肝心のような気がするからくどいようだが再録させてもらう。
「私の筆力は自分でも見放したくなる稚拙なものだった。比喩的にしか言えないが、私の本当の理想像は自己などというものが自然と溶け合うくらいの透明人間であった。大空に打ち上げられた一つ一つの花火を取り囲む空の粒子がいい。
自分の内面などというものも興味がなくなるときがやがて来る。そのときが来たら時代の世界に身を乗り出してみるのも悪くはない。そして体を突き抜けてくる素粒子のような視線を感じてみるのだ。そこから見える光景が未来の作品のような気がしてくる」。　（コールサック一一〇号連載5より）
ギターの音色は空の粒子に似ていなくもない。

さて、こんなふうに私はギターを習いだした。

ある時、バロックギターが教室の室内に流れた。バロック音楽（一七世紀と一八世紀）には何か特別精神を癒す効果があると聞く。確かに他のジャンルにはない落ち着きがあった。憂うつな時はバロックを聴くことにしている。

そうだった。最初のギターの中断は文字通り青春だった。それはちょっと苦いアクシデントと結びついた思い出だった。歩いて五分の住宅地にあるギター教室はポルトガルあたりの庶民の裏町にあるような民家。何故か親しみのあるものを見出したときの心地良さを最初に感じた。

その日、バロックの曲が耳に馴染むにつれ、私は何かを思い出していた。古い部屋の、けれどおごそかで静謐な感じのする部屋。はじめて訪れたときの静かな感情を覚えている。ノスタルジア。一瞬の余白に古い記憶が眠り込んでいた。今から四十三年ほど前のある破局の思い出だった。日常とはちょっと違う現実を私は生きていたのだと思う。どこまでも遠く、いつだって非日常の断片に変わっていった。曲が流れ、その空間が過去で二人だった。極めて個人的な事柄。私は一応文章を書く人間だった。ある衝撃的なはっきり出来ない記憶を手繰ろうとすると、押さえ込んでいた何かにぶつかり、中断した。言い淀んだり、揺らいだり、沈黙したり、そして途切れてしまい、私はある時期からふんぎりをつけてしまった。

人は一生に一度くらいはその後の自分の人生に大きな影響を及ぼす出会い、といったものを体験するらしいが、はじめてギターを教えてくれた青年がその人だった。青年は教師ではなかった。遠い昔、大都市の住宅地の中の古い建物、研究施設に青年は通っていた。人の出入りは多かったが、非常に静かだったことを覚えている。

心理療法がアカデミックに発展した現在は、心的外傷後ストレス障害（ＰＴＳＤ）という分類名で容易に説明がされてしまう憂鬱な心の外傷。簡単に判って欲しくはないが、あれこれ説明するのはもっと面倒だ。当時私はその種の心理学と関連の学習を志しながらある教室に出入りしていた。

当時の私は雪解けの水たまりに足を取られながら歩いていた。その感覚から克服されることは決してないだろうと思った。私はろくに口もきけず、みすぼらしい姿で青年を睨み付けることしかできなかった。私は実際クランケという立場と同等であった。一対一の親密な心の交流だった。やがて青年のギターの音に導かれるように、私は少しずつ元気になっていった。青年は直向きだった。彼の潔癖と情熱にいつの間にか屈服した。

彼は私を癒そうとした。私は理解されたいのではなかった。ある日、青年と私はミュゼットを二重奏で弾いた。シンプルだが無邪気な旋律の曲を。二つの音が出会い、変化し、その魔術的な瞬間を私は確かに覚えていた。そして一番易しいグリーンスリーブスが弾けた頃だった。……ある種の静寂が訪れた。別の物語にしたら表現できただろうか。それはちょっと違っている。私は青年が実在していたことを忘れてしまわなければ、その後の人生を構成できなかった。空想や幻想など入り込む余地のない症状を私は冷ややかに合理化してきた。私が被ったこと、あるいは加えたこと、それをよりよく否認するための、沈黙、躊躇、空白だったのだ。その逆だったらどんなにいいだろう。本当は私はその時のことをとてもリアルに覚えていた。そして彼が言った言葉も。

私はギター音楽について語ろうとした。そして現在という地点で変わらず過去を振り返っている。日ごとに変化する音色は時間の風に煽られ消えていった。すでに現実で失ってきたものと、その代わりにこれから存在するであろう時間は哀悼の音色だった。ギターを選んだのは、愛着と依存の深さを物語っていたと思う。若い人みたいに上機嫌で報告に行くように、私もちゃんと弾けるようになったなら、誰に聴かせようか。何だかお礼を言いそびれた感じだ。もちろん、ギターと人生に。

〈了〉

万葉集を楽しむ十七
万葉仮名の真意

中津　攸子

万葉集は奈良遷都を境として前期と後期に分けられ、さらに前期が壬申の乱を挟んで第一期と第二期に、後期が天平を挟んで第三期と第四期に分けられています。次に各期の主な歌人を列記します。

前期　第一期　壬申の乱（六七二年）まで
　　　第二期　奈良遷都・和銅三（七一〇）年まで
後期　第三期　天平五（七三三）年まで
　　　第四期　天平宝字三（七五九）年まで

前期　第一期　舒明天皇、斉明天皇、天智天皇、中皇命（なかつすめらみこと）、軍王（いくさのおおきみ）、有間皇子、倭大后（やまとおおきさき）、鏡王女（かがみのおおきみ）、額田王、久米禅師

　　　第二期　天武天皇、持統天皇、高市黒人、長意吉麻呂、大津皇子、大伯皇女、志貴皇子、穂積皇子、高市皇子、弓削皇子、長皇子（ながのみこ）、藤原夫人、石川郎女、志斐嫗（しひのおみな）、舎人ら

後期　第三期　大伴旅人、山上憶良、山部赤人、笠金村、高橋虫麻呂、元正天皇、長田王、門部王、藤原宇合、石上乙麻呂、沙弥満誓、余明軍

　　　第四期　湯原王、市原王、大伴坂上郎女、大伴家持、狭野茅上娘子、中臣宅守、大伴池主、聖武天皇、孝謙天皇、藤原八束、橘諸兄、大伴田村大嬢、笠女郎、紀女郎、阿倍継麻呂、忌部黒麻呂、平群女郎、久米広縄、防人ら

前期の歌は皇室に対する賛美の歌や皇族の方々の崩御を悼む挽歌などが並んでいます。

　要するに万葉集は皇室の賛歌から始められています。

後期の歌は、日本の史実を後世に伝えたいと願った大伴旅人や家持を取り巻く人々が、漢字の使用を強要する権力者に従うと見せて、漢字で日本語を表現することで日本語を守ろうと努力した人々の歌や防人など当時の生活を如実に読んだ歌などが集められています。

★万葉仮名

十九世紀でも植民地にされた地域は、例えばイギリスの植民地にされると英語で、オランダの植民地にされるとオランダ語で話したり書いたりし、自国語を捨てていました。

　我が国に四世紀後半に漢字が伝来し、六世紀から七世紀にかけて漢字を読める人が宮中に増えていったとされていますが、奈良時代（七一〇〜）に入ると漢字使用が強要されました。しかし私たちの先祖は自国語（日本語）を守り抜きました。

　それ程に日本の文化程度が高かったという事です。

　例えば世界文明発祥地の黄河の辺から出た漆器より、三内丸

山遺跡から出土した漆器の方が技術的に高度で、しかも黄河出土の漆器より五百年前の作と科学的調査で分かっています。

当時の人々は、漢字で書き表現することを権力者から強要されている日常の中で、屈することなく自国語を守って捨てず、強要された漢字を使って、日本語を完全に表現する方法を考え出しました。何という頭の良さ、何という素晴らしさでしょう。

こうして生まれたのが万葉仮名です。例えば、万葉集最後の大伴家持の歌は、

新年乃始乃波都波流能(あたらしきとしのはじめのはつはるの)　家布敷由伎能(けふふるゆきの)　伊夜之家餘其騰(いやしけよごと)

巻二十―四五一六

あらたしき年の初めの初春の今日降る雪のいや重(し)け吉事(よごと)

です。漢字の持つ意味を無視して漢字の音だけ拾い上げて読むのは読みにくく、分かりにくいことおびただしいです。

★日本民族の持っていた古代文字

ではなぜ、こんなに読みにくい万葉仮名を考え出したのでしょうか。

奈良時代の中央政権の中国崇拝と日本民族の伝統文化否定故です。奈良時代には、間違っても和歌が宮中で公然と詠まれることはありませんでした。

宮中で歌が詠まれるようになったのは、藤原氏（実は鹿島神宮の神官で、鹿島神宮の卑近の場所に今も鎌足の邸跡と言われる鎌足神社があります）が宮中で勢力を持った平安時代中期からです。

万葉集を編んだ人々は、伝統文化の一つである言葉を、そして古来歌われていた歌を守りました。

日本には、れっきとした古代文字があったにもかかわらず、その痕跡は完全と言えるほど消し去られ、古代文字はなかったことにしての歴史が語られてきました。

古代文字存在の事実を消し去った大罪ともいえる基盤を作ったのが、この万葉集編集時代の大勢と重なっています。天皇に生命与奪の権利があった当時、その意に反した行為を、密かに行うことが、どんなに大変だったかは想像に余ります。

大伴家は古来、朝廷内で武力を扱う最高権威を持った氏族でしたから、大伴旅人は中央政権から遠い九州の大宰府の長官として赴任させられたことは、面白くなかったでしょうが、大宰府にいたからこそ、万葉集の編集が出来たと思われます。都に居ては、万葉集の編纂は、現存する見事なものとは違ったものになっていたかもしれません。

★万葉仮名が作られた理由(わけ)・日本の古代文字

権力者から否定された我が国の古代文字はひそかにそして確かに後世に伝えられました。

例えば多くの神社に得体の知れない図案のような文字が書かれていたりしますが、それも文字で、わが国では何種類かの古代文字があります。江戸時代に国学が起こった時、古代文字を研究した人が何人かいました。

が、それはさておいて、実は第二次世界大戦後に古代文字で

書かれた本、『ホツマツタヘ』（秀真伝）が発見されました。

秀・ホツは優れた
真・マはまこと、本当の
伝・ツタヘは歴史

ですから真実の歴史書という事です。

『ホツマツタヘ』はわが国の歴史書であり、『古事記』『日本書紀』成立以前の書物です。そこに書かれている古代文字の全てを今、読むことが出来ます。ＩＴ時代の今、古代文字の存在など、分かっていることが公然と認められていないのはおかしくないでしょうか。

★記録されていた万葉集の歌

文字があった以上、当然歌は記録されていました。ただ紙はありませんでしたから、硬い木の葉に細木で書き、それを保存していたのです。

もし実際に文字が無かったなら五世紀から八世紀にかけての三百五十年間もの歌を四千五百首余りも全国から集めることなど不可能です。

そして詠まれている歌を万葉仮名に直すだけでも非常に面倒な作業です。この作業も文字で書かれていた歌があってこそ出来たことで、文字がなければ、もっと時間がかかり大変な作業になったはずですし、完成度の低いものになっていたかも知れません。

万葉仮名は、漢字を強要され、日本の古代文字を否定された時、古代文字は捨てても、とにかく日本語を守ろう、それが日本の全ての文化を守る基盤になると考え、漢字で日本語を表記する方法を考え出したものです。

そして権力者を刺激しないよう慎重に気を配りながら全国から歌を集め、記録し、後世に確実に残すための労力を惜しみませんでした。

大伴旅人は全財産を使い、持てる智慧や豊かな人間関係を総動員して、日本民族の本当の歴史的事実を、そして日本の文化の驚くべき高さを、歌を集めることで後世に伝えたのです。

★大化の改新で焼かれた『国記』『天皇記』

大化の改新（六四五年）の時に、蘇我氏の自邸にあった聖徳太子編集の『国記』と、聖徳太子と蘇我馬子とで編集した『天皇記』は蘇我蝦夷が自邸に火を放って焼いてしまったことになっています。事実は分かりませんが、父親の大切な著作を子の蝦夷が焼くでしょうか。例え自分は死のうとも父の編んだ歴史書は後世に伝えようと安全な場所に持ち出すのが普通ではないでしょうか。

場合によっては古代文字で書かれていた可能性のある『国記』『天皇記』を焼いたのは古きを消し、新しい時代を作ろうと一大改革を断行した中大兄皇子や藤原鎌足側だったかも知れません。

天武天皇の勅により、稗田阿礼（ひえだのあれ）が暗誦したもの（暗誦したものはどんなものでどこにあったのでしょう）を太安万侶（おおのやすまろ）が元明天皇の勅により撰録して七一二年に献上したのが『古事記』です。

古事記は稗田阿礼が暗記していたものを書いたというのですが、古事記の神々の名前だけでも間違いなく覚えるなど人の能力では不可能です。ですから稗田阿礼は覚えていたのでなく古代文字が読めたので、書いてある記録を読み、それを聞いた太安万侶が稗田阿礼の話の中から時の中央政権に都合よいものを選び出し、書いたのが『古事記』ではないかと私は思います。

そしてもちろん『古事記』成立後に稗田阿礼が読んだ古代文字で書かれていたであろう古い歴史書（『国記』『天皇記』）は蘇我氏の家から救い出されていたものの、この時焼き捨てられたのではないでしょうか。本当のところは分かりませんが。

万葉集に集められていた四千五百首に余る歌も、万葉仮名に直す前に古代文字で書いてあったものを集め、編集し、権力者に焼かれてしまわれないよう、権力者が喜ぶように皇室の賛美を真っ先に掲載するなど心を配りながら、歴史的事実をありのまま、何とかして後世に伝えたいとの強い思いで全国の歌を収録し、万葉仮名に書き直していたのだと私は思います。

★万葉集の歌が分かり易い理由（わけ）

万葉集の歌の言葉は、いわゆる普通の誰もが使っていた日本の言葉ですから千有余年を隔てた今でも読んですぐ分かる歌が多いのです。例えば、

東（ひんがし）の野に炎（かぎろひ）の立つ見えてかへり見すれば月かたぶきぬ
柿本人麻呂　巻一―四八

広大な風景と夜明けの清涼感。色彩まで読み込んだこの古歌が今の私たちが直接分かるのは、ここに使われている言葉が、古代から今に至るまで使われている日本語だからです。作者の柿本人麻呂は山部赤人と共に歌聖と呼ばれている歌人です。

世の中を何にたとへむ朝びらき漕ぎ去にし船の跡なきがごと
沙弥満誓　巻三―三五一

――この世の中を何に例えよう。早朝漕ぎ出した舟の立てた白波が跡形も無いように、全てのものは移ろい消えて行く――

読む人に人生の深奥にあるしみじみとした静けさ、安らぎ、深い摂理、果てしない寂しさを感じさせずにはおかない、世の真実、生の真相を詠んだ歌。今、読む私たちの心に響きます。この二首のように万葉集の中の歌は読んですぐ分かる歌が多いです。

万葉集よりずっと現在に近い十一世紀に書かれた源氏物語の詠みにくさをご存知でしょうか。

「いづれの御時にか、女御、更衣あまた候ひ給ひける中に、いとやんごとなき際にはあらぬが、すぐれて時めき給ふありけり」

などの言葉は、先の歌より分かりにくいです。何故なら源氏物語に使われている言葉は、不謹慎ながら、江戸時代の花魁語に近く、宮中用に作られた言葉であって、誰もが普通に使っていた純粋の日本語ではないから読みにくいのだと、私は思います。

ほんの一部を垣間見ただけでも万葉集は日本人にとって、この上なく大切な存在で、よくぞ伝えてくれたと、編集に協力した全ての人々に感謝しないではいられない気持ちになります。

評論

国分一太郎「益雄への弔辞」から（4）
―土の綴り方教育の中で生まれた童謡―

永山　絹枝

一、国分一太郎の童謡

『「教育」と「文学」の研究11号』には、綴方教育とそれを担う教師たちが昭和の戦争時代をどのように歩んだか優れた論評の数々が掲載されているが、筆者は「9号」に釘付けになった。自らの手で国分の童謡を再編集させた片桐氏の労作にである。

（1）国分一太郎「童謡集」と私　　**片桐弘子**

私は国分一太郎の「童謡」を一篇一篇　書き写しながら国分一太郎のうた（童謡）を感じ取ってきた。（中略）どのうた（童謡）にも故郷、山形の自然や風景、生活が見えた。それは子どもの側からであったり、親や教師の側からであったり、また、動物や草木の目を通していたりした。そこには作り物ではない、事実と温かい心が感じられた。

私はなぜ、国分一太郎が短期間に根を詰めたようにうた（童謡）を書き続けたのか、全く知らないでいた。

明治時代から始まった学校教育は、教育の遅れを取り戻すように必死さがあった。それ故か、上から教え込む、真似をさせることが中心の教育であった。それに対して、明治の終わりから大正時代・昭和時代の初めまで、絵画教育、音楽教育、国語（綴る）教育について、子どもの発想を大事にする教育が考えられていった。それが、治安維持法が通り、満州国建設や、戦争に向かう時代の中で、このような教育を勧めようとする教師たちが敵視され始めた。自分の生活を見つめ、思いや考えを綴る教師が生活綴り方は思想をつくる教育として批判され始めた。指導者の国分一太郎にも嫌疑がかけられていく。綴り方どころか、子どもたちにも十分にかたりかけられずにいた教師・国分一太郎。ノートの片隅に見つけるつぶやきはそのような苦しい日々の心であったのだろう。状況を気づかい、地域のうた（童謡）書きに専念する。きつねの親子の温かく可愛らしいうたが綴られていく。山形の物語がうたわれる。国分先生のうた（童謡）は赤い鳥の童謡ではなく、山形の歌であった。作文先生のうたであった。…

…国分一太郎が後にも先にも「童謡」を書かれたのはこの二年足らずの間。二十一歳から二十二歳。九十年前のことである。

（「教育」と「文学」の研究第9号2021）

片桐氏のように地道に学び支える人たちの手によって再版は成し遂げられ、次代へと真髄が伝えられていくのである。

童謡集を読むと、国分一太郎の周りには田畑で働く人たちが居た。「百姓は野や山の畑を耕して一生懸命種を蒔くのさ。何があっても種を蒔くのさ。」と「農」への執着の強い根を張って生きる人々がいた。国分も又、大地から得たもの、大地に揺り動かされたものは大きかったはずだ。当時の実践集『もんぺの弟』を手にしてもそれがよく分かる。

（2）国分一太郎が「童謡」を書いた時期

国分一太郎『教育』と『文学』研究会の田中定幸氏は、「国分は昭和七年から昭和八年にかけて、未発表の作品を含めて、二六〇点余りの「童謡」を書いている。その作品の中から、戦後になって発行された『塩ざけのうた』（国分一太郎児童文学集6・小峰書店）には、八十八点が掲載されている。」

と紹介している。

青年教師だった国分の二年程の、ほんの一時期の作詩とは。益雄や江口のように本当に童謡が好きで書いたのか、監視の中で身動きの取れなかった時期の、それでも思いを貫きたいとの願いの発露の手段として、書かずにいられなかったのか。

作品が当時の農の暮らしと子等の様子を具現化した優れた作品だけに、その短い創作期間が惜しまれてならない。

（3）厳しい時代であった

「画文集昭和の記憶『想画を読む』（長瀞小学校画文集刊行会）を手元に置いているが、想画を丁寧に読み解いた浅野目憲一氏は、「絵が描かれた昭和六年は、関東軍が満州の奉天を走る満鉄線を爆破しました。国内ではインフルエンザが大流行し、不況に見舞われました。とくに東北地方の飢饉がひどく、文部省は欠食児童が二十万人と発表しました。満州事変に続き上海事変が勃発するなど、十五年戦争の足音が聞えた不穏の時代でありました。」（P32）「校庭の奉安殿には、天皇と皇后の御真影（写真）や教育勅語が厳重に保管されており、天皇誕生日などの国家的祝日には、校長が天皇の写真と教育勅語をうやうやしく頭上に戴き式場にあらわれ、生徒たちは頭を深々と垂れるという独特の緊張感に包まれました。また、下校時にも奉安殿に向かって立ち止まり最敬礼をしなければげんこつを食らいました。天皇や歴史上の人物を神格化したりして、信仰の対象とする理不尽な社会は終戦まで続きました。」と振り返っている。

（4）土の綴り方教育から生まれた童謡

わらうち　国分一太郎

わらうち　隣で
ガッケン　トン
今夜は　むこうが
早よござる／／
わらうち　うちでも
ガッケン　トン
今夜は　ひとうち
まけました／／
戦地の兄さの　話して
話が　はずんで　まけました／／
わらうち　両方で
まけないで
ガッケン　トントン
ガッケン　トン
戦地の兄さの事を思いながら　辛いであろうが頑張る姿が描

（『塩ざけのうた』）

かれる。戦前のきな臭さ。戦争が隣り合わせの時代と生活。藁打つリズムの音が祈りに聞こえる。悲しみや苦労を抱きながら、それでも強くたくましく生き抜く人々。

これらの作品を「ながさき詩人会議となかまたち」で、静かに深く詠み合いを行った。寺井治夫氏の響き合いである。


〈「土の綴り方教育」から生まれた童謡〉という表題でまとめられています。子どもが歌うのが童謡だから、子どもの心やことばにして歌います。国分の捉えたものを農民やその子どもの視点に移して詩にしています。そうやって国分は、農民の暮らしとその思いを引き受けているのです。ある時代の農業のあり方、農民の姿を、国分の歴史観を背後において証言しています。「わらうち」の歌は、子どもの頃見ていた作業を思い出します。でも、「ガッケン」の音が分かりません。詩のリズムをつくる「ガッケン　トン」が二拍子で、四音が多く用いられています。

その中で第三連が七五調です。

どの家も一晩のしごとは大体量が決まっているのでしょう。隣の家が先に済みました。手際を競う気持ち半分、励みにするのが半分。遅れたわけは、戦地にいる兄さんの話が弾んだからと言います。本当はつらい気持ちがして手が緩んだのでしょう。

この歌は、兄さんが無事でいてほしい、戦争のない日が来てほしい、と祈る歌でしょう。でも国分はそれを務めて明るく語り、あくまでも「労働歌」にしています。

「がき寝ろ八時」の歌は切ない歌と言います。父母兄姉が夜なべ仕事をしているのが気にかかって眠れない子どもの心が指摘されます。こんな子が何人も自分の学級にいるだろうと、国分は自分が詩にして児童に読ませます

がき寝ろ八時
国分一太郎

「がき寝ろ　八時」というけれど
「とっとと　寝ろよ」というけれど
わたしは　なんだか
ねられない。

父さは　わらうち　がっけんと
母さは　なわない　さらさらり
兄さは　たわらを　あんでいる
姉さは　ぞうりを　つくってる／／
「がき寝ろ　八時」というけれど
赤ちゃは　とっくに　ねたけれど
わたしは　なんだか
ねられない。

夜食が　食いたい　わけでない
ねむけが　ささない　わけでない
けれども　なんだか　ねられない。
「がき寝ろ　八時」というけれど

（国分一太郎文集10）

農村の仕事は夜にもわたり、盆・正月と祭りの日を除けば、毎日が農作業の連続で黙して働く姿が日常であった。そんな農家の生活を描いた作品。夜なべ仕事をしてもまだまだ果てしなく苦しい生活。気にかかり眠れない子供の心情が切ない。

年貢おさめ

国分一太郎

父さがひっぱり／わたしがおして
年貢はかりに／そりで行く。／／
冬の明るい／砂田道
年貢の俵も／光ります。／／
「お早う　ござんす／だんなさま
ことしの年貢で／ございます
おかげで　ことしも／できました」
父さが　お礼を　いうのです。／／
年貢はかれば／からのそり
父さがひっぱり／わたしがのって／／
「おしい米だが／しかたがない
地主の　だんなにゃ／かなわない」
父さは　こっそり　いうのです／／
日ぐれも近い／砂田道
わたしがのってる／からのそり。

（『塩ざけのうた』）

（5）東北型農業地帯　国分一太郎

この「年貢おさめ」は一九八四年、東京学芸大学特別講義のなかで講話された一つで学生に分かり易く説諭されている。

東北型農業地帯というのは、ここに大地主がいるのです。大きな土地を持っている大地主がいて、この土地を小さく分けて、小作たちに耕やさせるのです。そして競争させるのです。

一生懸命田畑を耕し作物を作らせて、十俵とったとこからは六俵とかね。十に対して六ぐらい納めさせますでしょ。ちゃんと納めさせたら、その結果で貸しているのです。この小作人が、ちゃんと六俵納める、この小作人も六俵納める。

けれども、この小作人が「旦那、十俵のうち四俵ぐらいにしてくださいませんか」と言う、「そんならいい、土地を返せ。お前には貸さない。なんぼでも他に作りたい人がいる」。そう言って小作人に貸している土地を取り上げてしまう。だから、何にも言えない。

こういうふうな関係が東北型農村には一つあるのだと思います。ワンマンでね、経済的強制がある。経済的強制というのは、さっきも言ったような、お前の娘、高等科に入れてはいけないとか、それから地主の旦那の家で屋根をつくる、藁屋根を葺くというと、みんな集まってきて、ただで働け、経済外でしょ。何も約束ないでしょ。経済外的協力、こういう親分、子分の約束で、人格的な面で家来と主人というふうな関係になるようなところが色濃く残っているのが、東北型農業地帯的。

（「生活綴方と昭和国語教育史」〈編集／田中定幸／2023〉）

（6）近藤益雄も呼応する ―北と南で仲間の連帯―

父と米売りに行った。
米が安いから、
父はやっぱりがっかりした顔だ。
この金では税金は納められない。
近ぺんの金持ちから、
借って納めなければならない。
どうしても父はがっかりしたようだ。
貧乏はかなしい。
家の人数が多いからだ。
夕日が強く、
障子を通すのを見て、
ぼくはやっぱり思っている。

（北松・志佐校〈指導〉近藤益雄『日本の子どもの詩・長崎』）

益雄の勤務地域も同じく貧しかった。が、子供達と話し合いを行い、救援物資を国分の元へ送っている。

また、前述した浅野目憲一氏も証言する。「昭和九年から十年にかけて東北地方は冷害で大凶作となり、生活に困窮しました。欠食児童、行倒れなど、ひどい生活状況に置かれた子どもたちの楽しみは、想画や綴り方を書き、先生にほめられることでした。また、戦争の足音が迫る不穏な時代でもありました。若い男たちは、兵隊として軍隊に召集されたので人手不足を補うために、子どもたちは大人並みの働きをしなければなりませんでした。老人たちも老骨にムチを打ち打ち働きました。（P43）

国分の益雄へ向けた弔辞には、

「昭和九年十一月、北日本国語教育連盟が発足し、東北は冷害大凶作であった。益雄さんからは俵に一俵、小さな大根や菜の乾したのが送ってきた。そしてくらやみにめりこんでいくような社会的現実と北方性運動との間にいる私に「人間の底」にあるものへの信頼とこまかい配慮を、益雄さんは忠告してきた。」とある。

このように益雄と国分とは文集交換などを通じて深い心の絆で結ばれていた。当時、益雄は高等科の児童を対象に、児童詩歌の教育実践にとりくんでいた。その中から生まれた作品がある。

（『福祉に生きる／清水寛』P162～）

大根畑で

松本　ヤエ子（高等科一年）

大根よ　早く大きくなってくれればよいが
今　妹と二人で肥をかけているのだ
早く大きくなれ
十二月には　私が引いて
飢饉の東北地方に送ってやるのだ
私たちは／山茶花のきれいに咲いた畑で
肥かけをしているのだ
こんなにひろい畑に／妹と二人で肥をやるのも
まだ小さい大根を大きくして
私がひいて　東北地方に送るためだ
東北地方の子どもたちよ／皆　元気でいるのか
この大根を大きくして／あなたたちに送ってあげるよ

皆元気な子どもたちよ
今に　大根や芋を送ってあげるよ
晴天の朝の大根畑に立って
東北地方が見えるような気がする
何だか　じっとしていられないような朝だ

国分が受け持っていた学級の『新聞、もんぺの弟』の「日本の人々ともんぺの弟」欄に国分は次のように感謝を述べている。

九州の益雄先生の高等一年の女の生徒が、米の出ない話をきいて、エンピツ十一本と、大根干しやサツマイモボシなどを、一俵おくってよこしました。海をこえて遠い北国の長瀞（ながとろ）につきました。向（ムカフ）はもうさくらの盛（サカリ）だそうです。女の人たちがかいた手紙も来てゐます。益雄先生ととった写真も来てゐます。

また、国分の学級文詩集『もんぺ』第五号、三四年四月の、末尾の「私達をそだてて下さる人々」の欄にも、「遠い所から私達をそだててくれ手紙を下さった方々。雑誌にかいて下さった方々。」として、秋田市の「北方教育社」の成田忠久先生、加藤周四郎先生、岩手県宮古小学校の「かもめの諸君／高橋啓吾先生」、宮崎県の土々呂（トトロ）小学校の「ひかりの先生／木村壽先生」、小砂丘忠義先生、千葉春雄先生」に並んで長崎県田平小学校の「日本一の詩の先生／勉強兵隊の先生／近藤益雄先生」を挙げ、「五年生になっても手紙などあげたらどうですか。かける人は出して下さいよ。」と勧めている。

当時の綴り方教育の実践者たちの交流は、子どもたち同士をも組み込んで行われてもいたのである。このような相互関係とその意義について津田道夫は次のように評価する。

「教師たちの手紙のやりとり、文集の交換は、飢饉の下にある子どもたちにたいする直接の物質的援助にも結びついていった。それは、国分の所だけではなかっただろう。ここには、上からの欺瞞的な東北救援運動に対置された、下からの横断的連帯にもとづく、相互救援・相互連帯の実質を見出すことができる。」

——津田道夫『国分一太郎—抵抗としての生活綴方運動—』、（『福祉に生きる／清水寛』P162～167）

冷害の東北ほどでは無かったかもしれないが、益雄の勤務地北松浦郡田平小学校の地も「子ども飢えて何の教育ぞ」というほど貧しかったのであった。

○寒い障子のかげで、貧しいひざそろえ　この子
○お前の空いた席が目について雪の来そうな日のうすあかり
○欠食児をここに寝かせ　飯焚かせることか
○あの子だまって飯食って　いつか　かえっていたが

（近藤益雄）

心細やかに手紙や物品の支援など交流をしていた益雄の様子が伺えるが、「魂の友」と呼ぶように北と南に在って友愛で結ばれていたのであった。

夜しごと
（国分一太郎）

煙草葉の　しわのし
夜がふけて
むしろで　足が
いたくなる。

いろりの　たき火も
もうきえる。

土間には　ころぎが
鳴きに来て
おっ母も　ねろはと
よんでいる

あしたの　しごとに
しようかな。

（『塩ざけのうた』）

父親の仕事とともに生きている子供の姿。石川啄木は「我が暮らし楽にならざる、じっと手を見る」と読んだ。詩誌仲間の田口諭美は、「『あしたの　しごとに　しようかな。』に、ぽっと心に明かりが灯る。倹しい暮らしを支える温もりの通い合いを感じて、私の心も温めてくれます。」と、響き合う。

たばこの花
国分　一太郎

たばこの花が
ぽっとけぶつたー
霧の中に
おちついて咲いてゐる。

虫とり娘の
南京袋は
しつとりぬれて
肩がいたかろうに

霧よー
もうはれてくれたら
そしてたばこの花と
娘の頬をあかるくしてやれ。

国分さんにこんな詩があったのですね。なんて素敵な詩なんだろう。なんて優しい国分さんなんだろう。私は国分さんをものすごく強い人だと思っていました。優しい愛に満ちた人だったのですね。不屈の精神は優しい愛によって支えられていたのですね。いや、子どもへのどこまでも深い限りない愛が、不屈の精神を作るのですね。この詩を読んで、そう思いました。

（詩誌仲間／時崎幹男）

いねつけ
　国分　一太郎
いねつけ　こんもり
こん車
僕が　のつてる
いねの上／＼
よいこら　あねちやが
つなひいて
うしろで　おつかが
おしてゐる／＼
いねつけ　こんもり
こん車
がんばつて　父ちやが
ひいてゐる／＼
ばんげの　あひさつ
する人に
車の上から
僕がする。

（「教育」と「文学」の研究）8号

農作業は家族ぐるみの仕事で　重労働でもあった、それだけに力を合せ、自他を励ますリズムが必要であった。労働歌が聞えるようである。

浅野目憲一氏は言う。「当時の子どもたちは重要な労働力でした。特に田植えや稲刈りの農繁期には大人並みの働き手でした。国分先生が子ども達に教えたことは、まず健康で一生懸命に働くこと、次に勉強する事、最後に遊ぶことでした。」（同署／P45）

馬むかえ
　国分　一太郎
ちょうちん　ふりふり
まつてるが／＼
稲つけ　馬たち
まだこない。／＼
たんぼは　夜風も
寒くなり。／＼
かぽかぽ　あの音
おもそうで／＼
おら家の　馬だな
よかつたな／＼
ちょうちん　ふりふり
一、二、三！　／＼
おれと　弟こと
声あげた。

（『塩ざけのうた』）

農村のしごとは夜にもわたり、盆・正月と祭りの日を除けば、毎日が農作業の連続でした。この日々の仕事をことばにするたくさんの事があるはずですが、農民にとっては、黙して働く姿が日常です。そんな農家の生活を綴り方に書いた作品からは、子どものわずかなことばとその行間を通していろんなものが見えてきます。国分も農民の位置に身を置いて詠んでいます。
（詩誌の仲間／寺井治夫）

蚕

国分　一太郎

蚕が　寝たまの
ひとやすみ
かあさは　たすきを
はずします。／／
ふところ　ひろげて
よいおちち
ぼうやに　ゆるゆる
のませます。／／
蚕が　起きれば
いそがしい
かあさは　たすきを
またかける。／／
おちちも　どうやら
いまばかり
ぼうやよ　どくどく
のんでおけ。

（『塩ざけのうた』）

お蚕は何度も脱皮して成長します。そのたびに眠ります。春蚕・夏蚕・晩秋蚕さん、大体一か月で繭になります。朝から晩までひたすら蚕の世話です。桑の葉を食べては眠り一休み脱皮、目覚めたらまた桑の葉をモクモクと食べます。晩秋までめのまわる忙しさです。農村の暮らしがよく出て、子育てを見守るぬくもりが伝わってきます。（堀田京子）

（7）戦禍のない世界でこそ

「想画を読む」（P53）には、「昭和二年、長瀞小学校に赴任した佐藤文利先生は、人間の見方や考え方を重視した図画教育を実践した。『絵はがきのように美しい風景より、古びた農業の景色にも美しいものがひそんでいる』と指導した。昭和五年に国分先生が赴任、佐藤先生の想画教育に共鳴するとともに、生活綴方教育にも力を注ぎました。長瀞小学校教育の両輪として、人間教育が本格化していった。が、やがて押し寄せる戦時教育の中に埋もれてしまった。」との記述が刻まれている。

今

塩野勝巳

東京に行った姉のふで
ひき出しに　のこってゐる
母たちを
らくにさせたくていった
あねたちを思ふと
なみだがこぼれた

子どもたちにとって「平和」な世の中にしなければならないのが大人の責任。それなのに武器を増産し、目の前で殺し合う、死体を並べる。悍（おぞま）しい今のロシアの侵攻（戦禍）の有様に、国分一太郎等が生き、苦しんだ戦前の時代を紐どき震える。

【引用文献】
・「画文集　昭和の記憶」／長瀞小画文集刊行会／平成二十九年）

「自己愛」と「利他愛」宮沢賢治のこころとは

黄輝　光一

多くの日本人が、忙しさの中で、自分を見失っているのではないでしょうか?「自分は、何のために生まれて来たのか」「生きる意味が見いだせない」「自分なんて、社会に必要にされていない」「毎日がつらい」。過酷な競争社会の中で、自暴自棄になって、こころが病んでいる人がいっぱいいます。自殺者は、44年連続で2万人を超えて、自殺未遂は80万人、毎日3人の人が電車に飛び込んでいます。まさに、驚くべき状況です。

自己中心社会、経済至上主義社会、弱肉強食社会の中で、はじき飛ばされ、絶望に打ちひしがれ、孤立し、深い厭世観に陥っている人達が山のようにいます。

私、黄輝光一は、13歳の頃から、この弱く、はかない自分自身を鍛えたいと思い、今まで何十冊という、「自分を強くする本」「自己肯定感をあげる本」「幸運を招く本」「幸せになるために」「自己愛」を唱える本に巡り合いました。

その本に共通した「理念・思想」は、下記の通りであります。

① 一番大切なのは、「自分」です
② まず、自分を好きになることから始めましょう
③ 自分を愛することができない人が、どうして人を愛することが出来ますか
④ 「自分が幸せになること」すべて、これに尽きます
⑤ 大切なのは、自分が、自分に好かれること
⑥ もし、自分のことが大好きで、自分のことをすばらしいと思っていたら、この世の中に何も問題はない
⑦ 宇宙で、一番大切なのは「私」
⑧ 自分のやりたいことをやる
⑨ あなたはそのままでいいんだよ
⑩ ありのままの自分を愛する
⑪ 頑張らなくてもいいんだよ
⑫ いつも、大丈夫、大丈夫とこころで唱えましょう
⑬ バンジージャンプが怖いなら、歩いて降りてきてもいいんだよ
⑭ 楽しいことだけをやろう
⑮ 自分を１００％受けいれよう
⑯ 自分のすべてを許しましょう
⑰ 人生のすべては、自分が作り出したもの、ならば美しい花を咲かせましょう

毎日、毎日、復唱すると、どんどん元気が出てきますよ……………？？？

これらの言葉には、多くの共通項があります。自分が、落ち込んだ時には、きっと元気をもらえることでしょう。

でも、しかし、

ちょっと待ってください。

私は、この様な言葉に、違和感を感じます。

全体としての印象を言えば、「人間のあるべき、めざす理想の『こころの世界』とは違うのではないだろうか」と感じています。

逆に言うと、それほどまでに、多くの人が、自分を見失い、自信を喪失し、病んでいる。と、感じざるを得ません。

多くの人が本当に「無明の闇」に中にいて、まさに強い孤独感の中にいます。

私は、なんとかしなくては、といつも思っております。

まず最初に、この二つの言葉を紹介したいと思います。

「自己愛」と「利己愛」です。

18世紀の思想家・哲学者ルソー（1712～1778年66歳没）によると、

「自己愛」とは、簡単に言うと『自己』を愛する気持ちです。

自分を愛して大切にして、生きていこうということです。

具体的に言うと、生まれた瞬間から自然に備わっている「生存本能」です。『自己防衛本能』です。これを否定することはできません。人間の大切な生存原点といえます。

ルソーによると「自己愛」とは、社会や国家の概念の「すべての出発点」ということです。

一方、「利己愛」は、他者との関係から自分に芽生えるものであり、資本主義社会とのこの競争社会の中で、他人への配慮を忘れるのは、もちろん、自分への配慮も忘れてしまう感情のことです。（ルター）

自己愛と利己愛とは、大きな違いがあります。

私は、「利己愛」は、自己愛が自己中心主義社会、弱肉強食の競争社会の中で変質を遂げた「愛」と考えています。

確かに、自信を喪失している方、こころの病にかかっている方、深い厭世観に落ち込んでいる方への、処方箋・特効薬は「自己愛」です。失われ、自信を無くした現代人への特効薬です。

しかし、それは、一方では、この競争社会では、更に進むと、自己中心的な「エゴ」に変質します。すなわち「利己愛」です。それは、本来のあるべき、めざすべき理想のこころの有り様ではありません。

残念ながら、私が、今まで発信し続けてきた「霊的真理」から導き出される「人生観」「死生観」とは、対極の思念です。

ズバリ、私の思う、「利己愛」の対極の理念とは、「人の為に尽くす」です。

「利他愛」です。

愛と奉仕です。

慈愛のこころです。

雨にも負けず
風にも負けず
・・・・
東に病気の子供あれば
行って看病してやり
西に疲れた母あれば
行ってその稲の束を負い
南に死にそうな人あれば
行って怖がらなくてもいいと言い
北に喧嘩や訴訟があれば
つまらないからやめろと言い
ヒドリの時は　涙を流し
寒さの夏はおろおろ歩き
みんなに木偶の坊と呼ばれ
褒められもせず
苦にもされず
そういう者に
私はなりたい

（現代語訳）

☆　☆

まさに、自己のしあわせを追求する、自分本位のこころではなく、
「他人をおもいやるこころ」です。

さらに実践的な、他者への「愛と奉仕」です。
確かに、現代社会では、最も受け入れがたい生き方かもしれません。
「一番大切なのは自分です」
自分のことだけで精いっぱいなのが現実です。
命令され服従し、競争する社会です。
こころは、どんどん閉塞して、本来あるべき元気なこころ、
希望に満ちた未来が、打ち砕かれて行きます。

しかし、宮沢賢治は、打ちひしがれ、のたうち回りながらも、
みんなが幸せにならないうちは、本当の幸せはないと、言う。
いったいこれは、何を意味するのでしょうか？
それは、まさに、宮沢賢治の愛と奉仕のこころです。
見返りを求めない利他の心。
でくのぼうになりたいと。
現代に、最も失われているこころ
忘己利他（もうこりた）。
無償の愛。

これこそ、本当の「真実の愛」なのではないのでしょうか。

評論

なぜ今、宮沢賢治なのか？（愛と奉仕）

黄輝 光一

この物質文明社会。経済至上主義社会の中にあって、
今、最も失われているのは、いったい何か。

これは人間の本来あるべき「こころ」です。

それは、具体的には何か。

この競争社会、弱肉強食の世の中で、「自分さえ良ければいい」という、自己中心主義、すなわち「**エゴ**」が、蔓延しております。

それは、**こころの「がん」**だと思います。

それは、更に、社会エゴになり、国家エゴになり、人類を大きく蝕んでおります。

今、多くの人が、翻弄され、自分自身を見失っています。

こころが、病んでおります。

自殺者は、毎年２万人を越え、44年連続であります。自殺未遂は80万人。毎日３人の人が電車に飛び込んでいる。それは、あってはならない、驚くべき状況です。

まさに「**無明の闇**」です。

今や、世界は、第三次世界大戦さえ懸念されているという危機的状況です。


「**人の為に尽くす**」「**愛と奉仕**」この当たり前のことが、遠くに追いやられ、
他国の領土を、資源を、人様のお金を、他人の物を、大切な命を、「**奪い合う社会**」になり果てております。

賢治は、多くの童話で、はっきりと人類の未来へ警鐘を鳴らしています。

それは、**大自然との共存共栄**です。

そして、お互いが助け合う、分かち合う、「愛と奉仕」の世界です。

宮沢賢治は、私たちに、

「本当の幸せとは、何ですか？」と問いかけております。

自分だけが、幸せになってはいけないと……。

まさに「雨にも負けず……」のこころ。時として自己犠牲さえいとわない、

「みんな、木偶の坊にな～れ！」と。

慈悲のこころ、利他のこころ、困った人に手を差し伸べる。よるべない人に援助の手を差し伸べる、人間として当たり前のこころです。

それは、人類の希望ある未来を約束する、「利他」の精神です。

それこそ、まさに、宮沢賢治の「こころ」です。

宮沢賢治のその驚くべき「死生観」

宮沢賢治は、農学校の教師時代、その生徒達に、

「人間は、なぜ生まれて来たか？　ということを知らなければならない。そのために、この世に生まれてきたのです。そして、この問題を本気になって考えるか、考えないかによって、その人の存在価値が決定すると思います」と述べた。

本当に、震撼させられる言葉です。

「生きる目的は、一体何か」を問うているのです。

「死に対して、ノホホンとしていてはいけない」と断じております。

まさに、求道です。

そして、その強い思いが、「法華経」との出会いであります。

「私の全生涯の仕事は、この法華経をあなたのお手元に届けることでした」と、明言したのであります。

では、その「法華経の教え」とはいったい何か。

それは「菩薩行（ぼさつぎょう）」

その実践的行いとは、まさに「雨にも負けず……」の詩の内容です。

愛と奉仕です。

「でくのぼう思想」であります。

私は、これが宮沢賢治の「死生観」の神髄だと思います。

終戦直後に登場した出版界の風雲児
青山虎之助と「新生」（一）

星　清彦

戦時中の詩壇や文壇は、政府軍部からのがんじがらめの検閲と紙がとても貴重なものとなり、物理的にも雑誌を出すなどは、非常に厳しいものでした。それは詩や小説が果たす戦意高揚などの効果を、当時の政府や軍部があまり評価していなかったからなのでしょうか。私の記憶としては北川冬彦さんが報道班員として東南アジアに従軍した際、地元の新聞に清貧の中に暮らす女性の作品を掲載すると、「マレーの虎」の異名を持つ山下奉文が、

「こんなものが何になるんだ」

と激怒したという話を覚えています。戦時下において作品協力をした書き手も当然いたわけですが、果たしてどれだけ居たものか。世の流れに従いじっと静かにしていた書き手や、戦争に正直なところ反対で、それを書くこともできず筆を折った状態の書き手などには、もう発表の場は何処にもなかったのです。詩人も作家も評論家もその他の文芸に拠った人々も、手足をもぎ取られたような状態で、一人で反戦を言ったところでどうしようもなく、きっと不満を吐き出せず、黙してくすぶっていたのでしょう。

ところが敗戦とともに価値観が百八十度変化し、一遍に崩落、大混乱をきたし音を立てて旧体制が崩れ落ちると、以外にも早く大方の出版社は文芸雑誌の復刊や創刊の準備を始めます。我慢していた書き手も鎖を解かれ、漸く自由に書ける歓びを感じ始めていました。そんな中でいち早く「新生」という雑誌がまさに衝撃的に創刊されます。

この「新生」はそれまでの出版業界とはとても結びつかないほどの型破りな経営方法で誕生しました。昭和二十年十月と言いますから敗戦後僅か二ヶ月で誕生しています。ここに当時の朝日新聞の論説委員の話が残っています。

「終戦直後のある日、論説主幹のSさんが外から息せき切って帰ってきて『えらい雑誌が出ましたよ。とにかく原稿料が一枚最低三十円なんです。評論の値段がそれで、小説だと五十円も百円も出すらしいね。それに米一升、牛肉一貫目のお土産付きなんですよ。【新生】というんですがね。その社長がまだ三十歳になったかならぬかの白面の青年でね、青山何とかといいましたよ。世の中、変わりましたね』と、それはそれは感嘆したように息をはずませて語ってくれた。当時の原稿料の相場が一枚二、三円の時代だから、十倍余の新値には本当にビックリ仰天した」

そして青山虎之助という名前も出版業界にあっという間に広まったのでした。「戦後出版界の風雲児」として。二百万円という金を掻き集めて戦後雑誌ジャーナリズムに一番乗りで登場

したのです。
今、私の手元にその「新生」創刊号がありますが、発行は昭和二十年十一月一日付とあり、実際は前述のように十月中旬のようです。定価は一円二十銭。総ページ数は三十二ページで、折り畳んだままのアンカット（袋綴じのようなもの？）で、自分で挟みやペーパーナイフなどで切り開いて読む形でした。現在ではとても考えられませんが、活字に飢えていた当時は、さほど苦痛ではなかったという感想も残っています。表紙は独立したものではなく、本文の紙と共通で、目次はその表紙に大きく印刷されています。私の感覚からするとわら半紙に近い紙質で色はくすんだ茶色と言うべきか、とにかく近頃は殆ど見られなくなった粗悪な紙です。（手元の資料には花仙紙とありますが、そのような紙はないと思いますので、恐らく仙花紙だと思われます）その上印刷にムラがあり、ポイントも小さく、何と書いてあるのかよく解らない部分もあり、このあたりは「読む」というよりは「想像して読む」という楽しみ？　と工夫も求められます。それでも戦前に第三回芥川賞を「城外」で受賞した小田嶽夫氏は、

「薄っぺらな、いかにも敗戦を象徴しているものだったが、『粗末』だなどと感ずるより先に、旱天に慈雨を得たような喜びでいっぱいだった」

と残しています。それ程活字に飢えていたのが実感として伝わってきました。

表紙にある執筆陣の面々は、尾崎行雄、賀川豊彦、室伏高信、小林一三、青野季吉、正宗白鳥と文学だけではなく、政治、経済界と多岐に渡っています。文芸評論家の青野季吉氏は「戦争雑感」というその文の中で、

「三年半の宿命的な戦争中、さまざまな思念や感情が入れ乱れ、堆積し、ほぐれてはまたもつれた。ときには激情にさらわれて、危うく自分を失いかけた瞬間も稀ではなかった。（中略）そうした自分をやっと支えたものは、祈るこころだった。また西行、芭蕉、良寛などの先人の生き方に思いを潜めることだった。或いはまた戦争と縁の遠い古い世の物語に打ち込むことだった。その距離が遠ければ遠いほどよかった。石器時代までがあらためて私に話しかけてきた」

とあります。青野季吉氏のような戦争逃避に苦しんだ人々は、インテリ層には多かったのではと考えます。また小林一三は、「忠君愛国の話」として次のような文を掲載しています。

「（略）諸侯の臣下町人百姓に至るまで、長いものには巻かれろという格言がある。政党が傍若無人の時はその尻馬に乗り、軍部が暴威を呈する時は軍部に媚び、官僚が専横ほしいままにする時は官僚にへつらう。そして忠君愛国の影に隠れて、如何なる時代にも、強者に便乗してその保身術に没頭するのが鎌倉幕府以来七百年来温存せる我が国民性ではないだろうか」

この文もいかにも敗戦直後といった感じですが、これをほんの二ヶ月前に公言していたら、忽ち「不敬罪」で捕まっていた筈ですから、時代は間違いなく大変化を得たのでした。そしてこの創刊号は約十万部作り僅か一時間で完売したのです。尤もこれは尾ひれがついた数字かも知れません。九万部という資料や十三万部というものもあり、完売までに二時間という記録や、編集兼発行人の青山虎之助の文を読むと、即日完売とあります。けれどもいずれにしても決して見栄えの良くない「新生」が羽が生えて飛ぶように売れたことは間違いありません。そして二号は十五万部発行し、これも三日ほどで完売したのでした。なお二号も三十二ページで三号になると一挙にページ数は倍になっています。

でもどうしてまだ統制下にあった紙がこんなに手に入ったのでしょう。不思議に思い調べてみると、本当かどうか完全なる自信はありませんが、ヤミの他に旧軍隊の軍需物資として残っていたものを大量に横流しで手に入れたのではとも言われています。また十万部もの印刷は、日経新聞社の輪転機を借りて刷りまくったのでした。あらゆる手段で軍資金を集め、紙も裏ルートをさぐり大量に仕入れると、法外な原稿料で大家にも執筆を依頼し、新生の発行となりました。それは号を重ねるごとに内容が充実し、三号（昭和二十一年新年号）の執筆陣は、正宗白鳥、丹羽文雄、広津和郎、永井荷風、里見弴、宇野浩二、石川達三、蔵原惟人、武者小路実篤という、当時一遍には揃えられそうにない夢のような面々で、果たしてどれだけの原稿料とお土産を使ったのだろうと、人ごとながら心配になるほどです。永井荷風の「腕くらべ」「亜米利加の思い出」や谷崎潤一郎の「卍」などは、原稿料が一枚千円や二千円とも噂され、伝説めいたものが巷に流れていきました。当時貧しい暮らしをしていた永井荷風は、青山虎之助と面会した時に原稿料の話になり、

「原稿料……貧文士の膽を奪う。笑う可きなり」

と「罹災日録」という作品に書いています。驚嘆の原稿料に取りあえず荷風はこれで一息つけるとホッとしたことでしょう。この短い文の中にも笑顔が見受けられます。作品の中にこんな話も出てくるほどですから、話は広がり当然「新生」は爆発的に売れ、「青山虎之助」は時代の寵児となります。執筆者は他にも美濃部亮吉や尾崎行雄、羽仁五郎といった人たちの名前もあり、読者の幅も広がったことでしょう。そして三号になると広告も増えていて、生命保険会社や証券会社のものが目立ちますが、これも相当の収入があったことでしょう。しかも「懸賞小説募集」という記事もあり、原稿枚数は五十枚から二百枚まで、賞金は一万円。短編はこの新生に掲載され、長いものは単行本として発売するという、無名の書き手には魅力溢れるものでした。

少し横道にそれますが活字飢餓を物語る話は他にも例えば、「岩波文庫」が発売されると、それを買う行列が神田一帯に長く続いたという話や、リーダーズ・ダイジェストの日本語版が売り出されるとたちまち予約でいっぱいになり、強いコネでも

なければ到底手には入らなかったと言います。それにしても日本語版と言えどもほんの数ヶ月前までは「鬼畜米英」と叫んでいた国のものが、こんなに人気になるなんてこれも驚きです。

さて飛ぶ鳥を落とす勢いの「新生社」の青山虎之助ですが、こんな話も残っています。GHQから現在使用しているビルから立ち退きを通告されます。しかも二日以内で。現在ならば無茶苦茶な話ですが、すると青山は困るでもなく、日本橋の四階建てのビルを一棟丸々買い取り、自動車を二台買い、気に入らないとして返却し改めて三台も購入して、そこを新社屋としました。当時自前の自動車を保持している会社は希で、一種のステータスでした。それを三台も持っていたのです。しかも新生が物凄い勢いで売れていましたので、多いときには約百三十人もの社員がそこのビルで働いていました。言葉はよくありませんが、いかにも戦後のドサクサでの「成金」の姿のようです。収入と支出の計算はどうなっていたのでしょう。私にはあまりに丼勘定というか、無謀な金の使い方と思えてなりません。これが勢いというものでしょうか。

井伏鱒二氏の「新生」に関わる文として後年、「あのときのこと」という題で当時のことを書き残しています。

「当時私は郷里の広島県福山に疎開のままだったが、荻窪の私の家に用字があってちょっと上京した。すると青山虎之助氏から速達便の手紙が来た。『花』という文芸雑誌発刊の披露会をするから出席して欲しいという内容だった。宇野浩二さんからの添え状も入っていた。理想的な綺麗な雑誌を出す計画だと云っていたように思う。とにかく私は出席した。当時綺麗な雑誌に私は飢えていた。（中略）料理がどっさり出て、髪を縮らした綺麗な芸者が三、四人来て酌をした。外国の煙草も出た。私は疎開先ではどぶろくを飲み、煙草は闇屋から買った葉煙草を刻んで紙に巻いてのんでいた。食糧不足で辛うじて生きていた。それが不意に美酒佳肴に接したので忙しく飲み出して、どんな話がでたのか覚えていないほどに酔ってしまった（略）」

このような豪華で当時としては考えられなかった持てなしを、青山は度々行いました。こんな文も見つけました。

「『新生』では美味を惜しみなく贈られたり、きれいどころのずらりと居並ぶ饗宴に、山海の珍味のご馳走付きで寄稿を頼まれるのだそうだ」

羨望の的のような話です。それこそ湯水のようにお金を使うのでした。豪快というか無計画というか、あるいはそうみえて実は計算されていたことなのか。ビックリするような思い切った破格の稿料と美食の物量作戦。それに文壇の大家という金看板なんかに物おじしない向こう見ずの果断な実行力が「新生」を生んだのです。

次回はもう少し踏み込んで「新生」について書こうと思います。そして風雲児「青山虎之助」についても掘ってみる予定です。

話題の本のご紹介

新発見の95篇を収録！

村上昭夫著作集　下

未発表詩95篇・『動物哀歌』初版本・英訳詩37篇

北畑光男・編　2020年12月10日刊
文庫判　320頁　並製本　1,000円＋税
解説：鈴木比佐雄／大村孝子／冨長覚梁／渡辺めぐみ／スコット・ワトソン（水崎野里子訳）／北畑光男

宮沢賢治の後継者と評された村上昭夫がH氏賞、土井晩翠賞を受賞した詩集『動物哀歌』。編集時に割愛された幻の詩95篇、初版本全篇、英訳詩37篇、5人による書下しの解説・論考を収録。村上昭夫の実像と精神史が明らかになる。

「石川啄木、宮沢賢治に続く詩人」と評された村上昭夫の小説・俳句・散文にその詩想の源を見る

村上昭夫著作集　上

小説・俳句・エッセイ他

北畑光男・編　2018年10月11日刊
文庫判　256頁　並製本　1,000円＋税

第一詩集『動物哀歌』でH氏賞、土井晩翠賞を受賞し、「石川啄木、宮沢賢治に続く詩人」と評されながらも早逝した村上昭夫。敗戦直後の満州を舞台に、人間心理を追求した小説「浮情」の他、童話、詩劇、俳句、詩論等、未発表の作品を数多く含む作品集。

小説

『坂の上の雲』司馬遼太郎

宮川　達二

「身辺は明快単純でいい」秋山好古・弟真之への言葉

―騎兵―

秋山真之ノ米国ニユクヲ送ル
君を送りて思ふことあり蚊帳に泣く　正岡子規

―渡米―

そのとき、広瀬が消えた。巨砲の砲弾が飛びぬけたとき、広瀬ごと持って行ってしまったらしい。

―旅順口―

「どうせ、やめる。坊主になる」
日露戦争直後の秋山真之の呟き

―死闘―

―幻の駅・旧万世橋駅前の広瀬武夫中佐像―

東京のJR中央線神田駅とお茶ノ水駅の中間に、一九一二年（明治四十五年）に開業した旧万世橋駅があった。駅名は北にある神田川の洋風石造の万世橋から名付けられた。駅舎は、赤煉瓦の高層建築、須田町交差点には路面電車が乗り入れ東京の中心にふさわしい所だった。万世橋駅前広場にかつて、司馬遼太郎の日露戦争を題材とした小説『坂の上の雲』に登場する広瀬武夫海軍中佐の巨大な銅像があった。

広瀬武夫（一八六八～一九〇四）は、『坂の上の雲』の主人公である海軍軍人秋山真之の親友である。広瀬は一九〇四年の日露戦争勃発直後、中国の遼東半島旅順港のロシア太平洋艦隊への閉塞作戦で福井丸を指揮する。福井丸を去る時広瀬は、部下の杉野兵曹を救出するために福井丸へ戻り探索する。しかし杉野の姿は見つからず、帰還の際に乗ったボートでロシア側の砲弾を受け、広瀬武夫は戦死する。享年三十六。

広瀬中佐の死は、閉塞作戦という危険を顧みず、部下の救出のため勇気ある行動をとった美談として国民に伝えられた。その結果、広瀬は日本初の「軍神」とされ、文部省唱歌として広く歌われ、故郷豊後日田には広瀬神社まで建立される。いずれも、広瀬自身の意志とは無関係で、司馬遼太郎も作品の中で広瀬を描く際、一切これらについては触れていない。

万世橋駅前広場の銅像建立は明治四十三年（一九一〇年）、広瀬の死から六年後である。広瀬武夫の全身だけで三・六メートル、下方には広瀬が救出しようとした杉野兵曹の姿が据え付けてある。万世橋駅は、太平洋戦争中の昭和十八年（一九四三年）に営業停止した。だが、広瀬像は関東大震災、太平洋戦争中の爆撃に耐えて残った。その後、昭和二十二年（一九四七）、GHQの要請を契機に東京都が撤去、この世から消えた。こうして、日露戦争以後、軍神として広く知られた日露戦争の英雄広瀬武夫海軍中佐の名は、以後日本人のなかで殆ど忘れ去られる。司馬遼太郎は、『坂の上の雲』を書き始めた際、前半を伊予出身の三人秋山好古、秋山真之兄弟、正岡子規の青春を鮮やかに描いた。この時、海軍軍人広瀬武夫の真実の姿に注目する。ロシア駐在武官としての留学、ロシアで多くの友を得、ロシア人女性アリアズナ・コヴァレスカヤとの恋も描く。司馬遼太郎は『坂の上の雲』を単なる戦記物に終わらせず、豊かな人生が交錯する群像劇としている。

―広瀬武夫のこと―

広瀬武夫は豊後竹田、九州大分の出身、秋山真之とは海軍兵学校時代からの友である。広瀬武夫は、軍人には珍しいほどの読書家で、多くの文章や漢詩を書き残している。彼はロシア滞在中の六年間に、ロシア語を自らのものとし、プーシキンの詩の漢詩訳を恋人アリアズナ・コヴァレスカヤに捧げている。

司馬遼太郎は、一九八三年に刊行された『広瀬武夫全集』（講談社刊）編纂者の一人となり、第一巻の巻末に次のようなエッセイを寄せている。

「本書の編纂にあたり、関係者たちはあえて広瀬を軍人としてみることは姑く措き、みずからは決して志さなかった文学の徒として見ようとした」

広瀬武夫全集　上―「文学としての―

広瀬武夫に対し、軍人としてよりも「文学の徒」という見るという事を全集編纂の基本的立場とした姿勢を司馬遼太郎。彼は、長編『坂の上の雲』では、日露戦争で命閉じた広瀬に情の深い、文学性の高い男として重要な役割を与え、読者に新たな広瀬像を与えようとした。なお、この全集の編纂者の一人に司馬遼太郎の先輩で交友が深い島田謹二（一九〇一～一九九三）がいる。島田は、司馬を越えるほどに広瀬武夫に関心を寄せ、ロシア駐在武官時代を描いた『ロシアにおける広瀬武夫』を書き残している。

―小説『坂の上の雲』―

小説『坂の上の雲』は、司馬遼太郎（一九二三～一九九六）が昭和四十三年四月から四十七年八月まで、サンケイ新聞夕刊に連載された。足掛け五年、彼が四十代の時、準備期間を入れると十年の歳月が『坂の上の雲』に費やされている。

既に司馬は、『竜馬がゆく』『燃えよ剣』などで大いに注目されていた。しかし、この作品は彼が本格的に、明治という近代を、さらには外国をも舞台とした長編小説を書こうと試みた最初の長編である。連載開始の時代は、安保条約改定、大学紛争、学生運動の勃発と重なり、朝鮮半島、中国など外国への侵略を背景とする日露戦争を描くことに対し、戦争賛美、右翼的な方向への動きを進めるという知識人らの司馬への批判的な声が多かった。世界的にも、パリの五月事件、チェコスロバキアに於けるプラハの春などが、この小説の連載時期と重なる。

登場人物は、四国松山出身の秋山兄弟と友人正岡子規が中心である。兄の秋山好古（一八五九～一九三〇）は日本陸軍の騎兵隊の創設者、弟の秋山真之（一八六八～一九一八）は海軍軍人で日本海海戦の際の主席参謀、真之の親友正岡子規（一八六七～一九〇二）は俳句、短歌に大きな足跡を残した日本文学者である。彼らに、子規の友人夏目漱石、秋山真之の友人広瀬武夫、子規の母や妹律や秋山兄弟の妻などの女性の魅力的な存在が描かれる。子規が三十五歳で早逝した後の壮大な戦記部分には、膨大な数の政治家、軍人たちが登場する。とくに幕末、明治維新に起きた国内での戦いの生き残りの軍人、例えば乃木希典、東郷平八郎らが、ロシアという強国を相手とし、国際的な帝国主義時代の日露戦争で大きな役割を果たす記述は興味深いものがある。

―日露戦争、及び太平洋戦争への歩み―

日露戦争（一九〇四年二月～一九〇五年九月）は中国東北部、朝鮮半島での権益を求める日本、ロシアの間に起きた戦いである。ロシアは、極東での不凍港を求め南下政策をとっていた。日本では大国ロシアとの戦争を回避する伊藤博文らの動きも存在したが、最終的にはロシアとの交渉は不成功となる。以後、中国満洲での陸戦、朝鮮半島沖での海戦など大規模な戦いが繰り返された。

日本が戦争を挑んだロシアの国土は日本の六十二倍、陸軍力は六倍、海軍力は極東艦隊、バルチック艦隊の総数を入れ約二倍以上であった。当時シベリア鉄道が開通し、極東への食糧、兵力の輸送は十分だった。どの観点から見ても日本が戦争に突入して勝てる相手ではなかった。日本国内では劣勢を認めながらも、海外進出の大きな契機として見る勢力が勝り開戦する。結果として、日露戦争に勝利した大きな理由と、日本の日露戦争後に歩んだ太平洋戦争への過程を、司馬遼太郎は『坂の上の雲』の「あとがき」でこう語る。

ロシア皇帝をふくめた本国と満洲における戦争指導者自身が、日本軍よりみずからに負けたところが非常に大きい。戦後の日本は、この冷厳な相対関係を国民に教えようとせず、国民もそれを知ろうとはしなかった。むしろ、勝利を絶対化し、日本軍の神秘的強さを信仰するようになり、その部分において民族的に痴呆化した。日露戦争を境として日本人の国民的理性が大きく後退して狂躁の昭和期に入る。やがて国家と国民が狂いだして太平洋戦争をやってのけて敗北するのは、日露戦争後わずか四十年のちの事である。

―あとがき二―

一九一七年に起きたロシア革命は、我々日本人には遠い国の出来事のように感じる。しかし、ロマノフ王朝が倒れた大きな契機は、二十世紀初頭の日露戦争が大きく関わっている。日露戦争の最中の一九〇五年一月にロシア・サンクトペテルブルクで起きた「血の日曜日事件」は、労働者による憲法制定会議の招集、労働者の諸権利の保証、日露戦争の中止などの請願で平和的なものだった。しかし、軍隊は非武装の人々に発砲した。この事件により、皇帝崇拝は大きく打ち砕かれ、全国に反政府運動が広がり、日露戦争の敗北はロシア革命へとつながる大きな契機となる。

―ロシア・バルチック艦隊の航行―

司馬遼太郎の帝政ロシアへの冷厳な洞察は、ロシア革命に対してのみではない。帝政ロシアの歴史的矛盾、開戦後の満州の奉天、黒溝台、遼陽などでの会戦、遼東半島旅順での攻防に於けるロシア軍人たちの特有の弱点が次々と暴かれる。中でも一九〇四年十月十五日にバルト海リバウを出港して日本海へ向かったバルチック艦隊の極東への距離三万キロ、七カ月に及ぶ航海の長さ、非同盟国に阻まれた食糧、石炭の供給などは苦闘の連続である。さらに踏み込むと、バルチック艦隊司令官ロジェストウエンスキーの指導力や実戦経験のなさ、バルチック艦隊の統一性に欠けた体制も、司馬は事細かに明らかにする。乗り込んだ兵士たちの体力、戦意が極端に衰えた果てに、一九〇五年五月二十七日の日本海軍の連合艦隊との日本海海戦を迎える。日露戦争の最終段階に於ける帝政ロシアという国の政治体制、内部の矛盾を知ってこそ、日露戦争の真実が明らかとなる。

—小説とは何か—

『坂の上の雲』最終章は「雨の坂」と題されている。この章の後半は、日露戦争終結の翌月の十月二十五日の秋山真之の東京での行動が主に描かれる。秋山は戦争終結後に、長年の友人子規の田端大龍寺へ墓参する。その頃、彼は日露戦争で犠牲となった日本人、ロシア人の多くの死に自分がそれらの死に大きく関わっていることに対し「坊主になりたい」と考える。しかし、結局秋山真之は海軍軍人として生き、坊主になることも出来ずに四十九歳まで生きて人生を終える。この小説は、早く亡くなった弟秋山真之に対し、昭和五年、七十二歳まで長命した兄の好古の死を描いて長編の幕を閉じる。

司馬遼太郎は、日露戦争の最終段階の七月に行われた「樺太全島占領」、戦争終結の大きな要因となったポーツマス条約締結に至る経緯にはまったく触れずにこの長編小説を終えた。後半で実に細かな陸戦、海戦の推移が描かれるが、司馬遼太郎にとって、歴史のなかを生き抜いた人間を描くことが最大の目的だった。司馬遼太郎の小説、そして表現への想いは次の言葉で要約されている。

「小説とは要するに人間と人生につき、印刷するに足るだけの何事かを書くというだけのもので、それ以外の文学理論は私にはない。」

—あとがき　六—

「たれにとっても、表現は本質的であるほうがいい。——略——さらには、論理に密着しつつ、感覚的であるほうがいい」

『風塵抄』—表現法と胡瓜—

最後になるが、司馬遼太郎は作品『坂の上の雲』に於いて、広瀬武夫中佐に対する「軍神」という言葉、万世橋駅前の広瀬武夫銅像、豊後竹田の広瀬神社建立には一切触れていない。また、旅順攻防戦で多くの兵士を犠牲にした第三軍司令官乃木希典を愚将とし、明治天皇の死に際し、殉死した彼の死を決して評価しない。また、日露戦争の勝利の最大の原因となる日本海大海戦の中心人物連合艦隊司令長官東郷平八郎に対し、彼をことさら特別な英雄として書かない。司馬遼太郎の『坂の上の雲』に於ける人々と歴史への洞察の数々は、今後も文学とは何かを示す道標として未来へ語り継がれるだろう。

草莽伝

前田　新

老年期3

平成二七（二〇一五）年、真は母親佐和の冥福を祈って、小説「冬の銀河」を「あいづ文学」に書き、詩集『無告の人』をコールサック社から上梓した。省みれば満一歳にもならぬときに、真は父信の看病のために上京した母親佐和に、祖父母のもとに置いて行かれたというトラウマをどこかに持っていた。佐和も身を引き裂かれる思いで真を祖父母のもとに置いていったことを悔んでいた。まる二年の間、日に日に死期に近づいてゆく夫を看取りながら、身寄りとてない東京で佐和はどうすることも出来なかった。

　反抗期に真が回りの子供たちのように、母親に対して従順でなく、ことごとく反抗するのを、佐和は乳飲み子の真を祖父母のもとに置いていった報いだと耐えた。長じても何一つ佐和の望むような息子にはならなかった真を佐和は「これも運命だ」と「何があってもなるようにしかならない。例え、真が思想犯として牢屋にぶち込まれるようなことがあっても、我が子には変わりはない」と、黙々と働いて二人の孫娘を喜与とともに育ててくれた。生きている間、真は親孝行の何も佐和にはしてやれなかった。佐和はその一生を無告の人として生きた。大正、昭和、平成と戦争から戦後復興という時代を、東北の僻村で戦争に翻弄され、名も無く貧しい農民として、誠実に必死に生きた母子は、どれほどいたであろうか、会田真と佐和親子もその無数の一つに過ぎないのである。

無告の人

　二〇一二年十二月十三日午後二時五八分、母は九六歳
　の生涯を閉じた

冷たい風に
舞うように降っていた雪が止んで
暗い雲間から射す西日が
ひとすじの淡いひかりとなって
一瞬、母の死顔を照らした

私の握る手に
まだ、ぬくもりを残したまま
母は、私たち家族の
記憶のなかに移って行く

地主の娘として生まれ
貧農の私の父に嫁ぎ、わずか三年で死なれ
戦後は、アカとよばれるひとり息子を
必死に支えて生きた母
母の思うようには
何ひとつ、ならなかったが
それでも母は老いてから何度も
〝ありがとう〟を家族に

くりかえした
半盲になった晩年
二本の棒をもって
母は畑に出て、草を抜いた
一本は杖、もう一本は眼の代わりだ
気丈な母は、私が脳梗塞で倒れてからは
九六歳の朝まで
誰の世話にもならなかった

文盲ではなかったが
無学な母は理屈で私を諭すことはなかった
ただ、ひたすらに働いて、私を諌めた
直耕の思想、かくあるべし
母は「無告の人」を生き切って
その生涯を終えた
母よ

母が生きている間は、母に対して感謝の思い表すような詩を書いたことなど無かったが、亡くなって、はじめて七編の詩を感謝と鎮魂の思いを込めて書いた。そのなかで夭折した女流画家、三橋節子さんの「三井の晩鐘」をその詩集の表紙にさせてもらった。梅原猛さんが『湖の伝説』で琵琶湖の三井寺の「龍の伝説」を描いた三橋さんの絵を見て以来、いつか真は、わが子のために盲目となって、暗い湖底でわが子が鳴らす三井寺の鐘をじっと聞いている龍の姿に、盲目となった佐和の姿を真は重ねた。それが鈴木比佐雄さんのお骨折りと故三橋節子さんの夫、鈴木靖将様のご協力で詩集『無告の人』の表紙にさせていただいた。サプライズという他はないが、乳の代わりに母親の両眼を舐めて育つ息子こそ、紛れもなく真であった。

その年、終戦直後の昭和二五（一九午〇）年に、わが国に起きた一連の謀略事件の一つである松川事件の、無罪確定五十周年を記念して制定された松川賞の第一回公募に、「松川事件を語る今日的意義」の表題の小論文を応募し、第一回松川賞を受賞する。会田真にとって松川事件は新制中学一年のときに起きているが、高校を終えると「五色の集い」で被告とされた家族の話を聞いて、公正な裁判を求める署名活動を、真が村の青年団で行ったのが、科学的社会主義思想への端緒となった。「無実の人を殺してはならない」というヒューマニズムは〝義を見てせざるは勇なきなり〟と、論語の格言を想起したのである。

何よりも、死刑宣告を受けた被告団長の鈴木信さんは、その後、共産党の福島県党の委員長になり、晩年、真の拙宅に県の党書記長であった後藤勝彦さんと訪れていた。亡くなられた鈴木信さんへの哀悼の思いがあった。受賞することなど思いもしなかったが、十月、福島大学の図書館で受賞式は行われ、何十年ぶりに阿部市次さんや安田純治弁護士にも会ってきた。受賞が縁で審査委員長の元福大学長の今野順夫先生ともご友誼を頂くことになった。拙宅で行った受賞を祝う会には、来訪して頂いた。

その時々に、ふとしたことで出会った人が、真の生き様に影

響を与えて、
去ってゆく、詩はそのメモランダムだ。

あしたばの人*――鈴木信さん追悼

「真実は勝つ」生身に根を張る鹹草（あしたぐさ）、鈴木信句集『真実の風』
二〇一三年七月二日、鈴木信さん没、享年九二

おだやかな笑顔の眼が
とてもやさしかった
この人が、死刑の宣告を受けて
十一年間、獄中で謀略とたたかった
不屈の人とは、思えなかった

人間の本当の強さとは
鋼のような剛直ではなく
毛布のように暖かく
手のひらのように柔らかなものだと
私はそのときに思った

何があっても
これは譲れないというものを
人はそれを信念とよぶ
あるいは思想ともよぶ
しかし、それ自体
かたちのあるものではない
その人の生き方でそれはかたちになる

私が知る信さんは
大きな湖の凪間のような
ゆったりとした佇まいの人だった
占領下の謀略という
とほうもなく巨大な闇と
真実の言葉をもって静にたたかった
それは卑劣な占領者と
その走狗となったこの国の権力者たちから
人間の尊厳とこの国の主権を
守るたたかいだった

死刑が宣告され
暗い牢獄のなかから
真実の言葉をもって世に訴える
やがて、その言葉は
人々の心をとらえ
そして人間の良心の巨大な渦となって
日本から世界に広がっていった

その正義と真実の渦の中心に
信さんはいつも、端正な顔に
やさしい微笑みをたたえていた
信さんの不屈の心と不動の確信が

二十名の松川事件被告団を束ね続けた
ともすると、絶望感に襲われる
心棒となって運動の渦を廻して

栄転して破格の出世をした
その一方で冤罪をでっち上げた人たちは
次々と不審な死を遂げていった
謀略の現場を見た人は
十四年の歳月のなかで

しかし、被告とされた人たちの
アリバイを立証する証拠、
「諏訪メモ」を隠していたことが
明らかになり、彼らの虚構は破綻し
被告全員の無罪が確定した

信さんはどんなときでも
おだやかに、それていて的確に
凛として正義のたたかいの指揮をとった
信念をかたちにする生き方は至難だ
人の心を深く包み込んで
多数の人を真実の味方にする
多数者革命の神髄を
私は信さんの生涯に見る

＊あした草（鹹草）は明日葉の別称、「今日、切られても明日は葉が出ている。旺盛な野草」

その後、会津九条の会代表高橋力牧師真美夫妻と美里町九条の会の皆さんの共催で高田町の教会で、ささやかな松川賞の受賞祝賀会を開いてもらった。

平成二八（二〇一六）年、会田真は八十歳になった。かねてから八十歳になったら発行することを計画していた歴史書『会津・近世思想史と農民』Ａ5、三八二ページを歴史春秋社から発行した。メーンは近世期の農民一揆をめぐる思想史だが、その前史として、会津の古代史から中世史にもふれ、近代期の幕開けとなったやーやー一揆（世直し一揆）にも、『会津農書』にもふれた。その背景に会津藤樹学と呼ばれる中江藤樹の陽明学の思想が存在することを確認した。

拙著『会津・近世思想史と農民』を農民連初代全国連代表の小林節夫氏に贈呈したところ、御著『農の銀河鉄道――いま地人・宮沢賢治を』が贈られてきた。小林さんは真よりは、干支一回り上の丑年、大正一四（一九二五）年の生まれで、昭和二六（一九五〇）年に東京大学農学部を卒業して、上級役人にならずに、故郷の長野佐久に帰り、農業改良普及員となり、水田酪農を始めた人で、その詳細は前述しているので省くが、評論『ペンと戦争』『怒りの炎――農、星霜の夢』『山青く水清し』など多数の著作ある。

真が県連の役員をしていたころから福島県農民連の総会には来賓としてきて、真と宮沢賢治論で意気投合して昵懇（じっこん）となり、真が脳梗塞で倒れた後も、福島にくれば会津の真を訪ねて来て泊まっていった。その時はいつも福島の佐々木健三さんと一緒だった。佐々木さんは小林さんの後を受けて全国連の二代目の会長となった。真とは県の青年団活動からの付き合いであった。真は早速、『農の銀河鉄道――いま地人・宮沢賢治を』の読後感を書いて送った。

平成二八（二〇一六）年八月二二日、小林さんは亡くなられた。享年八八、佐々木さんは小林さんを偲んで、平成二九（二〇一七）年に、追悼のパンフレットをつくられた。そこに会田真の「小林節夫『農の銀河鉄道――いま地人・宮沢賢治を』精読」は収録された。令和元（二〇二〇）年、長野佐久の小林さんの自宅の別棟の茶室に「小林節夫文庫」をつくることになり、その発起人に佐々木健三さんらと名を連ねた。その建三さんも二〇二二年に亡くなられた。

同時に真は歴史春秋社から発行した『会津人の誇り』は、歴春社の企画で笹川寿夫先生など、会津の歴史研究者の方々との共著で、真はその冒頭に概論的なことを書いた。

そうしたことがあって、町の高齢者の会から講演会の話があり、「町の古代史にかかわる話」を二時間ほど、町の中央公民館で話をさせてもらった。脳梗塞を患ってから、人前で話をすることなど無かったが、会田真は話のまくらに「八十路を迎えてわが老いもいよいよ佳境に入ってきた」と、ヘルマンヘッセの『人は成熟するにつれて若くなる』を引き合いに「老人になって、それを自覚する人は、いろいろな力と能力が失われてしまったにもかかわらず、ひとつの人生が高齢になっても、一年一年最後まで、その関係と絡み合いの網目を無限に拡大し、多様化してゆくさまを観察することができ、記憶力がはっきりしているうちは、すべてのはかないものや過ぎ去ったもののうちの何一つ失われないことを観察することができる」（V・ミヒェルス編、岡田朝雄訳、草思社版）から、故松永伍一（『日本農民詩史』（全五巻の著者）から贈られた『老いの品格』から「老いの品格を保つための五ヵ条」一、健康であること、二、脳を鍛えること、三、感動すること、四、奢らぬこと、五、おしゃれ感覚を持つこと、を語った。一、二、は自然現象に関わることで老いを素直に受け入れて、それ相応ということであるが、三、四、五は意図することによって可能なことで、この二つの書は数ある老いについての書物のなかで、真自身が座右に置いているものである。一で松永はその手段のひとつとして散歩をあげた。真は軽い農作業をあげた。松永は金がかからない散歩が一番というが、真は何がしかの金になる農作業をすすめた。土を耕し、種子を蒔いて育て、それを食う。軽い農作業と言っても季節の移りのなかで汗ばむ程度の労動は健康いい。二は、松永は好奇心を挙げた。同感である。好奇心のおもむくままに、何にでもはてな？　と思うと、少年のように軽い興奮が起きる。たしかに記憶や根気は衰えてきているが、関心のあることについてはまだ集中力の持続性が残っている。

何よりも自分の時間が確保されるのは有り難い。確かに持ち時間の絶対量は減っているのだが、時間に密度があるなら、それを濃くすることは出来る。晩年の時間とはそういうものだ。一時間が四、五時間に相当する。

真はそうした経験を話した。還暦の時に脳梗塞を患い万事休すというよりは窮すと思ったが、気がついて見ると、重度二級の身障者になって二十数年が過ぎて、大小二十二冊の本を書いている。身体的には不自由であることは事実だが、脳はその状況に対応して、それを常態として認識してくれた。マイナスが必ずしもマイナスではない。淮南子の言う塞翁が馬であることを実感した。物書きの真似事が出来たのも身障者になって、好きなことが出来る時間が持てたからである。健常者のころは、人生は太く短くなどと意気がったが、今は細々とでも、少しでも長く生きて、世の中を観て見たいと思う。

老いの生き方について、数冊の本を書いた松永伍一とは、思えば長いつきあいをした。彼は平成二一（二〇〇八）年に七八歳で亡くなったが、真よりは七歳年上であった。昭和三五（一九六〇）年の安保闘争で上京した折、東京の書店で彼が福岡で発行している詩の同人誌『民族詩人』を買ってから、その読者になった。その後、彼の詩集『くまそ唄』を読んで文通し、彼が兄が戦死をしたために大学進学を断念して農業を継いだことを知った。数年後に松永は上京した。そして戦前、戦後の全国の農民詩人の詩を蒐集して『日本農民詩史』の編纂に着手したのである。その話を彼から聞いた時に賛同したが、大変なことだと仰天した。何故なら農民詩人とよばれる人の大方は地方に住んでいて、そこでの活動のなかで書かれている。

戦前の詩人は農民運動に対する弾圧や戦争に駆り出されて没した人も多い。どうやって集めるのかと思ったが、会津の資料収集に協力してくれと言われて少しばかりの手伝いをした。彼は五年の歳月をかけて、全五巻の大著としてまとめあげた。空前絶後の労作で昭和四五（一九七〇）年度、毎日出版文化賞の特別賞を受賞した。

彼は『老いの品格』のなで「老いていく過程で感動と感謝が脱落してしまったと仮定しよう。とても生きていけない。涙もろくなっていいではないか、その感動がみずみずしい人間的感性を育て、深い熟成を保証しているのだから」と、書いている。人間味のある詩人であった。最晩年に豪華な一冊本『松永伍一全景』を真に残して逝った。

平成二八（二〇一六）年、の秋、二人の男が訪ねてきた。笠井尚と遠藤勝利、だった。笠井とは『会津人』以来だが、遠藤らとは二三年ぶりであった。真が脳梗塞で倒れる直前に会津若松で出していたローカル紙のインタビュー記事の取材に来て以来であった。元気になったようなので顔見に来た。彼らは言い、「お互いに老い先は、短くなったが、何かやりたい。それで相談にきた」と、話を切りだした。

真は「何を言うか、君らはまだ若い。先がないのは俺だ。もう三分の二はあの世に行っている。屁の役にも立たん」と言ったが、彼らは「会津にジャーナリズム精神に立つ活動が無くなって久しい。その媒体をつくって地域ジャーナリズムを再建したい」と言う。かつて地域民主主義運動にかかわった彼らが、〝鼬のさいごっぺ〟をこきたいと言う。気持ちは解るが文無しでは、と言うと、迷惑はかけないと言う。もともとアナーキストの彼らは非組織的だがデネシラ（根無し草）ではない。彼らが真に骨のある地域コラムを書けと言う。ならばと、承諾して『会津ジャーナル』を創刊した。そのスタッフのなかに、真が尊敬した小島一夫さんの娘さんがいることを聞いて、承諾したと言ってもいい。彼女は会津若松市のビジュアル版の『会津若松市史市史』（全二十五巻）のレイアウトを担当している。『会津ジャーナル』が創刊以来、地方の小冊子ながら、ハイセンスなレイアウトが維持されているのは、主幹の遠藤さんと彼女の力量によるものである。

あれから五年（二〇二二年時点）が過ぎた。『会津ジャーナル』は、年四回発行を維持し、二十号を数える。趣意に賛同して原稿を投稿する書き手も十人を超えた。若松市だけでなく市町村にいる埋もれた書き手を探して、ジャンル別にそれぞれの自主性を尊重して、ゆるやかなシンジケートを作っている。真は彼らに「地の塩」たれ！　と、激励して毎号、短いコラムを書いている。

平成二八（二〇一七）年、一月、歴史春秋社長の阿部隆一さんから、昼食でも喰いながら話をしたいとの電話があり、いって見るとエッセストの大石邦子さんや作家の木村麗子さん、福島民友新聞社の元取締役を退職した町田久次君、元副市長の田辺君、児童文学者の鶴賀さんなど、県文学賞受賞者が集まっていた。阿部社長は、「皆さんに集まってもらったのはほかでもない。かつて、会津若松市には会津ペンクラブがあり、同人誌『盆地』が発行されていた。会員の高齢化などによって、会津ペンクラブは自然消滅して『盆地』が廃刊になって久しい。毎年のように県文学賞の受賞者を輩出した当時の事情を知っている者としては残念でならない。若い人を育てるためにも、会津に文学活動の場を作りたい。皆さんに、ぜひともご協力をお願いしたい」と話した。

さらに「そうしたなかで、会津美里町の高田ペンクラブは結成以来、まもなく半世紀になるが、継続して『高田文学』を発行して、青少年に文学活動の場を提供している。〝継続は力なり〟というが、その経験と教訓を会津全体の文学活動に生かしたいが、それは何なのか」と、真に問いかけた。真は「社長さんに改まって聞かれると、考えこんでしまいますが、結成当時のリーダーは鬼籍に移っていますが、結成時はまだ青年だった、俳句の小林雪柳さんとか、私とかが生存しています。継続の力の第一は高田町の場合、会津文化の発祥の地という歴史的な風土があり、文学のみならず絵画や書道、コーラス、民謡舞踊など、多彩な町民の文化が会津美里町文化団体連絡協議会に結集して活動しています。第二に、文化活動は個人の能力や努力によってその作品は評価がなされますので、単なる趣味としてのレベルで自己満足をしないために積極的に、各種の賞に応募して自己研鑽を積むことを奨励しています。県文学賞をはじめ、さまざまなジャンルで多くの受賞者を出しています。継続の力の第三は会の民主的で公平な運営です。カリスマ性の強いリーダーは独善性や家父長的な会の運営になり易いので、適宜の役割分担の更新を心掛けて来ています。」

そんなやりとりの後、阿部社長肝入りで「会津文芸クラブ」の結成と同人誌『会津文芸』創刊号の発刊を、同年の九月発行で話し合われた。真は会の性格を「会津ペンクラブ」ではなく「会津文芸クラブ」に拘（こだわ）ったのは、周知のように「日本ペンクラブ」は「国際ペンクラブ」の日本支部という関係性を持ち、ジャーナリズム活動も包括するので、文芸活動に限定した集団として、地域における文学活動の活性化に機能することを目的とするために「会津文芸クラブ」とした。

会の目的として、特に次世代を担う人材の育成のために、青少年（高校生・大学生）に全体の三分の一程度のページを割くことを実践している。

後日、「会津文芸クラブ」の結成総会が開かれ、年長者の故をもって、会田真が発足時の会長に、同い年の木村麗子さんが副会長に阿部社長と大石邦子さんは監査に、町田さんと田辺さんと鶴賀さんは事務局に就くことになったのである。結成から五年、『会津文芸』は五号を発行する。真は健康上の理由で会長職を一期で退き、二代目の会長には本名幸平さんが就任され、顧問に推戴された。

その年の八月十三日から三日間にわたって会津若松市文化センターで開催された恒例の「会津若松市平和祭り」で、中国残留孤児を主題とした映画「望郷の鐘」を上映した。上映に当たって実行委員会では学習会を開いて、日本の中国満州における植民地政策とその悲惨な歴史について学んだ。そのなかで会津九条の会代表の高橋力牧師をはじめ、中国満州からの引き揚げ者が多くいることを知り、真珠の会の代表の高橋真美や『萌』の赤城昭子さん、民主文学会の和合恭子さんらが、それらの実態調査と、また少年義勇隊員のシベリア抑留経験者のお話を聞く活動を行った。そしてそれを冊子としてまとめることになり、真はそれを依頼された。

その年の秋、真は調査と資料をもとに『満蒙開拓会津村と少年義勇隊』を、シーズ出版から発行した。

その本に聞き書きとともに、自ら満州国からの引き上げを少年期に体験した会津若松栄町教会の牧師、故高橋力会津若松九条の会代表の貴重な「国策・満州開拓団の実態と棄民」を寄稿いただいた。高橋さんは一九四二年に家族とともに満州に渡り、わずか三年で敗戦になり、国家の「現地に定着せよ」という棄民政策のなか、命がけで一九四六年に帰国された。

その忘れることのできない悲惨な体験を回顧され、貧しい農民を「満州行けば、広大な土地が与えられ、満人を使って大地主になれる」とだました国策によって、わずかひと冬で、七万人が現地で亡くなったことを記されている。

戦後、高橋さんは牧師になられ会津若松市の栄町教会に赴任されて、ご家族で平和運動に献身されておられたが令和三年に急逝された。奥様の高橋真美さんが、その意思を継いで会津九条の会の共同体表として活動されている。

楽園の扉（1）

富永　加代子

1　山百合の花影

心の奥に残る景色があるとしたら、花穂子の場合は、夏山の斜面に咲き乱れる山百合の群生がそれである。お盆帰省の列車が千葉駅を出て、ほどなく人家がまばらになると、緑が増えてくる。駅を一つ越えたころに、右側の斜面にその景色が現れる。

釣り竿のように伸びた茎に、濃い緑色の葉を左右に行儀よくつけ、その先端に大きな白い蕾をつけている。やがて頭を垂れたまま花弁が開き始めるとヒトデのように反り返って咲く。白い花の内側は、茶色いそばかすで埋め尽くされており、花粉を包んでいた薄皮がはじけると黄色い花粉が粒だって一層鮮やかな色彩を放つ。そして列車の巻き起こす風に一斉に首を振る姿が神秘的に見え、印象に残っている。

花穂子の母もまた田舎の出身で、山百合には思い入れがある。「私の故郷のお寺に向かう道に、ちょうど今ごろは、この山百合が咲くの。そうするとね、咲き乱れる百合の花々の間をアゲハ蝶が蕊を覗き込むようにして飛び回るの。その様子は、優雅で趣があって良いものよ。山百合が海外に渡り、品種改良の末にカサブランカになったのよ。すごいと思わない。世界のカサブランカの母は山百合よ。そして、何より頭がくらくらするほどの芳香が気持ちをやわらかくしたり、時に惑わせたりして人の心をユリ動かすとも言われているのよ。百合なだけにね。」などと駄洒落交じりに話してくれたことも、原風景の一コマとなっている。

彼女は、当時はまだ珍しかった職業婦人で、花穂子を含め三人の子供を育てながら働いていた。父親はまさに昭和の父親で、威厳を盾に生きているようなところがあり、横のものを縦にもしないのでなおさら忙しかったのだろう。もともと軽口を利かない人で、仕事と家事に追われほとんど話をする暇はなかった。それでも眠る前には、妹と弟を膝にのせて絵本を読み聞かせているのを見ると、とてもうらやましく感じたものだ。

彼女は口癖のように、「お父さんの顔に泥を塗るようなことだけはしないでね。お調子者で危なっかしいから心配なのよ。」と言い、花穂子は年中何やかにやと叱られた。好奇心旺盛のおてんばだったので仕方ないが…。それでも、母親が花の名前やそれにまつわる逸話を時々話してくれる時は、子供心にも嬉しく安らかな気持ちになったものだ。山百合を見るとき、花穂子は今でも一連の山百合の景色と同時に母を思うのだった。

時を経て、再び山百合の群生を見たのは、伊豆の山中でのことだ。伊豆は花穂子の夫の順一の母親の故郷であり、特に義母が亡くなってから、絵描きの伯父に連れられて、山百合の群生している場所を見せてもらったことがある。そこにもアゲハ蝶が舞い飛び、仕切りに蜜を吸っていた。と思うと急に姿を消して花の影にしばし休み、そしてまた突然にせわしく飛び交うのである。まさにわずかな時の間を花影に寄り添っているように見えた。二人は花影に休むアゲハ蝶のように、伊豆の土地柄とこの伯父に惹かれ伊豆に通うようになった。

伯父は、谷川敬治、日本画家である。十九歳で家出し、あちこちを転々としながら俗を避け、画商の言いなりにもならず信念を貫いて絵を描いてきた。やがて故郷に戻った伯父は、モネの「日傘の女」の絵のような遥という麗人と結婚し、三人の子をもうけた。妻の遥は地元高校の音楽教師をして伯父と家族を養った。しかし、伯父は五十歳を機に、絵に専念することを宣言し、この家族の元を離れた。そして、埼玉県の古寺に留守番方々居を構え精力的に絵を描いた。

一九九七年に伯父が山百合と蝶の絵を屛風に描いた。題は「花影」。順一と花穂子はこの作品を譲り受け、彼らの小さな美術館の象徴として展示している。その伯父も、順一の母の実家を継いだ親戚も相次いで亡くなり、転機が訪れた。

順一の母方の家系が途絶えて、あらかた値打ちのあるものは国庫に納まり、海辺の先祖代々の墓とわずかな土地が残った。諸々の後始末を任されて動いているうちに墓守りの役が順一に廻ってきた。伊豆半島の先端の風待ちの小さな漁村のことである。ここには絵描きの伯父の二人目の妻である明莉が海辺の家に猫と暮らしており、順一と花穂子にとって彼女が唯一の知人になってしまった。

明莉は一見、竹下夢二の描く女性のようにはかなげで美しかった。京都の医者の三姉妹の次女で陶芸を志し、人づてに伯父のことを知り、寺を訪ねて伯父と知り合った。その後、中国での陶芸修行を経て帰国し、再び伯父を訪ねたそうだ。帰りに伯父から桜の枝を手渡され、家で桜の包みを開けると幹に蟻が一匹右往左往しながら彷徨っていたという。

「蟻さん、お前さんも桜の大樹の元に戻りたいのね。私も画伯の元で一から修業をしたい。」

と伯父のもとに押しかけて弟子入りを願いでた。

「僕は内弟子を取らないよ。でも、気が済むだけここにいればいいさ。」

と伯父は庭を見つつ言ったそうだ。この、桜大樹の蟻の話は、伯父が何度も花穂子にした話で、

「ねえ、すごいでしょ。あの人は、ただものじゃない。」

と、そのたびに感動して明莉を褒めた。

当時、伯父は六十代半ば、明莉はまだ二十代だった。以後、彼女は二十年以上衣食住を共にしながら美意識のみならず、生きることの本質を学んできた。すぐに諦めて京都に帰るだろうと周りの誰もが思ったが、彼女はよく努めた。その後、伯父達は数年を経て伊豆に戻り山と海と花を相手に絵を描いて過ごした。

八十歳を過ぎた伯父が明莉に絵画と海辺に建てたアトリエと自宅を兼ねた家を託すにあたり、

「養女になるか、妻になるか。」

と聞いた。彼女は、

「妻となって一生先生の絵と志を守っていきたい。」

と申し出たという。この婚姻を機に順一と花穂子の夫婦は、伯父に谷川敬治と明莉の後見人になるよう頼まれた。年の差四

十歳以上、明莉は伯父の妻となった。しかし、楽しいときは長く続かないもので、伯父は病に倒れ寝たきりの生活を十年続けた後、百歳に僅か二十日ばかり足らず亡くなった。順一と花穂子は、伊豆とは離れた所に住んでいたため、名ばかりの後見人で、満足に彼女を手伝うこともできず、明莉はずいぶん苦労をしたことだろう。そしてその献身的な介護の様子や、やさしく気さくな性格が村の人達に受け入れられ、また、自分も周りを助けてすっかりこの漁村の人になっていた。

2　宮ノ谷

明莉の案内で初めてその土地を見に行ったのは、一月の末。伯父の四十九日の法要の後だった。国道に面したその土地の周辺は、かつてマーガレットの栽培を盛んに行っていたことから、道にマーガレットラインという名がついた。当時はマーガレットの花畑の白と海の青のコントラストがとても綺麗だったことだろう。今は、すっかり雑木に覆われている。そして、この場所こそが数年前に伯父が案内してくれた山百合の咲く谷だったのだ。

順一が譲り受けた土地は、ビニールハウスの骨組みが錆びたり朽ちたりしながらもかろうじて姿をとどめているほかは、菜花と水仙に覆われ、早春の香しい匂いに包まれていた。入り口近くには農具小屋が二棟建てられているが、内側も外側も蔓植物で覆われて戸の開け閉めも容易ではない。

ガードレールの切れ目から中に入っていくと、足先が硬い物に当たってつまずいた。炊飯器の釜だ。さらに進むと、ステンレスの風呂釜、冷蔵庫、無数の缶や瓶。あわびやサザエの貝殻。健気な菜花や水仙の花の下はなんと不法投棄された廃棄物。ごみ、ゴミ、塵。おまけに、海から七十メートルも登った斜面の土地でありながら、一歩一歩進むごとに靴が潜っていく程の湿地になっている。

奥へ進むと、山の上から流れてきた水が、小さな滝となって流れ落ちていた。温かい日差しと風、そして、絶え間ない水音が心地良い。ここは、清と濁、善と悪、天国と地獄の同居する不思議な空間で、日常の生活とは異なる時間が流れているのを感じた。

「この土地をゴミの山にしておくことはできないわ。ここを綺麗にすることが、私達の使命のような気がするの、どう。この土地を私達の手で『楽園』にしない？　海と緑と花に囲まれた『楽園』、なんでも叶う自由な空間。素敵だと思うわ。」

と花穂子は順一と明莉の二人に開墾しようと提案した。

「賛成。私もね、そうしたいと思ったの。ここは気持ちがいいのよ。先生とよく花を摘んだり蛇イチゴを摘んだりしに来たの。やろう、やろうよ。私達の『楽園』づくり。」

明莉は、化粧っ気のない、しかし端正な顔を崩してはしゃいだ。彼女の関西弁は、やさしくまったりと、また時に強さを持っていて、それが伊豆半島の突端に位置しながら静かに凪いでいるここの浜に似合っている。

一方、東京生まれで、土いじりなど子供のころからしたことのない順一は、

「君達は、楽天的すぎるよ。大変なことだぞ。思いつきや勢いで動くのは危険すぎる。……と、言ってももう決めているんだろ。気乗りはしないけれど、二人がやるなら協力するよ。」

と言って話は決まった。彼もまた、海と山の間の先祖の土地に立ち、一面の花畑とやむことのない鳥のさえずりを聞き、心を動かされていたに違いない。

この土地はお宮の下の谷、「宮ノ谷（みやんたに）」と言い、斜面を登って行くと、小さなお稲荷さんがある。そこは、絵描きの伯父の幼い頃の遊び場だったと聞いた。今は樹木に隠れ、朱色の鳥居を見ることはできないが…。

海辺の家に戻った三人は、ビニールハウスの辺りは菜園に、道路に面した部分には季節ごとに咲く花を植え、奥には梅、桜、萩、椿。レモンや柿、蜜柑などの実のなる木も植えようと果てしない夢を語り合い、夜遅くまで酒を酌み交わした。

何の憂いもなく、只々六十代はじめの順一と花穂子と明莉の三人の第二の青春は、前途洋々スタートした。

夢の楽園づくりの活動は、早速翌日から始まった。まずは構想を練ろうと伯父のアトリエで図面を広げた。図面は、弁護士から手渡されてから順一が大事に管理している。彼は地図や図面や取扱説明書を見るのが大好きなのだ。虫眼鏡と一緒に図面を出して土地の様子をしばらく見ていたが、突然に、

「おいおい、これはどうなっているんだ。この地図だとずいぶん土地が狭いぞ。それに形が違うぞ。」

と言い出し、三人で、地図を覗き込んだ。

古い地図でもあり、印刷も薄いのでよく見えない。目を凝らしながら見ていくと、宮ノ谷のこの土地は入り口付近から奥までは、何人かの地主の持ち物である事が判明した。つまり入口付近や中程の一部は順一の土地ではないことが分かった。このままでは、人の土地を通らなければビニールハウスの跡地まで行けないのだ。嘆く順一をよそに花穂子と明莉は、

「まず、土地の持ち主探しから仕事を始めることにしよう。」

と図面をのぞき書かれている名前を確認し始めた。

漁村の入り江は、外海の波が堤防に遮られ、さざ波が立つ程度の静かな海になっている。三人は少しのぼせ上った気持ちを鎮めようと外へ出た。西風に吹かれながら、入り江の西側の寺に向かった。そこは、順一が託された先祖の墓のあるところで、この墓に手を合わせ『楽園』づくりの報告をしたのだった。

三人は、その足でさらに海に面して断崖になっている石段を登り、枯草に覆われた墓の前に立った。詩人、吉澤るりの墓である。彼女も順一の親戚筋だがここも墓守りを失い荒れ放題になっている。周りには、墓じまいをしたとみられる古い墓石が積み重ねられている。

るりはこの切岸から海を眺めながら何を思っているのだろうか。海もまた黙っているばかりだ。三人はしばらくるりの墓から西風に煽られて銀色に光りを放つ海を見つめた。マーガレットの栽培や海水浴で賑わった海辺の村。谷川敬治や吉澤るりが生きたこの土地。そして、それらが通り過ぎた時間。

強くなった西風が潮を巻き上げて顔を打つ。明莉が「故郷」を小さく口ずさむと二人もそれに合わせて歌い出す。この歌は、

寝たきりになった伯父とよく歌った曲で、歌うたびに

「この歌はいいねえ。」

と言って、伯父はいつも涙を流した。三人は、それぞれに通り過ぎてきた時間を思い出していた。

海辺の家に戻った順一と花穂子は、明莉と今後の動きを確認し昼過ぎに帰途に就いた。

持ち主探しはこの土地に住む明莉が中心になり、あちこち聞いて回った。入口の地主は同じ村に住んでいたので、すぐに了解を得ることができた。ところが、中程の土地の持ち主の名前まではわかったが消息がつかめない。それでも彼女が熱心に調べてくれたおかげで、その人は、現在は隣町に住んでいることがわかった。

土地を借りる交渉は順一と花穂子の役目だ。翌週早速に、二人は隣町に住んでいる「マサキチさん」を訪ねた。彼は、盆栽などを扱った造園業をしており、見事に整えた松を見せてくれた。店は数年前に閉じたが、特別に注文が入った時だけ仕事をしているという。一人暮らしとは言え綺麗に片付いた部屋に二人を通し、話を聞いてくれた。

村のことも、絵描きの伯父や順一が託された実家のこともよく知っていた。この開墾のために遠く千葉から通う事を告げると、千葉に娘が嫁いでいると言って、千葉や東京の名所や特産物のことで話がはずんで一時間程話をした。帰り際に

「昔はあの辺りはマーガレット畑が綺麗だった。きれいに使ってくれるなら、それだけで良い。農具小屋の中にあるものも好きに使ってくれ」

と優しい笑顔で見送ってくれた。

未だ地主の分からない部分を残しながらも、不法投棄のごみの片づけから作業を開始した。国道から投げ捨てられた瓶や缶、ビニール袋をはじめ、鍋、釜、業務用の冷蔵庫、建築資材の端切れなど、作業を始めると想像を絶する不法投棄の品々が現れた。まずは小さなものから少しずつ分類してまとめ、業者にとりに来てもらった。早春とはいえ、やはり伊豆は暖かい。作業に夢中になって動いているうちに汗まみれ泥まみれになった。しかし、その作業は苦よりも楽しさが先行し、三人は子供のようにちょっとしたことにも一々驚いて声を上げたり、冗談を言い合って笑ったりしながら動いていた。

三人が作業をしていると、駐在を始め、村の人達が通りがかりに声を掛けてきた。伊豆の山中に頻繁に出入りするよそ者の赤い車とその持ち主のことは、知っておくべき重要事項であるようだ。隣の漁村から見物に来る人もいた。特に順一と花穂子は、村の人達の警戒心を強く感じながらも、なるべく自分から挨拶をするように心がけ、また声を掛けられれば、必ず帽子をとってそれに応えた。

それにしても、地図に比べて土地が広い。再度この辺りの土地管理に詳しい人に調べてもらったところ、国道のマーガレットラインに土砂がせき止められて堆積し、土地が広がったのだという。背後の小さな滝から水とともに石や土がゴロゴロ流れてくる。雨が降ればなおさらのことだ。こういうことは昔の地図にはよくあることだそうだ。予測不能。なんだか楽しいこと

になりそうな予感がした。

3　開墾

二月中旬。順一と花穂子は早朝四時に千葉を出発。午前九時に開墾地である宮ノ谷に到着。伯父のもとで若い頃に絵を習ったという潮音社と呼ばれる便利屋のようなことを仕事にしている人が、前日までにあらかたの雑木を伐り、切り株を掘り起こして重機を使って取り除く作業を始めていてくれた。おかげですぐに予定の作業に入ることができた。この潮音社が、力仕事を含め山の仕事のプロとして仲間に加わってくれたことは、開墾を進めるうえで大きな力となった。彼は、国道の端のガードレールの周りや、村の人が通る細い道までも丁寧に草刈りをしてくれた。

放置された土地というものは三年もすれば人の背を越す程の雑木が生える。まして、三十年以上放置されていたのだから、それなりの道具と人手が必要だ。明莉の知り合いにも声を掛けて作業を手伝ってもらった。

畑の痕跡があるのは、ビニールハウスの骨組みの残骸だけ。あとは一人では持てない程の大木やゴミ。そしてそれらを隠すように咲き乱れる菜花と水仙。やる気満々で旗揚げしたものの、所詮山のことも畑のこともよく知らない花穂子である。彼女の先祖が、千葉の土地を切り拓いたというので、少々の開拓精神ぐらいは持ち合わせているのかも知れないが…。

斜面から枝を伸ばした樹木の剪定、ビニールハウス内の木々の掘り起こしと運び出し。ゴロゴロと全域に転がる石。何もかも女の手ではびくともしない。それでも軍手、厚底長靴にスコップを持ち、草を抜き、石を除去して行く。

昼は、平らになったところに掘り出した石を組み上げ、たき火をして珈琲を淹れた。明莉が地物の干物を焼き、野菜たっぷりの味噌汁を作り、花穂子が伊豆への道中で調達したおにぎりを皆で頬張った。明莉は、どんなに忙しい時でも食べることを疎かにしない。これは長年の伯父との生活で学んだことだという。デザートは潮音社のお持たせの夏蜜柑。伊豆の人は蜜柑をよく食べる。若々しく元気の秘密がそこにあるという人もいる。

「先生が蛇イチゴ酒を体に良いといってね。毎年たくさん作っていたのね。蛇イチゴを探してとるのは大変だからここに植えておいたのだけど、今となっては雑草。大変だねえ。」

と、汗をぬぐいながら、明莉が言うと

「ちょっと前まではお薬の元が今は雑草か。一日中とっても取りつくせない。私たちの敵は、人間のエゴか！」

と花穂子が返した。すると潮音社がすかさず

「人間は罪深いものです。」

と牧師のように言ったので、みんなは思わず吹き出してしまった。

温かい伊豆といっても午後三時を過ぎると急に冷たい風が吹く。翌日の約束をして四時半に分かれた。順一と花穂子は、明莉の家の伯父のアトリエに泊めてもらった。風呂からは、凪いで静かな波の海が見える。月の光が水面に届き、長く光りの影を引いている。ただ、片付けに追われる作業であっても、宮ノ

谷の開墾作業は、三人をワクワクさせ、明莉の得意料理の一つの炊き込みご飯とおでんで酒を飲みながら時間を忘れて夢を語り合った。

翌日は朝九時から作業を始めた。順一と潮音社は相変わらず、木を伐り、石を運び地面を平らにしていく。こんな山仕事は苦手な順一も黙って潮音社に従って働いている。そして、ハウス内を耕して畑の形を整えるのが花穂子と明莉の仕事だ。

奥から緩やかに傾斜している土地に鍬を入れると、ガツガツと音がする。大きな石から小石までの石また石。それらをバケツに取りながら、土だけを残し耕して行く。土に肥料を加えて少しずつ畑らしくなっていく。

すぐに結果が見えた方がやる気が出るとばかりに、開墾二日目で一部を畑に変えた。畝をつくり次回のジャガイモの植え付けに備える。花穂子は、

「畑はジャガイモから一年が始まるというらしいので幸先がいいわ。もう少しで一段落つくから、頑張ろう。」

疲れている皆を励まして昼食も早々に荒地を耕し始めた、それぞれが自分の持ち場で働き、日没を合図にみんなと別れた。千葉から通う二人は近くの日帰り温泉で入浴、夕食、休憩をして午前一時過ぎに帰宅するのがパターンになっていった。

二月の下旬。金曜日の仕事を終え慌しく支度を整えて、順一と花穂子は用意しておいた種芋を積み込んで夜中に千葉を出発した。朝からの雨は伊豆に近づくに従い強くなり、熱川、稲取、河津辺りは車のワイパーが利かないほどの豪雨と化した。

「こんな嵐では、何もできないぞ。道路が土砂崩れにでもあったら大変なことになるぞ。どうするんだ。」

と順一は運転しながら不安を口にした。

「着いてから考えましょう。今は安全に行くことだけを考えればいいから。大丈夫、明日はきっといい天気になるよ。」

と花穂子は根拠のない楽観的な返しをする。

「君は、楽天的だなあ。」

と笑ったが、それで順一も気を取り直したようだった。大雨の中を順一は一人で五時間も運転して南伊豆の道の駅に立ち寄った。夜が明けて、雨も弱まり、やがて雨は止んだ。道の駅の脇の川には見ごろになった河津桜が咲いている。そして川岸には菜の花が咲き美しい景色なのだが、さすがに大雨の通り過ぎた後で元気がない。それでも二人で川岸を桜に添って歩いていると、沢蟹があちこちで顔を出したり引っ込んだり忙しく働きだした。

「大丈夫。ここを過ぎればきっと晴れるわ。」

「ああ、そうだな。着いたら少し休むぞ。」

「そうしましょう。明莉さんのところで一休みしてから畑に行きましょう。」

花穂子の素直な反応に順一はほっとしたように笑って車に乗り込んだ。彼女が能天気でいられるのは、順一が緻密で理性的な性格のおかげだ。

空は、みるみる晴れて明るくなり、峠を越えて目的地に到着した。一休みして宮ノ谷へ向かうと、道のあちこちに木の枝や

石ころが落ちていた。先に到着していた潮音社が、

「大変なことになっていますよ。これは全部台無しだ。」

と頭を抱えている。車を降り長靴に履き替えて、宮ノ谷に分け入ると、必死の思いで開墾し、耕して畝まで作った畑の三分の一が前日の雨に流されていた。土が流れた跡は、川底のような岩が見えている。どうやら、奥の滝の辺りの水は元々の水路が埋まっているために行き場を無くし、柔らかくなった畑の土を一気に押し流してしまったようだ。言葉を失うというのは、こういうことか。誰も何も言わない。

ゴミを片付けて大自然の懐で花や実のなる木を植え、野菜作りをしようなどと、そんな甘い考えは自然を前には通用しない。まして、自然を守るなんて軽々しく言ってしまったものだ。自然は鼻からそこに存在し、人間は分をわきまえつつ、その恩恵を頂くというべきなのだろう。いきなりガツンと頭をたたかれたような気がした。

水仙に覆われているところも足を踏み入れると、ズブズブと足が泥の中に埋まる。しかし、鈍感な上にしつこい性格の花穂子は、

「全ては水の行き場がないことが原因ね。皆さん、畑にまく水を確保しつつ、水路も整えるという大きな課題が生まれました。大丈夫、大丈夫。何とかなるよ。いや、何とかしようよ。」

と空元気を出して言った。潮風社は頭を抱えぶつぶつ独り言を繰り返すばかり。順一は、

「これは一大事だぞ。素人の手には負えないぞ。」

と弱音を口にしたが、明莉の
「なんとかしようやあ」

の言葉に潮音社と順一も気を取り直すことができた。

マーガレットラインのギリギリまで流された土を丁寧に集め、バケツで何杯も運んで削られたところに土をもどして再び耕す。土が流されないように水の流れる道をつくり、整えなければならない。男達は水路づくり、女は畑。一日黙々と働いた。

日没まで畑を耕し、翌日も一日中開墾は続き、日が落ちるまでかけてジャガイモを丁寧に植えた。二月のこの辺りは、西風が強く波を打ち、潮を巻き上げて目を開けることもできない日が多いが、幸いこの二日間は、海も凪いでいたので助かった。失敗を恐れる気持ちより困難を乗り越えて解決していくことが、面白くて仕方なかった。誰にも束縛されることのないこの宮ノ谷にいる時、まるで青春の真っただ中にタイムスリップしたような気分になった。

花穂子と順一と明莉の開墾作業はこうして始まった。そしてそれは、社会の一歯車となって生きる日常生活とは別の、ゆったりと流れる命の時間への扉を開けるきっかけをもたらした。

ひと夏の家族（5）

小島　まち子

洋子が座敷に戻ると、横になって皆の宴会を眺めていた母、育が座椅子にもたれて食卓の輪に加わっていた。久しぶりに家に戻って感慨深かったのか、日中は食欲がなく、長女、繭子がスプーンで口に入れてやった二匙か三匙のお粥や汁物を摂っただけの育が、

「蟹を食べる」

と、起き上がったのだと繭子や長男の大が驚きを隠せない様子で教えてくれた。

義妹の喜久子が蟹の身を殻から外し、小皿に入れて育の前にすすめた。育はほんの僅かな蟹肉をスプーンで掬い上げると、ゆっくりと口に運んだ。そして、

「おいしいねえ、奈っちゃん」

と、言った。

「えっ、ホント。良かったあ」

大の妻、奈津美が声に安堵を滲ませて微笑んだ。

育が小ぶりのタラバ蟹の足一本分くらいをゆっくりと食べ終わると、

「義姉さん、ちょっと舐めて。毒消しだから」

と喜久子が杯を差し出す。

「ああ、大好物のものだあ」

皆を笑わせておいて、育は喜久子から差し向けられたお猪口の酒をほんの少し口に含んだ。

生魚や蟹、貝などを食べた後、食あたりを防ぐため、といって日本酒を一口飲むのは、矢野家の家庭医学みたいなものだ。洋子は結婚したばかりの頃に生牡蠣を食べた後、同じことを言いながら下戸の夫に「毒消しの酒」を勧めて、笑われたことがあったのを思い出した。それでも洋子自身は子供の時からの習慣を信じていた。

育は手を合わせて食事を終えると、喜久子の介助を受けながら再び横になった。ふと見ると、喜久子は布団に横たわった育の手を握り、もう片方の手で育の額にかかった後れ毛を優しく撫でつけている。今の育が誰よりも心を許し、甘えられるのは、もはや娘たちでも息子でもなく、この喜久子という、たった一人の弟、智の妻なのではないだろうか。市内の勤め人の家から智の許に嫁いできた喜久子は、矢野本家とは目と鼻の先の近隣の家に住み、市役所に勤める智との間に二人の子供を儲けた。農村の暮らしを手取り足取り教えたのは育だった。賢い喜久子は、「義姉さん、義姉さん」と育を頼り、また何くれと育の手助けをして、いつしか矢野家になくてはならない存在になっていた。

食事を終えた大の娘たち、さえとあみが腹ばいになって育の両側にくっついている。育の枕元には大の長男、俊哉が背を向けて座り、蟹を無心に食べていた。その時、さえが跳ね起きて、育の背中をさすり始めた。皆がようやく異変に気づいて育に目をやると、育は体を捻るようにしてうつ伏せになり、今しがたほんの少量ずつ口にした食物を、すっかり枕の上に吐き戻して

いるところだった。さえは育の背中をさすり続け、あみは育の隣であおむけになって手にしたリカちゃん人形をいじり続けながら、一言も発しない。俊哉は振り向くことなく蟹を食べ続けていた。

洋子の子供、博美と陸も表情一つ変えず、食事を続けていた。育を着替えさせ、寝かしつけて、茶の間に戻ると、子供たちは風呂を終えてパジャマ姿でテレビを見ていた。親たちが育の介護であたふたとしている中、博美はさえとあみを連れて一緒に風呂を済ませたらしい。

「あんたたち、おばあちゃんが吐いた時、キャーとか、汚い、とか言わなくて、えらかったね」

と、台所の片づけを終えた繭子が、子供たちを褒めた。

「だってね、そんなこと言ったらおばあちゃん悲しいでしょ」

さえがませた口調で答えた。

「それに全然臭くないよ、おばあちゃんのゲロ」

俊哉がぽつりと言った。博美と陸も同意して頷いている。

それは本当だった。こんなに食べていないのに、と不思議になる程の量を吐いたが、育の消化機能はすでに失われたようで、吐瀉物独特の匂いがしなかった。戻した物をよく見ると、お粥や豆腐のようなものが判別できる。胃がすでに機能していない、と言った主治医の言葉に納得がいく。胃に入った食べ物は袋に物を詰めるようにそこに溜まっていき、満杯になると戻ってくる、そんな感じだった。

それにしても、子供たちの感性ってすごい。洋子は今しがた見た子供たちの、無関心を装った、祖母への思いやりに満ちた冷静さにひどく打たれた。

「フウーッ。なんか蒸し暑いなあ、今夜は。皆さん申し訳ないなあ、クーラーなくてよ。ちょっと寝苦しいかもしんねえぞ」

風呂上りの大が朗らかに茶の間に入ってきた。手に缶ビール。まだ飲み足りないらしい。この男の感性は一体…と、苦々しく思いながらも、

「だって、ここクーラー要らないじゃん、ほとんど」

洋子は開け放した窓から忍び込む微かな夜風に気持ちを向けた。裏庭の池や家の前の稲田や用水路から蛙の大合唱が聞こえてくる。それに唱和するように、かすかに虫が鳴く音もする。暑いのはここ2、3日のことで、東北の短い夏はすでに終わりに近づいていた。

翌日、朝食を終えた後、繭子と洋子は育に付き添って大の運転する車で病院へ向かった。点滴をしてもらうためだった。お盆で閉院のため人気のない待合室は、エアコンが効き過ぎてひんやりと静まり返っていた。育は昨日一日でひどく衰弱したように見えた。大に抱きかかえられるようにして待合室に入り、ソファにたどり着くと座っていることすらできず、すぐに体を傾けて横になった。育のために電話で呼び出されたであろう、年配の看護師がおっとりとした声で育の名前を呼んだ。育は繭子に付き添われて処置室に入って行った。

「ここさあ、親父が運ばれた病院だって知ってたが」

大が急に思い出したような調子で洋子に尋ねる

「そうなんだ。この病院だったんだ。あたし、あの時も日本に

いなくてさあ。ドイツから大急ぎで戻ったら、もう父さん骨になってたじゃない」

「ああ、お前には悪かったども、あの時電話で言ったように、頭から顔にかけてかなりひどくてよ。見られたもんじゃなかったから、そのせいもあってすぐ焼いてもらったんだ。ちょうどほら、あっちの処置室に運ばれてよ。警察も来て、検死やら事情聴取やらで夜中までかかったけどもな。分家の親父たちも駆けつけてくれてよ、オイオイ泣くんだ。あの飲んだくれの親父どもがよ、孝蔵、何とした、何のざまだ、ってよ」

あの時、この病院の名前を電話口で教えてもらった気もするが、はっきりとは覚えていなかった。それより、育は一体どんな気持ちでこの病院を選んだのだろう。

「母さんがここに来る、って言ったの」

「んだ。駅前の総合病院は大き過ぎていやだって言ったとか、奈津美が言ってたぞ」

「何だか、やりきれないね」

涙声になりそうで、後が続かない。

孝蔵は事故死だった。十二月の寒い霙混じりの雨が降る日、市の依頼で公園の植木の剪定に出かけた。その数日前に台風の被害を受け公園はかなり荒れていたので、その後始末もついでに頼まれていた。孝蔵の使うチェーンソウの音が、公園近くの住宅までよく聞こえたそうである。チェーンソウは休みなく唸り声を上げていた。五時を過ぎて日暮れてきても、その音は一向に止まなかった。近所の住宅に住む一人の主婦が、暗くなってもチェーンソウが鳴り止まないのを不審に思い始めた。冬の日は短く、すでに暮れ始めてきたというのにおかしい、と、その主婦はついに公園に様子を見に行った。最初、なだらかな丘の麓に転がって唸り声を上げているチェーンソウを見つけた。そして、その後方に人が倒れているのが見えた。主婦は大急ぎで家に戻り、救急車を呼んだ。救急隊員が駆けつけた時、孝蔵はすでにこときれていて、衣服に張り付いた霙の塊と同じくらい冷たくなっていた。

孝蔵の死因は、台風で倒れた木が丘の上から濡れた斜面を滑り落ち、下方にいた彼の左頭部を直撃し、抉ったためだったという。即死だったこと、仕事を始めてまもなく被害にあったらしいことなどがわかった。

孝蔵は健康で、寝込んだことがなかった。まさしく夜明けとともに起き、日没まで働いた。真っ黒に日焼けして、硬い筋肉で覆われた頑健な体をしていた孝蔵は、死から一番遠い所にいるものとばかり思っていた。それなのに六十才を過ぎたばかりであっけなく死んでしまうなんて、誰が予測できただろう。

夫の出張について行ってドイツにいた洋子は、辛うじて納骨に間に合った。新聞でも報道された孝蔵の葬式には、大勢の人が詰め掛けた。途切れることのない弔問客の挨拶を受けても、どこかぼんやりとして座っていた育は、

「斎主にどれくらい包むんだったけか、後で父さんに聞いてみねば」とか、

「この忙しいのに、父さんどこさ行ったんだか」

と呟くように一人言を繰り返し、隣に座る繭子や洋子を

ギョッとさせた。

　遅れて駆けつけた洋子は、孝蔵の死に顔も見なかった故か、葬儀の時には実感がなさすぎて涙も出なかった。思い切り泣くこともできないまま、ただ、足場が崩れてしまったような、心もとない喪失感を味わった。

「ああ、もういないんだ」

と、ようやく納得がいったのは、一年後の霊祭の時だっただろうか。しかし、納得はしても、本当の意味で孝蔵の死を受け入れるのには、長い時を要した。


　育が入った処置室のドアが開いたことに気づいて、我に返った。

　繭子が後ろ向きになって両手で母の手を握りながら出てきた。

「なにお姉さま。なしてご対面しながら歩いてんだ。おかしいぞ、その格好」

　大が大声で笑った。

「エエッ。なんでなんで。どうやればいいのさ」

　繭子がうろたえ、育が苦笑している。

　育の頰に幾分赤みがさしていた。

「あんたは父さんに似て病気したことないから、どう付き添うかもわかんないねえ」

　育はソファに落ち着くと、笑いながら繭子を見た。

「おふくろ、どこか寄って行きたいとこないか。城址公園の上さ登ってみるが」

　帰路の途中、運転席から大が声をかけた。

　後ろの座席に横になって目を閉じていた育から
「窓から外見るだけでも、目が回ってだめなんだ」

と、力のない答えが返ってきた。

　振り返った洋子は、窓から差し込む直射日光の眩しさをを遮るように片手を両瞼の上に置いてシートに横たわる育を見た。そんな育の隣に付き添う繭子と視線が合った。繭子は怒ったような顔で、洋子を見据えているだけだった。育のすでに絶望的な体調に対する繭子のやり場のない怒り、悔しさが洋子に痛い程伝わってきた。


　家に戻ると、神殿のある中座敷に布団を敷き、育を休ませた。障子も縁側のガラス戸も開け放った。彼方の稲田からさざ波のように稲穂をうねらせて、時折風が渡って来る。渡って来た風が網戸から入り込み、涼やかに頰をなでた。夏は家の中で一番過ごしやすい部屋だ。大の子供たちは博美や陸と共に、奈津美が町のはずれにある海水浴場に連れて行ったので、家の中はけだるい午後の静けさに満ちていた。田んぼの緑のはるか彼方に、鳥海山が望めた。頂に万年雪の白を被って、「出羽の富士」と呼ばれるに相応しい美しい稜線が両裾を広げ、山肌を空色に染めている。全ての山を従えて、天上近く君臨している鳥海山は、庭の赤松の枝の遥か向こうで午後の日差しを浴びて輝いていた。

　育は顔だけ外に向けてそんな風景を眺めていたが、まもなく引きずり込まれるように午睡に入っていった。布団のあちこちに猫がうずくまり、育にお相伴（しょうばん）するように目を閉じている。

　茶の間に移った三人は、言葉もなくテレビの画面に目を向けた。高校野球は終盤戦を迎えている。画面に大写しになったピッチャーに見覚えがあった。病院で主治医から育の病状を聞き終えた後、待合室でテレビを見上げた時も投げていた。頬がふっくらとした朴訥な少年が、汗まみれでマウンドに立っている。

「この子、がんばってるじゃない」

洋子は独り言のように呟いたが、画面の熱狂ぶりが鬱陶しいだけで、まるで関心が持てないでいた。繭子も大も洋子同様、想像を超えた育の衰弱ぶりが応えているようで、会話も途切れがちだった。

三日間の帰宅を許された育を家に連れて帰るまでは、

「なーに、家に帰ったら元気が出るべ。病院のまずい飯だから食欲がないけども、好きなもの出したら食べるべや」

という大の言葉に朗らかに同調していたのだ。

主治医に余命三ヶ月と言われ、繭子は十月以降の付き添いのスケジュールを考えたりしていたが、そこまでもつのだろうか。育の容態はもっと深刻なのではないか。

三人とも同じことを考えながら、それ以上育の病状に触れるのを恐れた。繭子と洋子、大は、殊更(ことさら)陽気さを装って、子育ての話題に入っていった。

午後四時を過ぎると昨日に引き続き、スピーカーを通して「東京音頭」や「炭坑節」などが流れ出した。

「『東京音頭』って、なあ。考えてみれば可笑しいよな、こんな東北の山ん中でよ」

大が自虐的な笑いを浮かべて指摘した。

（この男はバカで単純で、何考えてるかわからないけど、周りの空気を明るくできることがたった一つの才能だなあ）

洋子は妙な感心をしながら大を見つめた。

「そうか、今晩は提灯(ちょうちん)行列もあるんだったね」

昨晩の盆踊りに引き続き、今夜は本堂と地続きの保育園に通う園児が中心となって、小さな子供たちだけの提灯行列が行われる。洋子たちが幼い頃は、三、四日前から盆踊りのおさらい会もあり、毎夕、スピーカーから流れる盆踊りの唄が聞こえ始めると、ソワソワと落ち着かなくなったものだった。浴衣を着せてもらいながら、

「早く、早く、早くしないと終わってしまう」

と、焦りながら嬉々として出かけたのを思い出す。

庭先で車のドアが閉まる音と共にワヤワヤと幼い声が重なり、奈津美の誰かを叱責する声も聞こえてきた。

「オッ、帰ってきたなあ、うるさい奴らが」

大が立ち上がって玄関の外に迎えに出、玄関ホールの横の中座敷から、

「お帰り」

と、育が弾んだ声で子供たちを迎える声がした。

三人の小さな子供たちは、そのまま中座敷で寝ている育の周りに座り、

「おばあちゃん、ただいま」

と、声をかける。

アイスキャンディーを手にしたあみが、一口舐めた後、

「はい、おばあちゃん」

と、育に舐めさせた。

「おお、冷たい。だけど、あみちゃんからもらったアイス、美味しいなあ」

と、嬉しそうだ。

台所にいた洋子がひと足遅れて中座敷を覗くと、赤黒く日焼けしたチビ三人、博美と陸が横並びで、申し合わせたように腹ばいになってアイスを食べている。

「ほら、あんたたち、まずシャワーしないと、盆踊りに行けないよ」

奈津美が腰に手を当てて立ったまま、子供たちを風呂場へ追い立てた。

子供たちが帰って来て、家の中はにわかに活気づき、繭子と奈津美は台所で夕食の支度を始めた。繭子は長女のプライドを忘れず、奈津美にも言うべきことははっきりと言う。そんな繭子のもとで、奈津美はちょっと緊張しながら指示に従っているのがわかる。洋子は覗き見て、繭子の毅然とした態度に尊敬の念を抱いた。そこへ行くと、次女で三人姉弟の真ん中の自分は、気を遣ってばかりで、言いたいことも言えない。いつも相手の気持ちを汲み取り、推し量りしながら話して疲れるのだった。長女って偉いなあ、と見遣った。

子供たちを盆踊りに連れて行きたい奈津美は、海からの帰り道に買い揃えたコロッケや、スパゲッティ・サラダ、肉団子などのお惣菜で早めに夕食をさせた。大人のためには、刺身の盛り合わせを用意していた。奈津美が子供たちを見ている間、繭子は台所で不機嫌そうに、味噌汁や煮物、サラダなどの準備をしている。置いてきた家族を想っているのかもしれない。

育は茶の間に移って、子供たちが食べるのを楽しそうに見ていた。さえがコロッケを育の口に入れてやったりしている。夕食が終わると、奈津美が子供たちの浴衣を出してきた。和裁の得意な育が縫って持たせたものだ。育は子供たちの着替えをしばらく見ていたが、

「おばあちゃんも盆踊り行こうかなあ」

と言い出した。

「大丈夫なの母さん。行くんだったらみんなで行くよね」

繭子が不安を隠せない顔で、全員を見渡した。

盆踊り会場は隣ではあるが駐車場からしばらく歩き、石段を上ってまた歩き、さらにまた石段を上って境内に至る。

「したら、みんな車で行くべや」

と大が言うのに育は手を横に振って、

「なーに言ってる。いつも裏から近道してってたの忘れだが。すーぐそこだ」

と、歩いて行くと言ってきかない。

結局、可愛い浴衣姿の子供たちと奈津美は石段を登って表門から入ることにし、繭子、洋子、大の三人と洋子の娘、息子は、育を見守りながら裏の林を抜け、直接境内に入る近道を行くことにした。育は誰の手も借りず、ゆっくりではあるが自分で歩を進めて行った。しかし、家の横道からお寺の境内に至るまでには杉林の中の細い山道を通らなければならない。舗装されて

ない上に、緩やかな勾配もあり、おまけに日が暮れてきた。

「まったく、しょうがねえなあ」

大がため息を一つつき、母親の前に回ると背中を向けてしゃがんだ。

「ほれ、負んぶして行ってやるぞ」

「そうだ、そうだ。母さんには頼りになる息子がいたんだった」

「ああ、大さんの存在を忘れてたー」

藺子と洋子は軽口を叩きながらも心底安堵した。

大の気が変わらぬ内に、とでもいうように、藺子と洋子は急いで育を両側から支え、大の背中に育を被せるようにして負ぶわせた。育の胸の静脈に入っている高カロリー点滴の針が抜けてしまわないよう注意する必要もあり、藺子と洋子は大に再三注意を促し、煩(うるさ)がられた。

見果てぬ夢 ――小説　堺利彦伝

坂本　梧朗

故郷

1

堺利彦の故郷、豊津は、遥か南にある英彦山（俗に彦山）から流れ出る二つの川、今川（あるいは犀川）と祓川（あるいは綾瀬川）とが相並んで流れているその中間に、英彦山の山脚の一つが長く突出した形の丘陵の、その突端の痩せ松原で蔽われた高原だ。英彦山は豊前国中第一の高山で、その標高一二〇〇メートルの絶頂に利彦は一度登ったことがある。

この英彦山の東方には求菩提、犬ケ岳の山々があり、いずれも古くから修験道の山伏たちが修行する山だった。その山裾が耶馬溪につながっているのだが、利彦はまだそこには行ったことがなかった。

西を望むと香春岳、障子ケ岳、平峡野などの諸山がある。平峡野山というのは、上の方が一里四方平らになっている山で、その一方の隆起して尖った角を龍ケ鼻と称し、その先には清龍窟という鍾乳洞がある。

近くには大坂山と馬ケ嶽が聳えている。馬ケ嶽は、まだらに禿げて赤土が見える、ごつごつと角が立った、恰好の面白い山で、頂上は少し削ぎ落したように平らになって、やや富士の形を成している。頂上には城跡があり、五、六本の老松が群立っているのを、利彦は好風景として愛していた。が、落雷のために一本残らず焼失してしまった。

利彦は中学時代、友達と三、四人連れで馬ケ嶽に登り、この老松の下で小宴を開いた。生意気にも麓の煮売屋で酒と蛸の煮物を買って登った。四辺の眺望を恣にしながら、酔った勢いで、あらん限りの声を絞って、「大風起って雲飛揚す、威海内に加わって」などと皆で詩を吟じた。

馬ケ嶽の並びにある大坂山は、馬ケ嶽とは対照的に、丸い、なだらかな、草ばかり生えているかと思われるような山だが、夏の頃、豊津の原に毎日のように快い夕立をもたらす雲はこの山から生じるのだと、利彦たちはこの山を誉めそやしていた。この山の麓の松坂村で利彦は生まれたので、彼はこの山に特に親愛の情を抱いていた。

この二山に対する利彦の感情は故山というにふさわしい懐かしさだが、英彦山は少年達に一種神聖の感を与えていた。それはこの山が国中随一の高山ということで、少年達によって英雄視されていたからだ。少年達には英雄渇仰の気持が強かった。

英彦山から流れ出て、馬ケ嶽の麓を流れる犀川は、その流れる場所によって花熊川、高崎川、天生田川と呼ばれる。明治になってから今川という呼称が生まれ、一般化したという。利彦にとっては正に故郷の川であり、彼はこの川で釣りをし、泳ぎ、網打ちをし、大根を洗い、洗濯をした。彼は豊津の高原からこの川に下ってはよく遊んだ。川の中で遊んでいて、危うく死にかけたことが二度ほどあった。

昔は豊津の地を南郷原と呼んでいた。「南郷原の昼狐」という言葉が残っていて、そこが昼日中でも狐が出てくるような、何もない荒涼とした野原だったことを伝えている。ここを通る旅人は弁当の握り飯を烏に攫われるという話も利彦は聞き覚えているが、これも同様な状況を指し示すものだろう。ところが一方で、豊津には錦原という華やかな別称もある。昔、ここには数多の遊女が居たという話は利彦も小耳に挟んでいる。それでこの名が残った。錦町の名はこれから出ている。昼狐というのは実は遊女を指すのだという解釈もある。

豊津がなぜ利彦の故郷となったのかというと、それは豊前六郡一五万石の領主小笠原氏が、第二次長州征伐に際して、幕府方の九州先陣として長州藩と戦い、戦い利あらず、自ら居城小倉城に火を放って、豊津に退却したことによる。

利彦の父は一五石四人扶持という小身ながら小笠原家の家臣だった。役職は先ず御書院番、次に御鷹匠、それから検見役、最後に御小姓組を仰せつかったと系図には書いてある。江戸にも御参勤御供、品川御台場詰として二度出府しているから、正に歴とした侍だった。父は主家の運命に従って、小倉から豊津に下ってきたのだ。

小笠原家は新たな拠点を豊津に相して、城を築き始めたが、間もなく幕府が滅びて、慶応四年は明治元年となった。さらに版籍奉還、廃藩置県となって藩は消滅してしまった。それで築き始めた城も武家屋敷も未完成のまま放置されることになった。豊津は城下町とも言えぬ中途半端な姿で新時代に放り出されたのだ。

それでもお城——と言っても石垣も無ければ櫓のようなものもない、平地に建てられたやや大きな御殿に過ぎなかったが——の辺りを頭として、それに続く一条の大通りは豊津の原の脊髄であり、そこだけは少しく城下の趣を示していた。大通りの上手の部分は本町と呼ばれて、西側には士族屋敷が規則正しく立ち並んでいた。その中には老松竹林に囲われ、「松の御門」と呼ばれた家老小笠原織衛の大きな、奥行きの深い屋敷もあった。

本町に続いて錦町という町があった。一丁目から七丁目までの、ほんの寂しい一筋町ではあったが、それがとにかくこの城下における商工の区域だった。

利彦の家は錦町の西裏に当る石走谷という浅い谷のほとりにあった。家は、玄関三畳、座敷六畳、台所と茶の間六畳、部屋四畳半、土間物置数坪の茅葺で、それに座敷の庭、裏庭の花壇、竹藪、野菜畑が付属し、さらに家人が「裏の山」と呼ぶ松林の丘、「前の山」と呼ぶ小松原が外廓として付属していた。

利彦はこの家で生まれたわけではない。前に記したように大坂山の麓の松坂で、明治三年一一月二五日（旧暦）、堺利彦は生まれた。新暦では明治四年一月一五日である。利彦が生まれて間もなく、一家は豊津のこの家に移ったのだ。

利彦が生まれた松坂村の近くに生立八幡神社がある。この神社の秋祭りの際には、父は毎年のように利彦を連れて松坂村を訪れた。それが利彦にとって生家に戻る機会となった。

嘗て堺家が住んでいた家に住む一家はいつでも暖かく利彦父子を迎えた。特にその家の甚一という白髪の老人が気の好い人で、「坊さんはこの家で生れたのじゃけえ、本当はうちの子じゃ」と言って利彦を迎えた。利彦はその人に一番に可愛がられた。利彦もその家を懐かしく思った。後年、物語などを読み、小説的空想をめぐらすようになった利彦は、自分は本当はあの老人の家の子ではあるまいかと疑ったこともあった。

2

父の名は得司（とくじ）。文政九年の生まれで、利彦が物心ついた頃には既に五十になっていた。「何さよ気分に変りは無いのじゃがなァ」などと若やいで言うこともあったが、利彦の目にはもう老人に映った。顔には疱瘡の痕があったが顔立ちは尋常で、品の良い方だった。体格は小柄で痩せぎす。サムライの嗜みとしては、剣術より柔術をやったらしい。喘息持ちだったが、年を取ってからは治っていた。器用な質（たち）で、よく大工の真似をしていた。大工道具はすっかり揃えていて、棚を吊る、廂（ひさし）を拵えるくらいは自分でした。

武士だから四書の素読くらいはしたのだろうが、漢学や国学など学問的な話はしたことがなかった。俳諧には熱心で、後には立机を許され、有竹庵眠雲宗匠と名告るようになる。碁もかなり好きで、生花もちょっとやっていた。生花については、「遠州流はどうもちっと拵えすぎたようで嫌じゃ。俺の流儀の池坊の方がわざとらしゅう無うてええ」と言っていた。

初めて碁盤が家に運び込まれた時、得司はそれを知人からの預かり物だと言ったが、家族はそれが嘘であることをやがて知った。子供達に望むだけの本を買ってやれないのに、自分の娯楽のために金を費やすことが遠慮されたのだ。

父の俳句では、「夕立の来はなに土の臭ひかな」というのを聞いた時、利彦は子供心にもハハアと思った。豊津の原にはよく夕立が来た。暑い日の午後、毎日のように決ってサーとやって来るのが気持がよかった。その夕立の来はな、大粒の雨がパラパラと地面を打つ時、涼気がスウーと催してくると同時に、プーンと土の臭いが鼻を撲（う）つのだった。「かんざしの脚ではかるや雪の寸」という句も、子供心には別に艶な景色とも思われなかったが、眼前の実景を詠んだものとしてスッと入ってきた。「百までも此の友達で花見たし」「菜の花や昔を問へば海の上」「目に立ちて春のふえるや柳原」なども利彦の記憶に残る句だった。「俺はもげた句が好きじゃ」と得司は言っていた。「もげた」とは奇抜を意味した。

ある時、利彦は父から、「名月や畳の上の松の影」という句を示され、ハハアと心の中で手を拍（う）った。その通りの光景を家で見たことがあった。そんな時、灯を消してその月影の中に寝転ぶというような趣味を彼は父から養われていた。

得司が最も得意としたのは野菜作りだった。夏は越中褌（ふんどし）一つの裸で菜園に立っていた。週に一回ほど手伝いに来る若い百姓を相棒にして、あらゆる種類の野菜を作った。

特に西瓜作りは彼の誇りとするもので、一貫目以上もあろうかというまで成長した玉を見て、上機嫌で破顔微笑するのだった。利彦は助手として、苗の虫取り、花落ちの月日の記入などの手伝いをした。成熟の日取りが近づくと、父が小首を傾けながら爪の先で弾いてみる。コンコンカンカンというような響きの出る間はまだ早い。「もうアサッテかシアサッテじゃろう」と言いながら、毎日弾いているうちに、少しボトボトという音がしてくる。サアもうしめた、というので、ちぎる。さてそれからが大変で、食べる日時が容易に決まらない。子供は即時断行だが、親は明日にせよ、明後日にせよ、と引き延ばす。毎日食うては悪いなどとも言う。いよいよ日時が決まると、その日の早朝、あるいは前夜、西瓜を細引で縛って井戸に漬ける。午後になって利彦たちが学校から帰ってくると、その冷えきった西瓜が井戸から引き上げられて、母の包丁で真っ二つに切られる。肉が赤いか否か、一瞬でも早く見極めようとして、グウ、グウという音をたてて食い込んでいく包丁を息を殺して見つめる。「オ！　赤いぞな！」と母が希望の叫びを上げる。西瓜の胴体が二個の半球に切り割かれた時、「ほう！　見事じゃのう！」と父がサモ嬉しそうな感嘆の声を発する。半球がさらに二つに割かれ、ザクリ、ザクリ、赤い山形が続々と切り出される。利彦たちはものも言わずにかぶりつくのだった。利彦が不満で堪らないのは、父母が腹下しの用心に馬鹿に念を入れ、ついぞ一度も、思う存分食わせてくれないことだった。

　隣家、――と言っても裏の松山の間の小道を二十間ほど行った所だが――の中村家は、どういうものか西瓜を作らない。「あそこの嫁女は西瓜が大好きじゃちゅうのに一度も食べんで気の毒じゃ」と母が言い、ある日の西瓜切りの時、母がその嫁女を呼んできた。嫁女は大喜びで散々食べて帰った。ところが臨月の彼女は、その晩、急に産気づいた。堺の家では大いに心配した。西瓜が当ったのではないか。もしそうなら申し訳がない。余計なことをせねばよかった！　ことに母は気が気でなく騒いだが、幸いにお産は無事で、健康な女の子が生まれたので、西瓜を食べたことが却って良かったということになった。

　得司は酒も煙草も好きだった。チシャの葉に味噌をくるんだものを肴にしたりしながら、晩酌の一合ばかりをちびちびやるのを楽しみにしていた。いよいよ酒の肴のない時は、キヌ貝か何かに菜漬を入れて、鰹節を少し振りかけて煮るのが得司の発明で、「煮茎（にぐき）」と呼んでいた。「ただの香の物でも、こうして煮ると皆が好くけん、これは煮茎じゃのうて煮好きじゃ」などと言って面白がった。

　利彦は自分より二つほど年上の、少し裕福な家の友人が詩を作っているのを見て、真似がしたくなって、それに関する雑誌を買いたいと父に言ったところ、そんなことを見習うほどなら、あんな友達とつき合うのはやめてしまえ、と散々に叱られた。利彦は、金がないから買ってやれないと言われれば少しも不平はなかったのだが、友人との交際に文句を言われたのが不満で堪らなかった。その後父は、東京に居る長兄の平太郎に言って、『作詩自在』というテキストを取り寄せてくれた。

　利彦は犬が好きで、道の途中で犬に会うと、口笛を吹いたり頭を撫でてやったりして仲よくなってしまう。そして結局、家まで連れ帰ることになる。ところが、せっかくついて来た犬に何も与えることができない。餅の一切れなり、飯の一塊なり食べさせたいのだが、父が禁じていてできない。利彦にはそれが堪らなく辛い。犬に餌をやると犬が居着いてよくない。それが父の言い分だった。貧乏士族の生活では、犬一匹の食い扶持も問題であったに違いない。それで利彦も犬を飼おうとは言わない。利彦は父と協定を結んで、犬のお客が来た時には糠を一握りだけやることにした。父はそれすらもあまり喜ばなかった。糠一握りを惜しんだというより、犬への愛情に溺れそうな利彦の性情を危ぶんだようだった。父は毎晩の食事時に必ずやってくる隣家の犬には、黒、黒と呼んで鰯の頭などを投げ与えていた。

利彦は父の机の引出しから一円紙幣を盗んだことがある。一円は子供には大金だった。彼はそれを持って町に行き、唐紙と白紙をたくさん買った。たくさんといっても五銭か十銭ほどで、釣りがないと言うので払わずに帰った。その頃彼は文人風の書画の模倣に凝り始めていたのだ。その二、三日後、母は平生より優しい態度で利彦を呼んだ。そして連れ立ってしばらく家の庭を歩いた。利彦は母が何か自分に言いたいことがあるのだと思い、恐ろしくなった。「利（とし）さん、ひょっとお前は」と母は口を切った。サァ来た、と利彦は思った。母は非常に遠慮がちに、そして優しく、「ひょっと」「ひょっと」を繰り返して、「そうならそうで仕方がない、決して叱りはせぬから、とにかく素直にそれを出してくれ」と言った。利彦は非常な慙愧（ざんき）を覚えて、一も二もなく兜を脱いだ。父はその件について、遂に一言も言わなかった。利彦は父の寛大さを感じた。

3

利彦の母は父より四つ年下で、後添（のちぞ）えだった。名は琴（こと）。父の最初の妻は長兄平太郎を生んだが、その子を残して早世した。琴は二八歳で堺家に嫁いできて、三五歳で次兄乙槌（おとつち）を生み、四十歳で利彦を生んだ。彼女は平仮名以外、ほとんど文字というものを書いたことがなかった。しかし、耳学問はかなりのもので、浄瑠璃とか、草双紙とか、軍談とかには大分通じていた。実家の志津野家が少し学問系統の家であったのと、三十近くまで独身だったことによるのだろう。琴は利彦たちを教訓する時、よく浄瑠璃の文句を引いた。

琴は憐み深い性質で、折々門に来て立つ乞食の類にはいつも温かい言葉をかけた。猫を可愛がり、それは利彦にも伝わった。風流と言ったような気の利いた点は少しもなかったが、自然の美に対する素朴な憧れを抱いていた。生花などにはなんの感興も示さなかったが、山や川などに対しては、「おお、ええ景色じゃなぁ」と感嘆の叫びを発することがあった。

琴は少しばかり和歌をやっていた。これは里方における周囲の人々によって自然に養われたようであった。父の俳句と母の和歌が一家の中で面白い対立をなした。ある時、母が俳諧味の取りとめのなさを指摘すると、父は和歌に面白味のないことを非難するという文学的論争が起きた。父は俳諧の付合（つけあい）の実例をあげて、その幽（かす）かな心持や面白味を懇々と説き立てたが、母には遂に理解されなかった。お蔭で、聴いていた利彦には少し付合というものの味わいが分った。

維新の際、小倉藩の志士何某が京都で詠んだ和歌に、「幾十（いくそ）度（たび）加茂の川瀬にさらすとも柳は元の緑なりけり」というのがあった。和歌の先生は、上の句の「とも」に対して、下の句の結びは「なるらん」と推量でなければ法に合わぬと言って、そのように添削したが、作者自身は、たとえ将来のこととは言え、疑いのない堅い決心を表したものだから、断定の「なりけり」でよいと固持した。父と母がこのことを語り合った時、二人の意見は作者の考えに与することで全く一致した。

ある年の春、裏山の裾にゴザを敷いて、そこに夕食の膳を持ちだしたことがある。ツツジの花の盛りの頃で、母の自慢のエンドウ飯で、父は例の一合を楽しみつつ、ツツジ見の小宴だった。父母どちらの発案かは知らなかったが、利彦には嬉しい一家の親しみだった。父母は木箱に竹の棒を突きさして、それに紙を張り、糸をつけて、三味線のおもちゃを拵(こしら)えたりした。しかし、おもちゃでは満足できなかったと見えて、隣から本物を借りてきて、二人でツンツン鳴らしていた。

母は滅多に外出しなかったので、たまに前の山に千振(せんぶり)摘みなどに行く時、二人の兄弟、乙槌と利彦は、大変珍しいことのようにして、その後について行った。兄弟が嬉しがって母の前後を飛び回ると、猫も後から走ってきて、手柄顔に高い松の木に駆けあがった。「猫までが子供と一緒に湧きあがる！　」と琴は面白そうに叫んだ。

琴は千振を摘んでは陰干しにしておいて、毎朝それを茶の中に振り出して飲むのだった。千度振ってもまだ苦いというのがその名の由来だった。千振という草のツイツイと立っている姿、そのささやかな白い花の形などが、何とも言われぬしおらしさを利彦に感じさせた。それは母がそのように利彦に語り聞かせたからであった。

母の影響で利彦は猫が好きだった。母が語るところによると、利彦の幼い頃、キジという猫が居て、それが若様に対する老僕と言ったような格好で、利彦の手にかかると、まるで死んだようになって、叩かれようと、攫(つか)まれようと、引きずられようと、なすがままであった。しかし、その次の猫はそれほどおもちゃにはならなかった。その猫は冬になると、利彦の寝床で寝るよりも母の寝床で寝る方を選んだ。しかし、利彦が是非ともその猫を抱いて寝ることを主張するので、母は毎度猫を連れてきて利彦の寝床に入れ、「ネンネ、ネンネ」と蒲団の上から叩いて寝付かせた。すると猫も観念してじっと静かにしているが、利彦が眠るとそっと寝床を抜け出して母の寝床に戻るのだった。

これも利彦がよほど小さい頃の記憶だが、彼が母と一緒に寝る広い寝床の中で目を覚ますと、母は既に起き出て、竈(かまど)の前で飯を炊いていた。利彦が呼びかけると、「起きたかな、お目覚ましをあぎょう」と言って、竈の熱灰の中に埋めておいた朝鮮芋を取り出して、皮を剝いて持ってきた。黄色い美しい芋の肉から白い湯気がポカポカと立っていた。どうしてこんな光景が記憶に残っているのか。恐らくその蒸し焼きの芋が特別にうまかったからだろうと利彦は思うのだった。

琴は観音を信仰し、毎晩灯明をあげては、観音経を誦して拝んだ。毎月一七日の晩には必ず錦町の観音堂に参った。利彦はいつもそのお供をした。三十三体の観音像一つ一つに燈明を供えると、いかにも有難そうに見えた。

ある時、何かのことで、利彦はさんざん母にグズッていた。母も大分怒って利彦を叱っていた。母はその時、お膳を拵えていたのだが、不意に醤油注ぎをひっくり返した。赤黒い醤油がたくさん畳の上にこぼれた。母は慌ててそれを箆(へら)で掬い取ったり、雑巾で拭いたりしながら（父に知られないために急いで）、「こんなことになるのも、お前があんまり言うことを聞かんからじゃ」とまた利彦を叱りつけた。利彦はその言葉に非常に反発を覚えた。自分が母の言うことを聞かないのは悪いだろうが、醤油注ぎをひっくり返したのは母の粗相だ。その責任を自分に塗りつけるのは納得がいかない。利彦は大いに憤慨した。自分が尊信し、敬愛する母と言えども、腹立ちまぎれにはこんなことを言うのかと少し失望した。

4

長兄の平太郎は利彦より一五歳年長で、利彦が物心ついた頃には二〇歳を越えた大人だった。これだけ年が離れると兄弟という感じはしなかった。「大(で)けいアンニャアさん」と乙槌と利彦は彼を呼んでいたが、自分たちとは世代が異なる人間と意識していた。気質の違いも意識していた。平太郎は色の白い小男で、丸々とよく太っていた。小心で正直で、律義で几帳面なところは父に似ていたが、学問とか文芸とかいう方面への関心は殆どなかった。一方、色が浅黒い、少し放胆なところが見える二人の弟には学問文芸への嗜(たしな)みがあった。

平太郎は異母兄弟であったが、そのことはあまり意識に上らなかった。二人の弟は長兄に対して、そのことに由来する悪感情は少しも持っていなかった。また母と長兄との間にも継母継子らしい厭なところは少しもなかった。

平太郎は明治十年頃、陸軍の会計吏をしている親戚を頼って東京に出た。しかし、明治一五年頃には、長男として家事を見る責任を持たされて帰って来た。錦町の裏に人力車が一台見え、客が人力車から下りて、車夫を連れて細い坂道を堺の家の方に降って来た。その客が平太郎だった。堺の家にはそこから浅い谷を降って、また少し上るので車は使えない。平太郎は紺飛白(こんがすり)に絽(ろ)の羽織を着て、麦藁帽をかぶり、駒下駄を履いていた。座敷の縁側からズカズカ上がってきて、父に向って、「細かいのがあるなら」と言って、金を受け取り、車夫に渡した。彼は一文無しになって帰ってきたのだ。

平太郎は利彦に初めて東京の匂いを嗅がせた。香水とレモン水が彼の土産だった。どちらも利彦が初めて目にするものだった。香水は燗徳利を細くしたような硝子瓶に入った青色の液体で、コルク栓に細い竹の管が挿してあって、その管から中の液を少しずつ振り出して頭髪にかけるのだった。プーンといい匂いがした。レモン水は、ブリキの罐の中に小さい壜と白い砂糖が入っていて、その砂糖を水に溶かし、壜の液を二、三滴入れて作る。その甘酸っぱい味が何とも言われぬほどうまかった。

東京で簿記法を学んできた平太郎はすぐ大橋（今の行橋）の銀行に入った。間もなく銀行の本店が小倉に移ったので、彼の勤務地も小倉になった。平太郎が小倉から豊津に帰ってきた折、利彦は兄に買物を一つねだった。何だと問われて、干し鰯と答えると、兄はよほど意外だったらしく大笑いをして早速承諾した。実は中学に通う利彦に持たせる弁当のおかずに毎日困っていた母が利彦にねだらせたのだ。

平太郎は明治一六年、小倉の士族の娘と結婚した。小倉に留まっていた士族もかなりいたのだ。婚礼の式は豊津の家で挙げられた。その翌年、学校の夏休みに、利彦はしばらく小倉の兄の家に滞在した。昔の城下町、都会らしい都会を利彦は初めて見た。紫川河口に沿った、石垣の厳めしい城址が歩兵第一四連隊の新しい兵営になっていた。

次兄乙槌は利彦より五つ年長で、利彦は彼を「こまアニさん」と呼んでいた。彼は利彦よりもよほど多く母方の血を遺伝していたらしく、謹直なところがなかった。利彦はそれを英雄の資質として子供心に崇拝していた。

利彦が山で乙槌と遊んでいて、紙がないのに大便がしたくなって困ったことがある。すると乙槌は、帯に石を挿め、と利彦に教えた。そうすればすぐ治まると彼は言った。それは神功皇后三韓征伐の故事からきた一種のマジナイであることを利彦は後で知ったが、乙槌はこういう場合、それを権威ある者の如く言うのだった。言われたようにすると不思議に便意は治まった。その後、また同じ山で、今度は紙があって用を足したが、手を洗う水がなくて困った。こういう場合に手を洗うという習慣を、気の小さいところのある利彦は、全く無視することはできなかった。すると乙槌は、萱の葉を三枚重ねて、それを短くちぎって撒けと教えた。そうすれば汚れが去って清浄になると言う。利彦はその通りにして、気が済んだ。

冬の頃、二人の兄弟は学校から帰ると、必ずカキモチを焼いて食べていた。ところが乙槌は火起しから焼き方まで利彦にやらせて、自分は食べるだけだった。利彦はそれが気に食わず、自分が焼いたモチは厳重に自分だけのものにして、乙槌に取らせないようにした。乙槌は仕方なく、利彦が自分の分を焼いてしまうのを待って、残り火で自分のを焼くことにした。そこで利彦は、どうせ二人で使う火なのだから、一緒に火を起そうと持ちかけた。しかし乙槌は応じなかった。俺は今日は食いたくないと彼は言った。利彦は仕方なく、一人で火を起してモチを焼いた。すると乙槌がノコノコやって来て、残り火でモチを焼き始めた。利彦は憤慨して、そのごまかしを詰ったが、乙槌は棄ててある火を使ったまでだと澄ましている。利彦はその場は我慢をして、翌日、また乙槌に火越しの協力を呼びかけた。

母親の琴も一緒に火を起せと乙槌に勧めた。しかし彼は依然として応じなかった。そこで利彦は決心した。黙って一人で火を起し、自分の食べる分だけ焼いてしまうと、火に水をかけて消してしまった。琴は後々までこの事を、兄弟二人の性質の差を示すものとして、よく話しては笑った。

その頃、利彦の家の近くの山で、子供達の間に、旗の取り合い合戦があった。両軍がそれぞれ本陣に旗を立て、攻めと守りを互いに行い、旗を取られた方が負けという取り決めだった。利彦の陣営の大将は乙槌だった。敵方は、五色の紙を継ぎ合せた美しい長い旗を小松の間に立てていた。

利彦たちが先ず攻める番で、合戦が始まった。利彦は体が小さいので、組打ちをすれば大抵ねじ伏せられた。しかし、いくらねじ伏せられても、下から相手にしがみついていれば、相手の動きを封じることができる。それが彼の戦略だった。それで利彦は相手に大きな奴を選んだ。それだけ敵に与えるダメージが大きいからだ。ねじ伏せられ、しがみついている利彦には全体の戦況は分らなかったが、味方は目立つとともに美しい敵の旗を安々と奪ってしまった。

今度は敵が攻め寄せる番だった。ところが利彦たちの本陣には旗らしいものが見えない。敵は見つけあぐねて困った。よく見回すと、反古紙を引裂いたようなボロ旗が、小高い木の上に結わいつけてある。敵はようやくそれを見つけて殺到したが、木の上ではちょっと近寄れない。勇を鼓して木に登ろうとする者があると、下から足を摑んで引きずり落す。敵はとうとう旗を取り得ず、負けになった。大将乙槌の戦略の勝利だった。カキモチの一件では腹を立てても、こんな手腕を見せられると、「こまアンニャさん」に対する利彦の尊信が再び息を吹き返すのだった。

乙槌は数学はまるで駄目で、代数も幾何も落第点ばかり取っていた。その代り文章は得意だった。彼は文章において利彦の師だった。詩を作り、歌を詠み、字もうまかった。中国明代の書画家、文徴明を習って似せていた。四君子を描く文人画も少しはやっていた。

中学校で演説会があった折、弁士となった乙槌は、黄鳥（校長）が黄い声を出して云々と、不穏な言辞を弄した廉によって演説停止の処分を受けたことがあった。

明治一五年、中学校を卒業した乙槌は、豊津の士族、本吉家の養子になった。本吉家は旧藩主の住まいである「御内家」の元の長局に家があり、養蚕、糸取りから博多織まで手がける裕福な家だった。浪という器量よしの一人娘がおり、乙槌はその婿となる条件だったが、浪が一四、乙槌が一八という年齢なので、すぐには結婚せず、浪はしばらく乙槌を「おあにさん」と呼んでいた。

乙槌は英語を学ぶために、養家に頼んで福岡に行き、長崎に行った。養家は彼を遠方に出すことを好まなかったが、明治一八年、既に結婚して本吉家を継いでいた乙槌は強いて許しを求めて上京し、慶応義塾に入った。

5

錦町を貫く大通りの北の起点に磐根社がある。磐根社は八景山の頂上に立つ巨石の下にある妙見社（大祖大神社）のことである。明治五年、この神社に長州との戦争での戦没者の霊が合祀され、招魂社となった。招魂社となってからは、毎年四月一五日に招魂祭が行われるようになった。国家神道体制の下で行政が力を入れたこともあり、祭りは盛大なものとなっていった。

招魂祭は利彦にとって心躍る楽しい行事だった。満開の桜の下、豊津の原の各所から数千人の人々が参集する。そのため、神社の下の平地に二町四方の広場が確保された。そこには玩具、覗きカラクリ、見せ物、食べ物などの店が並び、相撲、神楽、能狂言、芝居などの興行が行われた。いつもは静寂な天地間に、押すな押すなの雑踏が突如現出する。昼は幟、吹抜けが叢立ち、夜は提灯、篝火を連ね、夜空には花火が打ち上げられ、その賑わいは衰えない。二日の間、人々は祭りの楽しさに酔い遊ぶ。

利彦はこの祭りで初めて花火、相撲、芝居、能、狂言、神楽を見た。

この日、精一杯にめかして現れる娘たちの姿も思春期の利彦の感性を刺激した。近隣の美しい娘の噂は利彦たち少年の間にはたちまちに伝わるのだった。祭りはそんな娘たちを実見する機会だった。ああ、あれが豊津第一と言われる娘か、と見つめると、噂ほどでもないなと思うこともあり、素性を知らぬとんでもなく美しい娘と遭遇して、数日間、その面影が脳裡に留まることもあった。若者の一群が着飾った娘たちに声をかけ、からかう場面を目にするのも利彦には刺激だった。

思春期の利彦は娘たちのいろいろな事例を耳に留めていた。錦町の萩の屋のお花という娘は、丸い顔で、両の頬はよく熟れたスモモのようだったが、ある朝、死体となって井戸から引き上げられた。艶な噂がしばしば立つ娘だったが、死体は身重だったという。父親が、百円の月給を取る男でなければ嫁にやらないと言ったとかで、百円娘という綽名をつけられた娘がいた。顔はよかったが、二三、四になっても縁談がなかった。兄が東京で学問をしているので、兄の卒業後、東京で縁組をするつもりだと伝えられた。綽名が祟ったようだった。また、男のようなお嬢様と言われていた娘がいた。利彦が学校から帰る途中、その娘の家の前を過ぎようとして、娘から雪玉を投げつけられたことがあった。娘の顔はよかった。中学校で男ぶりという評判の生徒が病気になって、医者の許に通うようになった時、この娘も俄に病を起して、同じ医者に、同じ時刻に毎日通っているという噂が立った。

近国の役者の一座が豊津に来て、小松原に小屋を掛けて、十日、二十日の興行をすることがあった。竹矢来(たけやらい)に幕引渡し、旗幟押し立てた様はいかにも事々しい。日毎に変る外題を呼び歩く声に浮かされて、嬢さん、御新造、お袋さんは胡麻ふりの握飯、湯葉焼豆腐の重詰を提げて、旦那方は一升瓶を提げて出かける。最後の一幕の半ば程になると、表の竹矢来を引払って、覗き見の黒山を流れ込ませる。利彦たちはその前に、既に竹矢来の穴から潜りこんでいる。

後になると、錦町の七丁目に定芝居場を建て、上方下りの上等役者を雇って、竹矢来、青天井の芝居とはまた違った芝居を見せるようになった。

役者が雨に降られ、賭博に負けて、旅立つにも旅立たれず、ひと月、ふた月、み月、半年も居続けて、有る限りの外題をし尽してしまうこともある。すると客にも馴染みができて、金子千疋などが楽屋に届けられる。何某様より下し置かると、中入(なかいれ)が読み上げる送り主の名には、そんじょそこらの後家殿、嬢様などもいて、けしからぬ噂も多かった。その嬢様の一人が町の若者どもによって芝居場の裏の小松原に狩り出され、水を浴びせられたこともあった。若者たちは土地の誉れの花を見す見す旅役者に摘まれ、捨てられることを悔しがり、また遂げられぬ己の恋ゆえに妬ましがってそんな行為をするのだった。

利彦自身の女性経験は貧弱なもので、言葉を交した娘が二人いただけだった。一人は器量は良くないが、気は軽く、面白味のある娘で、太り肉だった。脹満(ちょうまん)という病気に罹ったと聞いて驚いたが、後に田舎に嫁入りしたと言うから治ったのだろう。もう一人は、器量は人並みだが、才女という評判があった。この娘は二度出戻った。三度目は田舎に嫁いだと利彦は聞いた。豊津の嬢様は田舎では猶尊ばれた。それで豊津で売れ残った娘は田舎に行くのだ。

利彦の家の近くに裕福な酒造家があった。その家に姉妹がおり、妹に利彦は心を惹かれていた。姉も美しい人だったが、利彦よりずっと年上だったので対象とはならなかった。妹は名を菊と言い、利彦が彼女を初めて見たのはその娘が一二、三歳のころだった。その前髪を切り下げて、その前髪がかかった涼しい眼が、少年の利彦にもとても愛らしく思われた。利彦が上京する時、菊は一四、五になっていたが、ようやく綻(ほころ)びようとする花の蕾のように、やや肉付き、色づいて、一、二年後の美しさが思いやられた。

銀の月と常夜灯

高柴　三聞

ある人から、「君にはディオゲネスはどのような人だと思えるかね」と訊かれたとき、彼（プラトン）は、「狂えるソクラテスだ」と答えた。

「ギリシャ哲学者列伝」第六巻第二章ディオゲネス　岩波文庫より

彼はまた悲劇の中で聞かれる呪いは、自分の身に実際に実現していることだと常々語っていた。とにかく自分は、祖国を奪われ、国も無く、家も無い者。

日々の糧を物乞いして、さすらい歩く人間なのだからと。しかし彼は、運命には勇気を、法律習慣には自然本来のものを、情念には理性を対抗させるのだと主張していた。

前掲著同巻同章より

――だからより高尚な人間達も、かなり粗野だが鋭敏なすべてのキュニコス派の哲学に耳を傾けるべきなのである。

ニーチェ「善悪の彼岸」より

＊注　ソクラテスより後の古代ギリシャの哲学の一派でキュニコス派あるいは犬儒派とも称され、ディオゲネスはこの学派の代表的人物の一人である。（注釈は引用者）

序章

少年は月夜を頼りに暗い道なき道を一人彷徨っていた。首を縮めて歩く姿は、一匹の猿にも似て何かを恐れて始終きょろきょろと辺りを見渡していた。

何の生活の糧も無い少年はヤンバルの森に紛れながら民家に近づき食べ物を失敬しては森の中に隠れるという事を繰り返していた。

暗い夜道の中では丸くて明るいお月さまだけが少年の心を慰めてくれた。少年は堪らなく満月が好きになっていた。深い孤独は人に月と友誼を結ばせる。

少年がそんな生活をしているのには理由がある。そのきっかけは酷く子供じみていて元来なら笑ってすましてもいいような話であった。時代は日本国中で天皇を現人神として祀っていた時の事である

その日、少年とその姉は学校に行く前に相撲を取ったのだった。それは、子供らしくて腕白なごくごく平凡な風景だった。

ところがどういう拍子か、あまり力が入りすぎてしまったのか少年のズボンが破れてしまってペロンと桃のようなお尻が露わになってしまった。少年の家は貧しいので下着は履いていない。姉はそそくさと先に学校に行ってしまうし、母は父が亡くなってから、毎日薪を集める所からはじめて豆腐を作っては街に売りに出掛けて誠に多忙であった。この時も無論家には不在であった。

少年の家は貧乏であったから、パンツも買えなかった。おま

けに当時の学校は正門から学校に登校する際に天皇の御真影が祀られている場所に最敬礼をしないといけない。

これに窮した少年は、少年らしい素朴で未熟な解決策を選択したのだった。すなわち裏門に廻って様子を窺ってから学校に忍び込むというものである。

全く持って子供の思い付きだから策としては未熟である。はたして当然のように学校の職員に見つかり、早速首根っこをつかまれて引き摺り出された。

教師曰く「天皇陛下に最敬礼せぬとは何事か」と。途端に少年の心に反骨の精神が空を覆わんばかりの群雲の如くむくむくと湧き上がってきたのだ。

少年は最敬礼を拒否。いくら先生に折檻を受けても頑として首を縦に振らない。更にはクラスメイト全員に命じて少年の頬を張らせるという蛮行にまで及んだが、それでも少年は応じない。挙句の果て校長先生の前に引っ立てられて、最敬礼を行うよう強要されるも、少年はさらに頑張った。終には校長先生も本当にかっとなって言い放った。

「お前みたいな奴は、学校に来なくていい！」

それが少年の義務教育最後の時となる。爾後少年は、その言葉通り学校に通うことは無かった。この時は、まだ小学二年生である。

しかしながら出来事は少年の不幸な退学に留まらないのである。周囲の住人から少年の家に過酷な嫌がらせがはじまった。毎日激しい怒声とともに盛んに石が投げ込まれ家のものが壊された。時に家で寝ていると、顔の前に大きな石が飛び込んできてゴロンと横たわることもあった。

仕方なく少年は家を出て森を彷徨し、夜になったら民家に入り泥棒して飢えをしのぐ。昼間は森の中で隠れて眠るという暮らしを送るようになるのだ。

この時から、少年は専制的あるいは覇権的な国家主義から迫害されながらも、それと戦い抗う人生を歩むこととなる。少年の名前は富村順一。後の東京タワージャック事件の犯人になる男である。

第一章　嫌な予感

古屋能子という人間の核は常に「母」という絶対不変のポジションにあった。それは家庭人としても、社会運動家としても揺らぐことは決して無かったように思える。

全く知識も経験も無いまま子供の手を引いてべ平連の小田実の活動に参加し自ら新宿べ平連の代表となる人物で、後には女性の権利獲得運動や公害、基地との戦いにも参加している。いわば、ママさん市民運動家の草分けのような人である。

母親が戦争を厭い未来の子供に害を与える公害に否を突きつける。当然と言えばこれ以上当然な理屈は無い。そして彼女自ら導き出したシンプルな結論に全力を尽す。その原動力そのものが母親として自ら考えたどり着いた境地に基づいているのだ。陽明学でいう所の致良知と言ってもいいのかもしれない。彼女は自ら考え行動する母親なのだ。

昭和四十五年七月八日。その日の夕方。彼女は家事に勤しんでいた。そしてちらりと夕刊を目にする。新聞の片隅に東京タワーで外国人の首に包丁、展望台に酔った男騒ぐとある。ざっと紙面を目で追うと、沖縄の人が刃物を持って東京タワーに立て籠もったことが判った。

丁度家族の夕餉の支度時であった彼女は、新聞を押しやるようにして食卓の下に片づけてしまった。それは単なる夕餉の支度にとりかかろうとした作業上生じた所作ではない。彼女自身が説明できないような感覚に襲われたのである。心の中でざわざわとした言い知れぬ不穏な空気が立ち込めたのだ。そして、その彼女の直感は正しかったといえる。

その犯人は何せ飛び切り面倒臭くて困った奴で、常に騒動に騒動を重ねながら生きていてハレーションの天丼男というべきか。しかも個人の資質を凌駕した時代背景を宿命として抱え込んでいるときている。面倒臭いといえばこれ以上ないくらいに面倒臭い男なのである。

しかもである。この男意外と純情でジョークなんかも飛ばす茶目っ気もあったりするから本気で憎めないところがあるので、そこがまた余計に厄介だ。

間違ってもこんな人にうっかり関わると振り回されて大変なことになるのに違いないのだ。彼女の直感は正しかった。しかしながら、彼女の直感がつかみ取ったものは、当然ながらそれだけではなかった。

戦争の記憶が徐々に世間の記憶から擦れるように消えつつある中、世の中は戦後の経済成長に酔いしれ、沖縄に太平洋戦争の負債を丸投げするようにして過ごしていたことに、半ば無感覚になりつつある中でのことである。

日本人は沖縄の過去と現状をすっかり「なかったこと」にして、この件については無反応になるのだ。故に、その自覚がある人は自らを責める様な厳しさを帯びるようになる。少なくとも古屋能子は、沖縄の事について自らその自覚のある人であった。彼女は日本人としてその自覚を「私の中の重いカタマリ」と後に自らの手記で表現している。突然沖縄の一人の男が日本人全体に向けたあまりに鋭すぎる批判の切っ先に、無意識とは言え、反射的にそっとやり過ごしてしまったことを彼女は同じ文章の中で恥じている。

心の端から新聞記事の事を追い出すようにまな板の上でリズミカルな包丁の音を立てだした。単調なリズムは人の意識を日常の世界に誘う。

無心に包丁の音だけがタンタンとリズミカルな音をたてている横で、コンロの上の味噌汁がコトコトと静かな音をたてる。無数の生活音が調和して台所に静寂をもたらす。彼女の意識は徐々に深い日常に沈み込んでいったのだった。そうして彼女は富村順一の事を忘却の彼方に追いやった。

それから時は静かに過ぎて日常の中で彼女はあの新聞の小さな記事が記憶の彼方にうっすらと遠ざかるようにして消えかけた時すなわち彼女の手記では「九月の始めのある日」、天から降って湧いてきたように一本の電話を受けるのだった。相手は学生運動をしている学生である。

話の内容は今回の事件における富村順一の主張を多くの人々に知らしめ「大衆闘争」を実現したいため協力して欲しいとい

う趣旨であった。

その時の彼女の心情をそのまま彼女の手記から引用しようと思う。


「新聞を押しやったその手に握った受話器から聴こえてくるその後の富村さんについての報告に、わたしはとまどい、強い衝撃を受けた。体の中の重いカタマリがわたしをゆさぶるのだ。」

（以上古屋能子著「新宿は女の街である。」より引用）

彼女は自らの孕む矛盾に厳しく向き合いながらも富村順一の裁判の支援に関わっていくことになるのであった。

第二章　幼年

富村順一の特筆するべき幼年期の出来事は、人工であった父が心臓の発作で急死したことである。子供達の生活は母親の細い肩に重くのしかかった。

おり悪く、父は手掛けている仕事を中途にして亡くなってしまった。順一の家に発注主が怒り心頭で怒鳴り込んでくる。

すぐさま、親族会議が行われた。妹や順一は家を出て人預けられる事で話が決まった。しかしながら、次男が一大決心をして子供達をどこへも行かせないと母と共に主張しだしたのだ。

この当時、男の子は糸満へ漁師として売られたり、女の子は遊郭に売られたりすることが当たり前にあった時代の事である。売られた子供は借金の利子にからめとられるようにして家に帰れなくなる。そうして悲しい家族は散り散りになってしまうのだ。

だから、次男は自分が父の中途の仕事をやり切るかわりに子供達をどこにも行かせないで欲しいと母親と共に土下座して訴えた。果たして、若いにわか大工は必死の努力でその仕事をやり遂げたのだった。

ある時、この優しい兄は幼い順一に話し掛けた。

「順ちゃんは大きくなったら何になりたい」

「学校の先生になりたい」

「兄ちゃんが頑張って、学校に行かせてやるからな」

順一は笑顔を輝かせて力いっぱい頷いた。

順一の兄は、仕事の休憩中にもらったお菓子を弟や妹のために自分では食べずに持ち帰っていた。

しかしながら、父親不在の中ではやはり家計は火の車であったから、母親も豆腐を作って売り歩き、それが終われば薪を拾いに出るというような暮らしであった。

順一や妹たちは、自ら草刈りや水汲み、子供のお守り等の仕事をこなして、その駄賃を母に渡すようになった。いつもおなかをすかしてはいたが、この時はまだ愛情にあふれていたともいえた。そんな暮らしの中で一つの、それはある意味、些細で取るに足りない出来事だったのかもしれないが、順一の思想に深い足跡を残す出来事があった。

ある日法事で妹と順一は家の留守をしていた。仏壇に供えているお餅が食べたいと妹たちがせがんでくる。自分もおなかをすかしていたから、少しだけならとばかりに高いところに手を伸ばした途端、大きな位牌がガラガラと音を立てて落ちてきた。順一は心臓が飛び出んばかりに驚いた。しかし子供達の判断は迅速だ。

「ウッスマサ、ワジられる！（こっぴどく怒られる）」

慌てて、名前の書かれた札を元通りにしようと必死になった。必死になっている背後で人の強烈な気配を感じて、子供達は一斉に振り向く。

はたして、そこには近所に住む親せきの老人が立っている。怒られると思った子供達の予想に反して老人は静かに語りかけてきた。

「だぁ、貸してごらん」

おずおずと差し出された位牌を、しげしげと見つめながら位牌を瞬く間に元通りにしてくれた。さすが大人である。

老人は神妙な面持ちで「そうだったのか」と独り言ちていた。子供ながらにあまりに奇妙に感じた順一は子供特有の好奇心を働かせて、どういうことか老人に聞いたのだが、老人は答えてくれない。ただ一言だけヒントをくれた。

「名護城の門番をやっている人が昔校長先生で歴史に詳しいからその人に聞いたら、教えてくれる」

それからの順一は、毎日のように門番のもとを訪れ毎日草刈りを手伝った。少年時代の富村は草刈りが大の得意であったから。

初めは、教えることを拒んでいたその人も少年の純真な気持ちと熱心さに負けて重い口を開いたのだった。

昔、彼らの祖先は富村であった（実はこの時富村たち家族は西平姓であった）。琉球王朝時代、当時薩摩の支配を受けていた時の事である。この地域を治める富村の祖先はい草の管理を任されていた。

琉球王朝に向け薩摩から、納めるい草をさらに多く納めよと求められた。しかしながら、い草を多く生産するには、住民たちの多くが米を作るための田んぼを諦めなければならなくなる。命令通りにしていたら住民たちは飢え死にしてしまう。そこで、富村の祖先は命令を無視した。結果、い草は要求されていた量よりも全く足りてなかった。激怒した王によって富村の祖先は死を賜ったのである。

その後富村一族の子息を農民である西平姓の人が（恐らく富村に対する恩返しの意味もあって）養育することになったそうだ。それから長い事、彼らの子孫は西平姓であった。

順一少年の心の中で、薩摩や琉球の王様はとても悪い奴だという思いで一杯になった。思えば少年の反骨精神の目覚めはこの頃からあったのではなかったか。筆者自身は、この物語の信ぴょう性自体裏付けが取れていない為ひょっとしたら家族や血縁に伝わる口伝や噂のようなものなのではないかと想像しているのだが、小さな少年の胸にはその人生そのものを左右する天啓のように刻み込まれたに違いない。ちなみにこの事があったからなのか後に西平家は富村姓に改名しているようだ。

もう一つの少年時代の特筆するべき出会いは朝鮮人の具仲会（日本人名を谷川昇と名乗っていた）との出会いである。

どういう経緯なのか詳細はわからないが、ある日、村にくず鉄集めをしている具仲会がふらりとやって来た。

リアカーにいっぱいのくず鉄を集めながら、くず鉄を持ってきた子供たちに竹の筒に入った朝鮮飴を与えていた。

貧しい順一はいつもおなかをすかせていた。具の持っていた朝鮮飴は、順一にとっては何にも増して堪らない蠱惑的なものであったことだろう。ついに、こっそりと朝鮮飴を舐めて、ばれないようにちょっと舐め、しかしながら止めるのが惜しくて再び舐めるという事を繰り返しているうちに、全部舐め切ってしまった。おまけに、逃げ遅れて具仲会につかまり、あえなく御用となる。

静かな声で何故全部食べてしまったか問質し、順一の家族の状況を聞いたうえで具仲会は少年を許し自らの手伝いをするようにと静かな口調でいった。順一はこの後三年間、具とその家族と共に行動を共にしたと証言している。その縁で具は富村の家族と親しくなり、家の横で弁当を食べていたり、味噌の材料の麹をそのまま食べて家族を驚かしたりしている。具仲会は富村の少年時代において少年時代の良き思い出であった。もっとも食いしん坊の順一は具仲会の温厚な人柄はもちろんであるが甘い朝鮮飴にひかれて余計熱心にリアカーを押すのを手伝っていたのかもしれない。

順一家族と別れて久米島に渡った具仲会が、その家族と共に鹿山正の部隊に皆殺しになった事実を知るのは戦後の事であった。

富村順一は復帰後に具仲会家族を含む日本軍による久米島の住民虐殺を悼みそして二度と同じ過ちを繰り返さない強い決意を込めて「痛恨の碑」を建設する活動を行った。彼はその運動の中心となった。それは、富村順一に対し最大にして長年の支援者となる桑田博という希代の社会運動家の献身と、当時の富村の仲間たちの協力により成就されることになる。

第三章　少年時代

学校を放逐された順一は、初めは盗みのようなことを繰り返しながら外で寝るような暮らしをしていたものの、成長するにつれ見習いの仕事や住み込みの仕事をいくつか繰り返し、やがて県内大手土木会社の住み込みの仕事を得て伊江島に渡ることになる。

仕事の主な内容は鍛冶の手伝いであった。しかしながら、手伝いは専門ではないから様々な雑務一般を担うことになる。島での仕事はまず初めに馬に水をやる事からであった。伊江島の人たちの利用している水汲み場から水を運んできて馬にやるのである。くくられた馬の傍らに二十人ほどの軍服の男たちがいた。

軍服であったのは間違いないのだが皆一様に階級章が付いていなかった。どの顔も辛そうな顔をして順一に水をせがんでくる。桶の水を奪い合うようにして男たちはとうとう全部飲み干してしまった。すると、今度は馬の方が喉の渇きから、口から泡を吹きだす始末。

馬が泡を吹いている姿を見咎めた兵隊が飛んできて馬の鞍から抜いた乗馬用の鞭で順一の尻をいやという程叩きつけながら水はどうしたと詰問してきた。

ほぼ反射的に、順一は男たちの方を指さした。途端に軍人は叫びながら男たちをやたら滅法に鞭で殴り出した。

「貴様らが呑む水ではない！」

あまりの激しい剣幕に順一はただただ呆然としていた。流石にこれだけの大人がこんなに殴られるのは見たことが無かった。ひぃひぃと悲鳴を上げながら痛がっている男たちに順一は同情を覚えた。元来が根の優しい少年である。

彼らはこき使われたあげくいつも空腹であった。

鍛冶場に男たちがやっとの思いで重い鉄材を運んでくると暫く男たちは松の木陰で休んだ。その内頻回に便所に通う者があらわれてくる。おかしいなと思いながら順一がよくよく見ていると干した芋を失敬して、ばれないように芋を足でけり合いながら芋を手に入れて人に見られないようにしながらが齧って飢えをしのいでいる姿を目撃した。

殆どの場合、朝鮮半島からの軍属は酷い待遇であった。手が足りないから人手として彼らを故郷から引き剝がすように連れてきて、十分な食事も与えず働かせるだけ働かせて連日殴る蹴るという具合である。

そんなことでは作業効率が上がるわけもない。効率が上がらなければ更に暴力に訴える。全く持って日本人の恥である。そんなに人を粗末にするのなら自分達でもっこ担いで働けばよかったのである。わざわざ貴重な重油を焚いて船を往復させ人を攫ってまでして連れてきて働かすより、そちらの方がよっぽど効率的ではないか。令和の世の中で徴用工の問題がクローズアップされているが、日本人が戦争を本当に反省するのなら、お偉方の変な手打ちで終わらせず、戦争で虐められた人の賠償を先にやるべきだったはずだ。

兎にも角にも、そんな様子を目の当たりにして正義心の強かった順一少年は屋敷に忍び込んで彼らの為の食べ物を盗むようになったのだ。盗んだ黒砂糖や芋を穴に隠して与えたのである。

これもまた、あっけなく順一少年の行為は露見するところとなり拷問といっていい程の酷い折檻の末、放擲される。結局、故郷にも帰ることのできない順一は島で再び食べるために盗みを繰り返してとうとう地元の人に捕まった。最終的に船に乗せられて沖縄本島に返されることになった。

涙ぐんだ目で海辺から本島を見つめていると、あの男たちが心配そうにぞろぞろやって来た。十分な日本語では無かったが、お互いの伝えたいことは十分に理解しあえた。思えば、順一少年にしても彼らとゆっくり話す機会も無かった。一人の男が、お守り袋から何かを取り出して順一の鼻先に突き出してきた。几帳面に折りたたまれた五円札が六枚で三十円という大金であった。ここで働いても、朝鮮人軍夫達は何も買い物ができなかったし、おまけに故郷に送る事も出来ないから、君にやるという内容の事を男は伝えた。やはり、満足でない日本語ではあったが、真心が痛いほど胸をうった。

朝鮮人軍夫たちと別れ故郷に帰った順一少年は生まれて初めて自分の為にズックを買った。そして残りは母に渡したのだった。母はそのお金を兄に預けると富村家はそのお金を足しにして馬を買ったのだった。馬でモノを運ぶ仕事をはじめるようになって富村家の家計はようやく一息つける状況になった。家計もさることながら重いものを人間が持ち運びするしかなかった富村家にとってはありがたい事だったであろうと思う。何より順一の母親が大分助かったに違いない。

順一の顔はいつの間にか大人びてきていた。同時に戦の足音も身近に迫りつつあった。太平洋中に広がる戦火はやがて沖縄のほぼ全ての島をあっけなく丸ごと飲み込んでしまうのだった。

第四章　戦がやって来た

戦乱は、順一の住む北部にも訪れていた。富村家の家計と労働を大いに助けていた馬も、早々に戦火の為に死んでしまった。

家族は戦火を逃れるために親戚の家に身を寄せる。しかし長男家族と合わせると十四人という大所帯の上に、親戚はお金持ちが避難してくると、順一たちの家族を山羊の小屋に押し込めてしまった。順一は多感な年齢になっていたから、この親戚の仕打ちに猛反発し親戚ともギスギスするようになった。

丁度村の外れの高台に以前から仲良くしてもらっているハンセン病患者の老人が一人暮らしているので、そこに顔を出すようになる。老人は屋我地島に収容されるのを拒否して暮らしている人であった。

順一少年が学校から追い出されてしまったのち一人ぼっちで毎日遊んでいるのを気にして声をかけたのがきっかけであった。

老人は初めこそ戦闘の危険を心配して家族の元に帰るように順一に促していたが、戦闘の様子を見てかえってこの周辺の方が安全であるのを見てとると、喧しく言うことは無くなった。

丁度、老人が住んでいる高台のふもとの辺りに重い肺病の男性がいて、この人も一人で壕に住んでいた。

順一は、老人のお使いを頼まれたり、肺病の男性の壕に泊ったりするようになった。

二人の大人はそれぞれ病を抱え日々の暮らしに不自由していたが、それを順一少年が助けていたのだった。順一少年は行き場の無い寂しさを紛らわせてもらうなど父親の愛情の代わりを彼らから受け取っていたのかもしれない。

彼らは、家族のように協力し合いながら生活を送っていた。老人と子供に米軍が無関心であることをよい事に、彼らの放置していた食料を手に入れて、その一部を順一は家族の元に届けたりして過ごしている。

鉄の暴風の中にあって、この場所はある意味台風の目のような場所であった。人もあまり逃げてこない。

一度、米軍が老人たちを尋問しに訪れているがハンセン病患者であることを老人がアピールするとそれっきり近づかなかったそうである。一緒にいた順一は老人の甥っ子ということで口裏を合わせて申告している。

のんびりしているようで、時には地獄も垣間見た。

老人の家に一家で避難してきたある家族が、ここに置いておいてもらえないかといって懇願してきた。老人は自らの指の欠けた手を差し出しながら、自らの病の名前を告げそれでも大丈夫であればと返事をした。

結局彼らは、申し訳ないとばかりにそそくさと家を出た。高台をおりかけたとき何人ものアメリカ兵に取り囲まれ、そのまま娘が乱暴されてしまった。全く酷い有様であった。

ある晩の事、順一と肺病の男性が鍋をつつきながら語らっていると、ぽつりと男性が呟いた。

「人間は、親でも誰でも信用するな」

苦難を舐めてきた人の一言であった。それから翌日、男は目を覚ますことは無かった。

この人の遺体は、家族の者が来て葬ったのだった。その後一人になった順一は再び、老人と交流しながら壕で暮らすことになる。

そうしてやがて、戦争は終わりを迎えるのであった。

第五章「彷徨える沖縄人生活の始まり」

主人公を順一と呼んで書き続けて描いてきたがこの頃にはもう大人なので富村と表記していこうと思う。

さて戦後、富村は沖仲仕や戦果アギャー、はては風俗のポン引きのような仕事等を転々として暮らす。ある意味、立派なやくざ者であるが小学校までしか出ていない青年富村は、与えられた環境の中でまともな選択肢の無い状況の中、日々の糧を得るための仕事をやっとかっとで摑み取るようにして生きてきたのだった。

ポン引きの時にはけんかの仲裁や用心棒まがいや、困りごと一切を引き受け果ては義侠心から奄美から無理やり連れてこられたある女性を救って故郷に返してやったりもしている。この親切は後に大きな悲劇にもつながるのだけれども、それは後に述べようと思う。

この頃には、やんちゃが育ちすぎたというか成長と共に育んできた野生が目立ってきた。はっきり言ってしまえば野蛮である。野蛮と優しさが相まって、何だか酷いいたずら者になった。横柄な米兵が「ヒロヒトイッセー、ヒロヒトカット」と首を落とす素振りをする。本来天皇制から排除された少年だから、一緒に喜びそうなものだけれども、この新しい支配者に対して富村は激しい怒りを感じるのである。多分、この人は誰かを虐げている全ての人に対して頭にくる性格なのだと思う。その怒りは、質の悪い悪戯となって現れるのだった。

アメリカ兵（特に白人の兵士に限られたようだ）を良い女がいると呼び出して山の中に連れて行き、待ち構えていた仲間と共に兵士を取り囲んでお金を巻き上げる。

オンリーと呼ばれる愛人の所にやって来たアメリカ兵の様子を窺って、石を投げたりするのは可愛い方で、酷いのになると今幸せの絶頂に至らんとするところを狙って、「ＭＰ」が来たぞと皆で騒ぎ立てる。すると、兵隊がパンツ一丁で飛び出して這う這うの体で逃げ出すのを隠れて見ていた富村たちは皆で大笑いするのだ。

その他、米兵が海で遊んでいる間にジープのタイヤに穴をあけて空気入れを隠す、或いはジープをこっそり燃やす、基地に通っている水道配管を壊すなどこの手の悪行は数限りない。本人も後に全部書くのは無理だという趣旨の事を本に書いている。

十九才の時に逮捕されて知念刑務所に初めての服役をするこ

とになる。以降、沖縄と本土含めて何回も捕まったり出たりを繰り返す人生が続くことになる。

この逮捕後、どうにも本人が気に食わないことがあって一度脱走して知らない間に警察官の身内と同棲したり、又刑務所に帰ったりと忙しく立ち回って中々出てこられなかった。それがようやく出所となった時、この男の母親が大蒜いっぱいのすき焼きをごちそうしてくれた。おまけに古い友人に出所の報告をすると、その友人がB円軍票五千円を出所祝いでくれたので、そのまんま、いい気分で色町に遊びに行く。

ところが、大蒜食べたものだから女達が臭いを嫌がって逃げていく。その時一人だけ逃げない人がいた。

「にんにくたべたの？」

「違う、ヒル！」

この問答を数回富村とその女性は繰り返してとうとう横にいた年配の人が堪らなくなって、「ヒル」は大和語では「にんにく」というのだよと笑いながら教えてくれた。

大蒜問答をした相手の女性は花子という。この花子、翌日も色街に訪れた富村にタバコの箱20箱とB円で五百円のお金を富村に渡して、かわり大蒜を手に入れてもらう。そして千円ほど富村に預けて買い物に行かせる。そうして花子の家で大蒜いっぱいのすき焼き宴会を二人で行うことになった。

ところがこの花子、酒が進んでくると何やら富村の聴いたことの無い言葉で何やらぶつぶつ言いながら、水屋の上に置いてある写真に語り出してきた。びっくりしている富村に花子は自分の身の上話をむせび泣きしながら語り出したのだった。

彼女は、看護師として戦地に赴いたが暫くすると姉と共に慰安婦をさせられていたのだった。その後姉は自死しており、花子自身も慰安婦として沖縄に流れ着き戦争が終わってからもこの地にとどまり続け朝鮮人のルーツを周りに隠して一人暮らしていたのである。

富村と花子は一緒に泣きながら酒を酌み交わした。ぐでんぐでんになって、そのまま寝て朝になって、起きてきた富村に花子はこの話は内密にとお願いした。

この後も「内密に」ということで、富村は良い思いをしたようだが二人は性格的に馬が合っていたのかもしれない。

この花子については、富村が本土に渡って後に脳梅毒にかかり、あんなに秘密にしていたのに私は朝鮮人だと云いながら恨み言をぶちまけ続けて死んでしまったと富村は人伝で聞かされた。痛々しくて仕方のない最後だった。この事があって花子という人は富村の気持ちにずっと残る事になる。

花子との今生の別れは突然にというかどたばたとした騒乱のうちに訪れた。また、富村は逮捕されたのだった。

ある喧嘩の現場に出くわした富村は仲裁のつもりで入って行って、強い方を伸してしまった。この伸されてしまった側が実は刑事であったものだから、逮捕されてしまうことになる。がその上厄介なことが身に降りかかるのである。

この時の服役中、同じ地元の出身者が刑務官に暴行されて死亡するという事件が起こった。この当時の沖縄の刑務所の環境は全く酷いものであった。人手の足りなさは凶悪な体罰を横行させる結果となった。

死亡の事実究明と刑務所の処遇改善を望んでいた富村は、かねてから刑務所の反乱を企てていた二人組に与するようになったように思える。

しかしながら、どうも利用されていた節があって何かあると体よく前に押し出される人になってしまったようだ。秘かな企てに乗っかって興奮しているうちに首謀者の一人になった気分になってしまった可能性がある。実際幾つかの文献を見ていても首謀者としての富村の名前は見えない。恐らく首謀者の近くにいて積極的に参加した人だったのだろう。この後の人生においても、この気質が見え隠れする。

昭和29年11月7日、謀議の際示し合わせた通り口笛を合図に大規模な刑務所暴動が勃発。嵐のように刑務所の設備が破壊されていく。多勢に無勢の刑務官側は成す術がない。刑務所は混乱の極みにと突き落とされた。無秩序の自由を得た囚人たちの多くは能天気に喜んだ。刑務所で飼われていた豚を勝手に潰して消毒用アルコールで一杯やりながら宴会がはじまったりする始末。其のうち交渉がはじまったり、交渉するふりをして首謀者が監禁されたり、すったもんだの末カービン銃の威圧で暴動は終焉を迎える。

この暴動の際、当時服役中の瀬長亀次郎の呼びかけもあり囚人たちは怒りを鎮めていったので、発砲が行われ死傷者が出るような行きつくところまでの事態には発展しなかった。その後、当局はその影響力を恐れて瀬長亀次郎を宮古の刑務所に移監している。

さて、富村は結局逃げないことを条件に自宅待機ということになった。騒乱罪の容疑でまた裁判を待つ間のことである。刑務所の体制を立て直すさい、人手も回らないことなどの理由も推測される。

ところがそこで当局からある提案がなされる。今回の反乱の11月7日が「ロシア革命」であることから、それに因んで決行されたと証言すれば保釈してやるということであった。当局は瀬長亀次郎らに今回の暴動の首謀者を擦り付けるつもりでいるのである。富村は小学校も出ていないから、ロシア革命なんて知りようも無かった。それよりも何よりも自分の証言次第で人の人生を狂わせるかもしれない事態に直面してしまった。

さんざん悩んだあげく富村はクリ舟を盗んできて、更に失敬した缶詰や水タンクなどを舟に乗せ沖縄を出ることにしたのだった。無茶といえばこんな無茶は無い。しかし、瀬永に罪を負わせるくらいなら逃げてしまえと富村は判断したのである。嘘をついて、安穏と暮らす選択肢もあったはずだが、富村は自分の良心に従ったのである。

航海は全くの波と風任せで、恐怖のあまり泣き出したことも後に告白している。小舟のような舟と共に海に揺られながら富村は薄目を開けて空を見つめていた。

「俺、死ぬのかな」

そんな、自問自答が何回も繰り返され、雨や波におびえながら夜を過ごした。

第六章　上陸

富村は死の恐怖と戦いながら舟に揺られているうちにとうとう、大島の名瀬市にたどり着いたのだった、全くの悪運である。

疲れと飢えでフラフラ街をほっつき歩いているときパチンコ屋の前で呼び止められる。見れば若い女性である。随分若くて清楚な女性だ。が、誰だか富村はとんと思い出せない。

苦笑しながら、女性は沖縄にいる時に富村に助けてもらった者だと打ち明けたのだった。

富村は、喜びよりも驚きの方が勝った。二人は互いの再会を喜び合った。そして急転直下というか、この女性は富村を運命の人と見定めて結婚を決意したのである。

当の富村も戸惑ったが、女性の決意は固い。彼女は取り敢えず家族を説得するからと別れた。

ところがである、当然文字通りの流れ者と結婚させるわけにはいかないと家族そろっての猛反発の末、この娘さんは自殺した。再会を果たすべくその家を訪れた富村は、その娘の通夜に出くわして愕然とする。そして、ぽっかりと胸に穴が空いたまま鹿児島行きの船に忍び込むのだった。

その後、飢えて盗んで警察に捕まり、釈放されると日雇いで暮らしながら日本各地を放浪して暮らすことになる。北海道などでも仕事をした。北海道の現場では雇い主がドロンしたところ偶然帰りの船で雇い主と出くわし幾らか金を貰ったという経験もしている。

刑務所や日雇いの現場で顔見知りが出来ることもあるが、ほとんどの場合しがらみのない旅暮らしのようなものであった。

やくざ者の流儀というか、当時の土木なのどの現場はヤクザ等が間に入る事もあり、彼らとの渡り合い方もいつの間にか身に着けてしまった。難癖をつけてトラブルになりそうになったところを幾ばくかのお金をもらってわかればよろしいとばかりに喜んで帰るというのは、富村がこの時期にすっかり定着しさせてしまった宿痾みたいなものである。恐喝と正義と生活の糧がごっちゃになって本人が善悪の区別を失ってしまっていて、どうもこの悪癖のお陰で後の折角広がった人脈のみならず一般社会からも孤立していく事になるのだが、そんな事本人は全く気が付かない。

ただ、自由気ままに生きている。それは生命力そのものの姿でもあった。そしてひたすら強く、強かに生きていくのである。その姿はどん底から這い上る当時の日本人そのものでもあり、ある意味でありふれた日本人像でもあったのだった。強いて言えば富村の弱点はそこから精神的に卒業することが出来なくなったことである。

第七章　日々放浪

九州から北上するようにして移動し、途中別府刑務所での服役を挟んで、四国、岡山、京都、大阪と各地を転々としながら土方をして生計を立てる。

この暮らしは富村本人にとっては一番気楽な生活スタイルであったといえる。其の転々とした暮らしと移動の末にやがて東京辺りにまで辿り着く。浅草の辺りではバタ屋をして生計を立ている初老の男性と知り合う。金城と名乗るその人は富村と仲良くなると、お前に背広やるから俺の事を「アボジ」と呼べと言ってきた。

富村は何のことかわからずに酒を呑みながら「アボジ」と男の事を呼びながら杯を重ねた。やがて男は泣き出してきて身の上話をはじめるのである。男の本名は実は金で朝鮮半島から連れてこられた徴用工で帰るに帰れず一人日本でバタ屋をやって生計を立てているとのことだった。国に残した子供が、丁度富村と同じくらいの年で一緒に酒を呑みたかったのだと語った。

この金さんの話は、富村の心に強烈な印象を与えたようで何度か、彼の自著にも出てくる。

富村はある時、宜野座村出身の青年と知り合い一緒に暮らすようになる。この青年は母親が当時子供だった青年の前で米兵に乱暴を受け、そのため顔を合わせて暮らすのが苦痛になりとうとう島を飛び出してきたという来歴の人であった。その話を、酒を酌み交わしながら富村に語ったのだった。

この当時富村はテープレコーダーを手に入れ天皇制反対の演説を吹き込んで、外を練り歩くというアイディアをひらめきこれを実行するようになっていた。当時の辻演説と街宣車の中間みたいなものだろうか。

ところが、数度にわたってある高校の学生であったり警察官であったりから、酷い暴行を受け活動を妨害される。テープレコーダーも壊れておじゃんになった。

ふてくされて富村は、仲間の所に青年を連れて呑みに行ったところ、テレビの中継が映し出されている。安保闘争で命を落とした樺美智子に、その事件のあった場所に花を供えようとしたら、たちどころに警察官に撤去される旨がテレビから流れてきた。

男たちは、酒を呑みながら悲憤慷慨した。こんなバカなことがまかり通るか。今、彼女が生きていたら、あるいはその後良い母親になったのではないかなど口にした。こんなバカなことがあっちゃいけないと、今から三千円を皆で出し合って、それからお前は花輪を買いに行けと富村は仲間を促した。

はたして、花輪は買い方がわからないので集めたお金分の花束を持って行ったらたちどころに警察に撤去されたとの由だった。

富村は怒り狂った。絶対に正義の鉄槌を下すのだと内心思った。そうして、モノレールジャック（多分規模的にもお手軽だとおもったようだ）を企てる。

下見で青年を連れてモノレール駅に行くと無数の人の流れに押し返されて二人ははぐれてしまった。別の時には、全く人が乗っていなくて、ジャックの意味が無かったり、こどもばっかり乗っていたり、中々うまくいかなさそうで、ここまでくると流石に富村も途方に暮れていた。

富村の脳裏に突然にひらめいたものがあった。

「あれだ、あの東京の真ん中で偉そうにそびえているヤツだ！」

第八章　決行

二人の男の知られざる悪戦苦闘と試行錯誤（かいつまんでいて

えば観客のいないドタバタ劇）を経て遂に標的が決まった。日本国の繁栄の象徴とばかりに大日本国の首都に鎮座する東京タワーである。

決行の朝、富村と青年は揃いのバックを持って行動している。一つは、このタワージャックで使うための飛び道具やら有象無象。いま一つのバックには青年の身の回りの生活用品と衣服。いうなれば富村は片道切符のみであり、実行の折には一人で逮捕されるつもりであった。

富村としては青年をこれ以上巻きこむつもりはなかった。

現場についてから富村が着込んだ白のタートルネックセーターには向かって正面の右側の胴の所に黒のマジックで日本人よ君たちは沖縄のことについて口を出すなと書き、反対側には平和は我が家からと書いている。これは、彼の著述家としての第一歩ともいえる『わんがうまりあ沖縄　富村順一獄中手記』（初版）の表紙の返しの所に、捕まった時の写真が白黒でのっているので、そこで確認できる。左の字が白黒で灰色になって映っているのは赤マジックで書いたからだと思われる。

更に別の場所（多分背中側だと思われる）には、アメリカは沖縄よりゴーホームとも書いてあったという。

タートルネックの下には、天皇は第二次世界大戦で二百万人を犠牲にした責任をとれ、など皇室に対する非難を書き込んだタートルネックをもう一着、着込んでいた。

ここで一つ、奇異なことを感じるのである。

平和は我が家からというなんだかどこかの標語みたいな言葉である。写真をよくよく見るとどちらも拙い字ながら、何となく字の癖が異なっているように思える。

この言葉は、富村ではなくあの青年が書いたものである。陳腐な標語みたいな表現に一瞬思えてしまう向きもあるが、実は切実な言葉である。

自分の目の前で母親が米兵に強姦され、一緒に暮らすことに苦痛を感じ沖縄を飛び出した青年の心の底からの叫びなのである。その心からの叫びを富村に託したのである。

私は、富村の粗暴的な性質を困った性質だと思っている。だが同時に、この男の本質として、力に蹂躙され誰も助けてくれない人たちの気持ちを引き受け自らの怒りとして戦おうとする性は、何にも代えがたい誇り高いものであるとも思う。

そんなこと知ってか知らずか、われらが富村やる気満々である。鼻息荒く肩で風を切って歩いている。

よく考えてみるとことこの件に関して富村は自分の為に罪を起こしているわけではない。本来ならやらなくてもいいことなのである。

彼を突き動かしているのは、自分をはじめとする沖縄の人々に対する戦前戦中はおろか戦後に至るまで継続する理不尽なまでの差別による苦痛。あるいは、具仲会や花子のような理不尽を強要されて生涯を送った人々の悲しみ。戦争で苦しみ挙句の果て人生を狂わされた人びとの怨嗟。あの樺道子を追悼しようとして花を捨てられる冷酷、戦争の反対と天皇制に対する批判を暴力で封じられる横暴さに対する反発。これらの怒りは、戦争の責任を取ることなく戦後を迎えた天皇制とそれを奉じる国民への異議申し立てなのである。

富村順一を考えるとき、戦後自らの戦争責任と社会の矛盾を意識の遠くに押しやり経済成長を謳歌する日本社会への異議申し立てをした人として奥崎謙三、金嬉老、永山則夫らと比べる向きがある。

この三人の人物たちと比べて違うところは、大人が本気で桃太郎の真似をしようとするような、不思議な長閑さが備わっているところである。彼は人を殺さなかった。

因みに、後の話で服役中の永山貞夫は富村が行っていた久米島痛恨の碑建立のための活動に獄中から寄付を送ったそうである。富村は「頭が下がる」思いをしたとの由。

富村は自分のバッグを手に、そして密に直に隠し持った牛刀二本とともに気力を漲らせて東京タワーに乗り込んでいく。

筋肉質の背中がやる気満々だと雄弁に語っている。がっちりとした小柄な体が狩りをする動物のように僅かに身を縮め辺りを見回す。そして標的を見つけた。アメリカ人がエレベーターで展望台上った。その後に富村もエレベーターに乗って牛刀を抜く。ざわつく他の乗客に危害を加えないと説明しながら、子供にチョコレートを配る。観光で来ていた韓国人の家族にも安心するようにと説明し、沖縄の為に立ち上がった事を説明して安心させる。それを年長の父親らしき男が子供に話してやると富村を見る目が恐れから、共感に変わった。

到着したエレベーターから降りると二十歳以下の者と、沖縄の者と朝鮮の者は下りる様にと大声で伝える。

富村の目に留まったアメリカ人の青年を早速人質にしながら、危害を加えないと日本語で話しかける。

富村についてきていた青年と朝鮮人家族達は同じエレベーターで下へ降りて行った。朝鮮人の少年が、「オキナワマンセー！　朝鮮マンセー！」と富村にエールを送った。

しばらくするとおっとり刀の警官が駆けつけてきた。喉先に牛刀を突きつけられた青年は富村の集中が途切れたのと同時に逃げ出した。富村は慌てて、投げ道具の入った鞄を手に取った。

果たして、鞄の中身は一緒に来ていた青年のパンツとシャツが入っていた。（このおかげで富村は誰にもけがをさせずに済んだと私は思っている。でかした、青年！）

こうして富村はあえなく御用となったのである。

第九章　裁判闘争

裁判中で拘置された富村の姿を古屋能子はその豊かな文才で活写とでも呼びたくなるような描写をしている。以下に抜き書きする。

その男は、薄茶色のジャンパーを着て、ゴム草履をはき、椅子に座る前に両の手首の手錠をガチャリと廷吏によってはずされた。無恰好な短い指、毛深そうで武骨なシワの目立つ手、何かを背負い続けてきた丸い肩、傍聴席のほうを見ておじぎをする途端、いかにも人のよさそうな目をして、前歯が一本ポロリとかけた口でニコリとする。瞬間私は息詰りそうになる。（「新宿は、おんなの街である。」古屋能子著より）

ちょっと触れると嚙まれやしないかというくらいの蛮性と、思わず相手が心を許してしまいそうな愛嬌と、しかしその奥に潜んでいる「息詰まり」しかねないような緊張感。この描写は富村個人を超えてある意味で時代的な「沖縄」の人全ての肖像画ではないだろうか。戦後、アメリカの占領下にあって矛盾を押し付けられた「沖縄」の人が怒りを押し殺しながら、ややもするとちょっとした拍子で激しく爆ぜてしまいそうな、そんな姿そのものではないか。

富村は検察官や裁判官達の沖縄に対する無知と無関心を痛烈に批判する。

実は富村逮捕後の警察はじめとする官憲の対応は富村を狂人として処理したかった様子が見える。事実富村が捕まった時の警察発表はアルコールを摂取したうえで凶行に及んだ旨を、マスコミを通じて流布せしめた。官憲がこの案件を沖縄問題として注目された時の危険性に対して恐れを抱いていた可能性は強い。そして何より、天皇制に触れるのだけはやめてくれという役人特有の事なかれ主義が色濃く見えてくる。

故に東京タワージャック事件は、平素より素行の悪い人物が、その日たまたま痛飲の上で狼藉をおこなったとして「ひっそり」と処理したかったのだろう。天皇制や政府に対する市民運動と化してしまったら、命取りにもなりかねない。その証拠かどうか、警察も検察も裁判所も富村が酔っ払っていたと決めつけていた。裁判で証言を取ろうとしたが、人質になった宣教師も、富村と乗り合わせたエレベーターガールも、裁判の証言で即座にそれを否定している。

検察官や裁判官達は間違いなく沖縄差別の軋轢と向かい合わなければならない。一言でもぼんやりとしたことを言おうものなら富村から厳しい怒声が飛んでくる。

果ては、尻を向けられ屁をされる始末である。大体、やれるならやってみろという勢いで厳罰を求めている節もある。こうなると何だか、どちらが、罪を追究されているのか良くわからなくなる。

其のうち、国会で爆竹を鳴らした沖縄の三青年たちとの裁判とも呼応しあって大きなうねりになろうとしていた。二つの裁判は、特に沖縄問題としての本質を孕んでいた。日本の中で唯一の地上戦を経験させられ、戦後日本から切り離され日本人から差別されて生きている沖縄の人間の濃縮された怒りそのものであった。証言者たちも多くの知識人たちが参加してまさに燎原の火が広がるような勢いを見せ始めた。証言者の中には新崎盛暉をはじめとする一流の文化人、学者たちも名を連ねていた。裁判官の仕事は、決まった。余計な時間をかけず今回の案件を矮小化して速やかに終了させることである。

裁判は終了して刑期を受ける間、富村はそれまでの人生の中では無かったくらいに文字を読む機会を得ることが出来た。そして、多くの事を学んだ。

更には、自分の事を「文盲」といって憚らない富村であったが、必要な手紙を看守に代筆させていたのをやめて自ら筆を執るようになった。

吉屋能子は富村が筆を執る光景に感動して美しいものを見たように感じたと自書で述べている。後年富村は十六冊の本を出している。多くの文化人と知り合い、学問を蓄え富村は刑期を終えて世間に飛び出していったのだった。

第十章　活動と離散そして放浪

富村の周囲には彼に興味を持った東大の若い青年や知識人たちが交誼を結ぶことになる。

久米島の虐殺事件への裁判闘争と合わせて慰霊碑を建立するための活動を行うようになり、川崎の沖縄県人会の古波津英興はじめ多く人が支援者となり協力者となっていく。何よりも人生最大の支援者となる桑田博が、富村の背中を押していた。

桑田博は自らの勤めていた私立高校の教育方針が極右翼的であり（学校側は当時勃興していた左翼学生に対する手駒としての学生を育成しようとしていたのだろうか?）、更には在日朝鮮人の学校の生徒への暴行に発展していることに対して大変憂慮し、教育方針の変更を学校の同僚と訴えたが、一方的な解雇を学校に言い渡され、同僚と共に学校を相手取って裁判闘争を行った人である。

彼は、見事に勝訴したが学校へ帰ることは無かった。市民運動家としての人生を歩みだすことになる。桑田博の自宅には若い学生や自分の方向を模索している人が集まってさながら梁山泊のような様相を呈していた。

桑田博は若い青年たちと語り議論し大いに励ましては人を育ててきた。そして、富村順一や奥崎謙三といった天皇制の犠牲者であるとともに自ら戦う人を陰から支援してきた。また在日朝鮮人の裁判をよく助けてきた。社会活動家として大変な幅のある活動をしているのだが、その当人が記録を残すことを嫌って自伝や評伝の類が少なく全体像は茫洋としてわかりにくいところがある。

富村は、大城俊雄の二宮金次郎破壊事件の裁判支援などで柴田道子という人の人柄に触れている。また砂川闘争などの裁判でも富村の姿が散見される。

当時力のあったアナーキストにして総会屋の松井不朽に説教をされたり大島英三郎にカンパを受けたり向井孝と交わったりしている。

その関連での出先の集会などで、久米島の日を作るためのパンフレットを二種、それぞれ具仲会と仲村明勇（仲村の下に渠の字が抜けている）の事が書いてある。それは一冊二百円で販売し桑田博にお金の管理を一括してお願いしている。

桑田博は、怒鳴ったりはしないが富村はある種の畏敬の念をもって接していた。まるで、父親の言葉を聞く息子のように富村は従った。が、その分迷惑を富村はいろいろかけている。

特に、夜中に酔っ払った富村が押しかけてきて金をふんだくるようにして受け取った話は、富村が懺悔するかのように書いているがはたして、どれだけの反省があったのだろう。

桑田博は理論家でときには饒舌であったが、いざという時の覚悟は常にある人だった。桑田は外出の際は服の下に常に雑誌をガムテープで巻いて仕込んでいた。これは、刃物に対する備えで意外とこれが有効に刃物の害を防ぐのだという。桑田の教えとしてある学生が記憶していることがある。

「群れるな、そして危なくなったら逃げろ」

それは、桑田博の実践家としての真骨頂であったのだと思う。

ある日一人の学生が、桑田宅を尋ねるとコートを羽織って慌てて走り出す桑田とすれ違った。相当血相を変えていたので何事かと思いつつも学生はあけっぱなしの玄関に足を踏み入れた。雑誌が落ちている。よほど慌てたのだろう。先に桑田宅に上がっていた仲間の学生に聞くと、富村が学生運動の女性に手を出したとのことで、その対応で桑田は慌てて外出したのだとの事だった。

富村は、思い込んだら遡って人を悪く見る癖と、悪い奴からはお金をせしめて良いという癖と、この女癖によって桑田のもとだけではなく、あらゆる居場所と発言力を徐々に失って行く。

その後もハレーションとそこから起こる逆風の中を富村は生きていく。久米島の痛恨の碑も建立まではこぎつけるまではできたが女性関係と路線闘争らしきこととごっちゃになって、右と左から足を引っ張られながらの建立であったようだ。富村が生きていたら、私は相当どやされると思うが、どうしたって、これは本人の行動の賜物でもある。ただ、同時に私は富村の名誉の為というよりは沖縄の歴史を学ぶ上でとても見落としてはいけないことを富村はしているのだということを声を大にして主張したい。

沖縄人自身の差別意識に早くから向き合っていたのは彼、富村順一ではなかったか。そして、確かにそれは本人も混乱しながらやっていたので誤解も多いし、間違っていることも多々ある。しかし、常に弱い人の側で生きようとしてきたことは、何にも代えがたい事実であるし、同時に、それこそが富村の真骨頂ではなかったかと私は訴えたい。

終章

富村は意外と人の気持ちに向き合うのに不器用で、それ故孤独をかこつことにもなったが、その分存分に自由を謳歌した。

西成を電動車椅子で疾走しながら旧知の人達と語らい合い、好きなものを食べて暮らした。いつの頃からだろうか西成は、労働者よりも、高齢で働けなくなった人々が街にあふれるようになり、生活保護を貰いながら簡易宿泊所で寝泊まりする人々が目立って増え始めてきていた。労働者の町から福祉の街にと変わり始めていた。かつての働き手はいつの間にか介護を受ける側となっていた。

バブルを頂点とする繁栄の残り香をあちらこちらに感じる事は可能であったが、それももはや昔の栄光に過ぎない。

この時、反天皇制の訴えは時代に取り残された過去の遺物、錆び付いたプロパガンダであった。

老人になった富村から、往時の迫力は消えたが柔らかな光の瞳、調子のよい語り口は健在でまことに元気の良い老人であった。

この人の人生の幕引きはどうであったか、私にはわからない。私なりの想像をもって本作を終わらせようと思う。

ある冬の日の事。富村は、その日上機嫌であった。何せ好物の具が乗った弁当が三つも安く手に入ったのだから。一つは寝る前に食べて、残りは明日の朝と昼に食べよう。そんなことを考えながら帰宅したのだった。

夕飯の弁当を食っていると、昔はよく呑んでいたなと懐かしい気持ちになる。年を取ってからはやけに恩人達ハンセン病の老人や具仲会、桑田博や柴田道子や古屋能子、または家族とりわけ次男の兄と母親の顔が浮かんでくる。

富村はもはや歩けなかったけれど、昔取った杵柄で腕力に優れていたから車いすからやすやすとベッドに移ることが出来た。

部屋の灯りを真っ暗にするのが怖くて常夜灯を点けたまま寝るのが日常だった。

瞳に常夜灯の光が映って、クリンと大きな黒目が満月のように光った。

突然富村は顔を顰めだした。背中から胸にかけて経験したことの無いような痛みと苦しみが襲ったのだ。変だなと思っていると、それもすぐに止んだ。閉じた瞼を開くと年を取った自分の母親と若いままの次男の兄が富村の顔を覗き込んでいる。

「あい、オッカー、ニーニー」と富村は語り掛ける様に呟く。

二人は富村を連れ立って月へと向かっていった。

あの少年時代、富村の心を慰めた月に、富村は旅立ったのである。残された富村の顔は穏やかな顔をしていた。

生きることを終えた肉体のその瞳はガラス玉の様でもあり、あの優しく光る満月の様でもあった。

月夜の光のような常夜灯に照らされて富村は旅立っていたのだった。

この男は最後の最後まで自由人で反骨の男のまま、その人生に幕を引いたのである。

書評

若松丈太郎英日詩集『かなしみの土地　Land of Sorrow』不条理と対峙する正視眼の詩人

植松　晃一

「すべてが機会詩でなければならない」「私はつくりごとの詩は少しも重んじていない」とゲーテは言った（ビーダーマン編・国松孝二訳『ゲーテ対話録』第三巻・白水社）。『若松丈太郎英日詩集　かなしみの土地』に収録された作品群を見るとき、それらはまさに現実に基礎と地盤を持つ機会詩であり、書かれなければならなかったものたちという思いを強くする。

太平洋戦争が終わって初めての二学期、十歳の若松丈太郎少年は教師の指示で教科書に墨を塗っていた。敗戦で日本の立場が変わり「きのう真実であったことが、きょうは虚偽となった」（コールサック社『若松丈太郎著作集』第三巻）からだ。聖戦は侵略戦争となり、不滅の神州や八紘一宇の皇国などと口にするものはいなくなった。同じ教師が八月十五日を境に正反対のことを教える姿に、若松少年は「存在の根拠を危うくされるほどのダメージをうけた」（同書）という。「十歳のこどもたちが教科書にいっせいに墨を塗っている膚寒い光景のなかで味わった、信ずるにたる確かなものは存在しないのだという深く暗い喪失感と不信感とは、わたしの原体験である」（同書）。それは若松さんが生涯にわたり対峙する「不条理」の洗礼だったのかもしれない。

不条理は世界のそこここに現れる。例えば戦争に巻き込まれたひとびとの死。若松さんは亡くなった幼い弟をおぶり、直立姿勢で火葬の順番を待つ少年の写真（ジョー・オダネル撮影「焼き場にて、長崎」）を見て「おれだ／十歳のおれが写っている」（詩「死んでしまったおれに」）と綴る。「正面前方に視線を据えている／一文字に口を結んでいる／丸刈りの頭／指をぴしっとそろえ／その中指は半ズボンの両脇の縫い目に沿わせている／はだしの踵をそろえ／つま先びらきに立っている／おれたちがからだにたたき込まれた姿勢／〈気を付け〉の姿勢／にはちがいないが／少年は上体をやや前傾させている／腰をわずかに折って／これは〈礼〉の姿勢だ」

何に対する「礼」なのか。若松さんは「地上に死者があふれ／折り重ね積みあげられ／死者は荼毘のほのおに包まれる／ほのおが少年の頬をほてらす／父や母であり兄弟であり友人であるかもしれないおびただしい死者たちへの／少年自身であるかもしれないおびただしい死者たちへの／〈礼〉は別れの挨拶である／かろうじて死をまぬがれた者からの挨拶である」とし、「半世紀を経たいまも／世紀を新しくするいまも／あの少年のかなしみが存在する地上の現実を」思わずにいられない。そして戦争のない現代日本においても「不条理な死が絶えない」と訴える。「戦争のない国なのに町や村が壊滅してしまった／あるいは天災だったら諦めもつこうが／いや天災だって諦めようがないのに／核災は人びとの生きがいを奪い未来を奪った」（詩「不条理な死が絶えない」第一連）

岩手県出身で、福島県相馬地方のいくつかの高校で国語を教えていた若松さんは、東京電力福島第一原発事故以前から原発の危険性を訴えていた。原発を「核発電」、原発事故を「核災」と呼び、詩「みなみ風吹く日」では、しばしば起きていた福島第一原発での事故を隠してきた東京電力の体質を批判した。「来るべきものをわれわれは視ているか」との一節には、来るべき核災の予感が込められているようだ。原子力というものの実相を示すことで人々の目を開かせようとしたのかもしれない。

東日本大震災に伴って起きた核災では、故郷を追われたひとびとの自死が相次いだ。若松さんはその事実を列挙し、「遺族たちが東京電力を提訴・告訴しても／因果関係を立証できないと却下されるだろう／生きがいを奪われた人びとの死が絶えない／戦争のない国なのに不条理な死が絶えない」（詩「不条理な死が絶えない」最終連）と、静かに憤る。

本書の英語版では、「不条理な死」を「Unreasonable Deaths」と訳している。これをさらに日本語に超訳したら「いわれのない死」とすることもできるだろうか。そのようなものが自己責任で片付けられたり、簡単に忘れられたりする社会であっていいはずがない。「ひとのかなしみは千年まえ／もいまも変わりないのだ／そして過去にあった／ものは　将来にも予定されてあるのだ」（連作詩「かなしみの土地」から）としても、若松さんは現実を正視眼で見据え、静かだがぶれない声を上げて不条理に対峙し続けた。

若松さんが「核発電」「核災」と言ったように、物事の本質を認識するには、より確かなことばが不可欠だ。物事にかけられたヴェールをはいで、もっとほんとうのことを、明確なことばで語らなければならない。それはそう簡単なことではないし、突き詰めていけばどこまでも続く道のようなものだ。若松さん自身は「わたしたちの時代の不条理をうつくしく確かな言語で表現できる」人こそ「ほんとうの詩人」だと書いていた（前掲書）。ことばを信じる者の一人として、そして若松さんへの哀悼の誠を込めて、次に全編を引く詩「ひとにはことばがある」に綴られた若松さんの願いを、あえて「わたしたち」と書いた思いを共有したいと思う。

「住むところに困ることなく／家族となごやかに暮らし／となり近所のひとびとと会えば挨拶を交わす／／食べものに困ることなく／身につけるものに困ることなく／行きたいところに行けて／したいことをして／言いたいことを言える／／こうしたことに不自由がなければ／ひとはこころ穏やかでいられるはずだが／／わたしたちは知っている／いま砲弾の破片で全身傷だらけの少女がいる／いま小銃を手にしている少年がいる／喫水線を遥かに超えて難民たちを乗せた小船に／なお乗り込もうとしているひとたちがいる／絶えることなく争いがつづいていて／いま不条理を被っているひとたちがいる／いま不条理な死を被っているひとたちがいる／そのことをわたしたちは知っている／／十歳の夏まで戦争の時代を生きた体験から／わたしは願う／子や孫たちが不条理を被らないことを／すべてのひとびとが不条理を被らないことを／／ひとはことばをもちいることができる／武力による争いを捨ててことばで解決しよう／すべてのひとびとが不条理を被らないよう／すべてのひとびとがこころ穏やかでいられるよう／／いま不条理を被っているひとたちがいるかぎり／わたしたちはこころ穏やかではいられない」

藤田博詩集『億万の聖霊よ』
言霊をつかさどる詩人

池下　和彦

詩集の「あとがき」は、どちらかといえば無難なものが多い。なかには、お飾り的なものや（一冊をあんで一安心するのか）気の抜けた一文も散見される。

この詩集『億万の聖霊よ』は、その対極にある。いきなり「盆地の自然は、光と闇の集積地として多様で濃密である。甲府盆地の底棲動物のように、長らくそこに暮らしてきた私は、鋭敏な触角を育まれ、光と闇の方位や、垂直性・平面性に捕らわれ続ける生理を身に付けてきた。」と断言する。

さらに「詩は、記憶の華である。記憶のよろこびである。いつまでも、盆地という殻を被った蝸牛のような存在であり続けたい。」と宣誓する。

じつに潔い断言であり、宣誓である。この断言や宣誓が作者の独りよがりや思いこみにすぎないものかどうか、一読者としてⅠからⅥの六部から成る一冊を具体に確かめてみたいと思う。

最初に心をとめた作品は「初夏」（Ⅰ　聖橋）である。「白樺でふかれたような／古い校舎の壁に／初夏の緑が点火する」（初連全文）で始まる五連から成る一篇。その初連を受けての第二連。

人気のない部室
乾いた校庭
弾んで転がるテニスボール
しなうラケット
腕（全文）

そして「激しい練習を終え／そこに座り込む少女達の／やわらかい血管にも／季節の葉脈は繊細な汁液を伸ばす」（第四連全文）。まさに、甲府盆地の底棲動物のように育まれた鋭敏な触覚がもたらす初々しい官能の発見であろう。とりわけ、第二連「しなうラケット／腕」の表現は秀逸であると思う。

次に心をとめた作品は「瞳――初夏に」（Ⅱ　土堤の歌）である。この一篇は、喩の宝庫といっていい。たとえば「まぶたの布を開けば（暗喩）／荷車のような土提は（直喩）／なだらかな腰を揺すっている（暗喩）」（初連一部）からして見事な喩に満ちている。それに呼応する次の最終連。

心の土堤を焦がす炎よ
透み切った空を抱きこんで
甘い火事に
しばし見とれる」（全文）。

これは喩をのりこえた白眉の一篇、光と闇の方位をしかと表現して過不足ないと考える。

そして「転生」（Ⅲ　億万の聖霊よ）である。この作品はフルーツのルビーにも喩えられる柘榴に託し、果実（実りの果て）の本質に迫っている。初連「柘榴の実があたらしい実を手渡すように／かれらはやさしく見守っている」（一部）の「かれら」は、果実を果実たらしめる光や水や土などをさしているのだろう。その実りの果てである「はりつめた血の果粒」をふくめば「転生の青空は　とろける種のヘリに　ふかく澄みわたって／にがい嚥下——無窮の海へと逆まいてかえる／ひとしずくの波濤よ」（最終連一部）と相成る。ここでは「記憶のよろこび」をあらわして美しい。

また、吉野弘「I was born」をリスペクトしたであろう「Not I was born」（Ⅳ　Not I was born）である。やや散文詩ふうの吉野弘に比べると、初連の出だしから切りこんで「産まれ落ちたのではない／生まれてきたのだ」（一部）と言いきる。生まれてきて「生かされる」のではなく「生きるのだ」と作者は言いたいにちがいない。それを受けての第二連。

　空気は地に沁みとおる　秋の午後に
　風景は遥か囲われた広場だ　色づくものたちの誇りに
　そうして見知らぬたかみから　くっきりと息づき
　こまやかな階をつる草はふむ　地をめがけて（一部）

産まれ落ちて生かされるのではなく、生まれてきて生きる作者は改めて「盆地の自然」を丸ごと体現するのであろう。

そうして「大地のたなごころは／根方の要に注ぎ／樹々は無窮の息づきに直立する」で始まる単連の一篇「張り出す裸木」（Ⅴ　ある寒気に寄せて）である。この詩集は、たなごころ（掌）がキーワードのひとつかもしれない。たとえば「掌のぬくみにいだかれ」（「転生」第二連）や「うつくしいたなごころよ」（「カリヨン」第二連）など、盆地の暗喩と受けとめてよかろう。大地のたなごころにいだかれて直立する「その日々をみなぎるふかい樹冠の円周」「回廊は断ち切り／屋上の限る短い水平線の上に／張り出す弧の裸木——」「山麓からの波動／しずみ込む／稜線の弧よ」と盆地の挙措をもれなく鑑賞するごとき趣である。

最後は「大空の脱皮は／羽毛のように／聖堂にふりそそぐ」で始まる「大空に寄せて」（Ⅵ　大空に寄せて）である。この単連の一篇は、〆にふさわしい。盆地の挙措をえがいて余すところがないからだ。作者は「盆地という殻を被った蝸牛のような存在であり続けたい」と宣誓するが、それを見事に具現化している。たとえば「空気のそではなやかに捨てられ／ながれるもすそは／あたらしいはるかな天がいを交さくさせる」は、その見事のひとつである。極めつけはキーワードの「たなごころ」が登場する次の作品後半部分。控えめにいって藤田博氏は、言霊をつかさどる稀有な詩人のひとりであると私は考える。

　もられた果実の
　あまくすずしやかなかがり火の
　たなごころの内の
　とうめいなぬくみよ
　ぬくみのほとりは
　ふたたび
　柱ろうの
　しなやかな尖端を
　はらんで
　航行する
　（中略）
　せいじゃくの
　風の歩みの果てに
　打ち抜かれた
　こまやかなそよぎの
　はてない地平のくちびるよ

おくやまなおこ詩集『存在の海より――四つの試みのためのエチュード』時空を超える祈願と愛

万里小路　譲

私が在ることは宇宙があることに等しい。が、人間はどこから来て、どこへ還るのか？　たとえば「海の日」の２０２３年７月17日のこの今、気象庁は未だ経験したことのない線上降水帯が発生していると注意を促し、九州を襲った梅雨前線は北上して秋田県を襲っている。心配なのは、地球温暖化など自然の変貌ばかりではない。特殊詐欺、無差別殺人、オカルト宗教など人心の乱れ。独裁、侵略、戦略核、難民など世界秩序の崩壊。原発崩壊、ウイルス席巻など地球環境の悪化など。未だ経験したことのない事象が大規模に現れ続ける現代、世界はどこへ行こうとしているのか？

１９６６年６月29日、来日したロックバンドのビートルズは東京ヒルトンホテルにおける記者会見に臨んでいた。仰々しい警備体制とは裏腹に四人はリラックスしており、ジョークを繰り出していた。ふと「あなたたちは富も名声も手に入れた。では、さらに欲しいものは？」との質問に、すぐさまジョン・レノンは一言、「Peace（平和）」と答えた。振り返れば、愛と平和を主唱し実践したジョンのスタンスは、今でも眩い。

人生とは苦難へと沈む旅である。日常の仕事や雑事に追われていれば、ひとは往々にして自己に拘泥する。とりわけ老いてゆく我が身を思えば、病魔の訪れと滅びの予感が深刻な問題となって迫ってくる。しかしながら、そうであるからこそ、ひとは前向きに将来へと臨み、人生を熟成させようと励む。いずれ死するとも、深まりゆく内省は人類のありようを思いはかる心へとつながってゆくであろう。

おくやまなおこ詩集『存在の海より――四つの試みのためのエチュード』は、現代という闇のなかから現れ出たように思われる。人間存在へ向けられた想念は、倫理と哲学を模索する個としての自己から発せられているが、詩句の結実は人類の将来のありようへの祈願に高まっているからだ。

リルケの『ドゥイノの悲歌』にある〈委託〉という詩語に触発されたという四つの章立てによる構成は、「序詩」と「終詩」を含む三十一篇の詩を収め、その題名が詩篇の中身を予言している。眼に飛び込んでくる語句を挙げれば、〈宇宙〉が六回、〈魂〉が三回、〈愛〉が四回、〈意志〉が二回、繰り返し用いられている。すなわち、この詩集が詠いあげる内実は、〈宇宙〉というこの時空に存在する〈魂〉の志向的なる〈意志〉による〈愛〉の在り方であると推測しうる。

宇宙の言葉を響かせよ　十一

宇宙の音楽の中で
創造する霊たちの
絶え間ない精錬
霊気の中
すべての存在の

変容の光の内
生み出される果実は
宇宙に献げる人間の
新しい供犠となる

人間の運命は宇宙の運命と結びついているが、四十六億年の来歴にあって、地球はこのあとどうなるのか？　２０２３年１月５日放映のＮＨＫ「コズミック　フロント　孤独な宇宙の旅人　はぐれ惑星」によれば、地球はいずれ太陽系からはぐれて「はぐれ惑星」になるという。天の川銀河には他の惑星などの重力によってはじき出されて起こる「はぐれ惑星」が２０００億個も存在することが明らかになったが、地球もまた同じ運命を辿るらしい。想像を絶する恐るべき未来である。しかしながら、いずれ滅びようとも着手すべきは、この先の将来を明るく照らす方策である。

詩は創造される当のものであり、志向的営為は啓示として詩人に与えられている。言葉は人間性の妙なる霊性の領域を探り、宇宙との交信によって新たな秩序を見出しうる。詩歌の力は天体の音楽を創造する源であり、繁栄と建設へ向けられる祈願は、日々更新されるであろう。地球を救い私たちを救うという壮大な企図は常に未到である。しかしながら、もはやカオス（混沌）と化した〈存在の海〉を、創造されるべきコスモス（秩序）へと変えることはどのように可能であるのか？

私らの意志　それは力強い宇宙の意志　八

解き放たれた深い愛が
宇宙をめぐり
魂に宿った
神の無私の行為に
震えながら誓う
私らも無私のうちに
創造する愛を
献げるのだと

科学技術の進展によって戦略核を抱くにいたった現代は、戦争の悲惨に心を痛め滅亡への不安に怯える時代となった。ＡＩやドローンはむろんのこと、科学技術の革新に光明を見出すことはもはやできない。むしろ科学技術の進展こそが迷宮へと人類を招いた。欠けていたのは文明哲学の創造である。今や、愛と思いやりの創建への精錬にこそ、人類の救済は最も見出すことができよう。不条理と絶望を超えようと、悲歌の哀切を超越する企てにおいて、ジョン・レノンとおくやまなおこの志向は同じ向きにある。愛と平和を主唱し、たとえ実現しえなかったとしても、志向した志こそは光り輝く。人類の将来に思いを馳せ、実践すべきエチュードのように各々が祈願と愛を心にあらしめる――この詩集が伝えるのはこのことである。その肝要を詠う調べは永遠へと鳴り響いていくであろう。

おくやまなおこ詩集『存在の海より――四つの試みのためのエチュード』詩人の実存と魂、このやみ難き思想は紛れもなく希望の書

日野　笙子

詩人にとって自らの存在の揺らぎを苦悩し表現するとはいかなる意味を持つのか。本当に長い間模索されてきた著者は言う。「在ることの不安定感を内部にいつまでも引きずっていることが、私の詩の原点でしょうか」と。全編を通じて、哲学的宗教の色合いが濃い詩的世界である。生命の起源、太古の海に。人生の深淵、懐疑をあたかも聖書に登場する神話のように描く。ともすれば暗号で綴られたような難解な言葉の迷宮に最初は戸惑った。しかし決して強い信仰というのではない。また浮き世離れもしてはいない。むしろ神秘主義とは遠い。このことの根拠は次のようにも言えると私は思う。これは、認識する主体、自己と言っていいのであれば自己という主体にとって、認識するとはいかなる真実に係わることなのか、通底するのはやはり哲学的アポリア（難問）であるからだ。

著者が何らかの信仰に近い思想の持ち主であることは想像に難くはないが、日本社会ではむしろ信仰や信念に従って表現する人は少ないのかもしれない。本書のユニークさはそのマイノリティー性と、個人の内面の対話を通して宗教的な英知で魂の遍歴を素描する特異性にある。啓示のような直観と力むことのない姿勢で。初めての詩集というが、生きて来られた行程に言語芸術の詩へと昇華する素養と洗練がふんだんに感じられる。

冒頭に希望の書と紹介させてもらった訳を更に挙げよう。

副題に「四つの試み」、そして「エチュード（練習曲）」とあるように、詩の明示性や暗示性を考察すれば、おくやま氏の詩は音楽性と神話の挿話性に富む象徴的な語群で人生を織り込むように形成されている。詩人が何を求め、何を思惟したかを謎解きをするように読み進めてゆくと一種それは読者には愉しい時間である。現実の読者の五感を呼び起こす繊細で直向きな姿勢がいいのだと思う。「歌にのせて」（其の二より）、人生そのものを飾らず悩み、出会った人々、過ぎ去った時間を振り返る。

〈「魂の奥の聖なるものは」／／流れ去る印象と／日々の労働の内に／埋没し　疲れはて／見失っていたもの／それは何であったか／／「すべての人間を導いてきた」／／ふとこぼれる微笑／共に手がけた仕事にあった／信頼と魂の交流／あれらがそれなのだろうか／確かにそれは／救いではあったが／表層の波のようでもあった／／「信頼に加えねばならぬのは光の意識」／／音楽が甦っていた／いつも道の上で／それがどこから来たものか／問えずに／私は至福の中にいた／／「それを知ることは私らの希望」／／すでに去りて／何ものもなく／見わたせばひとり／歩きつづけた道に／光と風と薔薇と／仲間たちがいて〉

（其の三より）

自己を放下したようなある達観の表現に出くわすと、何かしらほっと安堵した。欧米の古典は言わずもがなであるが、キリ

スト教的文学作品が数多い。ドストエフスキーもトルストイも、ランボーだってボードレールだって殆ど詩人的存在と信心することの精神的深淵いわば裂け目に苦悩した。私は個人的にはシモーヌ・ヴェイユの思想に興味を抱いていたのだが、ヴェイユの詩の方は不可解だった。神が登場するし恩寵とか祈りといった敬虔な詩言が多い。どこか不吉な影と予言者めいた隠喩には当惑したものだ。私の方が味気ないリアリストということか。

著者がやがて救いの兆しを見出し、希望へと読者をも連れ出す開放の境地に到達した時にはやはり悦びだった。氏は生きた詩人だと私は思う。私はおくやま氏の職業も背景も本当に何も知らない。何の先入観もなく書評を書かせてもらったのだが。

存在の不安を悲壮感を模索の裡に捉えながらもかろうじて現実の歴史の空間、時間に描こうとする試み、深遠な海という比喩に托して。そのことが著者を救済しているのだろう。

「七つの星」（其の一より）「次には十字架」「司祭」（其の二より）「イシス」（其の三より）これらの語群から想像するに著者は新約聖書に精通しているのだろうか。しかしこの詩集では神がこう言ったからとか、あるいは神の言葉とかは一言も出てこない。そのことがおくやま氏の思想を語る上で重要なことと思われた。詩の言葉が著者に届くのではないのか。

連想される二つのことがある。一つはヨハネ伝（福音書）。「始めに言葉ありき……」。ここで解釈を曲げるつもりはないが、この後の有名な一文を読んでも、神がこう言ったとか神が語るとはなってはいない。「が」という助詞の使い方、翻訳に問題があるのかもしれないが、宗教に詳しくないからこれ以上言えない。

もう一つは小林秀雄の「考えるヒント」である。「自然の情は不安定な危険な無秩序なものだ。これをととのえるのが歌である。……言葉といふもの自体に既にその働きがあるではないか。悲しみに対し、これをととのへようと、肉体が涙を求めるやうに、……姿は似せがたく、意は似せ易し。言葉は、先ず似せ易い意があって、生まれたのではない。誰が悲しみを先ず理解してから泣くだらう。」

念のため言っておく。詩は個人の心の繊細な自由な表現で多様性にあることに違いはないが、私はあまり難解な観念的な抽象語を理解出来るタイプではない。自分の概念にない精神世界に出くわすとやはり少しばかり当惑した。しかし頁を開くと忽ちのうちに心が沸き立った。暗く輝く海にいるような不思議な境地になった。幻惑された。

最後に本書の中で魅了された詩群「薔薇」の一節を（其の三より）紹介しよう。審美と倫理のパトスの開花である。むろん、この詩人が再び深く輝く海の詩を詠うことに疑いはない。それこそが、詩人の生命の存在そのものであるから。

〈夕べの赤い薔薇の映す／炎と太陽の光輝／鳥は驚いて星が／太陽を廻るように廻った／／真夜中その衣裳をとき／光に満たされて自らのうち／純白の薔薇は／星々を映し人間の祈りを映し／幾世紀か変容を重ねる神秘／／そして朝に／自らの血と／太陽で飾る薔薇は／人間の初子であった／／☆／／つかの間夢みた／薔薇の変容／人間とは／ 何であったか〉

〈了〉

秋野沙夜子エッセイ集『母の小言』思いやりの心を思いやる

成田　豊人

この本はエッセイを収録した「Ⅰ母の小言」、「Ⅱ百円のブローチ」の他に、短歌五十首が収められた「Ⅲ平和観音」から成る。多くの作品は日常生活をモチーフとしているが、一九四二（昭和一七）年三月に浅草で生まれ二歳八ケ月まで育った作者には、戦争がその後の成長に少なからず影響を与えたことが窺える。というのも、両親と兄と本人の四人家族だった一家は、東京大空襲の一ケ月前千葉県の四街道に疎開を強制されたからだ。そこも危ないという事でさらに茨城県の結城に移った。終戦の年地元の小学校に入学するも、間もなく父の仕事の都合で現在まで在住する事になる栃木県小山に引っ越すという、戦争を抜きにしては考えられない混乱の中を生き抜いた。作者は幼少時代の生活の息苦しさについては余り触れてはいないが、幼い心にどんなに不安が兆したのかと思わざるを得ない。

冒頭の「猫の化身」にはその不安感が一因ではと推測されるエピソードが描かれている。一歳上の兄はとても優しかったが、作者が小学校三年生頃から急に辛く当たるようになる。それが原因で兄妹喧嘩となり、父親から二人共にきつく叱られ落ち込む。思う存分一人で泣いたり喚いたりできる場所はないかと家の中を捜したら、押し入れがうってつけの場所だと分かる。「孤独を楽しみながら、自分を癒す時間を過ごせる結構な居場所となった」が、高校生となり勉強などで忙しくなると同時に兄との喧嘩もなくなり、いつの間にか押し入れは不要になっていた。立派に成長した証しであるが、今で言う「引きこもり」にならなかったのは幸いだった。

作者は長じてから小・中学校の教師となる。教師としての貴重な体験を描いたエッセイも幾つか収められているが、その中で教師を志した理由が最も強く窺える一篇について触れたい。「貧者の一灯」と題し二章に分けられたやや長いエッセイである。

作者は終戦の年疎開先である結城の小学校に入学する。物のない時代であり、入学式に着て行く服などなかった。母親は自分の持つ上等な帯を解き、知り合いに頼みワンピースに仕立ててもらう。作者はとても気に入り、嬉しくてたまらない。喜んで入学式に着て行った。校庭に並んでいると担任と思しき若い女性教師と中年の女性教師が脇に来たが、「この子朝鮮人」と若い教師が一方の教師に言うのを聞いてしまう。作者は「母の帯地で作ったワンピースはその頃の田舎では、見かけない奇妙な服に見えたのであろう」と当時を推測するが、この心ない仕打ちは幼い小学生の心に大きな傷を残す。担任が大嫌いになってしまったのだ。幸い一ケ月程して小山の小学校に転校することになる。この時にも担任の教師は、既に代金支払い済みだが転校に間に合わない給食用の食器を、転校先に送るという事すらしてくれなかった。兄の担任はわざわざ汽車に乗って引っ越し先まで届けてくれたのにもかかわらず。

転校先での新しい担任は三十代位の男性教師だった。わずか一ケ月程して学級委員の選挙があり、委員長に選ばれてしまう。その時担任は「大丈夫かな、出来るかな」と心配して言ったのだが、作者は自分が馬鹿にされていると感じ、またもや担任が嫌いになってしまう。しかし、翌年二年生になった時のある出来事がその担任への評価を変えてしまう。当時はまだまだ食料不足で弁当を持参出来ない児童が少なからず存在した。作者の学級に昼休み校庭で時間を潰す男の子がいた。ある日担任がその子に「パン券」を渡して、学校の近くのパン屋に買いに行かせた。その子がパンを担任に渡すと、担任は労をねぎらい机の抽斗から包丁を取り出しコッペパンを半分に切り、「はいお駄賃」と言ってその子に渡したのだった。単なる哀れみの心ではなく、労働の対価を支払うという形で男の子のプライドを傷つけないように配慮した担任を、それ以来作者は尊敬する事になる。

教師としての姿勢が正反対の例を挙げた後、かつて教師だった作者はこう記す。「教師の中には、貧困家庭の子や片親の子を蔑み、手を差し伸べるどころか担任したがらない人もいる。それはとんでもないことで、児童生徒を守るという点で如何なものかと思う。いかなる子も学校という場では、差がつかないよう配慮するのも教師の役目と思うのである。」

教師として思いやりの心を持って児童生徒に接して来た作者だが、「百円のブローチ」に我が子の事を書いている。長女が小学校一年生の時遠足があり、帰って来ると玩具の花のブローチをお土産に渡してくれた。限られた小遣いの半分を割いて買って来てくれたのだ。母を喜ばせようとした心を嬉しく思いながら、早速胸に着けてみる。いかんせん玩具のブローチである。改まった場には着けて行くことはできないが、職場には着けて行った。当時担任していた六年生の学級に、一年生の時同じブローチをお土産として母親に買った児童が結構いたのだった。ある男の子は母親がすぐに外してしまったと残念がった。「先生、それをずっと着けていなよ」と言う子もいたし、娘の気持ちも尊重して着け続ける事にした。しかし、玩具の悲しさ、二週間足らずで壊れてしまう。我が子のみならず担任学級の児童達の、親に対する思いやりの心を知った作者は最後にこう記している。「たかが百円のブローチといえどもそれは子供の心の成長過程における貴重なお土産なのだ。お土産とは値段ではなくそれを与えてくれる人が、その時相手に対してどんな気持ちを表しているかを知らせる意味を含んでいる物であると思うのである。」相手の思いやりの心を有難く思い、さらにその時の相手の気持ちを思いやるという、作者ならではの人生観が滲み出ている。

最後になるが、「Ⅲ平和観音」は「ひまわり」「弟なるや兄なるや」「金柑の強さ」「居酒屋」「雑草」「平和観音」から構成されている。一歳上の幼少時から世話になった兄への想いが溢れる二首を挙げる。

空襲の強制疎開で転々と友なき我は兄にまといし
最近に出会いし兄の元担任「お姉さんよね」真顔で我に

「弟なるや兄なるや」

強制疎開を体験した作者ならではの二首。

何げなく孫と訪ねし平和観音気づけば今日は八月十五日
プーチンに平和観音送りたし澄んだ目をした優しい面の

「平和観音」

（了）

書評

大関博美『極限状況を刻む俳句　ソ連抑留者・満州引揚げ者の証言に学ぶ』

不屈の精神

仲　寒蟬

新型コロナウイルス感染症による全世界的なパンデミックは、俳句を含む文学や芸術が不要不急ではなくむしろ生きていく上で必要不可欠なものであることを焙り出した。

一方で二十一世紀に入ってから世界情勢が渾沌とする中、ロシアによるウクライナ侵攻が始まり日本人が忘れかけていた戦争というものが再び現実味を帯びてきた。そんな時、非常にタイムリーに出版されたのが本書である。筆者である大関博美さんはこの本を完成させるために十年の歳月を費やしたというからコロナやウクライナと時期が重なったことは正に偶然に他ならない。

三尺寝父の背の傷ただ黙す　博美

大関さんは子供の頃に見た父の防寒帽から説き起こし、シベリアでの抑留生活について語らぬまま六十二歳で亡くなった父の足跡をたどる。新宿の平和祈念展示資料館を訪ねて山田治男氏や中島裕氏から体験談を聞いた。そうしてシベリア抑留者たちが残した俳句を読みそれをBLOG俳句新空間に連載した。本書はそれを書き改めたものである。

古えのバビロン捕囚にも比すべき日本人に対するシベリア抑留という歴史上の蛮行は本土空襲や原爆投下、沖縄戦ほどには知られていないのではないか。それは後者が戦争中のことであるのに対し前者は戦争終結後に起きたからであろう。それに犠牲になった日本人が後者では武器を持たぬ一般市民であったが前者では満州や朝鮮で戦った軍人（関東軍）が主であったためかもしれない。

だがシベリア抑留という旧ソ連による犯罪行為はもっと広く知られてしかるべきであろう。奴隷制度のあった中世以前ならいざ知らず日本が無条件降伏に当たって受諾したポツダム宣言にも明記されている通り日本軍兵士の家庭への復帰は保証されねばならず、その意味で旧ソ連によるシベリア抑留と強制労働は国際法に照らして違法であった。

この本を執筆するに当たり著者が参考にしたのは先に述べた平和祈念展示資料館の語り部の話、『シベリヤ俘虜記』などの抑留俳句、抑留体験俳人への取材、満蒙引揚げ者の文集や句集である。

シベリア抑留を扱った本なら体験者による記録としては高杉一郎著『極光のかげに』（岩波文庫）がある。また二宮和也主演の映画『ラーゲリより愛をこめて』の原作である辺見じゅん著『収容所から来た遺書』（文春文庫）というノンフィクション作品もある。

それに対し大関さんによる本書は俳句という切り口からシベリア抑留を捉え直している点に特徴がある。『収容所から来た遺書』の山本氏も詩や短歌、俳句を作ったという。過酷な収容所生活にあっても、否だからこそ俳句という小さな詩形が心の支えになったのだろう。本書の題にあるごとく俳句とは正しく「極限状況を刻む」ものであったのだ。コロナ禍を切り抜けた我々には実感できる筈。

第二章までの抑留の記述を踏まえて第三章は「ソ連（シベリ

ア）抑留俳句を詠む」となっている。これこそが本書の中心であり著者が最も力を注いだ部分である。父のシベリアでの様子を知りたいという最初の思いは個々の抑留者の体験を知り彼らが遺した俳句を読み解くという方向に変化していったようだ。

第三章の小見出しは取り上げられた七人の俳句の一部から取られている。これを追うだけでもただならぬ情況で詠まれた俳句であることがよく分かる。曰く、「小田保――ソ連兵より露語盗む」「石丸信義――死馬の肉盗み来て」「黒谷星音――凍パンと死」「庄子真青海――誰の骨鳴る結氷期」「高木一郎――炎天を銃もて撲たれ」「長谷川宇一――ただ黙否蠅つるみ」「川島炬士――大気が重いと病む身」「鎌田翠山――サキソールの葉の露を吸ふ」。最初の五名の句は『シベリヤ俘虜記』『続シベリヤ俘虜記』掲載句を中心にしたものらしい（筆者はそれらの句集を実見できていない）。

例えば小田氏の項では、

敗戦にみな焼く万葉集だけ残し

占守島にソ連が侵攻した時、小田氏は幌莚島兜山山麓に機関銃座を構築したとあり、守備の先鋒を担っていた。武装解除に備えて、作戦に関する資料も持っていたのかも知れないが万葉集だけを残しみな焼いたという。この万葉集はシベリアでの抑留生活を支えた一方、思わぬ運命を後に呼び込むことになる。

このように一句一句に説明と鑑賞を施している。さらに各人の俳句を読んだ最後には「○○氏の作品を読んで」というまとめがある。本書を書くに当たっての引用には本人や遺族の了承を取っており、著者がこれらの作品を如何に大切に扱っているかが伺える。

石丸氏のまとめの部分では「私にとって俳句は、自分の生きていることを、生きざまを詠うことであった」という言葉を受けて、石丸氏がこの苦しい抑留生活を（中略）一回しかない貴重なものとして、肯定的に受け止める姿勢により、心の内なる自由と人間性においての価値を獲得し、俳句はそれを牽引し支え、フランクルの言う「人生最後の瞬間においても、生を意味深いものにする」すべての源となったと私は考える。

と述べている。ヴィクトール・フランクルの『夜と霧』を引用しながら書いたこの部分にこそ大関さんが抑留俳句を通して得た俳句観が如実に示されていると言えよう。

石丸氏の「私にはこの朔北厳冬の風景を脳裏に深く彫り込んでおきたい俳句的欲求があった」という発言は正に俳人としての業と言ってもよいものだ。

石丸氏には「句帖を没収されし後帰還の噂立つ」の前書で次の句がある。

秋夜覚むや吾が句脳裏に刻み溜む

大関さんはこの句に対して次のように言う。

（前略）文書やメモを持っているのが見つかると、帰還が遅れるという噂もあった。句帳を没収されてからの秋の夜長、目が覚めるとひたすら自分の句を暗唱し、脳裡に刻み込んだのである。

大関さんは彼の「過酷な環境でも創作する不屈の精神」に感銘を受けた。これはひとり石丸氏にとどまらず本書に取り上げられた俳人全てに当て嵌まることであった。そこからは我々平和な時代の俳人も大いに学ぶべきものがあるだろう。

髙田正子エッセイ集『日々季語日和』
俳句を楽しむことの伝道

新田　由紀子

髙田正子には、『黒田杏子の俳句　櫻・螢・巡禮』（深夜叢書社刊）の著書がある。

二〇一八年、髙田は、師である俳人の黒田杏子に、俳誌「藍生」に何かテーマを考えて連載するように言われた。髙田が、黒田の俳句について書くことを提案したのに対する師の答えは「一切忖度せずに」。

それが五〇〇ページ余の大作としてまとまった。

黒田が、えんじ色のカバーの分厚い本を手にして、「自分の句業をまとめたこんなものが、生きている間にできあがったなんて」と喜んだのは、二〇二二年の八月。

しかしその半年後、精力的に活動を続けていた黒田杏子は、誰も予期しなかった早さで、帰らぬ人となった。

本書『日々季語日和』も、黒田杏子が、髙田正子に一冊にまとめるように勧めたことから誕生した。

日本経済新聞と毎日新聞に連載されてきた、俳句をめぐる上質のエッセイが並んでいる。

〈季語との出会い〉

・十五夜に月も仰がず、娘の服の裾直しでミシンを踏む。
・離れて暮らす母に、せめて新茶を送ろうと考える。
・七草粥を作ったら、家族に土くさいと却下されてしまう。
・風呂場の窓にやもりを見つけて、娘たちを急いで呼ぶ。
・プランターに植えた胡瓜が台風で花を落としてしまう。

つづられている、作者と季語との出会い。

私たちは、そこに起こる小さな事件を読んで、共感させられ、時にはくすっと笑わされる。

最初の例にあげた十五夜。髙田は、月の気配を追いながらミシンを踏んでいた時のことをこう書いている。

十五夜に月も仰がず、俳句も詠まず、していたのは次女の制服の裾直しである。昭和のミシンは直線縫い専門なので、断ち切ったところはバイヤステープでくるみ、手でまつり縫いをする。その後プリーツの陰の部分を一本一本ミシンで押さえる。その昔、母がしてくれた作業である。「めんどくさ〜」と眺めていた私であったが、そうした端折れない一つ一つを重ねていくことこそが、毎日の生活を支えているのだと知った。

髙田の目線は、生活者のそれであり、読者と同じところに立っている。その文章は、俳句を作る人も作らない人も、同じように引き寄せていく。

そして読者は、取り上げられている古今の俳句まで、じっくり味わうこととなる。

発表されたのが、誰もが読む新聞という媒体であるのも、もちろん考慮の上だろう。

高田は、いい塩梅(あんばい)の手助けをして俳句を楽しませる伝道者として、すぐれた才能を持った俳人である。

だから、毎日新聞の連載「出会いの季語」は、二〇一八年から人気企画としてもう五年以上続いているのだ。

〈俳句と黒田との四十年〉

高田正子は、東京大学在学中に俳句を作り始めた。

一九八三年頃、つまり四十年前に、たまたま『木の椅子会』に行ったのが、黒田杏子との出会いだった。

就職して俳句と疎遠になり、出産のために退職。夫の転任で関西に引っ越したところで、平成二年、創刊された「藍生」の会員となる。

黒田杏子が京都に毎月通い続けたのが、瀬戸内寂聴の寂庵で開かれていた「あんず句会」。関西には他にも藍生の句会があった。高田は子育てをしながら、そうした句会に通い、再び熱心に句作に取り組み始めた。

東京に戻ったのちも、黒田のもとで着実に俳人としてのキャリアを積み、黒田の信頼を得て、句業をまとめる単行本を任されるようにもなる。

〈継いで咲かせていくもの〉

俳句結社「藍生」は、主宰・黒田杏子を失って、幕を閉じることとなった。

高田は、周囲の人々からも新しい結社を立ち上げるように推され、決意する。二〇二四年一月の創刊を目指して、ホームページも立ち上げられた。

結社の名前は「青麗」。

俳句を文学だと思って楽しい人もいれば、娯楽だと思って楽しい人もいる。感じ方は各々違うからそれでいい。ただ楽しみを得るために真剣であってほしい……。

高田が新結社を作るのにあたって目指していることは、そのまま本書と重なる。

俳句に向きあい、季語の使われかた、なぜこの表現を取っているのかを考え、時には作者の人生を振り返って想像をめぐらし、読み解いていく。

真剣に向き合うほど、俳句は楽しくなっていくのだ。

高田が取り組んでいることは、他にもある。

そのひとつが、黒田と高田とコールサック社で企画・編集するはずだった四巻シリーズ『黒田杏子俳句コレクション』。二巻目の発刊は今年の初冬を予定しているとのこと。

黒田が本づくりに参加することはかなわず、高田が一人で「螢」「月」「雛」「櫻」を進めている。

高田は、四十年にわたって師事した黒田の仕事を引き継いでいくことを受けて立った。

それは、着実に花を咲かせていくことだろう。

高田正子エッセイ集『日々季語日和』
普段着の、達意の散文

安達　潔

二つの新聞連載コラム（日本経済新聞―電子版も含む―二〇〇八年四月〜十二年三月、毎日新聞二〇一八年四月〜二二年十二月―こちらの連載は現在も継続中）を、それぞれ「耳を澄まして」「出会いの季語」のタイトルのもと、一冊にまとめたエッセイ集。先ずは、

うめ一輪一りんほどのあたゝかさ

から始まる。実はその前に、著者宅の庭先に一度だけやって来た鶯渾身のホーホケキョに、〈家は串刺しになったように震〉え、その〈凶器めいた音量〉に彼我とも、心底魂消た話が置かれている。何気ないエピソードながら、ちょっと立ち止まってその様を思い描いてみると、なかなかに可笑しい。そんなイントロの後で、〈俳句として読むときは、「うめ一輪」で一度切るとわかりやすい。〉と、おもむろに掲句に立ちかえる。そして、見つけた！　と心弾ませてはいるけれど、この句の「あたたかさ」、〈実は寒いのだとわかる〉と記して、この十七文字の「俳」たる由縁がさりげなく解き明かされる。表題の「耳を澄ませて」が、先ず第一に、作者の心に、であることが伝わって来る。そう思ってこの句を見直してみると、二つある季語のうち「梅」の方は、俳としての「あたゝかさ」を導く補助線の役割をしていることに気付いたりする。ナルホド。

ところで前半採り上げられる古今五十句ほどの作品にアプローチする著者の拠点は、一貫して自身の生活史・誌だから、文に説得力が富む。「うめ一輪」に続く、「立春」の章では、

あかんぼのとんがり頭春立てり　辻美奈子

に触れながら、〈出産物語は産婦の数だけある〉と、文章の切り口を鮮明に示す。（もっとも、鮮明にと感じるのは、世の男達がこの辺りの機微について、ほとんど手放しで油断しているフシがあるせいかも知れないのだけれど）。

〈産院のあかんぼならば、豪勢にたくさん並んだところを想像したい。以て非なるとんがり頭があっち向いたりこっち向いたり。大きくなれよ。風はまだ少し冷たいけれど。〉今度は静かに、ナルホドと思わされる。

そうは言っても、一度生まれてしまったら、そこからたちまち、エッサエッサの生活が始まる。春はあけぼの、夏は夜というのも、〈単身でふらつけるおとなのいい分〉。さはさりながら忙中有閑。俳句はその中でふと感じたことを詠むものではなかったか。ならば、

雛飾りつゝふと命惜しきかな　星野立子

ここに何故、言わずもがなの「ふと」が裁ち入れられているのか。句の心を惜しむように、著者は「ふと」立ちどまる。そして書く。〈やはやはとした紙の目隠しを解かれて、雛はほっと息をこぼす……雛と向き合うことは自分の命を確かめること、……五十歳を前に立子に兆した思い……。五年後「春惜み命惜みて共にあり」と詠んだときの立子の心持ちは、すでに「ふと」とは遠い。〉本書の中で著者は何度か、心にたたむ、という表現を用いている。そして右の短い文章は、書くことが何事

かを心にたたむ行為であり得ることを、確かに伝えてくれる。

心にたたむことの対極に、心を自由に外に開く愉しみがある。宇多喜代子の大らかな句、

大きな木大きな木蔭夏休み

ここでは著者は、季語で切られた空間へ、著者の言葉を借りるならジブリ的想像力を、自由に伸ばす。曰く、

この句のキモは…最後に「夏休み」と置いたところにある。それによってまず蟬の声が聞こえてくる。駆け回る子どもたちの姿が見えてくる。静謐な世界に音が加わり、画面が動き出すのである。（中略）青田が広がり、暑さで田水が沸いて、ぷくり、ぷくりといっていることだってあるだろう。


季語と切れの組合わせは句によって様々だけれど、そこに生まれる余白から、新しい発語や会話が始まって、句を詠む愉しみや句会の愉しさは、どうやらその辺りにある。

エッサエッサの浮き世暮らしの中にも、心を休め言葉を育む時間を作る契機は、案外身近なところに、ある懐かしさを湛えるように、静かに潜んでいる。遺品となったミシンの鉄くさい匂い、「あっ、ヤモリ動いた」「そりゃ動くよ」など他愛ない会話、「治る治る」とおまじないをして背中や胸をさすってやった〈手当〉の記憶、果ては、「野菜が高い」といった慨嘆まで、結構種は尽きない。そして一口に季語と言っても、対象は自然物ばかりではない。

青邨忌冬の挨拶はじまりぬ　斎藤夏風

皆がそろって寒さを口にし始めるころ、交わされる挨拶を耳にしながら師のあたたかみを追想することもあれば、

避難所の慣れぬたづきや髪洗ふ　後藤洋

のように、とっさに出された題が、思わぬ形で社会の〈今〉と切り結ばれる場合もある。

或いは、実家を津波で失った会社員の、

弥生十一日十四時四十六分の祈り

（作者は著者の句友　菅原有美氏）。従来とは全く違う姿で立ち現われた「弥生」から、〈体験者でなければ詠めない、詠んではいけない句があること〉を知る。いずれの場合もそれぞれの季語が、句の中に揺るがない本意を得て一句を貫いている。ひょっとすると、季語こそは時空をこえて、立つべき「現場」を心得ているのかもしれない。

本書の後半は、〈俳句は吟行で作ることにしている〉という著者の吟行体験記の趣が濃くなる。そこで目をひくのは、例えば、

相模川は深い緑色であった。あるか無きかの流れが向かう方角が相模湖である。水が澄むことはきっとないだろう。

等の簡潔な情景描写。これにつづけて、

あなたなる夜雨の葛のあなたかな　芝不器男

が置かれ、〈かつて相模湖ダムの建設には大陸から強制連行された多くの人々が従事させられた。遠い祖国を思って涙した夜もあったことだろう〉と、章は結ばれる。

幾多の句と、著者普段着の達意の散文の双方が相俟った好著。なお著者は現在、師・黒田杏子を継ぐ青麗俳句会の創刊を準備中である。

髙田正子編著『黒田杏子俳句コレクション1　螢』

螢というタイムマシン

岩田　由美

黒田杏子の俳句の中から螢の句を選び出し、句作の時系列に沿って読み解く。時代ごとにどのような螢と出会い、詠んできたかが明らかになり、その過程で読者は自ずと杏子の生涯を追い、季語が杏子自身のものとなっていく様を追体験する。

著者は二〇一九年から二〇二一年までの三年間「藍生」誌に「テーマ別黒田杏子作品分類」を連載。さらに編集して『黒田杏子の俳句　櫻・螢・巡禮』(2022・深夜叢書社)を上梓、テーマ別に黒田の句の深まりを探った。この大著では、螢はサブタイトルに挙げられているが、十二か月に分類されたうちの六月の一項目に過ぎない。

今作では螢の句を追うことによって、杏子の生涯に迫る。幼年時代の栃木の螢から、瀬戸内寂聴とともに体験した清滝の螢、堀文子画伯のアトリエで見たイタリアの螢、亡き人や我が身の老いと重なる螢等々。杏子が出会い、我が物にしていった螢の姿が、杏子自身のエッセイや著者の見聞を手助けに、読者にも見えてくる。

螢の名句ベスト100と帯にうたう本書は、もちろん句集としても楽しめる。ゆったりと一ページ一句の杏子の句を味わい、続く著者の鑑賞や背景の解説に導かれて、さらに深く句の世界を経験する。

始まりは「青螢」四句。

きのふよりあしたが恋し青螢

昭和十九年東京から疎開した、南那須の父の生家の庭には螢の棲む小川が流れていた。小学校卒業までの六年間、杏子はここで季語の実体験を重ねる。螢もその一つ。

オリジナルの句集『木の椅子』(1981)や『水の扉』(1983)を読めば、杏子の螢の句を読むことはできる。だが生涯を俯瞰して螢の句を読むことで見えてくるものがある。

「藍生」誌連載の句の分析のために、杏子は来し方を振り返る見出しを付け、膨大な句を著者にファックスで送っていた。公式には発表されていないその句群を、著者は「句帳の螢」と呼ぶ。折々に紹介されるその句が、著者の解釈を揺るぎないものにする。杏子の初期の螢は「青螢」。何気なく読めば螢の光の色を表わす言葉だが、著者はその背景に青田と、草木の青々と茂るさまを読み取る。青田から一家団欒の食卓に吹かれてくる螢。杏子の句を広く深く読んでたどり着いた認識だ。

第二章は「螢ふぶき」五句。

東京女子大で山口青邨に入門した杏子は、就職後俳句から遠ざかる。激務の合間に、自らにふさわしい表現を求めて染色、陶芸、脚本などに挑戦したことは、さまざまな杏子のエッセイで語られている。二十七歳で山口青邨に再入門。そこからは俳句一途に歩んできた。

螢との次なる出会いは瀬戸内寂聴とともに遊んだ清滝。光のかたまりとなって押しよせて来る螢だ。

一の橋二の橋ほたるふぶきけり

この句とともに「螢ふぶき」という概念が生まれ、四万十川の遊船での体験を経て杏子独自の季語として深まっていく。この頃の句集『一木一草』（1995）で第三十五回俳人協会賞を受賞。

第三章は「螢火無盡蔵」十一句。

雨林曼茶羅螢火無盡蔵

第四句集『花下草上』（2005）の時代にあたる。著者はこの句集を、杏子にとって転換を志した句集ではなかったかと言う。『一木一草』を越えて、自分の心にかなう句を目指す。先に獲得した螢がふぶくという発想の句を「藍生」には発表したが、『花下草上』には収めていない。

イタリア・トスカーナで見た、乾いた環境の螢、四国遍路吟行の折に足摺岬の金剛福寺で出会った雨林の螢。伝統的な、しっとりと雅やかな螢とは違う体験が、季語の螢を杏子の螢としたのではないかという著者の言葉にはうなずける。

第四章は「螢散華」二十五句。

漕ぎいづる螢散華のただ中に

椿山荘で見た螢が高知から空輸されていたことを知った杏子は、さっそく高知に赴き、舟で螢を見る体験をする。乱舞する螢を分けながら進むような、密度の濃い螢との邂逅を「螢散華」と捉えた。また新たに杏子の発見した季語であると著者は言う。

同じく四万十川での「螢ふぶき」の吟行は十年前。その際の仲間が亡くなったと思われる句もある。「螢散華」は仲間を悼む心が呼んだ季語である、と解き明かす著者の言葉の運びは鮮やかだ。

散華は供養を意味する。螢＝魂という伝統的な観念も杏子のうちに呼び覚まされたのだろう。螢が杏子の肉親、ことに兄の思い出に重なってくることが、続く句集『日光月光』（2010）の螢の句群に基づいて説得力をもって語られる。

第五章は「螢自在」五句。

ほたる呼ぶ間も老いてゆくたちまちに

主に『銀河山河』（2013）の句を挙げる。独自の季語として深まった螢を、もはや自由に詠み続ける。

「句帳の螢」は二〇二〇年。それらに推敲を重ねた、同年六月号「藍生」の主宰詠二十句は「ほうたるこい」。連作として、現在の螢から子どもの頃の螢、夢の中の螢、四万十の螢、亡き人を思う時の螢と詠まれていく。心の中では時も場所も自在に移動できる。著者の言葉をそのまま引用しよう。「杏子は生涯の最期に精巧な「タイムマシン」を手に入れたのである。」

最終章は角川文化振興財団「俳句」二〇二二年六月号に掲載された特別作品五十句「ほたる火の記憶」。

ここは一ページ二句組で、杏子の生涯を貫いた螢の句が並ぶ。著者とともに杏子の生涯を辿ってきた読者にとっては、今までの旅路が改めて検証されるような喜びを感じる句群だ。

一の橋二の橋昏くほたる待つ

＊

目次の後の中扉の裏に著者は記す。

黒田杏子は旧字体で「螢」と書いた。／火、火と連ねながら／まなうらに螢火をともしていたかもしれない。

誰よりも杏子の螢の句を繰り返し読み、味わってきた著者。著者のまなうらにも、杏子の句を思えばいつでもあおあおと螢火がともることだろう。

髙田正子編著『黒田杏子俳句コレクション1　螢』「遅れてきた読者」にも扉は開かれて

藤原　尚子

『黒田杏子俳句コレクション1　螢』は編著者・髙田正子氏の師への敬愛の念に満ちあふれている。そして、季語の現場に立つ黒田杏子の姿を鮮やかに浮かびあがらせている。本書のあとがきに『黒田杏子俳句コレクション』の目的を髙田氏は「膨大な句群からテーマ別に百句を抽き、解説を付す、という杏子作品のエッセンスを味わうこと」と、記している。

〈螢〉がどのように黒田杏子の内に取り込まれ季語以上の存在になってゆくか、その過程を六章からなる構成で読み解いてゆく。考察は緻密に展開され、その語り口は涼やかである。

◇初期の「青螢」の言葉の世界（Ⅰ　青螢）

羽の国や蚊帳に放ちし青螢　『木の椅子』

きのふよりあしたが恋し青螢　同

杏子初期の〈青螢〉とはどんな言葉の世界を映しているのだろうか。髙田氏は、杏子の生い立ちにまでさかのぼる。小学生時代を過ごした南那須村の父の生家は庭の端を小川が流れており、この小川には螢が棲んでいた。また、中学一年から暮らした喜連川町は田や川・堀に螢が生息していたという。髙田氏は黒田杏子の句帳にも分け入り膨大な螢の句群に当たっている。

青田より吹かれてきたる青螢

青い山並みの裾野まで広がる青田、その青田を渡ってくる風、青々と茂る草木。恰も森羅万象の中にたたずんでいるかのような豊かで広々とした世界を感じさせる。

「青螢」は〈栃木での十二年間に培われた「記憶」が生んだ、杏子だけの季語である〉と髙田氏は考察している。

◇記憶の季語から新たな体験へ（Ⅱ　螢ふぶき）

清滝

螢とぶたちまちくらき袖袂　『一木一草』

一の橋二の橋螢ふぶきけり　同

四万十川　船辰

ゆつくりとほたるたちまちふぶきけり　同

どんな体験が螢が「ふぶく」という季語を生んだのだろうか。髙田氏は杏子の二編のエッセイを紹介している。「ふぶく」の背景を探る興味深い部分である。『黒田杏子歳時記』「ほたるふぶきけり」では、瀬戸内寂聴先生と清滝へ行った夜の体験が語られている。また、『暮らしの歳時記』「蛍」では四万十川に小舟で漕ぎ出した時の体験、あふれては流れる大群の蛍ふぶきに囲まれた小舟は蛍火の宇宙を漂う方舟のようだと記されていた。

◇次なる試行錯誤（Ⅲ　螢火無盡蔵）

イタリア　アレッツオ

グレゴリア賛歌ほうたる来つつあり　『花下草上』

イタリアの螢火に向き合った体験に螢への新たなまなざしが開かれたのかもしれない、と髙田氏は推察する。

足摺岬　金剛福寺

雨林曼荼羅螢火無盡蔵　『花下草上』

雨後のほうたる明滅の乱れなし　同

『花下草上』に螢が「ふぶく」句が収められていないのはなぜだろうか。高田氏は『花下草上』には『一木一草』とは異なる世界を展開させたいという意志が螢の選句にも及んだのではないかと述べる。『花下草上』時代にも「ふぶく」句はあったのだと。そこで、「藍生」誌に発表された句を紹介する。

ほうたるの天地ふぶける櫂置けば　平成六年八月号

梅雨のほたるの源流にふぶきけり　平成九年八月号

季語の螢が杏子の螢となり自在に飛ぶのはここから、という。

◇**「発見」された季語（Ⅳ　螢散華）**

漕ぎいづる螢散華のただ中に　『花下草上』

ほうたるにこゑをのこしてゆかれけり　同

舟で四万十川河口を周遊したとき、舟ごと螢に包まれ「ふぶくという言葉だけでは済まなかった」と杏子は語っていたという。この時句帳に杏子は「散華」と記した、と。

◇**各時代の季語を自由に往来（Ⅴ　螢自在）**

この章で髙田氏は、「杏子の季語の螢は、青螢に始まり、螢ふぶき、螢散華と広がり、かつ深まっていった。深まる、深めるとは、杏子の場合自身の魂を季語に吹き込むこと」と論をすすめている。ここで紹介されている「藍生」誌の主宰詠二〇句には特に印象的な句がある。

その日まで生きよと螢なだれけり

◇**静かに流れる歳月（Ⅵ　ほたる火の記憶）**

最終章には、「俳句」二〇二二年六月号に特別作品として巻頭に発表された「ほたる火の記憶」が再録されている。杏子の俳句人生を俯瞰し、歳月が静かに流れているかのようである。

父若く母また若しほたるの間

ふっと呼吸するように、言葉が紡がれているかに見える杏子の俳句は、実は厳しく季語の現場に立ち自然と一体化したり対峙したり身体の奥底から生み出されているのである。更に、その地平に安住することなく常に発展・深化させている。それは、さながら発酵・熟成させた藍甕の藍の華のようである。

本書は、汲めども尽きない泉に湧き出てくるような杏子の俳句を一句一句掬いとり、季語の源流へたどる旅へ読者を誘ってくれる。生涯を俳句に捧げた黒田杏子の魂と編著者・髙田正子氏の研ぎ澄まされた感性とが共鳴し合い新たに生まれた作品である。そして、筆者のように「遅れてきた読者」にも黒田杏子の豊かな言葉への扉は開かれている。

このコレクションを掌に繙けば、杏子の俳句がこの世の森羅万象と呼応し、時空を自由に行き来し、宇宙とも交感しうるのではないかと思わされる。珠玉のようなこの書籍はシリーズ化され季節を合わせて一巻ずつ刊行されるとのこと。語り継ぐことで黒田杏子の俳句はみずみずしく生き続け、一条の光となり俳句を学ぶ者を導いてくれる。

藤岡値衣句集『冬の光』
いる、ある、存在する　わたし

加根　兼光

句集を読み始めるには少々の勇気がいる。そこにどのような作者がいるのか手探りで読み始めなければならないからだ。

杏子先生の序にも今にして思えば別の意味を感じたりもする。

さて、ドキドキしながら目次。

Ⅰ　光満つ
Ⅱ　山桜
Ⅲ　胸の振子
Ⅳ　蕎麦の花
Ⅴ　秋遍路
Ⅵ　白牡丹

ページをめくるごとに現れる句と句と句と句と。

十七音のなかに少しづつ入って行ってみようか。

　なにげない言葉に慰めらるる春

言葉は多くの場合、「なにげない」。それは他者が深思の末に言葉を発するわけでもないから、何気ない。しかし、それが空気伝搬して個の鼓膜から心に届くと慰められる。それが「春」というもの。

　しぐるるやボレロの中に眠り落つ

時雨の音のように静かに淡々と始まるボレロの高揚とともに眠りに落ちてゆく。曲の高まりと反するような眠りには沈めなければならない心が存在しているようだ。

　どれほどの言葉聖夜に隠されて

聖夜には華やぎと静謐が同居する。信仰の時間を守る人。楽しい時間を過ごす人。神と人の時間とともに人と人の時間も過ぎる。さまざまの言葉を内包しながら。

　冬の日を斜めに受けて採点す

冬の日は低い。教師である作者はそんな冬の斜光の中をひたすら採点している。赤ペンがなぞる一人一人の顔を思い描きつつ。

　朝顔の咲き継ぐやうに生きてゆく

一年生植物の朝顔も年年を咲き継ぐ。短い夏から秋の朝を咲いて種を残し、また次の年も咲き継ぐ。咲いたりしぼんだり種を残したり。そのように人も生き継ぐと。

　この胸の根雪となりし人のこと

根雪になるまでの積み重なる思いに押しつぶされることはなかったのか。胸は重みに耐えたのか。「し」の過去形が根雪の深さ重さを言い得て哀しい。

　雪うさぎ昨日の私おいていく

置かれた雪うさぎに閉じ込めるように「私」。過ぎたことは過ぎたこと。雪うさぎが融けるように解けてゆく「私」の心であろう。

淋しいと言はぬあなたに毛糸編む

毛糸を編むのは孤独な作業。目を拾い夜の更けるまで編んでも数センチしか進まぬ。淋しさを隠すように強がる「あなた」にもきっと毛糸のセーターの温もりは必要なのだろう。

深秋の夏井いつきと中学生

一句だけ入れていただいた夏井いつきを詠んだ句。ああ、あの時のことかなと思う。ありがとう。

春の月笑ひ話になる日まで

そうなのだよ。どんなことも笑い話になるのだよ。と誰かに言われた気がした。きっと春の月も笑顔でそう言ってくれている今宵。

月の名を子らに教へる五時間目

教室の五時間目は眠い。給食か弁当かを食べた後なのだ。子供たちも少しくたびれた様子。そんな時間を月の名を一つまた一つ。先生が俳人の顔になる時間も大切だ。

そして何回か全句を読み継いでゆくと引っかかる言葉に出会う。「ゐる」。作者の心から思いがけなく出た言葉、いや、いつも心にある言葉なのだろう。不意にドイツ語の「sein」が浮かんできた。「いる、ある、存在する」私という存在が、ここにいることが、意識的に「いる」ことが「私」の大切なこと。それを一九九一年から現在まで読み継いできたのがこの句集『冬の光』なのではないか。

昼の月ここにわたしはゐるけれど
祇園会の始まる京にゐて一人
月光に許されてゐる今日のこと
夜の蟬ここにわたしがゐたことを

時間とともに「ゐる」から解放されて「ゐた」と過去形になった表現からは「ゐる」ことからも解放されて自由に羽ばたいてゆく作者が見えてくるようだ。

冬薔薇風に吹かれつつ生きる
いつだつて笑つてゐよう冬すみれ

冬の光はやがて春の光になる。曇った空が光で満たされる。そんなことを思わせてもらえる三〇〇の句群である。

正直をいうと、元来、句集を読むのが苦手ではあった。しかし、値衣さんの句集はすっと眼と心と身体に飛び込んでくる。句の空間に思わず満たされる。句集を読むのもいいもんだなあと改めて希望と勇気をいただく藤岡値衣句集『冬の光』であった。

飯田マユミ句集『沈黙の函』
「家になる函」という温もり

石嶌　岳

第一句集は眩しい。作者の感性と感覚がページをめくるたびにあふれ出てくる。いままで生きてきた感覚の厚みがものをいっているからであろう。その溜め込んだものが枯渇してくると新たな泉を探して掘り当てなくてはならなくなるのだ。
初期の作品においては俳句を詠むことが作者自身の感覚の解放になっており、それがしだいに眼差しの深まりを見せてくれるようになるのである。

一枚の絵を観て帰る美術展

この一枚の絵はどんな絵なのだろうか。目の前の絵と対話しているのである。それはいわば自分自身に向っての問いかけでもあるのかもしれない。

炎昼や溶けだしさうなゴッホの絵

「炎の人」といわれたゴッホの強烈な色彩を溶け出しそうであると捉えた感性。力強いタッチと黄色や青に見られる強いトーンの色彩でもってフォルムを描き出したゴッホの絵である。

まなうらのムンクの叫び秋夕焼

「自然を貫く果てしない叫び」を感じたムンクが恐怖から自分の耳を塞いでいる姿を描いた「叫び」は、「生命のフリーズ」のなかの一点である。その絵の燃えるように赤く染まる夕暮と今眼前にある秋の真赤な夕焼けとが合わされて詠まれている。

そして、

一木の桜と白きままの画布
ラ・フランス無心で裸婦を描きゐる

と詠んでいるように作者も油絵を描いているのである。

西日差すレモンてふ名の画材店

「レモン画翠」は御茶ノ水に古くからある画材店。〈冬日差す学生街の楽器店〉とあるように御茶ノ水界隈は日本のカルチェラタンである。聖橋を渡れば神田明神である。

そもそもが神田の生れ冷し酒
宮入のあとのしづけさ金魚玉

神田祭の宮入りの後の静けさのなかの金魚玉を見つめている。絵が好きな作者であるが、「幼少期はままごと遊びやお人形さんごっこよりも、野山を駆け回る方が好きだった」という。

走りだす少女の私大花野
春の雲ハイジのやうに野を駆けて

その天真爛漫の少女の姿が目に浮かぶ。

蟬声の湧き立つ青き故郷かな

母の故郷である山形県鶴岡に作者はたびたび帰省する。故郷はまさに青き山河にふさわしいものである。庄内平野の中心都市の鶴岡は東に出羽三山を望む。月山、羽黒山、湯殿山は信仰の山である。月山は阿弥陀如来、羽黒山は観世音菩薩、湯殿山は大日如来とされ、羽黒山で現世安穏を祈願し、月山において極楽浄土を期し、湯殿山に入って即身成仏できるというのだ。

月山の風流れ来る青田かな

いわば死者の山であった月山と青々とした稲の生命力を対比させてみせた。帰省するたびに月山の風を感じているのだ。

祖父の声聞えて来さう籠枕
祖母と見し空の色とも軒氷柱
学帽の父はモノクロ雲の峰
桜満つ百寿の母を眠らせて
ゆく春も亡き父母も夢のうち

祖父母のことを思い、父母のことを慈しんで句に詠んでいる。

しやぼん玉はるかな母へ飛ばしけり

しゃぼん玉は、子どものころに吹いた郷愁であるが、すぐに割れて消えてしまうことから西洋絵画では儚さ、空しさの寓意として描かれる。その儚さと「はるかな」とが遠くで呼応しているのであろう。

亡き父のための一日山桜
蟬しぐれ空の余白を埋めきれず

桜が咲き満ちているなか亡くなった人のために自分の時間を使う。穴から地上に出て短い期間を一生懸命に鳴いている蟬を見つめる。そうしたいのちへの眼差しがあるからこそ、

水滴の張りつくコップ原爆忌
原爆忌身体どこかつめたくて

と詠めるのである。

この皮膚感覚。

三つ折の白い靴下終戦日

この色彩感覚。

亡国の沖に無数の海月かな

この濃厚な闇の深さ。

バスといふ沈黙の函秋しぐれ

「原爆ドームを去り」という前書があるが、当然広島平和記念資料館も見学したであろう。生と死とのはざまへの眼差し。

あたらしき蟬の命のうすみどり
夜桜や命の数の窓明り

作者の眼は、羽化しようとする蟬のいのちに触れている。また夜桜の闇にあって、家々に灯る明りはその数だけの生の温もりがあるというのである。つまり、眼に映るままの描写というより、見るものの感情を伴った描写になっているのである。

人住めば家になる函冬いちご

〈バスといふ沈黙の函秋しぐれ〉という句がある一方で、同じ「函」でもこういう句もある。この温かさがいい。作者の心が景の内側に入り込んでいるのだ。

笑へさう菫ひとつのやさしさに

菫というと、夏目漱石の〈菫ほどな小さき人に生れたし〉の句を思い浮かべるが、「笑へさう」の措辞に作者の限りない温かさがあふれている。飯田マユミはやさしい心の俳人なのである。

（この原稿は、「椎」7月号掲載文を一部加筆修正して転載したものである。）

大城静子小説『黒い記憶 ―戦場の摩文仁に在りし九歳の』ある少女の沖縄戦

ローゼル川田

新都心の丘のシュガーローフの跡地から西の海を遠望すると慶良間諸島が水平線に浮かんで見える。丘陵から夕焼けの渡嘉敷島のシルエットが見える。主に慶良間諸島は渡嘉敷島、座間味、慶留間、阿嘉島の4つからなる。

きらまーみーゆしが、まちげーみーらん（慶良間は見えるけど、まつ毛は見えない）。少年期の頃に慶良間島を見ながら覚えた沖縄の黄金言葉のひとつだが、概略の意味は「灯台下暗し」に近い。その遠望してきた島は海洋レジャーの観光島のひとつになった。ケラマブルーの美しい海原が夏の終わりの光を浴びている。去る大戦で集団自決が起こった悲惨な島でもある。

『黒い記憶 ――戦場の摩文仁に在りし九歳の――』と題した新刊を読んだ。戦場とは去る太平洋戦争末期の沖縄戦のことである。著者である大城静子さんは、その当時九歳であり、唯一の地上戦となった戦場の凄惨な場と時間を家族と共に砲弾の渦中を逃げ回った。大勢の人々、身近な人、生き延びた人、命を失った人の地獄絵図のような現実を少女祥子（著者）の目を通して書きあげたドキュメンタリーの小説である。

一九四四年十月十日、那覇の市街地の空襲があり、祥子はその街に居た。

私は以前に同じような体験をした親しい先輩の話を聞いていた。当時五歳だったというその先輩は、那覇の街に住んでいて、西の空が夕焼けのように染まり空爆になり更に夕焼けのような空になったこと。自宅の裏の防空壕に避難したが、直後、北部へ逃避して助かった出来事などを聞いたことがあった。二人が、那覇の街の空襲時に同じエリアに住んでいたことが私のリアリティをより一層深いものにした。

本書では「それはまるで夕焼けの中から出てきたように、大群の赤とんぼは茜の空から飛んできた。みるみる内に、祥子の立っている家の前まで押し寄せて来た。」翌日の朝、敵機襲来のサイレンの音もなく爆弾の雨を降らせ、街は至る所で火の海になっていたこと。

祥子の親族は、那覇の市街地から繁多川森の険しい坂道を上り下り、首里城の近くに設営された沖縄の32軍司令本部近くや南風原の原野を歩き続け、中部圏の宜野湾に洞窟を探し求める。

沖縄の御墓は破風墓、亀甲墓などが多く、親族の共同墓、家族墓があり、墓を開けると人が入れるほど広いこともあり、戦時下では避難壕の機能も果たしたのである。しかし米軍の攻撃の的になることも屢々であった。

沖縄は琉球石灰岩の島々でもあり、雨水は石灰岩の台地に浸みわたり、水脈となる。その下層には泥岩層が水の受け皿となり、至る所に湧き水の場所がある。

四章　やんばる

中部の宜野湾から北部のやんばるの地への避難命令が下り、20里、30里の歩いての大移動の道行となる。

アスファルト舗装の道路網が整った今、車でも2時間の距離である。戦時中の道なき道、ガランゴロンの道。今帰仁の国民学校の前でトラックから下され、馬車夫のおじさんを頼んで大宜味村謝名の一軒家を紹介してもらう。山原の山間地の村でのつかの間生活にホッとする。夜明け前の鶏の鳴き声が四方から聴こえてくる「コケコッコー」。

「緑鳩の鳴く声は人の泣く声に似て胸苦しく、梟の鳴く声は無気味で、やんばるの夜は、祥子を怯えさせた。」

やがて特攻船の音が運天港の方から聴こえてくる。

夜の風を切って飛び込んでくる機銃の音。家族六人は防空壕へ避難をする。

「木の葉を敷き詰めた布団を敷くと、すき間のない小さな穴であった。親子六人ぴったり寄り添って眠るので、すぐ近くで鳴く梟の声も怖くなかった…」

「ヘーイ、ヘーイ」という声で祥子たちは起こされた。「ヘーイ、ヘーイ」と鉄砲を持った米兵が手招きをした。捕虜になったのである。

「大勢の住民が集められ、祭りのように賑わっていた」昨日までのあの地獄は何だったのか、小さな頭は混乱していた。

「ムヌキーシドワガシュウヤサ（生活をさせてくれる人が主人だよ）」

この情けない言葉を漏らした近くにいたおじさんたちの話声を祥子は聞いた。

「ムヌキーシド…」の格言のような言い伝えは五〇〇年余の歴史を遡る。

時は琉球国時代、第一尚氏六代尚徳王が亡くなり、重鎮の一人に外戚でもある安里大親がいた。クーデターとも伝えられる次の王に第二尚氏初代王に金丸（尚円）の名が挙がり、突然、安里大親が「…物呉ゆすど我御主、内間御鎖ど我御主」と謡って金丸（尚円王）を擁立したとされる。

琉球王国時代から琉球処分の廃藩置県、祥子が体験した去る大戦を経て、アメリカ統治下となり本土復帰五〇年が過ぎた。

現在の沖縄には依然として米軍基地が居座り続けている。

「ムヌキーシドワガシューヤサ」の格言？　はまだ生きているのであろうか。

五章　摩文仁

蛍火は摩文仁ヶ原を埋め尽し水無月の風よもすがら泣く

「トラックから降り立った摩文仁野は、見渡すかぎり白骨でうめつくされて、眩暈のするほど白く照りかえしていた。人々の驚愕の悲鳴は、虚空で波打っていた。」

九死に一生を得た人々は曝れ頭の散乱している摩文仁の野畑にテント小屋を建てて、生活をし始めたのである。

さらに移動する生活はこの先に始まるアメリカ世の生活に対する不安と生きている喜びのコンプレックスであった。

戦災復興のために建てられた仮設住宅の規格屋は七五〇〇戸にのぼった。

祥子の父はいち早く借地にトタン葺平屋を建て、裏庭を野菜畑にしてへちま、ゴーヤー、南瓜、冬瓜などを栽培、親族は逞しく戦後の復興期を生き抜いていく。

本書は、リアルタイムで去る沖縄戦の渦中の戦場を逃げ回り、砲弾の雨をくぐりぬけ生き残った親族の物語である。少女祥子は凄惨な記憶を鮮やかに立ち上らせ現前化する。読者はその足跡を追体験するように共に生きる。

沖縄戦の全戦没者の推計は20万人余、その内一般県民９４０００人と県出身軍人軍属合わせると12万人余となる。今でも至る所で不発弾の撤去と遺骨収集が行われている。

ローゼル川田（第45回山之口貘賞受賞、俳人）

大城静子小説『黒い記憶―戦場の摩文仁に在りし九歳の』
内臓(はらわた)の声なき声は大脳皮質を突き抜けてはるか遠くの宇宙の始原へ旅立つ

かわかみ　まさと

「袖ふれ合うも他生の縁」、出会いは各々の思いを超えた時空で動き出す。私は、ヘタな詩や変哲もない日々の断想をじくじく記すだけで、小説を書いたことはない。まして、小説の書評を依頼されたことはない。とある日、コールサック社の鈴木比佐雄氏から大城静子著、小説「黒い記憶」の書評依頼の電話が鳴った。どうして、「わたしに」？　私は「大城静子」氏とは面識はないはずだ、大城氏の［歌人］としての微かな記憶が脳裏に浮かぶだけ。鈴木氏の的を得た話では、「大城氏の妹の旦那さんは、川上さんの宮古高校の同窓生で医師の上地弘一氏である、云々」を拝聴して、二つ返事で承諾した。

思い返せば、二〇一六年に那覇市で開催された現代詩人会の西日本ゼミナールに参加した。事務局長を務めた季刊詩誌「あすら」主宰者・佐々木薫氏の呼びかけで東京から馳せ参じた、独り、ぽつねんと座った席の隣に、たまたま鈴木氏と詩人の八重洋一郎氏がいた。おそらく大城氏も近くにいたと思われる。初めての邂逅である。当たり障りのない言葉のやり取りをした。八重氏は「かわかみさんは、宮古の人とは思えない〈やわらかい詩〉を書くね」、と言われた。鈴木氏は、真面目な質疑応答に忙しかった。この度、大城氏と鈴木氏の出会いは当ゼミナールであること知り、改めて合縁機縁の妙を感じた。

小説「黒い記憶」は、戦乱の渦中に投げ出された少女の素の言葉で編まれた不朽の物語、永遠の語り部の魂の叫びと捉えられる。また、筆者の分身である「祥子」の八歳から「今」に至る伝記でもある。本書は一章から七章まで、ほぼ継時的に叙述されている。各章の総まとめのような「短歌」は、魂の繊細な羅針盤のように読者をリアルな戦場に誘導する。

一章　赤とんぼ

〈いくさ前夜空を埋めたるあのとんぼこの世の不思議まなこに消えぬ〉

上京して一〇年余、祥子は歩行者天国の銀座へ向かって日本橋を歩き始めた、「目の前の橋の欄干に止まった一匹の赤とんぼ」と「上空に聞こえていた旅客機の音」から物語はひそかに始まる。近景の「赤とんぼ」に遠い日の「いくさ前夜」の「まるで夕焼けの中から出てきたよう」な「大群の赤とんぼ」の記憶が重なる。「いくさのまえぶれだね」。「虫の知らせ」は時間の檻を跳び越えて、洞窟(ガマ)の地中深くを潜り抜け、見えない海底ケーブルで東京まで運ばれたようだ。奇しくも那覇大空襲が勃発した十月十日の出来事である。

二章　十月十日空襲

〈ぐつぐつと燃えつづけたり那覇の町十月の空真っ赤に染めて〉

「まるで昨夕飛んできた大群の赤とんぼを思わせるように」、B29の編隊は襲いかかった。那覇の空は、黒い爆弾で真っ黒、あの美しい夕焼けの彩雲ではなく、家々の燃える焔で染まっていた。その日から先の見えない苦難の逃避行は始まった。

父は、三歳の道子と、五歳のカナ子を、おんぶにだっこして、祥子は、歩き通しで血が滲んでいた足指の痛みに堪えながら、坂道を蹴るようにして上っていった。

三章　夕嵐

〈せぐくまりバナナの葉陰に見上ぐれば不気味に光る偵察機の腹〉

昭和十九年、祥子が二年の二学期頃から戦争は烈しさを増し、本土への学童疎開が始まっていた。祥子は母の英断で疎開を取り止めた。祥子の家族は祖母の屋敷の離れ家に二カ月ほど滞在した。負傷兵が夜陰にまぎれて物乞いに来たり、日本軍の衰退は明らかであった。西原の森には洞窟（ガマ）は無く、偵察機が来るたびにバナナ畑に隠れた。避難場所を探して宜野湾村へ馬車で移動した。お墓は「防空壕に使用するため、お骨の入っている厨子甕は墓地の外に出されていた」。戦火を逃れて、墓庭でくつろいでた人たちに爆弾が落とされ、瞬時に肉片となって、飛び散った。先祖崇拝の信仰も、人権も蹂躙され、虫けらのように他人様の墓穴に入って、ふるえていた。

まもなく宜野湾にも空襲がはじまり、「南部地区、中部地区の住民は北部の山岳に避難」の命令がでた。老幼婦女子だけで、見知らぬ山原へ辿り着くのはただ運次第であった。

四章　やんばる

〈艦砲（かんぽう）射撃に逃げ惑う難民野兎（やと）のごと照明弾に浮き出されつつ〉

山原での避難生活は多感な少女に豊かな人間性を授けた。「戦争は、別れることが多くて悲しいね。正代とも別れて、おばあさんとも別れて、こんな山村（やまぐに）までやってきて、さみしいね」。緑鳩、梟、鶏の鳴き声の違い。朝日を浴びてきらきら光る、森のさざ波。明るく働き者のヨシおばさん。シゲ子との友だち遊び。妹のカナ子と道子は春の蝶のように遊んでいた。

大らかで奥ゆかしい山原での夢のような生活は二か月で幕を閉じた。

今帰仁の山々は照明弾に照らし出され、多くの住民、避難民も艦砲射撃の餌食になった。壕から壕への当てのない逃避行。祥子一家に死の気配が近づいた。鉄砲を持った米兵が、「臨月の母だけを連れて行こうとしていた」。母の毅然たる対応と子供たちの泣き声で難を逃れた。

「南部ではまだ戦をしているらしいが、早く日本軍は降参してほしいよ。わたしはアメリカーに襲われたら死んでやるから」。残兵狩りは女狩りに変わっていた。間もなく「勝子」が誕生した。負け戦のさなかに、勝子、勝子と赤ちゃんの名前を呼びながら、祝いの食卓を囲んでいた。戦争には負けても人間としては負けない、人生の勝者となれ、の両親の願望が乗り移ったようだ。

蛇足だが、仲宗根国民学校や田井等（たいら）キャンプや川上収容所の所在には少し驚いた。山原の「パピプペポ言葉」は宮古方言の特徴でもあり、宮古（私）のルーツは山原かと錯覚した。傷痍軍人や脱走兵や米兵との出会い。悲しい孤児との別れ。軍歌から讃美歌への心の揺らぎ。桜の花を手折ってくれた山原の少年との甘く切ない出会いと別れ。

職業作家では思いつかない目覚めと感性の発露がさり気なく鏤（ちりば）められている。

五章　摩文仁

〈蛍火は摩文仁ヶ原を埋め尽くし水無月の風よもすがら泣く〉

艦砲射撃の鉄の嵐と洞窟への焼夷弾や火炎銃で南部戦線は灰燼に帰した。九死に一生を得てきた人々は、戦慄を背中に負いながら、曝れ頭の散乱している野畑にテント小屋を建てて生活した。米軍の戦略は恐ろしい。土地を収奪して基地を造設するだけでなく、夥しい死体の処理と白骨・遺骨の収集まで、飢えに苦しむ沖縄の住民に強制した。三年生以上の学童も、近くにあったひめゆり部隊の洞窟まで砂を運ぶ手伝いに出た。祥子が、「その洞窟の中に見たものは、真っ黒になった女学生の髑髏であった」。その時の衝撃は、祥子の人生に祈りのような、懺悔のような無私の思いを齎したようだ。

六章　嘉数岡端

〈戦死者のカバンを漁る子等ありき「戦果」と言いつつ黴雨のまにまに〉

敗戦後二年目、祥子一家は、四度目の雑居寝生活である。米軍兵の馬を避けようとして頭を強打した弟は寝たきりで、時々引きつけ発作を起こす。「勝子」は二歳になり、十歳の祥子を母親のように慕っている。学校の勉強は手さぐり状態で、食べ物も生活用品も何もなかった。子供たちは戦死者のカバンを漁り、米軍の有り余った物資を棄てるゴミ捨て場で生活の品々を物色した。

祥子は弟のことを思いながら必死に包帯等を拾った。持ち帰ったリュックサックの中を見て、母も祖母も声を出して泣いた。「こんな危険なことを二度としてはいけません」。「戦果」した残飯を食べた少年たちの食中毒事件の数日後から戦後初の食糧の配給が始まった。

百日咳に罹った妹の勝子は、祖母の知恵と家族の献身的な看病で回復した。

七章　真玉橋

〈弟が泣けば母も泣き出す戦後の闇歯を食い縛り母に寄り添う〉

真玉橋の字面と響きは懐かしい。懐かしい。この橋に立つと「清濁併せ呑む」流れと澱みが俯瞰される。父は、ベニヤ廃材等をもらい受けて粗末な住まいを建てた。戦死者のお骨と不発弾が同居しているような混沌とした生活だった。

祥子が中一の時、弟・恒次と母が入院。祥子は長期欠席して、妹たちの世話をした。学校の勉強に身が入らず、心の闇を晴らして高校受験に臨もうと、那覇市役所で改名手続きを済ませた。何気ない啄木歌集との出会いは、祥子をおどろかせ・ときめかせた。祥子は詩歌や文章を書き続けることで悶々とした気持ちを解放した。十五年間も寝た切りの弟は、十八歳で夢の国へ旅立った。母は、悩み、苦しみながらもしっかりと五人の子供たちを育て上げた。

本書は、悲惨を極めた沖縄の地上戦に新たなリアリティーをもたらした。膨大な数の記録や情報はたやすく忘れ去られる。しかし、一片の真実の記憶は永遠に輝き続ける。この稀有な小説「黒い記憶」が広く世界人類に読み継がれることを願ってやまない。

万里小路譲詩集『永遠の思いやり　チャーリー・ブラウンとスヌーピーと仲間たち』
チャーリーブラウンと共に『永遠の思いやり』の魅力を語る

高細　玄一

やあ、チャーリー。僕は今とっても面白い本を読んでいるんだ。万里小路譲氏の「永遠の思いやり」って詩集なんだけど、チャーリーやスヌーピーたちがつぶやいたことを万里小路氏が深い海の中から宝物を見つけ出すように、拾い上げてそこに万里小路氏が素敵な言葉を添えてくれているんだよ。僕たちの日常会話みたいにね。すごいだろう！　読んでみたくなるだろう！

というわけで、今日は一緒に万里小路譲氏の詩集「永遠の思いやり」の魅力をチャーリーと語り合っていきたいと思います。

正確にはいつだったかはボクの記憶があいまい過ぎて思い出せないのですが、かつて書店には日本語対訳付のコミック「ピーナッツブックス」が回転する書架にずらっと並べられていました。人に話を聞くのも、人に話を聞かれるのもあまり得意とは言えない学生だったボクは、ある時、恐る恐るピーナッツブックスを手にしました。そして開いて読んでみたんだよ、この勇気わかってくれるかな、チャーリー。そうしたら、そこに書いてあることがなんと自分の考えそっくりでびっくりしたんだ。そのころボクは受験勉強の真っ最中、でもいったいなぜ、受験をしなければいけないのか、そもそもなぜあんなに自分の「価値」が偏差値みたいなへんてこな数字で評価されないといけないのか、どうしてどうして。。。と聞きたいことはいっぱいあったけど、友達はみんなそういうことを思っているのかいないのか、勉強だけしているし、ましてや先生にそんなことは聞けない雰囲気だったんだ。

その時にチャーリー、君に出会ったんだよ、ボクは。そうなんだよ。特にチャーリー、君にボクがそっくりに思えたんだ。「ときどき眠れずに問いかける／これでいいのだろうか／すると声がする／誰に話してるんだ？」（我思う）まさにこんな感じだったんだよ。もし、あの時万里小路氏の本があれば「眠れない者／つまり　自分／思い込みは／すべて幻想なのでは？」という「答」を引き出せたかもしれない。「夜中に目覚め　問う／どこでぼくは間違ったんだ？　／すると　声がする／それに対する答えには一晩じゃすまないな」（間違い）

その時のボクは受験の前でまさに「見果てぬ希望の夢／夢来ることなく／通過儀礼のようにやってくる／反省のためだけの眠れぬ夜」の状態が毎日続いていたんだ。自分が何者になれるかもわからず、そもそも大学には入れるのかもわからない。いや、そもそも親に言われて大学に行く意味って何なのだろう？クソ真面目な学生だったボク、それでもセックスにも興味深々だったし、でもなんだか小さな箱の中で出口もわからずうごめいているだけだったから「間違ったのはどこだろう」（間違い）と悶々とする日々だったんだよ。

チャーリー、いまは大人になったからこんなに何でもなかったように書いてるけど、これまで何度も失敗して挫けたりしたんだ。そんなボクには今という時代が思いやりとか対話とか、気配りとか無くなって言っているように見えるんだ。この間ずっとパンデミックの3年間で、20代～30代までの女性の自殺がものすごく増えたんだ。非正規労働の女性が社会的に追い詰められたというんだけどねチャーリー、女性の働き方に凄く頼っている社会なのに女性が何か言おうとすると怒られるか、問い詰められる。だから何か辛いことがあっても、女性は我慢して「大丈夫？」「はい、大丈夫です」みたいな会話になってしまう。しかも、社会がものすごいスピードで動いているから、そのスピードに脳がついていけなくてとっても疲れる人、多いんじゃないかな。チャーリー、僕はルーシーの弟でいつも毛布を引きずっているライナスも大好きなんだけど、「共同社会における／人間同士の関係性／自己と他者との戦略的／友好的コミュニケーション」（現代音楽）はこの二人だと思うんだ。「姉さんはぼくの話を聞いたことがない／バカね　聞いてるわよ／じゃ何話したか言ってみて／To・a・of・but and the」これってね、病院に行ってお医者さんから「痛みはいつからですか？　我慢できる痛みですか？　ずきずき？　きりきり？」に似てないかな。「我慢できます？　って言われたら、さっきの「大丈夫です」ということになるよ、きっと。ほんとうはみんな、自分のことを問い返す訓練に慣れていないんじゃないかな。「他者は自己を／自己は他者を／世界は他者を／どう見てる？」（ガミガミ屋）「そのバカげた毛布もっているとどんなにうんざりするか知らないでしょう／じゃああっち向けば？　／ダメだわ　うんざりが懐かしくて」（うんざり）こうやってお互いがいるからがみがみ言いながら存在しているんだよね、僕らは。「大丈夫ですか？」というのは主語がない問いかけなんだと思う。こういう「本当の対話」のない世界から「知らないだろうな／ひとさまの世界／殺戮と破壊／煩悶と不条理」（世界）が始まってるんじゃないかな。

チャーリー、人間って必ず死ぬじゃないか、だから僕はもっと明るく「死」ってものを語るべきなんじゃないかと以前からずっと思っているんだ。「夜も深まって／眠りに落ちてしまえば／何事もないものを／なにゆえの心臓の鼓動」（なぜ？）「夜ベッドに横たわり／ときどき自問する　なぜ？　／すると声がする／なぜって何が？」森羅万象の生命、つまり「死」がどんな人間にも訪れるということについて「一生かけても／解けないならば」（なぜ？）聞いたところで、「何が？」なんだよ。死ぬってことの「何が」「なぜ？」なのか。「いまとはいつか？／ことはどこか／私とはだれか／在るとはなにか」（いまここ）「夜ときどき眠れずに問う／なぜぼくはここにいるんだ／すると声がする／では　どこにいたいんだ」チャーリー、そう思うのは君だけじゃないさ。「犬を幸せにするために／余生を捧げるつもりです／両親とはまだ相談していませんが／犬とは話し合いました」（他者のまなざし）

自分が存在するってことで誰かが存在する。そうすることで自分の存在を確認する。一人の孤独な人生は価値あるものだってことに気がつく。万里小路氏の「永遠の思いやり」という表題に込められた深い意味に敬意をこめて、もっともっと魅力を紹介したいんだけど、ここで最後にオラフの言葉を借りて締めくくろうと思う。

「さて　兄貴／もといた場所に戻るとするが／行く前にひとつ教えてほしい／ぼく　どこから来たの？」（goodbye）友よ、そろそろ帰らねばならないんだ。また会える時があったら、遊びにおいで、地球に。

万里小路譲詩集『永遠の思いやり　チャーリー・ブラウンとスヌーピーと仲間たち』
他者に向ける心こそ自己実現をかなえる

いとう　柚子

鮮やかな黄色の表紙カバーに装われ、思いの外持ち重りする本書を開くと、収載作品すべてが4行4連から成る横書き16行詩の世界へと誘われる。

作者万里小路譲氏は、かつて英語教師として教室でチャールズ・シュルツ氏原作のコミック『PEANUTS』をとりあげるなかで、主人公チャーリー・ブラウンとスヌーピーそしてその仲間たちの台詞の、そこはかとないユーモアと言外にこめられた深遠な哲理に魅了された。そしてシュルツ氏の感性や知性を通して表出される言葉に、ある時は共感し、またある時は思索を深めながら、キャラクターたちの対話を織りこんだ独自の詩空間を創りあげたのである。

最初の章から最終章までの19の各章に、小タイトルとともにその章の中心になるキャラクター名がつけられている。例えば、Ⅰ章は「永遠のアンチヒーロー　Charlie Brown」、Ⅸ章は「光の女王と豆哲学者　Lucy & Linus」、ⅩⅣ章は「変幻術士と魔術師　Lucy & Snoopy」というふうに。読者は興味をひかれた小タイトルから、あるいは『PEANUTS』ファンならばお気に入りのキャラクターが登場するページから読み始めることもできるだろう。

主人公チャーリー・ブラウンは、勉強もダメ、大好きな野球も負けてばかり、人付き合いも不得意。何をやっても上手くいかない自分に嘆息し、眠れぬ夜さえある。次に引用するのはそんなチャーリーが描かれるⅠ章中の一篇。第二連目が、作者による原作の意訳である。

「間違い　Charie Brown」

人間だけだろうか
心配するのは？
夢や希望をもって
洞察するのも？

「夜半に目覚め　問う
〝どこでぼくは間違ったんだ？〟
すると　声がする
〝それに答えるには一晩じゃすまないな〟」

見果てぬ希望の夢
夢見ることなく
通過儀礼のようにやってくる
反省のためだけの眠れぬ夜

間違ったのはどこでだろう？
とはいえ　どこかに

あるのだろうか?
間違わなかった人生

“Sometimes I lie awake at night,and I ask,'Where have I gone wrong?' Then a voice says to me,'This is going to take more than one night'.”

1994.7.15

眠れぬほど悩むチャーリーの自省の思いは一晩で解決できるものではない。堂々巡りの煩悶を抱える少年に寄り添うように万里小路氏も嘆息しつつ、それでも「人はそもそも間違いをおかす存在ではないか」と呟く。ここにはチャーリーへの共感とともに、不寛容で独善的な正義を振りかざす者への異議申し立ても読みとれる。個としての人間だけでない。地球規模で世界の今を見るならば、人類が犯してきた過ちすら重ねてみたくなる。

C・シュルツ氏の言葉との交感から紡ぎ出される作者の万里小路氏の表現世界で気づかされるのは、〈人生は驚きに満ちている〉という視点。キャラクターたちが驚きを表す場面はさまざまだが、そこから読者は新たな問へと導かれる。そう易々と答の出る問ではではない。むしろ答が出ないことこそ、つまり問いは永遠に続くことこそ人生なのだとの認識に至るのである。そんな詩篇を挙げてみたい。

教室は問いかけと／応答の学習空間／思考はどこまでも
／拡がり飛んでゆく／／「次にあてられるのは私よ／早く
マーシー　答は何?」／「えっ?」／「はい先生　えっ?
です」／／「えっ?」とは／意外なことに驚いて発する声
／思わず不意に／口をついて出てくる間投詞／／奇想天
外な答／意想外の答／しかしそれは　あらゆる／問に応
えうる答

（VI章　「えっ?」）

筆者がとても好きな作品のひとつである。勉強はまったくダメなペパーミント・パティと、勉強はできるけれどどこか抜けているマーシーの何ともとんちんかんなやりとりから、万里小路氏は人生の真実をひき出している。大いなる驚きと怖れをもって私たちはこの世に誕生し、〈えっ?〉を発し続けたまま人生の終わりを迎えるのである。

輝かしいアメリカン・ヒーロー的何者か＝somebody　の対極にいるチャーリー・ブラウンと親友の飼い犬スヌーピーだけでなく、仲間の子どもたちの誰もがままならない思いを抱えて生きている。安心毛布を手放せないのに学術派の切れ者・ライナスがスヌーピーに、「きみの人生はとても独創的だけど、どうやって生き延びてるの?」と訊ねる。それに対してのスヌーピーの答えは「犬固有の知能によってさ」。

（X章　linus & Snoopy）

スヌーピーのすっとぼけたような得意顔の返答が小気味よい。作者は、自らの創意と工夫によって、主体的に日々を積み重ねてゆくことが人生を豊かにしてくれると言うが、同時に見逃せないのは、多様な個の、多様な生き方・異なる価値観が互いに尊重される世界・社会でありたいとの願いである。

　ここには表題『永遠の思いやり』に通ずる精神が提示されている思われる。作者によれば〈姿かたちもみえない配慮・関心〉（表題作）が永遠の思いやりの根底を支えるもの。他者に向ける心なくしては、主体的に創意工夫を重ねて悩み多い自らの日常を生きぬいてゆくことはできないのだ。その意味で表題にこめられた作者の思いは、詩篇「他者のまなざし」（I章）によってよりくっきりと解き明かされているといえるだろう。

いかに生きるべきか／だれしも思い悩むもの／むしろ　思い悩む人生にこそ／意義があるとでも？／／「犬を幸せにするために／余生を捧げるつもりです／両親とはまだ相談していませんが／犬とは話し合いました／／何者にもなれないって　／ひがむ前に考えるべきこと／人を幸せにできる／人間になれること／／ひとはだれしも／相互に依存する存在／自己実現は／他者実現が保証している

　書きすすめながら筆者はある英語のことわざを思い出している。それは「Live、 and let live. ＝ 己も生きよ、他人をも生かせ。」というフレーズである。『ピーナッツ』のキャラクターたちは、それぞれありのままの個性をだして、時にはおかしな行き違いを繰り返しながら、それでいてお互いに緩やかにつながっている。

　あとがきのなかで万里小路氏は「振り返ってみれば、『ピーナッツ』とともにあった時間は至福の時間であった」と述べている。決して軽くはないテーマを織り込んだ２６８篇を、ゆったりとやさしい気持ちで読むことができるのは、原作から氏が受け取った至福の時間が詩篇の行間を満たし、それが読む者の時間を潤してくれるからにちがいない。

玉城洋子歌集『櫛笥—母—』
たましひは破調に宿る

南　輝子

一九四四年（昭和十九年）沖縄生まれ、先の戦争、亜細亜太平洋戦争の最後の世代、ゼロ歳で戦争を体験した玉城洋子の第七歌集、琉球絣を意匠化した優しみのある黄茶色のカヴァー、沈んだ朱色の帯に心こもった帯文。娘が亡き母に捧げる慟哭の作品集である。愛する若き夫のために若き妻がみどりの黒髪をくしけずる櫛を収めたちいさな笥、母は一生その櫛笥をいとおしみ大切に愛用していたのだろう。洋子さんは万感のおもひをこめて歌集のタイトルとした。筆者はヤマト生まれではあるが同じ年生まれ、同じく母の胎内にあって戦死した父の顔を知らない。撃沈された父、虐殺された父、違いはあっても同じ戦争体験者として、歌友として、友情をこめて洋子さんと呼ぶ。

ヨーコとは呼べぬか母よ顔の傷足の傷もあなたのせいじゃない
足首の傷は○歳私を一世苦しめむ沖縄地上戦　終戦記念日に
○歳の足首の傷の疼く夜は風化させてはならぬ戦さの

沖縄全島を苛烈な戦場とし住民を悲惨な集団自決にまで追いつめた沖縄地上戦、若き母は乳飲み子ヨーコをかかえガマを逃げまどった。その時に負った傷は八十年たついまも洋子さんの体に刻まれている。どんなに深い傷であったか、母は死に物狂いで赤ん坊を守った。母子はかろうじて戦場を生きのびえた。母は娘の傷を気遣い自分のせいと詫びる。

母二十歳父は二十二歳とふ知らず生まれき沖縄地上戦
春夏の営み美しき故里を戦争がすべて吹き消した　母を
蜜月の六十日を父母と呼ばせし戦我ら家族を根こそぎ捥ぎて
亡骸は朝鮮半島沖近く待ちてやあらむわれは一人娘
「無蔵よ（ンゾヨー）＊」島言葉消した沖縄地上戦（ちじょうせん）父も母も生きたかった青春

＊愛する女性への呼びかけ

たった二ヶ月の新婚生活から徴兵され父は戦死、戦争はすべてを奪った。海に散った父の遺骨にもめぐり逢えない。父の骨はない。壊滅した島で母子は戦後を生きる。どんなにか困難な生活であったろう。若き母は父とは違う人の子を産む。

戦死したあなたの後を生まれ来し弟妹母の背で育ち

あとがきにある洋子さんの言葉は痛切だ。
「戦後若い母の行動が疎ましく、早い反抗期を長く引きずっていた。母との溝は、辛い日々に吹き出しては戦争と言う物を、強かに恨んだ。母も私と同じ「戦争」への恨み辛みの人生であったのだと思うと、身の引き裂かれる思いがする。」

母は働き者、たくましく生きるパワフルな沖縄女性である。陽気で若者からも慕われていたようだ。

父母を送り子らの逆縁を秘めて生きし母女の一生
夜なべして破れかぶれの作業着を母は繕ひしあのアメリカ世(ユー)を
悲しみを押し出す手仕事母の哲学ミシン一台女立て直し

母はまた明るく輝く女性であった。若きらと歌い踊り明かす。

夏来れば若きら集め遊び庭(アシビナー)に夜ごと響かせた母の「組踊り(クミウドゥイ)」
今も残る母の手作り「加那ーヨー」踊り衣装の糸飾り

諍い葛藤のあった母も老いて病みそしてついに逝く。百歳にとどく長命であっても娘にとって母の死は受け入れがたい。

手をかざしカジマヤー*祝って踊ります月の光に母呼ぶカチャーシー
＊九十七歳の成年祝い
母親を抱きて逃げやう戦渦に我を抱きて逃げしあなたのやうに
親(ウヤ)ガナシ吾親(ワウヤ)ガナシふるさとの愛しき鳥ら空歌ひゆく

洋子さんは気づく、捨て石にされた沖縄戦を、戦後の米軍占領下を、本土復帰後も蹂躙され続ける沖縄を、生きぬいてきた母と娘は同志であった。母は死をもって洋子さんに和解をもたらし、本当の親子の絆をさしだしてくれたのだ。

久に降る雨を手窪に受けてみるどこか遠き物語のやうに

本歌集は母恋ひの歌とともにさまざまなテーマが詠まれる。沖縄叙事詩でもある。沖縄の文化、芸術、歴史、伝統、そして沖縄の現実状況、米軍基地、辺野古埋立て、遺骨収集、ガマフヤー具志堅隆松さん、大阪府警の土人発言等々、沖縄の苦悩がつきない。やむにやまれぬ制御できないおもひの深さ、悲惨と痛苦を生き続けてきた沖縄の内なる叫びが破調となってたましひに訴えてくる。定型をはずれ一行詩のような作品も多くみられる。短歌は五・七・五・七・七の奇数。琉歌は八・八・八・六の偶数。この違いは大きい。根本的な歌の文体に影響するのではないか。沖縄言葉の「あ」「い」「う」という三母音もヤマトの文法、特に助詞とのずれが生まれるのではないか。定型短詩文学は言葉の意味だけでなく、詩としての律、調べ、リズムが重要だ。琉歌をもとりこんだ沖縄独自の調べがここから生まれるのを期待したい。

ロシアのウクライナ侵略から始まった戦争を利用して日本国は再び沖縄を捨て石にしようとしている。この次は米国によって日本列島全域が捨て石にされるだろう。絶対に再び起こしてはならない戦争。沖縄のたましひ洋子さんのおもひをしっかり受けとめよう。東西清ら(アガリイリチュ)、清ら(チュ)島に天の川は流れ満天の星がふりそそぐ。

ティンガーラ*・ティンガーラと歌ふ人らと見上ぐる天の川
＊天の川
流る夢の通ひ路
人生はこんな転回だったかと見上ぐる天を星くづは降る

玉城洋子歌集『櫛笥―母―』

縦横無碍（じゅうおうむげ）に多次元構造を行き来する沖縄の精神世界

鈴木　比佐雄

1

沖縄県糸満市に暮らす玉城洋子氏が二〇二一年の第六歌集『儒艮（ザン）』に次ぐ、第七歌集『櫛笥 ―母―』を刊行した。前歌集『儒艮（ザン）』の解説で私は次のように玉城氏の短歌について記した。

《玉城氏の短歌は「儒艮」の神話を詠み込み、さらに沖縄戦で亡くなった父の面影や壕で玉城氏を守り戦後も逞しく生きた母との家族詠であり、同時に戦争詠でもあり、米軍統治下で数多く起こった軍用機落下事故や暴行事件などの社会詠などが詠み込まれている。その他にも沖縄の花々と樹木や暮らしを通した自然詠や他国の他者を思いやる短歌も収録されている。》

玉城氏の短歌の特徴は、家族詠が戦争詠になり社会詠になり、また民俗学的な神話詠にもなりうる異なる領域が、いつの間にか根底ではつながっていることだ。それらの縦横無碍（じゅうおうむげ）に多次元構造を行き来する沖縄の精神世界が島言葉の音韻を入れながら表現されている。例えば前歌集の《エメラルド輝く海をジュゴンの遊ぶ詩歌伝へし大浦の波》などの短歌を想起する時に、この歌の中に宿っている、多層な解釈が可能な豊饒さを感受できるだろう。

新歌集『櫛笥 ―母―』は、そのタイトルでも分かる通り、母への鎮魂の思いがⅠ章「櫛笥」に置かれた歌集であり、全体では六章に分かれて四〇一首が収録されている。

Ⅰ章「櫛笥」は十一の小見出しがあり一一五首が収録されている。「櫛笥」十四首の冒頭の短歌を引用する。

長梅雨に忘れられてゐる櫛笥母を恋ふしく思ひて一日

「櫛笥」とは母の櫛を入れていた愛用の箱のことだ。母の愛用品を形見として玉城氏は身近に置いていて、この「櫛笥」を見るたびに母との絆を想起し母を恋しく思いながら一日が過ぎていくのだろう。玉城氏は母が二十歳、父が二十二歳の時の一九四四年に沖縄県うるま市（旧石川市）に生まれた。父は徴兵されて兵士となったため、母は十月十日の那覇空襲の大混乱の最中に中部の石川市で乳飲み子を育てていた。しかし翌年三月の本格的な艦砲射撃や地上戦が行われた沖縄戦の最中に、きっと赤子を背負って洞窟（ガマ）に潜んで生き延びたのだろう。玉城氏は父母の失った暮らしや美しき故郷を想起し、母の背で体験した無意識の深層世界に降りて行って、次のような短歌を詠み始めるのだ。

春夏の営み美しき故里を戦争がすべて吹き消した　母を

母の背に描かるる里の土香る大地握りし悔しきは　戦

先の短歌で「母を」とあえて加えたことは、母が父と結婚して夢見た家庭生活の「すべて吹き消した」喪失感の深さを代弁しているように感じられる。また後の短歌では玉城氏にとって、故郷とは「土香る大地」のような「母の背」であり、その背を握りしめようとすると「戦」がもたらした「悔しさ」が、肉体の体温を通して赤子の自分にも伝わってくる、と玉城氏は物語っているようだ。その意味で玉城氏と母とは一心同体のような存在で戦後を共に生き抜いていたことが想像できる。

母は沖縄戦後の社会の中で、幼子を抱えながら新たな営みを開始する。捕虜地での「屋嘉節」を想起し、その後の解放された家での暮らしぶりや平和への思いを次のように詠っている。

　夏来れば若きら集め遊び庭（アシビナー）に夜ごと響かせた母の「組踊り」

　今も残る母の手作り「加那ーヨー」踊り衣装の袖の糸飾り

　碑（いしぶみ）に刻む「屋嘉節」母と歌ふ覚えて悲しみ捕虜地の生活（くらし）

　「屋嘉節」を歌ふ母との日々（にちにち）を詠ひ続ける平和来る日を

これらの短歌を読めば、母が仕事や育児の後に夜ごと「遊び庭（アシビナー）」で、近所の若者や子供たちを集めて、三線を弾き琉歌を歌い沖縄舞踊を踊り「組踊り（クミウドゥイ）」を演じさせていたことが分かる。夫を亡くした母と父を亡くした子は、近くの「若き」と一緒に琉球の魂（マブイ）を奮い起こして、悲劇の中から立ち上がっていったのだろう。母は洋裁が得意で「衣装の袖の糸飾り」など細部にわたって、「組踊り（クミウドゥイ）」の衣装などをこしらえ、歌、踊り、三線などの演技指導までしたことを生き生きと記されている。「加那ーヨー」は一般的に「加那ヨー」だが、きっと母がそのように発音していたのだろう。この「加那ヨー」は「愛する人よ」という意味だが、母は亡き夫を偲んで、夜ごと娘や近所の親族を失くした「若きら」の悲しみを少しでも癒し、死者の思いを背負って前向きに生きる術を伝えていたのだろう。「屋嘉節」は琉球音楽家の山内盛彬（やまうちせいひん）が作曲したが、「日本軍屋嘉捕虜収容所跡の碑」に記された詞の作詞者は特定されていないという。この「屋嘉節」が誕生した場所は、国道３２９号の〝屋嘉ビーチ前〟バス停（国道の北側）横で、「屋嘉捕虜収容所跡」の石碑があり、「屋嘉節が作られた発祥の地」であると刻まれている。七千人もの捕虜地で「カンカラ三線」を弾いて沖縄が戦場になった悲しみや苦しみが切々と歌われ、自然発生的に多くのバリエーションがあり、それで作詞者が確定できないのだろう。この二つの楽曲を今になって聞いても沖縄人の悲しみと苦しみで胸が痛くなるように心に響いてくる。玉城氏の短歌は、このような家族詠であり社会詠であり、愛する人や故郷の美しさを喪失する根源的な痛みが記されていることを、冒頭の「櫛笥」十四首においても読み取ることができる。

2

Ⅰ章のその他の短歌は母の晩年を見つめて、母の精一杯この世で生きた時間に寄り添って、そこからまた多くのことを想起し母から学んだことを伝えていく。その代表的な短歌を引用したい。

今あるも苦を抱きてや人間を生きる母とふ悲しみの中
夜なべして破れかぶれの作業着を母は繕ひしあのアメリカ世（ユー）を
海鳴りが轟くここはギーザバンタ沖縄地上戦悲劇の断崖
兵士らに壕追ひ出され摩文仁野を彷徨ふ人らに鉄の暴風
ヨーコとは呼べぬか母よ顔の傷足の傷もあなたのせいじゃない
母親を抱きて逃げやう戦渦に我を抱きて逃げしあなたのやうに
教師の夢娘（こ）に押しつけて逝きし母九十八歳は満たされてゐよ
悲しみを押し出す手仕事母の哲学ミシン一台女立て直し
六月忌二十余万の御霊の中母連れ子ら連れ「礎（イシジ）」開けし
母星の空を見上ぐる朝の空この辺りなるか月桃の先

玉城氏は、沖縄戦を生き延びた母の存在が、生涯にわたって悲しみの中にあったことを告げている。その悲しみは、占領が続いた「アメリカ世（ユー）」において、「鉄の暴風」で亡くなった夫を含めた二十余万の人びとが生きられなかった沖縄人の悲しみだろう。そしてそのことを決して忘れないために、短歌に母の身体や自らの顔と足の傷を通して詠い続けて行こうと玉城氏は願って実践されているのだろう。「櫛笥」とは母の悲しみと苦しみを癒してくれる、何度でも立ち上がっていく心の準備をする、化粧をする一人の人間としての時間であったのかも知れない。時に庭の月桃の先に輝いている「母星」を見上げるように、その母の生きた時間が詰まった存在を玉城氏は傍において共に生きているように感じているように思われる。

Ⅱ章からⅥ章までの心に刻まれる短歌を引用したい。玉城氏の多様な短歌の魅力を読み取って欲しいと願っている。

「Ⅱ　仲よし地蔵」より
校庭の「仲良し地蔵」に刻銘の十八名と誓ひし未来

「Ⅲ　戦争の骨」より
戦争の骨も混ざりゐる埋め立ての土砂より呻きの聞こゆる辺野古

「Ⅳ　辺野古継ぐ雨」より
どっと来る雨に思ふ「しのぶ会」翁長雄志の辺野古継ぐ雨

「Ⅴ　摩文仁野の道」より
月出でて風の吹き来る六月を亡父と語らむ摩文仁野の道

「Ⅵ　ティンガーラ*」より
ティンガーラ・ティンガーラと歌ふ人らと見上ぐる天の川流る夢の通ひ路

＊天の川

高畠まり子詩集・エッセイ集『小姑気質（こじゅうとかたぎ）』異議あり、の精神

成田　豊人

この本は四十六篇の詩を収録した第Ⅰ部「詩集」と第Ⅱ部「エッセイ・作品集」とから成る。約四分の三が「詩集」に当てられており、その「詩集」も「一章　夕暮れの散歩――古いノートから」、「二章　小姑気質」、「三章　反・万世一系」とに分けられている。

ジェンダーフリーが声高に叫ばれる昨今だが、高畠は特に「二章　小姑気質」の諸作品において、男中心の社会（会社）のシステムを果敢に批判し、そのシステムに甘んじてしまう同性にも厳しい目を向けている。歯に衣を着せぬストレートな表現が多く、タイトルも「十年表彰とはこれいかに」「管理職をおやめなさいよ」「親睦会をおやめなさいよ」「お茶を入れるのは誰？」「残業はおやめなさい」など、内容が凡そ推測できそうなものも多い。

序文〈弱い者イジメから強い者イジメへ！〉の後半を引用したい。「昔から小姑は〝ヨメいびり〟を主要な任務とする、男社会の中の家制度を強固に維持するための役割をになってきた。／二十一世紀の小姑の主たる任務は〝ムコいびり〟に象徴的にあらわれるように、資本体制下の消費文明の末端細胞たる核化したものも含む家制度を解体することにある。」高畠には男性優位の根源は「家制度」であるという強い認識があり、それ故に多くの作品に攻撃性が漂っているのではと思われる。

男性中心の社会（会社）のシステムを批判する為には、どうしても具体的な説明が必要となる。また、そのシステムに関わる個々人の考えにまで言及せざるを得なくなり、作品が長くなる一因ともなっている。しかし、小気味の良いリズムと分かりやすい表現で、長さはあまり気にならない。

「十年表彰とはこれいかに」は十三頁にも亘る長い作品だが、定期昇給の機会ともなる十年表彰制度を会社側が突然前例を無視し、一時金支給に変えお茶を濁そうとする理不尽さと、それに対する批判や社員の反応を描いたものである。結果的に社員の態度にはバラツキが見られ団結まで至らず、会社側の意図したようになってしまうのだが。

高畠は表彰の対象となる社員の中にも、会社に与する者、断固として異を唱える者がいるという、人間社会の複雑さを描いている。この方法は「お茶をいれるのは誰？」でも見られ、お茶当番を女性差別であり負担だと思うどころか、進んで引き受ける同僚もいる現実を描いて、複眼の視点が冴える。十年表彰制度について最後近くでこう記す。「十年目だからといって／何か特別なのじゃない／毎日毎日が晴れやかにくらせる／労働条件、労働環境／働く者たちの全生活ののびやかさ／それらを保障することこそが／雇い主よ／あなたが　その社会的立場からして／考え／実行することなのだ、と」本質を見失わない確かさがここにはある。

かなり以前からだがマスメディアでは天皇制もしくは皇室を批判するのはタブーとされているようだ。そういう中で、詩集のタイトルを「反・万世一系」としたのは勇気の要る事だった

のではないか。なぜならば「万世一系」とは天皇制そのものの謂いであろうから。

「反・万世一系」には十二篇の作品が収められている。「国民の象徴」は平均より短めの作品だが、モチーフは「あの人」である。「略／／人に何を聞かれても　訴えられても／これといった自分の意見を述べず／全てを丸くおさめるため／常に『あっそう』とのみ／反応すること／厚顔無恥で／長寿を全うすること／／略／／分不相応に広い土地を占拠し／自らの労働で得た金でもないのに／時に／『気の毒でまれない人々』に対し／寄附をして／イイ顔をすること／／良心の痛みなど感ずることなく　悩むことなく／（これこそ長寿のひけつ！）／『おめでたい』毎日を送ること／／略」「あの人」へ厳しい皮肉を込めた眼が注がれているが、本質はそこではない。第一連「あの人をして／〝国民の象徴〟だなんて名付けた奴らは／国民が全て／あの人のようであると都合がいいと／思ってでもいるのだろうか？――」第三連「あるいは奴らは／あの人が崇拝されるいわれを／自らの存在基盤として／力強く　支持しているのだろうか？――」最終連「人々に旗を振られ／『万才』の歓声をあびる／これらのいわれこそを／奴らは／〝繁栄〟とか〝善意〟などと称して／末代まで　伝えようというのか？」に表れる「奴ら」である。「万世一系」を支えているこの「奴ら」こそ、天皇制を歪める元凶ではないかと手厳しい。

第二部の一章にはエッセイが八篇収められている。その中でも「一九七四年十一月二十八日（木）」「子供の頃」「テスト人間、そして無生活」「チョコレートパフェ」の各作品には小学校時代から高校時代までの生活が詳しく描かれている。両親、二人の兄、姉が戦後大陸からの引揚者であり、高畠は戦後間もない一九四八年生まれだが、父親の収入が一定ではなく経済的に恵まれない子供時代だった。五歳の頃に米子から東京に引っ越すが経済状態は変わりがなかった。裕福な家庭の友達を見てどれ程羨望の思いを抱いたか推測に難くない。子供の頃、母親が日常的に裁縫で家計を支え、時にはガム包装の内職を行い高畠も手伝った。「職歴」に依ると、この後も高一と高二の長期休業中及び大学時代はアルバイトに精を出した。早くから自立しようという気持ちが培われていたと思われる。

特に注目したいエピソードを挙げたい。一つは高二時代の国民宿舎での泊まり込みアルバイトに纏わる話である。学校新聞顧問の先生から体験記を依頼され書いたが、長過ぎるので短くするように要求されるも断ってしまう。もう一つも高校生の頃で町の英会話教室での事だ。社会人の女性が英文を読むのが苦手な為、ある日講師の先生がその女性の順番なのに飛ばして別の人に当ててしまう。その時生徒の高畠は順番が違う事を指摘した。先生は飛ばすのは当然と答える。それに対して高畠は怯まない。「読めるようになるためにここに来てるんですよ、私たちは！　この人が読めるようにするのが、先生の仕事ではありませんか？」（「チョコレートパフェ」）自分にとり理不尽と思われる事には、相手が誰であれ忖度やへつらう事はせずに自分の考えをきちんと貫くという、自律の精神が発揮されている。この精神が「第Ⅰ部　詩集」の多くの作品に反映されているのは間違いない。

高畠まり子詩集・エッセイ集『小姑気質（こじゅうとかたぎ）』
あらゆる予感たぐりよせ枝ぶり豊かな常緑樹に

橋爪　さち子

高畠まり子著の『小姑気質』は、第Ⅰ部の詩集と第Ⅱ部のエッセイによって成立している。読み手は、彼女の生きる姿勢の基を成す強烈な抵抗の精神に魅せられ、あるいはたじろぐ。

一家は北京を引き上げ米子へ

高畠は一九四八年、鳥取県米子市に生まれた。父母は中国の北京からの引揚者であったが出身地、東京に落ち着く事が叶わず、祖父母が身を寄せていた鳥取県米子市に住む事になる。

高畠まり子が産声をあげたのは当時、一家が間借りをしていた農家の一室だった。戦後間もない引揚者の、仕事も不安定な父を頭に母、祖父母、兄弟姉妹、七人家族の、一家の切迫した暮らしぶりが、高畠の詩やエッセイから如実に伝わる。

しゃがみ込んで　まじまじと見つめる
一帯に広がった　砂
「これが全部
　おいしい　ごはんだったら　いいのに！」
その空しい願望が
思わず
「一握の砂」を口へ運ばせた
誰にみられたわけでもないのに
はじらいの気持ちが
大波のように
胸一杯　寄せて来て
私自身を呑み尽くした

（第Ⅰ部　詩集　一章　夕暮れの散歩　「砂」部分）

幼い高畠の日々は、常に空腹感に苛まれていた。にしても、思わず砂を口にしてしまい、そんな自身を恥じ入る彼女は、非常に内省心の深い利発な子どもであった事が知れよう。この、高畠の砂を口にしたという詩句は、第Ⅱ部エッセイに記された高畠と小学校同級生のW君が、「地面の砂を口に入れて食べていた」という、当時の皆の噂話とも関連しているか知れない。

小さな私は一人／母も　祖母も　いない家に帰る／／（略）ふと　ながしに目を落とすと／そこには高窓から射す弱い光を浴びて／さっき一度戻って口からはき出し捨てた／なめかけの飴が／ぽつんとまだ　そのままあって／蟻が何十匹も黒くたかり／飴の上やまわりにウヨウヨ蠢（うごめ）いていた

（第Ⅰ部　詩集　一章　夕暮れの散歩　「蟻」部分）

小さな高畠がはき出した飴に蟻が黒々とたかる様に、彼女は戦慄した。自身も常に飢餓感に苦しんでいた彼女は、空腹を満たそうと必死に飴に群がる蟻の生への姿に、圧倒的な共感を覚えた。高畠の生涯を貫く原点には幼少のこんな光景がある。そして蟻へのこの鮮やかな視点に、詩人の芽生えを見てとれる。

一家は米子から東京に

一家は高畠が五歳の夏、米子から東京に戻った。彼女の母は、暮らしを支えるべく洋裁に精を出し、その母を高畠は「貧しく、住む所、食べるものがいかに粗末であっても、働いていることにおいて、誰にも恥ずかしがる必要はない」と、懸命に働く母への誇りをエッセイ（第Ⅱ部「一九七四年十一月二十八日（木）」）に記している。

高畠は詩のみならずエッセイの名手でもある。第Ⅱ部のエッセイでは、小学校低学年の頃から、ガムの包装などの内職を手伝っていた事（第Ⅱ部「理由なき反抗」）、中学時、工作か何かの材料費を親から貰えず、うっかり忘れたふりをして級友に立て替えてもらい、父の給料日まで息をひそめていた話（第Ⅱ部「テスト人間、そして無生活」）、高校時、英会話に通い始めた高畠が、教科書を読めぬ生徒を無視する教師に「読めるようになるためにここに来てるんですよ、私たちは！ この人が読めるようにするのが、先生の仕事ではありませんか？」（第Ⅱ部「チョコレートパフェ」）と言う。どの挿話も高畠の体験に基づく感動深い話ばかりだ。彼女の記憶力も素晴らしい。高畠は正しいと思うところは何時どんな場でも臆せず述べ得る、常に弱者を擁護してはばからない「小姑気質」の女性に成長していた。

職場闘争と詩

第Ⅰ部二章は、成人し就職した高畠が職場でぶち当たり、乗り超えようとした様々な男性中心社会への問題提起や闘争を、三十過ぎに私家版の詩集として発行したものの再編である。

彼女は「二十一世紀の小姑の主たる任務は（略）資本体制下の消費文明の末端細胞たる核化したものも含む家制度を解体することにある」とし、職場闘争に奮闘した。（ちなみに彼女とほぼ同時期に京都市立の小学校に勤務した私の場合は、お茶は飲みたい時に各自が自分で汲み、職員会議時は担当学年が茶菓子を用意し、婦人部は当時、三か月だった産休を一年に延ばそうと頑張っていた。）

数々の職場闘争は、高畠の精神をおそろしく蝕み消耗させたに違いない。だが、彼女の根底に潜む、より高みを目指そうとする絶えざる抵抗の精神が、いつも高畠を奮い立たせた。例えば第Ⅰ部　二章　小姑気質の中の詩「治療時間」に、

イメージばかり／腫れ物のようにふくれあがる／それに湿布を当て冷却させるには／何をすればよいか？／／通勤電車の中で／本を読む——／腫れを引かせるための本は／そうそうやたらにあるわけじゃないが／／正常な血や肉として治療させるには／イメージを吸収させるもので／なければならず／この地上を／はるか上空から見渡すものがよい／／朝晩それぞれ二時間の／この治療時間は／確かに効き目がある／／私の足は／かくして／地上を歩くことができる

とある。職場闘争で激しく消耗する身体と神経を、高畠は自身を「はるか上空から」省みて、内面世界の豊かさと思索の奥ゆきをしっかり回復させねばならない必要性と術を、よく心得

ていた。思い返せば、彼女は幼い日のひもじさの中で、

竹の皮に／薄くペタリと貼りついた／ほんの少しのひき肉／／（略）それも珍しい／久しぶりで食べる肉／私はふと肉のことを考えるのがいやになる／目の前にあって／竹の皮にへばりついたそれを／七人家族皆でおつゆに入れて食べるのが／わかりきったことで／それ以上のことではないから／／そして思い出したくなったのは／昼間見た／プールの青い水の輝き／／陽をいっぱいにあびて／厚ぼったいゼリーのように／青く黄色くゆらめいていた（略）

（第Ⅰ部　詩集　一章　夕方の散歩「肉」部分）

とし、ひもじさに埋没しそうになる自身の貧しい心を、陽に照るプールの水の美しさの中へどっぷり広げる事で、自らの魂の豊かさを保ち回復させようとした。それは現実からの逃避では決してない。自らの尊厳を保つための、あくなき抵抗である。幼い日から、そのように自己の内面をより高める術を知っていた高畠は、やはり生来の詩人なのだ。

思えば、北京から引き揚げた家族のもと、物質的には貧しくとも、鳥取県米子の自然豊かな中で五歳までの日々を過ごした事は、高畠の生涯の抵抗の精神をより広く柔軟かつ強靭なものに高める基として、非常に幸いだったといえるだろう。集中、私が最も魅了された高畠まり子の詩を記して、拙校を閉じる。

小姑バッチャンの夢

山姥（やまんば）になりたい
サルオガセまつわる
野生の高い木々に囲まれて棲（す）む

時に
足を向ける峠の草原（くさはら）では
月夜
ビュービュー吹きまくる風を相手に
唄う

般若（はんにゃ）になりたい
漂う人の世の
かなしみ
とざされたこころ
邪悪なこころ吸い取り

あらゆる人々から
〝仏顔〟し合っていては安堵できぬ魂を横取りし
身代わりとなること

枝ぶり豊かな常緑樹になりたい
コンクリートの愚かさ立ち並ぶ街の片隅に立って
のっぺりとまるい冬の曇り空から
あらゆる予感をたぐりよせ
かたちある未来を指揮すること

（第Ⅰ部　詩集　二章　小姑気質「小姑バッチャンの夢」全行）

編集後記

鈴木　比佐雄

九月一日に刊行された115号の表紙には佐野玲子氏の詩「百年の静けさ　私たちの足下　――関東大震災から　ちょうど百年の日に」の冒頭部分が掲載されている。私たちの暮らしや社会が「断層という／深刻な傷跡の上に／膨大な火山堆積物の上に」築かれていることにもう一度、地球の歴史や時間に立ち還って謙虚になるべきだと語っている。佐野氏の危機意識は、東電福島第一原発事故の教訓を軽視して、原発再稼働を推し進めている政治や経済やその人災を他人事のように感じている人びとに対しても鋭く警告を発していると私は感じ取れた。

今号には二つの特集がある。一つは今年の三月に他界された黒田杏子氏が構想した『関悦史が聞く 昭和・平成俳人の証言』の三人目の「高野ムツオ――人間を踏まえた風土性の探求」の二十八頁分が一挙に収録された。高野ムツオ氏は子供時代の句会から試行錯誤してきた文学体験を赤裸々に等身大で語られている。特に宮城県の高野氏が仕事をしながらの夜間の國学院大学に通い熊本県水俣市出身の武良竜彦氏と出逢い、同郷の石牟礼道子や谷川雁、また詩人の宮沢賢治や中原中也、吉岡実などの戦後の優れた現代詩人たちの作品もほぼ同時代に読んでいたことには驚かされた。次に高野氏が金子兜太、佐藤鬼房、高柳重信たちと出逢い影響されながらも、鬼房の「小熊座」を引き継ぎ、自らの「風土を発見」する俳句文学を創り上げていく過程は、昭和・平成を代表する俳人の肉声を伝えるオーラルヒストリーだと思われる。高野氏の自選三十句の中からは五句を選ぶとすれば私は次の句だ。《冬もっとも精神的な牛蒡食う》《白鳥や空には空の深轍》《四肢へ地震ただ轟轟と轟轟と》《福島の地霊の血潮桃の花》《生者こそ行方不明や野のすみれ》。賢治などを輩出した東北の過酷な歴史を高野氏は引き継ぎ、この時代の証言文学となっている。

もう一つの特集は今年の七月二日に他界された詩人・歌人の崔龍源氏を偲ぶ「追悼　崔龍源」だ。崔氏とは二十年以上の深い交流があった。崔氏の遺稿は俳句八十九句と辞世の短歌二首を収録した。追悼文は長男の川久保光起氏の「詩を生み出す泉のような人」、親しかった趙南哲氏の「種まく人のように生きたいと願った詩人」、鈴木比佐雄の「存在の悲しみを世界の悲しみに転換し詠い続けた人」を収録した。また崔氏の第五詩集『遠い日の夢のかたちは』から十篇を再録した。一周忌には、崔氏の第五詩集までの全詩集と自ら編集を終えていた歌集『ひかりの拳』などを収録した作品集を奥様のひふみ氏の承諾も得て刊行する予定だ。その際にはご支援を頂ければ幸いです。

また私は八月上旬に五日ほどベトナムに、元副主席グエン・ティ・ビン女史を表敬訪問すること、ダイオキシン被害者の支援や実態調査をすることなどで四年ぶりに行ってきた。そのことを小詩集コーナーで『「仁愛の家」の母と父と子――ベトナムの旅　2023年8月7日～11日』七篇として記している。ビン女史と平松氏が構想し現実化した「仁愛の家」は今年で五十軒が完成した。七篇の詩の中で取り上げた四軒の家庭のダイオキシン被害の一世、二世、三世の実相は、決して無関心であってはならない、根源的には科学技術が生み出し、遺伝子を破壊した人類の犯した犯罪行為だと私は考えている。その実態の一端を詩で伝えたいと思い今回も参加した。その中の詩「ソンさんと息子の笑顔という言葉――仁愛の家 №48」の一部を引用する。

《ソンさんは三十六歳でひと目見るとマッチョで／二人の息子を持つ笑顔が素敵な若い父親だ／ダイオキシン被害者の父は六十一歳、母は七十歳で死亡した／ソンさんは高血圧と心臓血管病を抱えて激しい仕事ができない／次男は今のところ健康だが／長男は生まれた時からダイオキシン被害者であり／目が離せない長男の世話と親戚のおばさんの二人の世話をし／体調と相談しながら二期作の稲作をし／牛の世話などでわずかに収入を得ている／その代わり妻が縫製の仕事に行きフルタイムで働き／家計の多くを支えているそうだ／／三世の長男は十四歳だが重症の脳性麻痺で寝たきりだが／大きなベッドで身体を前後左右に反転させたりして／口を大きく開いて笑顔で喜びを表現している／歯も白くソンさんがきっと丁寧に磨いているのだろう／十四歳といっても痩せていて無言の小さな子供のようだが／細長く身長だけは十四歳なのだろう／愛する父を見てはしゃいでいるのだろう／父親のソンさんを見ると幸せそうで笑顔が増している／ソンさんがマッチョなのは息子をいつも抱き上げるからか／きっと二人には特別な感情という言葉の交流があるのだろう／米軍がソンさんの父親に降り注いだダイオキシンが／二世のソンさんと三世の孫の遺伝子を今も苦しめている／私たちはその現実をまじまじと実感し言葉が出てこない／略》。

ダイオキシン被害者はその発生に個人差があり、三世にもとんでもない障害を負わせていることが分かる。しかし救いは七番目の詩『「仁愛の家」には「仁愛」が充ちていた』でも記したが、ベトナムの母や父や親族や地域の人びとが「仁愛」の心で支えていることだ。日本人も米軍に基地を提供していたこともあり、責任の一端は負っている。そのために今後も支援活動は継続していくべきだと考える。老朽化した家の再建費用だけでなく、牛の支援が牛飼いの仕事によって経済的にも被害者たちの暮らしの潤いに役に立っていることが分かってきた。今年は日本とベトナムの国交回復五十周年でもあり、四十周年を記念してコールサック社が刊行したビン女史回顧録『家族、仲間、そして祖国』と『ベトナム独立・自由・鎮魂詩集175篇』の各五十冊ずつを、関係機関を通してビン女史の故郷クアンナム省の各種図書館や文化施設などに寄贈する予定だ。ビン女史と平松氏の「仁愛の家」の精神を伝えていきたいと願っている。

それから『多様性が育む地域文化詩歌集――異質なものとの関係を豊かに言語化する』は古典的な名作の編集や収録の許諾に時間がかかり、刊行が少し遅れていることをどうかご容赦頂きたい。九月末には刊行する予定だ。

本号にも詩、俳句、川柳、短歌、狂歌、作詞、時評、評論、エッセイ、小説、書評などを数多くご寄稿下さり心より感謝申し上げます。特に小説コーナーは力作が集まり充実し、連作が続き大作に向かっている。次号にも引き続き、皆様のご寄稿を宜しくお願い致します。

編集後記

鈴木　光影

特集1は「関悦史が聞く 昭和・平成俳人の証言(3)　高野ムツオ――人間を踏まえた風土性の探求」。黒田杏子氏が『証言昭和の俳句』で確立した証言文学としての俳人の一人語りを、関氏が現代に引き継いだシリーズの三回目。なお初回は齋藤愼爾氏であった。今年の三月に他界されたお二人の遺志を引き継ぎたい。高野ムツオ氏が佐藤鬼房から「小熊座」を継承したエピソードにおける鬼房のためらいと、高野氏による鬼房の心情の慮りは、高齢化が進む俳句結社の今後にとって貴重な証言であろう。また、十二年前の東日本大震災当時、宮城で被災したときの句で注目された高野氏の、「震災の中でも何のスタンスも変わらない」という言葉も印象深かった。きっとスタンスが変わらなかったからこそ、時代に刻まれる震災の俳句を残すことに繋がったのだろう。今号の共鳴句を挙げよう。

トラックの鶏たちに青葉風　　岡田　美幸
チェロを弾くいま春風の盛りかな　　今宿　節也
極楽鳥終末時計の秒針くわえる　　松本　高直
からっぽになった鳥かご夏の月　　福山　重博
天上天下いま真昼仏生会　　原　詩夏至
夏は逝く／我が背の小蟬／白き百合　　水崎　野里子
思い出す背中を掻いてくれた人　　堀田　京子

今夏の異常な猛暑は俳句にも少なからぬ影響を及ぼしている。「終末時計」を見て見ぬふりはできない時代に入ったのかもしれない。次回もご寄稿をお待ちしております。

編集後記

座馬　寛彦

〈花水木さやさや唄う商店街コロナ空気も浄化さるるや〉（大城静子）。今号に新型コロナへの恐れが消えつつある街の雰囲気を映したこんな歌がある。五月八日、新型コロナが感染症法上の5類になった。夏休みの国内旅行者数はコロナ禍前を上回る見通しのようだが、未だ避ける人も多いだろう。短歌欄には、読むだけで深い旅情が味わえる歌が多くあるので読んでもらいたい。〈上州の宿の主の出迎えるバスより見ゆる霰降る屋根〉（中原かな）は、美を発見する旅人の俯瞰的視点に引き寄せられる。〈鎌倉の札所一番杉本寺護摩会の読経　雨音を消す〉（よしのけい）は、森厳とした空気と雨音に溶け込む読経の音色・リズムに呑まれる。〈旅先の今日できたての夜景見て指のささくれ痛み忘れる〉（岡田美幸）は、夜景に瑞々しい美を感じる旅の高揚感が伝わる。〈運転はきみに任せてまた少し眠る星明りの田舎道〉（原詩夏至）は、共に旅する「きみ」の温もりを近くに感じ、不思議と懐かしさを覚える。〈キェルケゴールの坐像はどかり中央広場の真ん中あたり〉（水崎野里子）は、「どかり」にキェルケゴールの精神性が宿り、今そこに座すようだ。気兼ねなく旅を満喫できるようになったが、油断は禁物。〈コロナ禍はもう済んだマスク外して／いつの間にやら九波来たぞ〉（高柴三聞）ということになる。自由を享受しつつ、〈おごそかな読経のつづく茶筅供養この間にも戦続く国あり〉（村上久江）ということ、〈目覚まし時計鳴れば超能力失せて遅刻を恐れる只の人間〉（福山重博）ということを心に留めたい。

編集後記

羽島　貝

前号に引き続き「ワンランク上の原稿執筆」と題しまして、今号はよく使われる記号の出し方などお伝えしたいと思います。

皆さんがよく使われる「・・・」という表記、こちらは本来「…」という記号を用い、ふたつセットで使用します。「……」という表記を、一般的な書物でよく見かけられるのではないでしょうか。この記号は「三点リーダー」という名前で、「てん」と入力して変換していくと出てまいります。「・・・」や「…」を使われている場合、こちらですべて「……」に修正しておりますが、よろしければ次回から是非この「三点リーダー」を使ってみて下さい。野暮ったさが抜けると思います。

また、記号には、縦書きと横書きで同じような記号でも種類が異なるものがございます。もし可能でしたらば、ワードなどで原稿を作成されている場合、一度「縦書き」表記にして原稿を確認してみるのはいかがでしょうか。誌面に掲載された状態により近づきます。

やり方は「レイアウト」タブの一番左「文字列の方向」で「縦書き」を選ぶだけです。そうすると横書きの時にはきちんと見えていた記号や数字が、崩れてくる場合がございます。

そんな時は、その文字を選択して、変換キーを押していくと、正しい文字に変換し直すことが可能です。

ちなみに数字は縦書きの場合、漢数字を使用するのがポピュラーなようです。

それでは今号はこの辺で。前号をお読みいただいて早速データ作成に活用して下さった皆様、ありがとうございます。

◎コールサック 116 号 原稿募集！◎ ※採否はご一任ください

【年 4 回発行】

＊3 月号（12 月 30 日締め切り・3 月 1 日発行）
＊6 月号（3 月 31 日締め切り・6 月 1 日発行）
＊9 月号（6 月 30 日締め切り・9 月 1 日発行）
＊12 月号（9 月 30 日締め切り・12 月 1 日発行）

【原稿送付先】

〒173-0004　東京都板橋区板橋 2-63-4-209　コールサック社　編集部
（電話）03-5944-3258　（FAX）03-5944-3238
（E-mail）鈴木比佐雄　suzuki@coal-sack.com
鈴木　光影　m.suzuki@coal-sack.com
座馬　寛彦　h.zanma@coal-sack.com
羽島　貝　k.hajima@coal-sack.com

ご不明な点等はお気軽にお問い合わせください。編集部一同、ご参加をお待ちしております。

「年間購読会員」のご案内

ご購読のみの方	◆『年間購読会員』にまだご登録されていない方 ⇒4号分（116・117・118・119号） ……4,800円+税＝5,280円
寄稿者の方	◆『年間購読会員』にまだご登録されていない方 ⇒4号分（116・117・118・119号） ……4,800円+税＝5,280円 ＋ 参加料……ご寄稿される作品の種類や、 ページ数によって異なります。 （下記をご参照ください）

【詩・小詩集・エッセイ・評論・俳句・短歌・川柳など】
・1～2ページ……5,000円+税=5,500円／本誌4冊を配布。
・3ページ以上……
ページ数×（2,000円+税=2,200円）／ページ数×2冊を配布。
※1ページ目の本文・文字数は1行28文字× 47行（上段22行・下段25行）
2ページ目からは、本文・1行28文字× 50行（上下段ともに25行）です。
※俳句・川柳は1頁（2段）に22句、短歌は1頁に10首掲載できます。

コールサック（石炭袋）115号

編集者　鈴木比佐雄　座馬寛彦　鈴木光影　羽島貝
発行者　鈴木比佐雄
発行所　㈱コールサック社
装丁　松本菜央
製作部　鈴木光影　座馬寛彦　羽島貝
発行所（株）コールサック社　2023年9月1日発行
本社　〒173-0004 東京都板橋区板橋2-63-4-209
電話 03-5944-3258　FAX 03-5944-3238
suzuki@coal-sack.com
http:／／www.coal-sack.com
郵便振替 00180-4-741802
落丁本・乱丁本はお取り替えいたします。
ISBN978-4-86435-585-8　C0092　¥1200E
本体価格　1200円＋税

（ご注意）

・この用紙は、機械で処理しますので、金額を記入する際は、枠内にはっきりと記入してください。また、本票を汚したり、折り曲げたりしないでください。

・この用紙は、ゆうちょ銀行又は郵便局の払込機能付きATMでもご利用いただけます。

・この払込書を、ゆうちょ銀行又は郵便局の渉外員にお預けになるときは、引換えに預り証を必ずお受け取りください。

・この用紙による払込料金は、ご依頼人様が負担することとなります。

・ご依頼人様からご提出いただきました払込書に記載されたおところ、おなまえ等は、加入者様に通知されます。

・この受領証は、払込みの証拠となるものですから大切に保管してください。

収入印紙
3万円以上
貼　付
印

この場所には、何も記載しないでください。

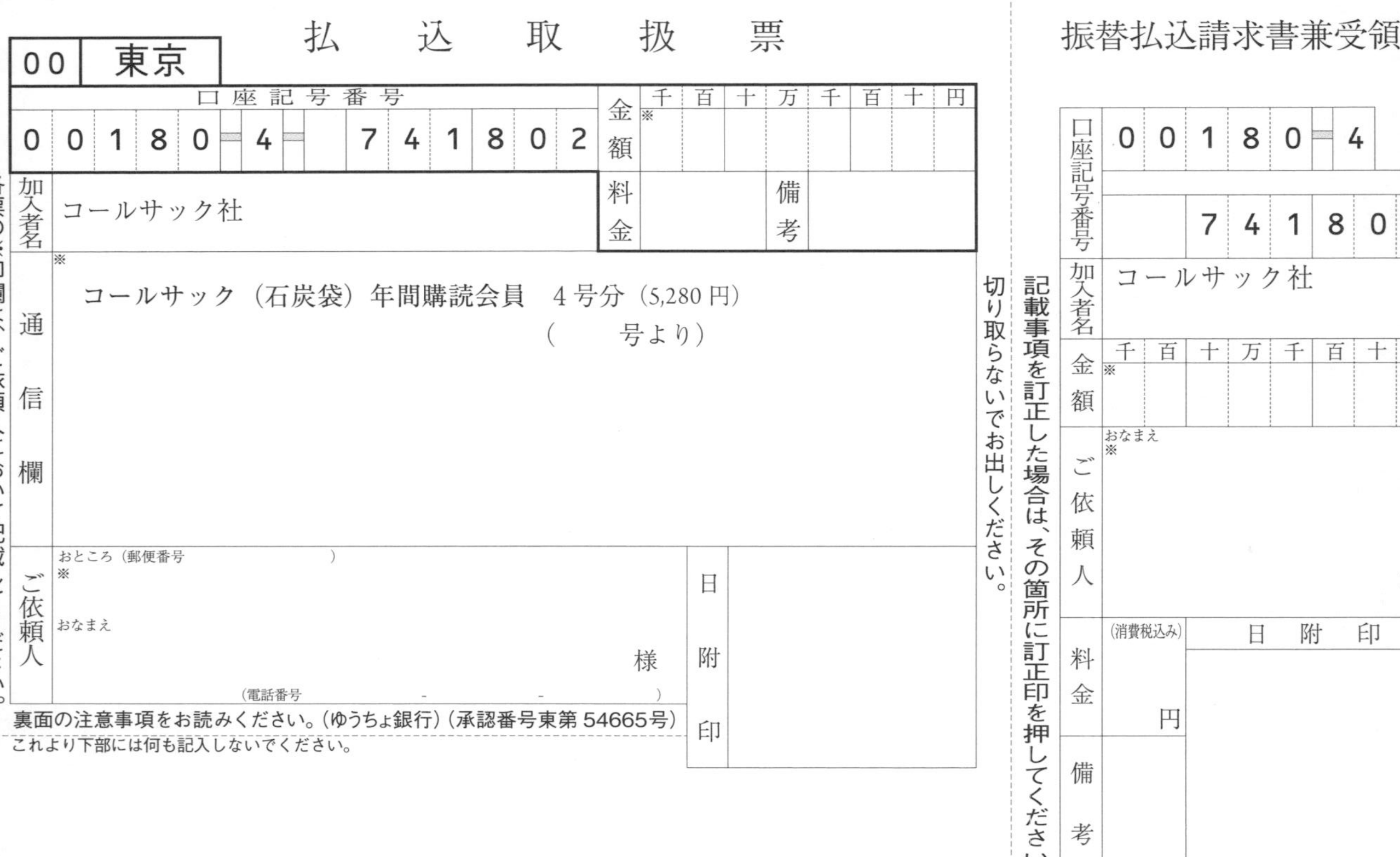

払込取扱票

00	東京

口座記号番号	00180-4-741802
加入者名	コールサック社
金額	千 百 十 万 千 百 十 円 ※
料金	
備考	

通信欄	※ コールサック（石炭袋）年間購読会員　4号分（5,280円） （　　号より）
ご依頼人	おところ（郵便番号　　）※ おなまえ　　様 （電話番号　-　-　）
日附印	

各票の※印欄は、ご依頼人において記載してください。

裏面の注意事項をお読みください。（ゆうちょ銀行）（承認番号東第54665号）

これより下部には何も記入しないでください。

切り取らないでお出しください。

記載事項を訂正した場合は、その箇所に訂正印を押してください。

振替払込請求書兼受領証

口座記号番号	00180-4 741802
加入者名	コールサック社
金額	千 百 十 万 千 百 十 円 ※
ご依頼人	おなまえ ※　　様
料金	（消費税込み）　円
日附印	
備考	

この受領証は、大切に保管してください。

2019－2021年　評論集・エッセイ集

永山絹枝
『児童詩教育者　詩人 江口季好
―近藤益雄の障がい児教育を継承し感動の教育を実践』

四六判296頁・
上製本・2,200円
解説文／鈴木比佐雄

第49回 壺井繁治賞

永山絹枝 評論集
『魂の教育者
詩人近藤益雄』

四六判360頁・
上製本・2,200円
カバー写真／城台巖
解説文／鈴木比佐雄

山本 萠
『こたつの上の水滴
萠庵骨董雑記』

四六判256頁・
並製本・1,980円
帯文／尾久彰三

万里小路 譲
『詩というテキストⅢ
言の葉の彼方へ』

四六判448頁・
並製本・2,200円

第35回真壁仁・野の花賞

万里小路 譲
『孤闘の詩人・
石垣りんへの旅』

四六判288頁・
上製本・2,200円
解説文／鈴木比佐雄

福田淑子
『文学は教育を変えられるか』

四六判384頁・
上製本・2,200円
装画／戸田勝久
解説文／鈴木比佐雄

太田代志朗・田中寛・鈴木比佐雄　編
『高橋和巳の文学と思想
その〈志〉と〈憂愁〉の彼方に』

A 5判480頁・
上製本・2,200円

加賀乙彦
『死刑囚の有限と無期囚の無限
―精神科医・作家の死刑廃止論』

四六判320頁・
並製本・1,980円
解説文／鈴木比佐雄

加賀乙彦 散文詩集
『虚無から魂の洞察へ
―長編小説『宣告』『湿原』抄』

四六判320頁・
並製本・1,980円
解説文／鈴木比佐雄・
宮川達二

エッセイ・評論・研究書・その他の著作集

第二版刊行！

尾野寛明・中村香菜子・大美光代
『わたしをつくるまちづくり
地域をマジメに遊ぶ実践者たち』

四六判256頁・
並製本・1,980円

甲斐洋子 童話集
『すみれからの手紙』

四六判128頁・
並製本・1,980円
解説文／鈴木比佐雄

堀田京子 作　味戸ケイコ 絵
『ばばちゃんのひとり誕生日』
B5判32頁・上製本・1,650円

中村雪武
『詩人 吉丸一昌の
ミクロコスモス
――子供のうたの系譜』
B5判296頁・並製本・
2,200円　推薦文／中村節也

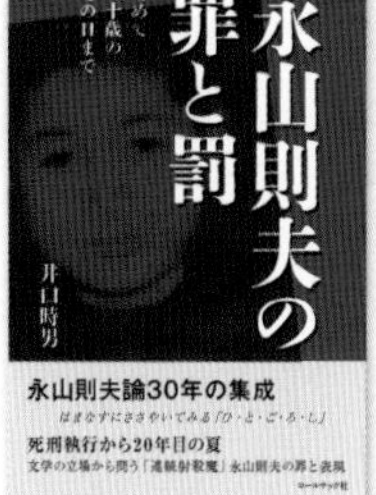

井口時男 評論集
『永山則夫の罪と罰
せめて二十歳のその日まで』
四六判224頁・
並製本・1,650円
解説文／鈴木比佐雄

五十嵐幸雄
備忘録集V
『日々新たに』
四六判288頁・
上製本・2,200円
写真／五十嵐幸雄

詩人のエッセイシリーズ⑭

淺山泰美エッセイ集
『京都
夢みるラビリンス』
四六判240頁・並製本・1,650円
写真／淺山泰美

子どもと一緒に芭蕉の名句と遊ぶ　MIX 三句ス

俳句かるたミックス

- 俳句入門に最適
- 松尾芭蕉の俳句が自然に覚えられる
- 英語版もセット
- イラスト付きで意味が分かりやすい
- 全俳句の現代口語訳説明書つき

企画／鈴木比佐雄　監修／夏石番矢　イラスト／いずみ朔庵

松尾芭蕉30句（日本語版・英語版）　説明書付き
2,200円

「俳句かるたミックス」特設Webサイトで遊び方動画を公開中！
http://www.coal-sack.com/haiku-karuta/　「俳句かるたミックス」で検索！

＊書店、山寺芭蕉記念館・芭蕉翁記念館のミュージアムショップ、弊社HPなどでご購入いただけます。

小説・歴史・学術

中津攸子『新説　源義経の真実』

四六判400頁・上製本・2,200円
装画／安田靫彦「黄瀬川陣(左隻)」
帯文／片岡鶴太郎

『仏教精神に学ぶ み仏の慈悲の光に生かされて』

四六判256頁・並製本・1,650円

『万葉の語る 天平の動乱と仲麻呂の恋』

四六判256頁・並製本・1,650円

『令和時代に 万葉集から学ぶ古代史』

四六判256頁・並製本・1,650円

小島まち子

『懸け橋　―桜と花水木から日米友好は始まった』
四六判192頁・上製本・1,980円

『残照　―義父母を介護・看取った愛しみの日々』
四六判 160 頁・上製本・1,980 円

平松伴子 小説集

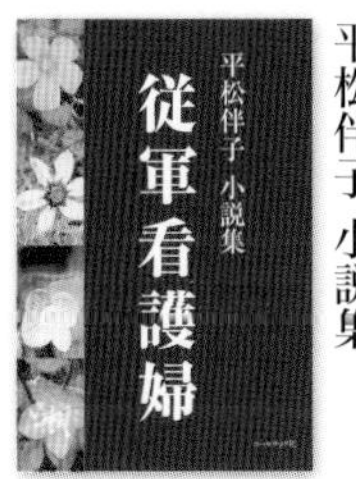

『従軍看護婦』
四六判192頁・上製本・1,980円

『平凡な女 冬子』
四六判304頁・並製本・1,650円

黄輝光一『告白　～よみがえれ魂～　増補新装版』

四六判240頁・並製本・1,650円

北嶋節子『茜色の街角』

四六判336頁・上製本・1,650円

石川逸子『道昭　三蔵法師から禅を直伝された僧の生涯』

四六判480頁・並製本・1,980円

村上政彦『台湾聖母』

四六判 192 頁・並製本・1,870 円

コールサック小説文庫

第5回 松川賞特別賞

橘かがり
『判事の家　増補版 松川事件その後 70 年』
272頁・990円

具志川市文学賞

大城貞俊
『椎の川』
256頁・990円

鈴木貴雄
『ツダヌマサクリファイ』
96頁・990円

北嶋節子
『エンドレス　記憶をめぐる 5 つの物語』
288頁・990円

宮沢賢治・村上昭夫関係

コールサック文芸・学術文庫

『村上昭夫著作集〈上〉
小説・俳句・エッセイ他』
北畑光男 編
文庫判256頁・並製本 1,100円
解説文／北畑光男

『村上昭夫著作集〈下〉
未発表詩 95 篇・『動物哀歌』
初版本・英訳詩 37 篇』
北畑光男 編
文庫判320頁・並製本 1,100円
解説文／北畑光男・渡辺めぐみ・他

末原正彦
『朗読ドラマ集
宮澤賢治・中原中也
・金子みすゞ』
四六判248頁・上製本・2,200円

桐谷征一
『宮沢賢治と
文字マンダラの世界
─心象スケッチを絵解きする
増補改訂版 用語・法句索引付』
A5判400頁・上製本・2,500円

吉見正信

第25回宮沢賢治賞
四六判・並製本・2,200円

『宮澤賢治の
原風景を辿る』
384頁・装画／戸田勝久

『宮澤賢治の
心といそしみ』
304頁・カバー写真／赤田秀子
解説文／鈴木比佐雄

第28回 宮沢賢治賞奨励賞

森 三紗
『宮沢賢治と
森荘已池の絆』
四六判320頁
上製本・1,980円

中村節也
『宮沢賢治の宇宙音感
──音楽と星と法華経』
B5判144頁・並製本・1,980円
解説文／鈴木比佐雄

高橋郁男
『渚と修羅
震災・原発・賢治』
四六判224頁・並製本・1,650円
解説文／鈴木比佐雄

佐藤竜一
『宮沢賢治の詩友・
黄瀛（こうえい）の生涯
日本と中国　二つの祖国を生きて』
四六判256頁・並製本・1,650円
解説文／鈴木比佐雄

佐藤竜一
『宮沢賢治
出会いの宇宙
賢治が出会い、心を通わせた 16 人』
四六判192頁・並製本・1,650円
装画／さいとうかこみ

第14回 日本詩歌句随筆評論大賞
随筆・評論部門優秀賞

北畑光男 評論集
『村上昭夫の
宇宙哀歌』
四六判384頁・並製本・1,650円
帯文／高橋克彦（作家）
装画／大宮政郎

福島・東北の詩集・小説・評論・エッセイ集

前田新 詩集
『詩人の仕事』
A5判192頁・並製本・1,760円
解説文／鈴木比佐雄

長嶺キミ 詩集
『静かな春』
A 5判144頁・
並製本・1,650円
解説文／鈴木比佐雄

天瀬裕康 混成詩
『麗しの福島よ
—俳句・短歌・漢詩・自由詩
で3・11から10年を詠む』
A5判160頁・並製本・1,650円
解説文／鈴木比佐雄

赤城弘
『再起—自由民権・
加波山事件志士原利八』
四六判272頁・上製本・1,980円
解説文／鈴木比佐雄

斉藤六郎 詩集
『母なる故郷　双葉
—震災から10年の伝言』
A5判152頁・並製本・1,650円
解説文／鈴木比佐雄

鈴木比佐雄 詩集
『千年後のあなたへ
—福島・広島・長崎・沖縄・
アジアの水辺から』
A5判176頁・並製本・1,650円
紙撚作品／石田智子

若松丈太郎 詩集
『夷俘の叛逆』
A5判160頁・
並製本・1,650円
栞解説文／鈴木比佐雄

若松丈太郎 英日詩集
『かなしみの土地
Land of Sorrow』
A5判224頁・
並製本・2,200円

齋藤愼爾
『逸脱する批評
寺山修司・埴谷雄高・中井英夫・
吉本隆明たちの傍らで』
四六判358頁・
並製本・1,650円
解説文／鈴木比佐雄

第15回日本詩歌句随筆評論大賞奨励賞

2020年5月20日朝日新聞で紹介されました

照井 翠エッセイ集
『釜石の風』
四六判256頁・
並製本・1,650円
帯文／黒田杏子

髙橋正人 評論集
『文学はいかに
思考力と表現力を
深化させるか』
四六判384頁・上製本・2,200円
装画／戸田勝久
解説文／鈴木比佐雄

髙橋正人
コールサックブックレットNo.1
『高校生のための
思索ノート
〜アンソロジーで紡ぐ
思索の旅〜』
A5判80頁・並製本・1,100円